岁月回声

张树森 ◎ 著

中国文联出版社

图书在版编目（CIP）数据

岁月回声／张树森著．--北京：中国文联出版社，
2025.1．-- ISBN 978-7-5190-5641-4

Ⅰ．I217.1

中国国家版本馆 CIP 数据核字第 2024D8U334 号

著　　者　张树森
责任编辑　李　民　周　欣
责任校对　秀　点
装帧设计　祝　玲　张贵娟

出版发行　中国文联出版社
地　　址　北京市朝阳区农展馆南里 10 号　　　　邮编　100125
电　　话　010-85923025（发行部）　　　　85923091（总编室）
经　　销　全国新华书店等
印　　刷　三河市华东印刷有限公司

开　　本　710 毫米×1000 毫米　　1/16
印　　张　22
字　　数　383 千字
版　　次　2025 年 1 月第 1 版第 1 次印刷
定　　价　95.00 元

《岁月回声》序

徐国生

  金秋十月，天朗气清，惠风和畅，丹桂飘香。张树森同志来到我家，将他撰写的《岁月回声》清样稿送给我看，嘱我为之作序。我一看书名就乐了：词语中性、词义典雅、出处可查。东汉末年名士、文学家孔融在《论盛孝章书》中曰："岁月不居，时节如流。"著名文学大家陶渊明有诗作称："栖栖世中事，岁月共相疏。"（《和刘柴桑》）张树森同志用《岁月回声》作为书名，正是以这种思想境界为追求，来抒发他的人生之旅，真是妙哉！

  由于工作上的联系，我与树森同志自觉得兴趣爱好、脾气性格有许多相同点，又是蕲春老乡。从20世纪70年代起，一直保持着很好的友情。退休后，仍有往来。在长期交往中，我深感树森同志是一位虚心好学、勤勉向上的人，是一位认真负责、处事谦和、为政清廉的干部，是一位待人真诚、善良敦厚的朋友。

  我比树森年长一岁，属同龄人。他的人生轨迹于平凡中常有亮点。在蕲春四中读书，品学兼优。1959年毕业时，被县委组织部挑选，分配到蕲春县人民银行工作。两年后，他听从祖国召唤，应征入伍，成为部队的战士、文书、班长、师团级专职新闻宣传员。其间，因文笔好，被组织安排到军校进修新闻专业。他从此与新闻结下了不解之缘。从部队复员，回到县人民银行工作两年，因有新闻专业特长，被调任黄冈报社编辑、记者。随后又被调任湖北人民广播电台记者、科级记者、驻黄冈记者站站长（副县级）。1989年被调回黄冈，先后任黄冈地区行署研究室副主任、主任，黄冈市政府研究室主任和市政府发展研究中心主任，直至2003年年初退休。他一生以笔墨作奉献，是蕲春籍在省、市工作为数不多的"笔杆子"之一。43年风风雨雨，鞠躬尽瘁，呕心沥血，绞尽脑汁，无怨无悔，很不容易的，是同龄人中的佼佼者。其文章优中见实，交友缘中见诚，工作好中见稳，人生平中见升。许多的优点，被同乡、同学、同事们羡慕和称颂。

这本书，是树森笔墨人生的记录。他从事新闻工作22年，在市政府工作13年，其他岗位8年。书中收录散文游记、报告文学、传记文学和通讯特写共40余篇，约20万字，占了整个书稿的三分之二。还有我曾读过的他在市政府研究室"为他人作嫁衣裳"的文稿未收入。被收入的这些文章，从选题、采访、思考构架到实际写作，是一个艰苦的动脑筋过程。每一个标题、每一句话，甚至每一个字，都浸润着树森的心血和汗水。凡是写文章的人，这方面是深有体会的。他的勤奋、执着、刻苦精神令我感动。书中许多文章内容，都是我熟悉和亲历的，今日重读，记忆犹新，尤为亲切。树森驾驭文字的能力很强。其文章语言通畅，文采飞扬，条理分明，真实可信。虽然不是他的全部文稿，但我还是从字里行间，窥见出了他字斟句酌、引经据典、精益求精的文字功底；废寝忘食、挑灯夜战、笔耕不辍的忘我精神；实事求是、喜忧兼报、坚守新闻底线，积极传递正能量的高尚品质。

这本书，是作者深入生活、留心积累的力作。生活是文艺创作的源泉，亦是新闻写作的源泉。只有经过深入生活的历练，才能写出动人的佳作。据我所知，树森同志在这方面，确实下了一番功夫。他采访新、红、麻、黄、浠五县19万民工驯服十年九灾的倒水改道工程时，在数九寒天深入工地，栖身茅舍，与民工同吃同住，才有了"喝令倒水入长江"的呐喊；他采写蕲春县种藕大王王明旺时，深入湖边简陋工棚里，同王明旺促膝交谈，悉心采访，才有了"映日荷花别样红"的感叹；他采访蕲春大同渠道建设工程时，从水库源头到赤东清江畈渠尾，跑遍了91公里干渠沿途的所有灌区，才有了"敢叫银河落九天"的呼唤……在深入生活的同时，树森同志还十分注重留心积累，有的文艺作品几乎是历史素材和现实生活资料相融合的生动写照。像《蕲河赋》中的精彩文字表述，在他的作品中处处可见，读来朗朗上口，细品句句飘逸，令人心旷神怡。让历史的画卷，在钩沉中展示辉煌，在复活中重现意境，诉说沧桑。这恰是树森留心积累所获得的成果。他巧妙地运用史料，把作品写得生动活泼，引人入胜，使读者和听众赏心悦目、意欲无穷。

这本书，是个人精神层面追求的写照。树森与大多数人不同的是，他不满足于物质生活的丰富，对精神生活亦有较高的追求。三国蜀相诸葛亮说："夫学须静也，才须学也，非学无以广才，非志无以成学。"树森为了学习与写作，退休后，与老伴从繁华热闹、生活条件优越的古城黄州，搬回故乡山区桐梓，购原小水电站遗弃的两间旧瓦房定居，十年后才盖新屋。他们利用空闲地，改良土壤、种菜养鸡，培植果树和花卉盆景。还租了一亩多农田，栽种红薯、绿豆、高粱等杂粮。夫妇同耕，终日劳作，过上了东晋大文豪陶渊明式的田园生活。邻里乡亲有些不解地问："你们二老何必呢？退休了，还自找苦吃？"树森回答，劳动不单纯是为了享受成果，更是为了享受生活，它可以让生命在劳动锻炼中得到延伸……更令人称道的是，他利用农村老家幽静舒适的环境，坚持读书写作。以文会友，因人讲事，以事说人。洞明世事，练达人情。先后创作了80余首诗词歌赋、长篇报告文学《迈向成功之路》等佳作。花卉盆景、诗词歌赋，实为艺术、文学类，属于审美范畴，是精神层面的成果和收获。人生有这一爱好，是兴趣广、追求高、情操雅、毅力强的体现。树森曾经对我说，生活的美好，缘于一颗安静的心，淡定从容，自在安然，把快乐写在脸上，把美好写进生活，把梦想写出风采，这些精神富有比黄金珍贵。作为行政干部，到桑榆之年，有如此感悟和造诣，确实是难能可贵和值得学习的。

这本书，是作者爱党爱国爱家乡的家国情怀的展现。英国著名作家莎士比亚说："无言的淳朴所表示的情感，才是最丰富的。"品读卷中诗文，作者真挚无瑕，满腔热忱的情感，如和煦春风扑面而来。中共党的二十大召开，他赋诗祝贺："金秋盛会聚京城，高举红旗议复兴。眸顾十年看巨变，时逢千载转乾坤……"庆祝建党100周年，他热情歌颂："纯真马列旗高扬，反腐倡廉正气张。改革春风吹大地，初心化雨润农桑……"再有感怀家乡的《蕲北散记》《桐梓河感赋》《登云丹山》《乡愁是一杯酒》《李山的诉说》等诗文，体现他对家乡朴素的热爱和热忱的责任感。还有感恩母亲的《母亲坟祭》，感念妻子的《贤妻抒怀》，等等，都感人肺腑，阖人至深。文生于情，情生于文，情真意切，水乳交融，展现出作者不忘初心、牢记使命的爱党爱国情；生于斯，长于斯的故乡情；滴水之恩、涌泉相报的感恩情；鹣鲽双飞、百年好合的夫妻情；戎马挥戈、并肩习武的战友情；真诚朴素，坚如磐石的朋友情……将这些抒发情感之作跃然纸上，实在动人心弦，对警醒人的思维和纯洁人的灵魂，大有裨益。

在我看来，这本书还是作者留给后人和有缘得到它的读者的一份珍贵礼物。文化，从大的方面讲，是人类创造物质文明和精神财富的基础；从小的方面讲，一本书也是文化产品，属精神成果。物质有可能失去，精神却是永存的。从家庭传承的角度，浓缩一个家庭80多年变迁史的书尚不多见。类似《岁月回声》的书最有收藏价值，最能成为传家宝。留财产不如留才学。遗君子之泽，让后辈受益并发扬光大，其意义亦不寻常。

为祝贺《岁月回声》付梓，特奉上《临江仙·读〈岁月回声〉感言》

作结：

　　致仕回居桐梓，夫妻八秩同行。华章满卷忆征程。为民勤奉献，履职守忠诚。

　　享受青山绿水，讴歌云淡风轻。填词作赋乐耕耘。精神荫后辈，智慧启心灵。

2023 年 11 月写于漕河家中

　　（本文作者徐国生，原任中共蕲春县县委副书记、县政协第五届主席。退休后，任蕲春县老年书画协会会长十三年。著《我的人生路》《雪泥鸿爪录》《清馨集》上、下卷和《晚情》等书，共近一百万字。曾有诗文散见于《华中文学》《世纪行》《黄冈日报》《东坡赤壁诗词》《蕲春文艺》《传蕲》《蕲春作家》等报刊）

目录

散文游记

报告文学

传记文学

通讯特写

新闻论坛

诗词歌赋

岁月回声

散文游记

映日荷花

隆冬，寒风凛凛，百花凋谢，大地渐渐布上了一层冰霜。

冬天孕育着春天，蕲春县莲藕基地之一的国营八里湖农场细癫湖，却是一番热气腾腾的景象：那藕池中，数以百计的民工正挥动着铁锹，掀开乌黑的淤泥，取出一支支粗壮而白嫩的鲜藕。池岸上，堆放的鲜藕像画家笔下的小山包，鳞次栉比，引人注目；通向藕池的机耕路上，人来车往，喇叭声声，满载着鲜藕的"东风"车，开始驶向那千里之外的神州北国。细癫湖的经营主、闻名全省的"种藕大王"王明旺满面春风，露出了丰收的笑容。一位多次来访的老相识上前拉呱开了：

"王爹，你家今年的形势可好哇？"

"嘿，不瞒你说，今年的总收成在这数儿……"他一边答话，一边打着手势，示意1984年的鲜藕总产量要突破50万公斤，收入少说也有十三四万元。

（一）

王明旺是蕲春县漕河区白池乡田围村人，今年六十有四，那饱经风霜的脸上透出古铜色的红光。提起他来，十里八乡的农友没有一个不佩服。他干种藕这一行，先后经历了40多个春秋。年长日久，见识多了，人也变得精明了：他只要往藕池边一站，看看荷叶的长相，池底下的鲜藕有多大？落泥有多深？产量有多高？就能估它个八九不离十呢！

然而，人们赞美的，倒不是王明旺那套出神入化的"种藕经"，而是近年来他那股"濯涟漪而不妖"的锐意改革的精神！

1982年年初，春风吹拂着寒冷的大地，王老汉两眼一眨，心里的算盘就打开了：党的政策既然允许农民承包社队的"当家田"，难道不可以承包国有农场的荒湖田吗？

庄户人家敢想敢干。王明旺真的把眼睛盯到了国有农场里。有人听说后，担心地劝阻他："老头子呀，别把算盘打隔桥啰，农场和社队吃的可不是一锅茶饭哪！"

王老汉有点不信邪，说："如今党的政策这样好，我们趁势把农场和社队的'作埂堤'冲一冲，说不定还会活起来哩！"

不久，他来到国营八里湖农场新建大队的细癞湖边。抬头望去，只见这里残留着"大寨田"的痕迹，田里渍水成冰，野草枯黄，一片片残枝在寒风中抖动。农场干部告诉他：细癞湖围垦十多年来，共计亏损4.5万元。王老汉听了，那额头上的皱纹看着变深了，两剑眉梢挤成一束。稍镇定一下后，他飞步赶到新建大队办公室，找党支部副书记叶友法和主办会计杨传高恳求说："请把细癞湖包给我种藕好了！"

消息传开，风声四起，有的赞成，有的反对，一时众说纷纭——

这个说："肥水不落外人田嘛，为么事要包给他哩！"

那个说："他属个体，我们属国营，河水不犯井水！"

……

不过，大多数人是通情达理的，他们说："王明旺毕竟是中国人哟！我们的湖田荒着，人家为么事包不得！"

"人家是个'盘藕精'，包给他收成有准，双方得利，何乐而不为？"

真是"七嘴八舌好当家"。农场党委、分场党总支和大队党支部把群众的意见一分析，感到后者胜过了前者，便拍板定夺了。就这样，王明旺与新建大队签订了一包三年不变的合同，共承包湖面117.4亩，每年上缴大队纯利8105.5元。

王老汉捧着嗅得墨香的合同，乐得眼睛眯成一条缝儿，他三步并作两步赶回家，向老伴报告喜讯。不料，得到的却是比山西老陈醋还要酸的醋滋味儿。他老伴把脸一沉，狠狠地指责说："你这个老糊涂，不要命啦！你包湖若是发了财，当心你的脑袋叫人家当鼓敲啊！"

老汉一听，顿时愣住了。老伴又呛他一句，说，"转去不几年，你为着种藕背个什么'弃农经副'的罪名儿，斗得你两头翘一头，落得个'鸡飞蛋打'，你未必忘啦！"

提及往事，王明旺的心倒实在有些苦寒。他自小与藕为伴，藕的那种"出淤泥而不染"的气质，他最为认同和理解，进而被视为他人生之追求。"盘藕"无形地成了他终身向往的职业。就是在"农业学大寨"的年月里，他也不被

"以粮为纲"的紧箍咒束缚。每到金秋时节，他就带领一帮人去安徽，下江西，选点挖藕，开辟财源。可"出征"归来，尽管向集体上交了一大笔积累，还是免不了挨批挨斗，花血汗挣的钱，也被当作资本主义"尾巴"给割掉！

不过，人生如同一块燧石，"它受到的敲打越厉害，发射的光辉就越灿烂"（马克思语）。王明旺回想起动乱的年月，心胸反而开阔多了，他耐心地向老伴解释说："过去是过去，现在是现在。过去政策偏'左'，大家共同守穷；如今政策放宽，鼓励发家致富。我若再不放开手脚干，怎么对得起党啊！"

老伴听着听着，不禁微微地笑了。在那笑开了花的心窝里，她感到"老糊涂"其实不糊涂。

王明旺趁热打铁，很快招聘了七个帮工，几天后，他们就在细癞湖边搭起了工棚，垒起了炉灶。平静的细癞湖迎着和煦的春风，出现好一派生机：那缕缕炊烟犹如从天外降临的神雾在工棚上空缭绕；湖中央，王明旺和他的伙伴们荷锄躬耕，汗水浸透了衣衫，银锄落处，淤泥飞翻。宽阔的细癞湖，在熠熠生辉的春光中紧紧地拥抱在一起……

一场垦荒种藕、开发生财的决战，就这样开始了。

（二）

然而，世上的路总是那样艰难曲折。这一年，王明旺和帮工们一起勤扒苦做，终因承包没有赶上季节，种藕落泥较迟，鲜藕产量偏低，收入不够理想。一些好心肠的农友为他的前途担忧，再三劝他散伙收场，免得被包袱压得喘不过气来。王老汉却毫不动摇，他说："包袱是'左'的年月留下的，想丢也丢不掉。我们的责任是要变包袱为财富！"

为将"包袱"变成财富，王明旺经过与八里湖农场交涉，索性把1983年的承包面积扩大到251亩。

清明节到了，这是种藕的黄金季节。王明旺和大伙儿一道改造荒湖、抢下藕种，干得"两头不见天"。就在这时，社会上刮来一阵刺骨的寒风，有人说：

"王明旺雇工搞剥削啦！"

"他想在细癞湖里发横财呀！"

"没准又会将你批斗得两头翘一头哩！"

这风声，犹如晴天霹雳击痛了王老汉的心。他儿子、儿媳听了这话，也赶来苦苦哀求说："老人家，你再别干啦，免得儿孙受牵连哪。"

王老汉心想：我王明旺响应党的号召，承包荒湖种藕，吃的是苦中苦，挣的是血汗钱，怎么叫发横财？请来的帮工除吃除喝，年工资1500元。连他们自己也说，所得的报酬"相当于一个县团级干部"，这哪里是剥削！

他委屈极了，一气之下，跑到区里询问区委书记徐国生，要求给他一句"铁钉卷角的话"。老徐看透了王老汉的心思。他引用赵一曼烈士一句名言开导他："水晶就是涂上污泥，它也还是纯洁的。你说对吗？"

王明旺尽管没喝过多少"墨水"，但耳聪目明，听得出这句话的味儿来，脸上的愁颜看着消失了。

徐书记继续鼓励他："你邀约帮工种藕，发展商品生产，是一种新的劳动组合，政策提倡，领导支持，有么事可怕的呀！"接着，徐书记找出了报刊上登载同他类似的典型讲给他听，劝他相信："今天的政策不同于过去'口袋统的'，变不了啊！"

王老汉吃了"定心丸"，精神格外振奋，他安慰一阵儿子、儿媳后，继续带领帮工们在细癞湖拼搏：挖藕池、下藕种，给藕施肥提苗、垒坝防洪……

奋斗是艰苦的，结果却是甜蜜的。1983年秋后，王明旺在细癞湖里收获鲜藕和种藕30多万公斤，加上莲子、鱼虾、稻谷等副产品，共计收入九万多元，成了蕲春农村勤劳致富的"首席代表"。1984年3月，中共蕲春县委、县人民政府授予他"特等劳模"称号。并请他出席了全县干部暨劳动模范代表大会。

崇高的荣誉激起王老汉思绪万千，泪水不禁从他那已经凹陷的眼角里流了出来。他对党和党的政策的感激之情倾注心头，惬意地编了一串顺口溜，请人代他书写在正屋的中堂里：

昔日想富怕说钱。棍子也重，限制也严，穷望转富盼来年。盼也枉然，望也枉然，路线偏"左"不偏宽。

如今政策暖心田，天也顺意，地也如愿，风吹雨打我无怨。苦也乐意，累也心甘，致富路上再迈步，年胜一年！

（三）

物质变精神。王明旺初步富裕之后，想到的不只是自己，也不只是金钱，而是重于金钱的人生价值。

当一批批的鲜藕被拍卖后，王老汉按照合同的约定，首先向国营八里湖农场上缴累计15000多元，接着购买了1000元钱的国库券、2000元钱的信用股金，还给每一个帮工增加了300元钱的奖金。在他看来，"金钱是财富，信誉和道义，是比金钱更贵重的财富！"

1984年春节前夕，北风夹着雪花呼呼刮来，王老汉的老伴心疼了，特地赶到湖里接他回去。可王明旺却说："离不开。"

老伴有些疑惑不解，问道："年也不想过了？"

"就在这儿过。"

"这儿难道出金子！"

"金子不比我的责任重要啊！"

原来，1983年夏，鄂东地区遭受了一场特大洪灾，低处尽成泽国，许多藕池被洪水吞没了，上级党委要求王明旺多留些藕种，支援灾区恢复洪灾的创伤。王老汉当即拍胸应许。

然而，种藕是阳春三月的事，这之前，需要依湖守护一百多天，王老汉想到伙伴们比自己更辛苦，便决定在年关自个儿坚守"大本营"。

除夕之夜，爆竹声声。湖乡四周飞起绚丽的烟花。王老汉站在湖边，眺望那灿若星辰的万家灯火，顿觉心旷神怡。回到工棚，他捧起香甜的美酒，同前来做伴的女婿举杯痛饮，渐渐陶醉在无比幸福之中。此刻，他那火热的心窝里，又拨开了如意算盘：新的一年，不仅我自家的承包湖面要扩大到三百亩，还要帮助灾区的农民学会种藕，发家致富。

种藕的季节到了，前来细癞湖买藕种的农民络绎不绝。王老汉除了如数供给外，还热情地教他们怎么栽种、怎么管理、怎么综合利用……经过一番考虑，他索性与本县赤西区的刘达元、赤东区的方夕光、胜天围湖区的童德生等七户农民建立联系户，经常前去指导。

谷雨前的一天，远隔两百多里的英山县红花水库库区甲河大队的冯耀旺，领着两位农民前来求教。王老汉热心快肠地应答着。冯耀旺问：

"王爹，我们那儿位置较高，不晓得能种藕不？"

"长得起谷来，就种得起藕来。"

"那就烦您老人家多多指点。"

"我做得清说不清，据我观察，种藕无外乎这么几点。"

王老汉默着词儿，一五一十地数落着："清明至立夏，快把藕种下；新池要深翻，好把根来扎；藕包稍咬破，侧卧没践踏……"王老汉的经验之谈，深深地打动了这几位远方客人。他们一合计，几千斤藕种伴随着求教的决心上路了。

客人走后，王老汉定神一想，心里很不安：人家那儿是个大山区，家底子薄，一趟水漂学的，若是"瓦匠不成成石匠"，那可糟啦！

王老汉实在放心不下，过不多久，他在百忙中腾出身来，专程赶到冯耀旺的家乡，连水也没顾上喝，便径直奔向那新劈的莲池。春莲远"嫁"异乡，已经张开了笑脸，培育它多年的主人王明旺，习惯地看了看它的长相之后，不禁俯下身来，轻轻地拨开那绿色的水帘，悉心地打量莲的周身，觅着那池底下的一切。"啊，乖乖，光棍草，好多的光棍草！"王老汉毫不客气地指出："长嘴的要吃，长根的要肥。杂草可是莲藕的大敌呀！"

根据王老的建议，冯耀旺他们一连苦干了几天，把几十亩藕池底下的杂草，一棵棵地连根拔掉。王老汉这才放心地离去。

八月中旬，秋风逐起，暑气渐消。王明旺重点指导的种藕专业户，处处传来喜讯：有的预测可以产藕十几万斤，有的可以产藕几十万斤，有的甚至可以超过王明旺！

啊，请看吧，那大片大片的碧莲，轻盈娇艳，郁郁葱葱，亭亭玉立的荷花，白如银，红如鹃，被姿态妖娆的荷叶映衬得熠熠生辉。此情此景，恰似那宋朝著名诗人杨万里所描述的生动画面：

> 毕竟西湖六月中，风光不与四时同。
> 接天莲叶无穷碧，映日荷花别样红。

她，一身罗衣，一湖秋色，那样的馨香，那样的生机，而伫立于莲海中的王明旺，正像这万花丛中那株最娇妍夺目的"映日荷花"！

（原载《当代农民》1985 年第 1 期）

长江，在他脚下流淌

万里长江，惊涛拍岸。自古以来，不知有多少人梦想探索它、征服它。然而，望着它那汹涌如潮，飞流直下，从世界屋脊向浩瀚的东海奔腾而去，一个个都惊呆了、畏缩了。

历史的车轮驶入 20 世纪 80 年代。时代变了，人也变了。滔滔的大江也似乎变得驯服了。1986 年 6 月至 11 月，长江敞开那宽阔的胸脯，接受了两支中国青年漂流探险队的挑战，探险健儿的英雄事迹，犹如不息的江流在亿万人们的心中翻腾。

我无比崇敬探险队，更崇敬中国科学考察漂流探险队队长王岩。这位曾经在探险中失踪十天的弄潮儿，是中华民族第一个全程漂过"世界魔鬼大峡"——虎跳峡的坚强勇士。英雄之壮举，举世无双，多么值得自豪和骄傲！

九月上旬末，王岩和他的队友告别了凶险的长江中上游，继续乘坐橡皮筏向长江下游奋进。我穿过万头攒动、载歌载舞的人群，伫立于鄂东门户的大江北岸，眺望勇士那渐渐离去的身影，心潮起伏，久久难平。

王岩，天津渤海石油船舶拖运公司的青年人，他体魄魁梧，肤色黝黑，一米七八的个头，看上去虎虎生气，聪颖过人。探险途经岳阳时，度过了他 24 岁的生日。今年 6 月 16 日，他肩负中华民族的重托，带领中国第一支科学考察漂流探险队，登上耸入云天的青藏高原。从长江源头起，开始了征服万里长江的伟大实践。在慕名采访他时，我问他："怎么想到要参加漂流探险队？"

他挂着笑容回答："长江是中国的长江，中华儿女应当了解它、熟悉它。"

啊，就是这纯朴而执着的理念，驱使他在千难万险的大江中，同队友们一起践行"漂流考察"这一前无古人的事业。壮志既立，气吞惊涛。他们先后跨过了一道道高寒缺氧的冰川，穿过了一处处怪石嶙峋的峡谷，闯过了茫茫千里的无人区，还有那突袭而来的风雪、冰雹和那 180 多个甲级、特级险滩，都被他们征服了。

提起冲滩来，那号称"世界魔鬼大峡"的虎跳峡，实在叫人惊叹！

虎跳峡位于长江上游、金沙江河段，全长 16 公里，水位落差 200 多米，河床狭处仅 30 米。大江东去，从这里穿过了莽莽的玉龙雪山和中甸雪山，江岸峭壁巉巉，峡内急流如箭，那滚滚而来的斜状迭水，如银河坠地、瀑布飞流。在电视荧屏前，人们曾经看到：探险队将一只活蹦乱跳的狗子装进密封船做漂流试验。不一会儿，船就被那无情的江涛摔到礁石上，被撞得"底朝天"。那狗呢？连影儿也找不着。在长江源头尾随而来的美国探险队，见金沙江险滩甚多，激流特大，加上有一队员遇难受挫，队长肯·沃伦不得不从安全起见，宣告中止探险，收兵回营。面对这生与死的考验，王岩他们却毫不畏惧，他和另几名队友分别钻进密封船，果敢地挺进虎跳峡。可下水不久，队友们的船先后被激流、暗礁打翻了、撞坏了。幸好准备充足，队友们一个个地被营救上来。王岩的探险船，门窗也打掉了，水，瞬间涌进船舱，呛得他喘不过气来。勇士毕竟是勇士，他敢于冲锋，善于镇定。身处绝境时，他使出全身力气，死死抓住船舱里的绳索，在意志上把震耳欲聋的闷雷声、噼里啪啦的碰击声，尽量置之度外。船体乱翻乱滚，他不停地随着船体急旋转、倒跟头。1 小时 49 分过去了，奇迹终于出现了：王岩胜利地全程通过了世界上最大的险滩——虎跳峡！这一壮举，是他扬起生命的风帆获得的、创造的。

有人吃惊地问他："你的胆量为何这么大？"

王岩自豪地一笑说："冲滩，可不是我个人的事，也不是我们一个队的事，它关系到中华民族的声誉啊！"在接受我的采访时，他也这么讲："你想想，如果我们冲不过，那外国人该怎么看我们？！"

我听了连连点头，心想：是啊，中国人应当有中国人的骨气！

谈笑中，王岩和他的队友告诉我：日本的漂流勇士植村，曾在南美洲亚马孙河，创造了漂过水位落差为 3200 米的世界纪录。中国的万里长江，落差为 5000 多米，要打破植村保持的世界纪录，就得英勇拼搏！再说，漂流不仅是探险，更重要的是科学考察。

"这次漂流长江，科学方面的收获可大哩！"王岩自豪地说。

是啊，在长江源头，科考队发现当曲河水的流量比沱沱河的大两倍多。这么一来，历史教科书确认沱沱河是长江源头的理论，就很值得研究了；也就是在高寒的当曲河，首次发现了叶须鱼，它为鱼类学科的研究提出了新的课题；在海拔 5000 多米的黑河，第一次发现了世界上最高的沼泽地和泥炭层；在格拉丹冬冰川，还发现了这里的生态环境趋于干旱；沿途还采集了大量的动物、植物和矿物标本。这些靠路面考察所无法获得的宝贵资料，可是为我国科学工作者深入探讨地质学、地理学、生物学、矿物学，以及气象学和土壤学提供了可靠的依据啊！

漂流探险的科学价值，启导王岩认识了以身蹈浪、英勇进击的价值。他一次又一次地被狂涛吞没，却一次又一次地从狂涛中奋起。再大的困难和风险，他都不屈不挠。四川甘孜藏族自治州境内有一段江面，峡面千仞，水流湍激，密布的漩涡卷起七八米高的浪头。这壮景，堪称古今奇观。7月27日，中国两支探险队在此会师后，各派四名队员乘船探险。遗憾的是，船，不幸翻了。有的队员至今查无下落，王岩也失踪过——失踪整整十天啊！人们望着绝壁凌空的江岸和那奔腾咆哮的江涛，心都碎了！可万万没想到，王岩竟凭着他那海船驾驶员的娴熟水性和大无畏的拼搏精神，顽强地战胜了惊涛骇浪，攀上了"人行无路，鸟过难飞"的悬崖，爬到了白玉县境。上岸后，一连四天四夜，他和另两名队友在原始森林中，体验着野人般的生活。人说"苦不苦，想想长征二万五"。可他们所经受的那种苦，并不亚于长征啊！王岩告诉记者：那几天，他像孤雁一样东奔西窜，不知所措，踏险峡深谷、钻荆棘丛林、爬凌云绝壁……怎么也见不着道路，找不到人烟，饥饿、干渴、疲倦如瘟神般折磨着他。饥不择食啊！——树叶、草根、野桃、野杏……成了他的主粮！

我听了，心里很是难过，却又禁不住地询问他："吃这些东西，是什么滋味儿？"

他爽朗一笑说："哎，酸、甜、苦、辣，什么味儿都有啊。最难吃的是野桃子，那玩意儿又苦又涩，可刺激呢！"

"还吃了些什么？"我继续问他。

"还有蜗牛、蝌蚪。"他打着手势回答说，"在山洞里发现一群蝌蚪，捧起来就吃呀！"

"那该多难吃哟？！"

"没办法，为了生存嘛！"说着，他"哈哈……"地笑了。

这笑声，扬起一阵声波，在长江之滨回荡，在我心中回响：啊，20世纪80年代的中国青年，多么勇于牺牲、勇于开创！英勇的实践，迫使巨龙般的长江在一代新人的脚下乖乖流淌……

（原载《长江开发报》1986年12月24日第2版，湖北电台1987年12月7日播出）

雨湖之歌

　　漫步楚天水乡，我被那湖光秀色陶醉了。然而，我游览了那镶嵌在医圣故里的雨湖，更被一种伟大的精神所感动。

　　雨湖，位于长江北岸、大别山南麓的蕲春县蕲州镇。我国明代伟大医药学家李时珍就诞生在那里。她像一颗熠熠生辉的明珠，牵动着无数人的心。

　　在丹桂飘香的季节，我专程前往雨湖采访。车出蕲州东门外，只见一条简易公路把平如镜面的湖水分成两半。向导告诉我："这就是雨湖。"我情不自禁地把视线转向车窗外，留心寻觅那相传千古、装点在雨湖四周的"蕲阳八景"。很遗憾，由于历史的变迁，蕲阳八景几乎不复存在，眼下仅能欣赏到"城北荷池"一景。这荷池，古人曾这样描绘："花开十丈藕如船，不用吴姬唱采莲。"一眼望去，轻风拂得湖面涟漪迭起，那粼粼波光，托出一片轻盈绿湛的翠莲，亭亭玉立，严妆自恃。人在车上坐，好风时送暗香来。秀丽的雨湖，与李时珍的名字连在一起，真算得上"地灵人杰"了！

　　转眼间，我们来到修葺一新的李时珍陵园。它坐落在雨湖之滨的蟹子山，全国重点文物保护单位——李时珍墓就在这里。陵园前面，耸立着一块雕龙画凤的灰石牌坊，牌坊正中央，刻有郭沫若同志题写的"医中之圣"四个金灿灿的大字。穿过牌坊，行走百来步，便是李时珍纪念馆。里面陈列着邓颖超、方毅等领导同志的题词，不少名家的字画也在馆里展示，透过一幅幅画面和文字说明，李时珍的生平、身世和他在中医药事业方面的卓越贡献历历在目。

　　李时珍，字东璧，号濒湖。明代正德十三年（1518），他出生在蕲州城东瓦硝坝的一个医药世家。纪念馆的同志告诉我，李时珍刻苦好学，行医不久，就治好了不少疑难病症。相传他当时寻药问病到湖口，碰到一大群人抬着一口棺材，李时珍见地上滴有鲜血，当即拦棺求诊，悉心相救，使这个已经盖棺的人死而复生。从此，李时珍名声大震，方圆百余里的父老乡亲称他是"神医"。消息传到明朝皇室封在武昌的楚王朱英㷱的耳里。当时，朱英㷱的儿子得了一种叫"暴厥"的怪病，四处求医无门。楚王请李时珍上门诊治，不久便药到病除。馆里的同志说，李时珍就凭这一招，被楚王推荐到朝廷当上了太医。可他在那里任职仅一年，就托病南归了。因为他在行医过程中发现，前人留下来的本草药书所记载的药物品名繁多，注释杂乱，差错、遗漏不少，立志要写出一本像样的本草著作来。南归后，他一方面"书考八百余家"，另一方面不辞劳苦地跋山涉水，"远穷僻壤之处，险采仙麓之华"，在辽阔的神州大地广泛收集药物标本和民间验方。经过近30年的艰苦努力，李时珍终于写成了190多万字的《本草纲目》。前人误记的许多药物，经他加工整理，或分或并，或增或删，分门别类，纳萃一新。

经主人同意，我从展览橱窗里择取一两卷《本草纲目》细细阅读。这才发现，李时珍不仅是一位杰出的医药学家，而且文学造诣也相当了得！《本草纲目》里的文字，绘声绘色，惟妙惟肖，它既是写药，也是写文，任意择取一段，便是一篇优美的散文或一首诗歌。在李时珍的笔下，女贞子"凌冬青翠"，木芙蓉"艳如荷花"，那盈盈妍丽的莲藕，"不为泥染""不为水没""辗转生生，造化不息"。我细心体味，想起了中国的一句古话："言而有文，行之甚远。"李时珍的《本草纲目》之所以世传不衰，同他"言而有文"有很大关系。正当我深思遐想时，橱窗里的一部崭新的《本草纲目》日文译本映入眼帘，上面工工整整地写着"献给李时珍后裔"几个醒目的大字。纪念馆的同志高兴地告诉我，这是今年秋季日本著名学者宫本三郎先生来访时赠送的珍贵礼物。它再一次告诉人们，《本草纲目》这部被誉为"中国古代百科全书"的鸿篇巨著，不仅是中华民族的宝贵财富，也是全人类的宝贵财富！

走出纪念馆，绕过花草丛生的李时珍墓地，直下12级台阶，就见李时珍那庄重、端详的半身塑像，坐落在绛紫色的大理石基上。我伫立像前，默念起镌刻在正面台座上的郭老亲笔题词：

医中之圣，集中国药学之大成，本草纲目乃一八九二种药物说明，广罗博采，曾费三十年之殚精。造福生民，使多少人延年活命！伟哉夫子，将随民族生命永存。

念着念着，我心中的波涛不息地翻腾起来：在我们中华民族的历史上，有这样杰出的医药学家，怎不叫人骄傲和自豪！

告别李时珍陵园，细访医圣故乡中医中药事业的发展，我不禁为医圣故里后昆的开拓精神所感动。与陵园隔湖相望的是李时珍医院。在这里，我看到院内设有中医内科、外科、妇科、儿科、针灸科、骨伤科，还设有中医眼科、喉科、皮肤科和痔瘘科，共计十大科室。作为县办中医院，可说是有相当的规模了。副院长孙绪强告诉我，这些中医科室在救死扶伤中各显神通，使许多人起死回生，延年益寿。病人中，有乡下的，也有城里的；有北国的，也有南疆的。河南华新毛纺厂有一位老人因工致残，半身不遂，四处求医无效。去年，他千里迢迢，慕名来到李时珍医院就诊。医院按照《本草纲目》对症下药，三个月后，这位曾对生活失望的老工人，终于顽强地站了起来，走了回去。

我听了后，感慨地说："这位工人一辈子也忘不了李时珍哪！"

孙副院长笑了："我们医院对于中医中药事业，是立足在继承中发展，实事求是，不图虚名。"

在琳琅满目的药架上，我看到这里自制的中成药达100多种，有的中成药是其他地方所没有的。像治疗烧伤的红冬草油，治疗高血压的金鸡儿糖浆，治疗肠炎、痢疾的艾地合剂，给数以千计的病人解除了痛苦。就说红冬草油吧，用它治疗烧伤，结痂快，抗感染力强，伤口愈合好。如今在蕲州一带，一般的烫伤、烧伤，人们不住医院，不请医生，只去买一两瓶红冬草油涂搽就可以化险为夷了。在外科病房里，我见到几位烧伤病人。按理说，烧伤是灼痛难忍的，可他们有的还在玩牌哩！

离开病房来到中药库房，更使我眼界大开。药库设在二层楼上，那各种盛药的器具形形色色。常用的400多种药物放得井井有条，该箱藏的入箱，该罐藏的入罐，该加料炙制的加料炙制……用他们的话说，叫作"不切不制不入药，切不适中不入药"。对于中药的储藏和炮制这样一丝不苟，我还是第一次见到。药库保管员见我是个外行，索性打开几口药箱让我仔细地瞧。

哇！箱内经过切制的中药，有的像菊花，有的像冰片，有的像寸金，还有的像小块小块的夹心饼干。有一种药叫作槟榔，被切得"有边不见边，撒手飞满天"，轻薄如膜如纸。主人解释说："因为它质地坚硬，药汁不易煎出，不切薄些就难以达到预定的疗效。"他还告诉我，同一种药物用酒炙、糖炙、醋炙等不同方法炙制，会具有多种多样的用途。

我敬佩李时珍医院的医术、医风，更敬佩他们在理论高峰中那勇于攀登、勤于探索的精神。孙副院长告诉我，建院以来，在名誉院长、全国著名中药学专家高辉远的指导下，全院200多名职工形成了学理论、钻业务的良好风气，并且取得了可喜的成就。陈列在院内的李时珍文献馆里，有一部新近整理的文献，叫《李时珍故乡医药》，这部医学著作，从理论和实践的结合上荟萃了医圣故乡的中医中药精华。书中红冬草油的奇特功能，菊花晶的提炼和临床妙用，以及驰名中外的"蕲春四宝"——蕲蛇、蕲龟、蕲艾、蕲竹的药用价值，都一一作了详尽介绍。可惜的是，尽管蕲春四宝以神奇的药效而名传千古，而在李时珍医院和文献馆创建之前却无人问津，以致蕲蛇、蕲龟濒于绝迹，蕲竹也寥寥无几。蕲艾属草，岁岁春风吹又生。然而，它除了有少部分入药之外，大部分被农家当作柴火烧掉了。"这样下去，怎不叫人心疼哪！"院里的一位年轻人向我说完以上的话后，长叹一声。

他叫梅全喜，今年25岁，是院里最年轻的中药师。近几年院里的中医中药人员共撰写、发表理论文40多篇，其中有一半是出自小梅之手。今年，他带着药学方面的研究成果，到青海，上北京，同全国著名的药学专家共同探求祖国药学宝库中那一个个有待发掘的秘密。资源丰富的蕲艾，当然也在研究之列了。谈笑间，小梅引我去看蕲艾标本。蕲艾与普通艾相比，叶片肥些，肉质厚些，色彩浓些，反面还布着密密麻麻的乳白茸毛。虽然它已经在橱窗里存放多年，但还是有着浓郁的馨香！小梅告诉我，这醉人的香味儿，是一种很有药用价值的挥发油，它可以消炎、镇痛、平喘、止血，治疗十多种疾病，经过科学鉴定，蕲艾的挥发油比普通艾高出两倍多。

这热情洋溢的解说，把我又一次带到《本草纲目》里了。那上面是这样记载的："自成化以来，艾则以蕲州者为胜，用充方物，天下重之，谓之蕲艾。产于山阳，采以端午。治病灸疾，功非小补。"就是说，用蕲艾入药或者进行艾灸，其功效很不一般。李时珍制药厂的同志还给我透露了一个振奋人心的信息："七五"期间，制药厂将要上以蕲艾为原料的生产系列：蕲艾精、蕲艾膏、蕲艾油胶丸……将陆续投入市场。按照《本草纲目》药方酿制的、被评为省优质产品的李时珍补酒，也将逐年扩大生产，满足国内外市场的需求。

看到医圣故乡中医药的研究成果蓓蕾初绽，我高兴得连声叫好。孙副院长激动地说：不研究不行啊！当今的西方世界提出了"非创伤性和非化学药物治疗"的设想，这是一个很值得重视的课题。接着，他讲述了一个发人深省的例子：1984年秋，美国哈佛大学植物学博士胡秀英，访问医圣故里之后，欣然命笔题词，称赞李时珍文献"集千秋华夏药物知识，启万世保健科学研究"。孙副院长说，她所讲的保健科学，就是无创伤、无化学的医学了。可见，研究中医中药在世界上已经引起重视，我们作为医圣的故乡，作为中医中药的发源地，在科学研究上，理所当然地要走在世界的前列！

红日西下，晚霞满天。我漫步李时珍医院，进入眼帘的是一片盛开着鲜花的药园：金黄的秋菊、洁白的月季、火红的紫薇，还有那叫不出名儿的，开着蓝花、紫花、墨绿花的各种草药，在晚霞的辉映下，显得格外的艳、格外的美！清风吹来，馨香扑鼻，令人心旷神怡！此刻，我似乎感到：这不是傍晚，更不是秋天，而是春暖花开、朝霞初起的时刻。

啊！李时珍故乡的中医中药事业，正迎来了繁花似锦、万紫千红的春天！

（原载《湖乡行》长江文艺出版社 1987 年版，原题《医圣故里访雨湖》）

白莲渔火

　　从古城黄州出发，车行百余里，翻过重峦叠嶂的凤凰关，那向往已久的人造平湖——白莲河水库就在眼前。

　　白莲河水库横跨英山、罗田、浠水三县，是湖北省大型水库之一。它像镶嵌在大别山主峰南麓的明镜，又像是一条飘绕在奇峰峻岭之间的玉带，湖光山色，实在诱人。

　　一天早饭后，我登上机帆船，在平阔的水面上游荡。河道弯弯，山重水复，船儿不知绕过多少深谷、港滩，一路迎接我们的，是一幅幅美丽的画卷。就说眼前的浠水陈畈库汊吧。这里是用3道网片拦起的大库汊，飞跨东西两岸的钢缆绳，足有500米长，跨度虽大，渔民却有心计：正中间的缆绳上，等距离地撑起4道铁杆，拴着四艘小趸船，趸船随水升降，钢缆可随着趸船上下浮动。听一位青年渔民介绍，这库汊是查山、丁山、两河、株林4个村联合开发的，共有水面3000多亩。从他那红润的笑脸上，看得出他对库区的渔业生产充满信心。他叫王金水，今年才20岁，是全乡第一个自修大学毕业生。我问他大学毕业后怎么爱上了养鱼这一行，他自豪地回答："库区的出路就在这里呗！"

　　原来，王金水出身农家，在那"左"的年月，全村人困在几分田地里"闹革命"，日子越过越贫寒。自从1961年水库建成，库水淹掉了大部分赖以生存的土地，生计很是艰难。为着生存，他们也曾搞过"削岗造平原"，刨呀！挖呀！山刨平了，树挖光了，水库淤了，人变得更穷了！王金水的父亲算是个有远见的人，他对水库抱有希望，总想有一天能找到好办法致富。于是，他给孩子取了个雅名儿："金水"。如今，王金水长大了，水库开放了，王金水欣喜地说："我的志向是把父辈的愿望变成现实，向'水里求财'，脱贫致富。"

　　告别小王，我们乘坐的机帆船行过"百里险"，映入眼帘的是一座座库中小岛，岛上聚着的小鸟，见船儿快要靠近，纷纷拍打着翅膀，相继飞上天空，有的水鸟还快活地"咯、咯"啼叫，展现出一幅"水在深泉鸟在云"的生动画面。

在日已西斜的时候，我来到英山县库区养鱼较早的闵家河村，走访了王纺芝老汉。他经营的网拦库汊有两三百亩。老汉神情欢快，古铜色的脸上泛起一缕春风。我问他承包这库汊有多久了？他爽快地答道："两年啦。"

"收成可好哟？"

"嗨，不瞒你说，包的当年，就捞取成鱼1万多斤，收入15000元，今年的收获还会更大些。"

我静静地听着，想着，不禁问道："比前几年强多了吧！"

提起"前几年"，王老汉的脸色沉下，半晌才说："建库20多年，我家悬在集体账上的欠款累计5700多元。远近十里八乡的人都笑我是个'债砣子'。"他镇定了一下情绪说，"现在可好啦，养了两年鱼，清了一身债，一家老小还添了满身新呢！"

我问他还有些什么想法，他充满自信地回答："我呀，这后半辈子可遇上好世道。只要党的政策不变，好的局面不毁，形势再不折腾，我们就安安稳稳、痛痛快快地搞建设、奔富路啦！"

告别王老汉，我同水库的同志转乘汽车，向邻近的方桥村奔去。一路上，只见山也葱绿，水也葱绿，山山水水，如诗如画。水库的同志见我惊异，趁机解释说："这几年，库水活了，鱼儿肥了，山也变得可爱了，库区的绿化已初具规模，光是新栽的茶、果、桑、橘等经济林就有4万多亩。"他还告诉我，库区探索的"以渔养山"的路子，效益最理想的要数网箱养鱼了。

提起网箱养鱼，还真有些趣味。网箱养鱼原来称作"笼养鱼——把鱼放在笼子一样的网箱里饲养。它是柬埔寨渔民创造的，至今已有100多年历史。近20多年来，世界各国的网箱养鱼蓬勃兴起，但在我国它还算是一门新兴的事业……

方桥村到了，这是我多次访问过的地方。网箱养鱼大户方廷光见到我，很是热情，寒暄几句后，领我来到库边。啊，他经营的库汊和网箱比往年更气派：横空架起的两道拦网，直落水底泥层，把30多亩库汊从大库面中分割开来。网拦库汊里，点缀着几十口网箱，微风拂去，浪花迭起，涟漪一片。我踏上一叶扁舟，醉心观赏。船主人吆喝一声，张开两臂，剪开双桨，船箭一般地驶进港湾库汊，靠近那片密密麻麻的网箱边。原来网箱是浮动的。它由几块网片连接而成，面上4米见方，水下深约2米，一杆杆竹篙儿把它悬吊着，鱼儿全被囚住了。经主人同意，我用力拉拢网箱。哎哟，里面全是颜色各异、活蹦乱跳的优质鲤鱼！要不是主人介绍，我真不敢相信，这有一两斤重的鲤鱼竟是当年小苗投放的，方廷光微微一笑，说："按照常规，鲤鱼本要长两三年才压得住秤砣。不过，我们这儿再不是'人放天养'了，而是一种新的模式、新的工艺。"他的话语里边有科学道理，也充满着自豪。我知道，3年前，精明强干的方廷光，为着学一手养鱼技术，特地进省城与省水产局马继民局长交上了朋友，还请来一位水产专家作指导。经过一年半的艰苦探索，取得了"库汊拦网，网箱养鱼"的生产技术研究成果。在鉴定会上，来自10多个科研单位的代表一致称赞这项成果是"库区人民脱贫致富的好路子"。依我目前所见，方廷光今年渔业生产的形势将会更好。可是老方并不尽满意，他说："鱼多了，销售成了问题，鱼价在跌，饵价在涨，还有资金问题、技术问题、渔政管理问题，以及承包合同的完善问题，都有待进一步研究解决。"据老方说，一只网箱的收入要顶两亩田地，可有的贫困户还是搞不起，他希望社会各方继续为库区排忧解难，办些实事。

听老方这么说，我忙问他贫困户养什么鱼最合算，他立即回答："罗非鱼。"

"那是为什么?"

"因为罗非鱼性情温和，摄食广，生长快，在水库网箱里饲养，半年可长到半公斤，一口网箱可产半吨多，收入就是千把元。"

我又问："听专家说，罗非鱼在14摄氏度以下就无法生存。网箱饲养怎么渡过这一关?"方廷光遥指水库尾端的北汤河说："那儿有一个温泉，常年水暖如春。库区的罗非鱼繁殖基地就建在那里。"

我按照老方的指点来到北汤河。这北汤河依偎在奇峰拥秀的鸡鸣山下，高热度的温泉使地面雾气升腾，如云如烟。它与河边那错落有致的建设群连成一片，犹如云雾缭绕的琼阁仙境。据旧县志载，北汤河温泉之水，"呼呼沦沦，如沸如真，恍炉中之集炭；炎炎腾腾，燠气上升，如元阳之熏蒸"。它的热度之高、能量之大，是一般的温泉所不能比拟的。遗憾的是，多少年来，这好的温泉仅仅只是供人们在田园陋室里沐浴而已。如今好了，白莲河水库的开发利用，使得北汤河"泉流山下泄春光"。人们在北汤河的一侧，池里边可见一群群身带黑色、披着斑马花纹的罗非鱼苗，频频地摆着燕尾，舒张着鱼鳃，显得扬扬得意。那鱼种池的一角，有一溜哗哗的流水，晶亮晶亮的鱼卵在流水中滚滚翻腾，新的生命在这不息的运转中诞生。

夜幕垂下，皓月当空，"碧天如水夜云轻"。那天夜里，我趁着月光，跃上巍巍屹立的鸡鸣山，回望白莲河水库，啊，好一幅"水烟晴吐月，山火夜烧云"

的壮丽景象：远处，雾气蒙蒙，水天一色；近处，鱼灯盏盏，一片火红。那依山傍水的渔村，被这熠熠生辉的渔火照得透亮。我的心潮久久难平！白莲渔火啊，你是库区人民的希望之光！

（原载《湖乡行》，长江文艺出版社 1987 年版；《发展中的淡水渔业》，新华出版社 1988 年版）

窑炉颂

　　细访大别山，我感到有许多精神值得赞美。然而，我此时想赞美的，却是改革时代孕育出来的一种特别的精神——大别山建筑窑炉的开拓精神。

　　说到窑炉，人们并不陌生，乡村中常见的"龙窑""立窑"就属这之类。它们和陶瓷生产相伴而生。今天，随着陶瓷工业、玻璃工业、电瓷工业、建材工业，以及化学工业的蓬勃发展，窑炉的种类也渐渐繁荣起来，光是隧道窑就有陶瓷隧道窑、砂轮隧道窑、墙地砖隧道窑、釉面砖隧道窑、高频电瓷窑、砖瓦湿坯烧成隧道窑，等等。现代工业对窑炉工艺的要求越来越高，就像一座座峭壁巉巉的高峰耸立在前进的路上。

　　胜利却属于不畏艰险、勇于攀登的大别山人！

　　一次，我穿过大别山腹地，跃过大别山脊梁，来到大别山南麓的黄冈地区筑炉工程公司。那宽敞明亮的会客厅里，锦旗和奖状挂满墙壁。我粗略地数了数，"官方"和"民间"赠给的锦旗不下80面。这一面面红艳如霞的锦旗，凝聚着大别山人的心智和骄傲。面对这些锦旗，我仿佛看到这家公司的感情潮水流到了大江南北、长城内外，流进了名城苏州、古都咸阳，南及珠江之滨，北达呼伦贝尔大草原。不信吗？请看那锦旗上充满激情的赠言："质量第一""工艺精湛""一心为用户，奋力创全优"……这就是数以百计的用户对大别山老区窑炉建筑企业的信任和赞美，连驰名中外的瓷都景德镇，也对他们那勇于奋进、开拓创新的精神表达出钦佩之情！

　　那是发生在20世纪80年代初期的事，也是黄冈筑炉公司走出大别山开辟的第一战场。公司经理告诉我，当时，建筑公司刚刚在改革声中组建，队伍就开进了著名的瓷都景德镇，承接窑炉建筑工程任务。景德镇是象征着中华文化和艺术的世界级著名瓷都，有着悠久的烧瓷历史。早在两千多年前，随着陶瓷生产的发展，那里就出现了各式各样的古瓷窑。据《浮梁县志》记载，景德镇冶陶业兴于西汉。到了唐代，这里所烧制的瓷器，色泽素润，妙趣横生，被当作玉品贡献给封建王朝；时至宋代，工艺进一步发展，为朝廷烧制的"御器"，洁白无瑕，光华夺目；明代，烧瓷生产规模宏大，窑炉业也更兴旺，"延褒数十里，烟火十万家"，而且技艺高超，群窑莫媲；清康熙至乾隆年间，为瓷都瓷器生产的鼎盛时期，所生产的各种彩陶彩釉，堪称人间之瑰宝；新中国成立后，古瓷都更是青春焕发，盛况空前，传统的青花、玲珑、粉彩、颜色釉四大瓷器和工艺，荣获国家三枚金质奖章和一枚银质奖章。不难想象，到景德镇去一试锋芒，需要多大的勇气和精湛的窑炉技术作后盾啊！然而，英雄的大别山人敢于迎难而上、班门弄斧！

窑炉公司经理一边陈述他们的战斗历程，一边给我介绍他们的成果。他微微笑道："有志者，事竟成。打入瓷都之后，我们不仅没有给大别山人丢脸，而且还干出了名堂，赢得了信誉！"他们精心设计、精心施工建造的两条 95 米长的隧道窑，一次点火、试车成功，烧成率高达 94%。厂家的工程师望着熊熊燃烧的炉火，留心打量着这群虎虎生气的青年筑窑工，不禁伸出拇指连声夸耀："好样的，质量信得过！"

首开纪录的"瓷都之战"，为黄冈筑炉公司开辟了创业之路，也拓宽了自己的视野。他们的建筑脚步，像当年从大别山开出的红军部队一样，踏遍了祖国的四面八方。避暑山庄的承德，雁门关外的大同，"圣人"门前的曲阜，"九朝故都"的洛阳，以及那"山水甲天下"的桂林，都一一敞开城门，接受这支窑炉建筑队的辐射。筑炉公司创建八年来，他们对有的客户厂家已是"三进宫""四进宫"，甚至"五进宫"。也许有人会问：这些厂家为什么如此看重黄冈筑炉公司？请听一位窑炉专家的回答吧："窑炉是陶瓷工业的心脏。若是心脏不好，设计工艺再先进，造型再精美，也无法把图纸上的艺术变成现实的艺术珍品。"

是啊，陶瓷是艺术的象征，窑炉更有它的内在艺术，而且，随着现代科学技术的发展，它的内在艺术之精华，远远超过了陶瓷艺术的范畴了！

能促使物质发生各种奇异变化的催化剂，我国过去长期靠进口。它除了配方工艺之外，一个重要原因，是窑炉技术水平无法达标。黄冈筑炉公司为此深感不安。1985 年，他们与北京燕山石油化工研究院达成协议，承接两条生产催化剂的电热隧道窑。这种窑的内空出奇地小：20 厘米宽、30 厘米高，而且要用两百多种耐火砖和复杂的耐热钢建成。设计要求在 1580 摄氏度至 1730 摄氏度的高温下，窑车从隧道里运行，不得与窑体曲封部位有 1 毫米之差，其精密度可谓严矣！在这种高精密度的工程面前，黄冈筑炉公司的建设者们没有丝毫退缩，而是用一流的技术，成功地建起了我国第一座生产催化剂的电热隧道窑，从而结束了我国催化剂完全依赖进口的历史。

像这样创造性的窑炉建筑，黄冈筑炉公司还数得出许多来，诸如涉外工程窑、砖瓦干燥窑、湿坯码烧窑、彩釉一次烧成窑、配置进口汽车的钢化玻璃窑等，都是他们的拿手好戏。在汉水之滨、襄阳城内，市建筑陶瓷厂用黄冈筑炉公司建筑的窑炉，低温快速烧成的硅灰石质釉面砖，还获得了国家科委颁发的"金龙奖"哩！

质量与效益的统一，使人们越来越看清窑炉的地位与作用，一位企业家深有感触地说："建一座好的窑炉，对于企业来讲，等于栽下一棵摇钱树！"

百闻不如一见。岁尾年头，我来到陕西咸阳市陶瓷厂采访。只见由黄冈筑炉公司承建的那座素烧釉面砖的隧道窑，像一条巨龙横卧在车间中央。这座窑炉已经运转四年了，我从火眼中望去，窑内炉火纯青，整个窑体，几乎找不到一丝裂缝，窑体旁边整齐地堆放着烧成冷却的釉面砖，洁白如玉，色素清雅，光泽莹亮，叫人看了，大有赏心悦目之感。我凑近厂家的工程师问道：

"这座窑效益可好？"

工程师一顺溜地回答："年产釉面砖 50 万平方米，产值 750 万元，创利润近 20 万元。"

他还告诉我，黄冈建的窑炉投产之前，他们厂亏损 11 万元，投产后，当年扭亏为盈。

听了这话，我心底思绪万千！窑炉所烧出的各种精品，多被墨客文人吟叹和赞美，而属于窑炉本身的却只有"历史遗址"。这多少有点不公平！其实，自古以来，窑炉始终蕴藏着一种神奇的功力。倘若没有窑炉，那些本不具备艺术价值的泥坯土块，怎样变成千姿百态、色冠群芳的艺术珍品呢？怎能变成各种各样的有用之材呢？不过，这种神奇的功力，毫无疑问应当归功于勤劳智慧、心灵手巧的窑炉建设者！

告别咸阳陶瓷厂，我伫立关中，细品瓷艺，一望窑炉感废兴。早在 6000 多年前的远古时代，我国就已经有了焙烧原始陶瓷的古窑。关中半坡村人类遗址的发掘，就揭开了古代横穴窑的"秘密"。我曾参观过半坡村，也曾察看过横穴窑遗址。从古窑体的残垣断壁中，可以推断它是一种升焰式窑——根据火焰一定向上的自然规律而修建的。这就足见我国古代劳动人民的聪明才智。据有关专家讲，窑炉和陶瓷一样，是我国古代劳动人民最先发明的、创造的。然而，历史发展到今天，我国的窑炉建筑工业与世界发达国家相比，却拉大了距离。

弥补历史造成的这段落差，成了我国现代窑炉建设者的光荣使命。赶超世界先进水平，成了我国窑炉工业的新课题。在这光荣的使命面前，黄冈筑炉公司勇于担当，闯出一条开拓前进的道路。

"这是一条成功之路、希望之路，也是一条充满了艰难困苦的曲折之路！"公司经理这样感慨地对我说。为寻求这条路，他们住过茅棚，蹲过猪舍，越过千里冰峰，闯过茫茫雪海，最终找到了"依靠科技驱动，振兴窑炉工业"的康庄大道。经理说："在技术竞争日益加剧的今天，没有科学技术作支撑，就不会有现代化的科学工程，也就不会有窑炉建筑企业的信誉和生命！"

他算是吐出真经了。据我所知，创建于1980年的黄冈筑炉公司，是全国第一家跨地区、跨行业的窑炉工业联合体，它与中国建筑西北设计院、机械工业部第7设计院、轻工部长江设计院，以及西安电瓷研究所等10多家科研设计单位建立了长期协作关系。通过技术培训、现场指导，不断提高窑炉建筑工人的素质。1985年6月，以黄冈筑炉公司为主体，以全国各协作科研设计单位为依托的"华夏窑炉联合工业公司"，在驰名遐迩的东坡赤壁正式成立。从此，这支从大别山崛起的窑炉新军，从协作走向联合，走出了科研、设计、施工相统一的新路子。窑炉的建筑工艺，得到了迅速发展、提高，各式各样的隧道窑、倒焰窑、多孔窑、辊道窑，如烂漫山花，争春斗妍，竞吐芬芳。

此时，我站在华夏窑炉公司的诞生地——东坡赤壁矶前，遥望大江东去，感觉到大别山的窑炉事业，同祖国的窑炉事业一样源远流长。新型的窑炉工业随着改革的汹涌大潮迅猛发展，大有"春风柳上归"之势。我祝愿"华窑公司"的建设者们继续开拓创新，让大别山那熊熊的窑炉之火缀满人间，放射出更加绚丽的光华！

（原载《情系大别山》，湖北人民出版社1988年版）

战地晚霞红

　　大别山南麓的蕲春县，有一个名叫高山铺的地方。这里距蕲春县城 5 公里，鄂皖公路（即柳界公路）横穿而过，东达安庆，西连武汉，扼鄂皖咽喉，历来为兵家必争之地。

　　40 年前，抗日战争的胜利极大地激发了中国共产党人民解放军的革命斗志。为尽快摧毁"蒋家王朝"，刘邓大军奉命自齐鲁发兵，越太行，跨黄河，一路进发，日夜兼程，千里跃进大别山，揭开了解放战争的序幕。此时，被誉为国民党"王牌"部队：敌整编第四十师及八十二旅，带着清一色的美式装备，紧紧尾随其后，妄图伺机剿杀。1947 年 10 月 25 日，刘邓大军推进到高山铺。见这里地形有利，便迅疾以口袋战布阵，诱敌深入。为打好这次歼灭战，野战军指挥部决定，在高山铺地区东、北、南三面设伏，阻击敌人，务求必胜。次日（即 10 月 26 日）上午 9 点，战斗正式打响。我侦察连和地方武装配合，以诱敌为目的，边打边撤。敌误认为是小股阻击部队掩护主力转移，坚持继续东进，敌大部队紧随其后向高山铺"口袋"涌去。当敌人发现中计后，为时已晚。27 日上午 9 点总攻开始，刘邓大军居高临下，势如破竹，到下午 2 点，将敌军余部压至高山铺西南一冲淤泥没膝的烂泥田（石丘垄）里，完全丧失战斗力，纷纷举手投降。当地农民有褒有贬地讽刺说："刘邓总指挥，前堵后又追，追到石丘垄，泥田捉乌龟。"这一仗，一举歼灭国民党军四十师和八十二旅共 12000 余人，还击落敌机一架。这就是著名的高山铺战役。它为解放战争史书写了光辉的一页。

　　1978 年 10 月，秋高气爽，风和日丽。我迎着和煦的秋风，专程造访了高山铺。

　　来到这里，只见十多个巍峨雄峻的山头将高山铺团团围住，形成了一个狭长地带，气势磅礴而森严。据史料记载，明朝崇祯年间，诗人杨晋曾留下了"高山磷火绕忠魂，为尔悲歌泪沾臆"的诗句。可见此地曾是叱咤风云的古战场。抗战时期的武汉保卫战的东部战区，亦设在高山铺至武穴一带的丘陵岗地，令侵华日军吃尽了苦头，激战两个多月，我方阵地岿然不动，直至其他战区全部失守，国军总部才下令撤退。

正当我俯首凭吊那无数民族英灵的时候，巧遇一位曾经参加过高山铺战斗的老战士故地重游。他叫李文斐，老家在太行山，1940年入伍，1947年随刘邓大军南下。高山铺战斗中他负重伤，留在当地后方医院治疗。伤愈后迎来全国解放，他便留在蕲春工作，现在休干所安度晚年。他见我是来采访高山铺的，那久经战火熏炼的古铜色脸上，洋溢出异常喜悦之情。他十分激动地告诉我："高山铺战斗，既为解放军将士们记叙了敢打敢拼、英勇善战的历史事实，又为解放军将士们诠释了面敌血刃、不怕牺牲的奉献精神。"他说，发起总攻的那天，刘邓大军仅用5个小时，就把胜利的旗帜高高地插上了高山铺！蒋介石一手栽培的所谓"精锐之师"，在刘邓大军面前竟不堪一击！我刚想打听这其中的奥妙，李文斐便笑了，他说，战斗的胜利，首先是刘邓首长审时度势、果敢决策的结果，选择了高山铺这样一个使敌人插翅难逃的好战场，再是全体将士都明了这场战争的战略地位和作用：这一仗，像一把利剑插进了敌人的心脏，沉重地打击了国民党的嚣张气焰；这一仗，粉碎了敌人的"围剿"，扭转了整个战局，为解放军由内线作战转为外线作战做出了示范；这一仗，使解放军开始由战略防御转为战略反攻，是解放军挺进大别山的胜利决战，开启了全国解放的伟大壮举！

接着，李文斐回顾了当时刘邓大军面临的严峻形势：打胜这一仗，解放军便能稳固地控制鄂东长江北岸的广大地区，构成东慑南京，西扼武汉，南逼湘赣，钳制中原的反攻态势。否则，就会被迫退进深山，被动挨打。这时，只见李文斐扬起眉梢，绘声绘色地讲述战斗情景。他那激情的话语，把我带入了40年前那战火纷飞的战场：发起总攻的那天上午，我英勇的人民解放军怒吼了，枪声、炮声、厮杀声浑然一体，震撼得地动山摇！将士们人人冲锋陷阵，个个英勇杀敌，前面的战士倒下了，后面的战士跟着冲上去！说话间，李文斐解下腰带，撩起衣衫，指着腰间碗口大的弹痕说："这是高山铺战斗留下的纪念！"我感动地说："你可是为高山铺付出了血的代价啊！"李文斐爽朗一笑说："这算得了什么？毛主席讲过：'要奋斗，就会有牺牲！'"

他沉思一会儿说，那时候最使他感动的，是战区人民同刘邓大军一样，为高山铺战斗做出了无私的奉献！从静悄悄的蕲北山区，到烽火连天的前线，群众自觉组成支前服务队，有的抢运弹药，有的筹集粮款，有的赶制军鞋，有的带路出击，还有的救护伤员，负责战后的战场清理。参与支前的人数，谁也记不清、说不准，只知道这里的人心同刘邓大军全体壮士的心紧紧地贴在一起！这一席话，勾起了我孩提时代的思忆。

我家就在蕲北山区，距高山铺30多公里。那年冬，我才上小学，奶奶趁着月光给我讲故事，教我唱民歌。她老人家说，打高山铺那一仗的时候，这里的老百姓也豁出去啦！有位老爷爷家里穷得很，刘邓大军到了，他冒着枪林弹雨，从解放军阵地上救出一个又一个伤员。天快亮的时候，老爷爷抬着伤员通过一个峡口，不料一阵枪响，他倒下了。担架队的队友赶忙去扶他，他却摆着手说："不用管我，快……快把伤员抬走！"听着这故事，我望着奶奶不知该说什么。后来，我终于从奶奶教唱的那首民歌中，粗浅地领悟到一点道理。那首民歌是那样的真切欢快，动人心弦——

> 刘邓大军进山来呀，队伍好气派。
> 一色的灰军装呀，一色的麻草鞋。
> 肩扛三八枪呀，身背子弹带。
> 高山铺战斗显威风呀，好似神兵天上来。
> 减租减息闹土改呀，红日金光照山寨！

沉思中，我信步走进高山铺村的一家农舍，只见中堂上端端正正地贴着一张毛泽东主席同元帅们在一起的巨幅油画。两边的对联，充满了高山铺人对党和老一辈革命家的深切怀念之情："南征北战山河颂，伟业丰功世代歌"。这正是历史的写照，人民的心声啊！

不一会儿，主人进来了。他叫何良德，曾在高山铺战斗中同他父亲一道担任支前工作，为我军强占马骑山和上铺立了功，战后又带队清扫战场。40年后的今天，这位年近花甲的支前模范，还是那么朴实、那么勤劳。我问他："你家的日子过得可好哟？"

他连声回答："还好还好，总算不愁吃，不愁穿呗！"

何良德说："这些年搞改革，农村面貌确实在变，连人的眼界也变开阔了！"他告诉我，过去高山铺人"养鸡为换盐，养猪为过年，养田养地为着糊个肚儿圆"。如今可不同，他们的视野已经从20世纪40年代的战场，开始转向80年代的市场。就说种稻吧，它也在面向市场做文章。往年，人们习惯于种植常规的籼稻、粳稻，现在却普遍改种优质稻。那营养丰富、质优价高的"珍稻"更是宝中之宝了。

　　说到珍稻，我倒略知一二。它米质纯正，色泽玉白，烹制之后，馨香可口，为蕲春特产之一。令人感叹的是，这么好的稻米，何良德老人竟不肯轻易尝一尝，把几百斤珍稻全部交售给国家。我问他为何这样做，他爽快地回答："国家需要优质稻米，满足国家的需要是我们农民的责任！"

　　这朴实的话语，使我渐渐明白：两年前，国家从日本引进一套现代化技术设备，在蕲春新建一座精制米厂，原来是靠这里千万个"何良德"做出贡献，才走上振兴之路的！

　　当我快要结束高山铺访问的时候，我发现战区人民那种崇高的奉献精神，正在激起无穷的力量，改变这里旧的观念、穷的山水！那一处处集体林场，培上了新土，栽上了新苗；一个个乡村企业在开放中搞活，在竞争中崛起；一项项服务机构和网络，正在探索中建立、完善。给我印象最深的，要数当年在高山铺战斗中建树过功勋的老战士。几十年过去了，他们仍然保持着光荣传统，把余热献给这里的人民，献给这片血染的土地！就说李文斐吧，他已是年过六旬的老人了，疾病和伤痛常常折磨着他。然而，"烈士暮年，壮心不已"啊！党的十一届三中全会的春风吹来，他深深感到这又是一次战略转移——社会主义建设时期的战略转移！于是，他主动来到住地附近的吴庄，帮助筹办玻璃钢厂。严寒酷暑，他几度进省城跑材料，问信息，请专家。经过一番艰苦努力，终于使一座年产值几十万元的玻璃钢厂在吴庄拔地而起！我问他："你这样辛劳，得不得点补助、报酬？"他笑着回答："还能讲那个？我只是尽点义务而已呗！"

　　告别李老，我直奔蕲州古城，造访在高山铺战斗中担任支前队长的陈幼卿。这位82岁高龄的老党员，当年是中共蕲春县工委成员、抗日老战士。他面色红润，精神抖擞。我对他早有所闻了。打高山铺时，他作为支前队长，动员群众为刘邓大军筹集了大批粮、钱和医药、担架，为夺取这场战争的胜利建过功勋。令人起敬的，是他有功不居功。在商品经济蓬勃发展的今天，又组织"支前"服务队为商品生产服务。这支由九百多名离退休干部和退休工人组成的服务队，遍及蕲州各地。陈老告诉我，服务队自去年七月正式组建以来，就把服务的重点放在各个层次的经济实体上。信息、技术、管理、流通，项项都在服务之列：亏损一万多元的北门商场，是服务队员给救活的；一度滞销的轻质碳酸钙，是服务队员冒雨下江南给打开销路的；瓷厂的工程机械检修、米厂的锅炉调试，南门村、竹林湖村，以及石粉厂的发电机组安装，都是服务队员夜以继日地给"拼"出来的……

　　"在服务队的行列里，有个名叫黄全斌的，别看他已有67岁了，可搞起服务来，却有一股韧劲儿。"陈老心情激动地向我介绍说。原来，从抗日战争到解放战争，黄全斌是打入敌人营垒的优秀地下工作者，三五九旅下江南时，他避着敌军那森严的防御，从敌人营地偷调大批船只援助我渡江雄师；高山铺战斗打响前夕，他冒着生命危险，越过敌人道道防线，准确、及时地向刘邓大军传递重要军事情报。今天，这位英雄战士仍然不失英雄本色，哪里有困难就去哪里战斗！原地区煤机厂的起死回生，蕲州东门电机厂的产品销售，漕河镇新建冶炼厂的原料供应，都饱含着他的点点心血和汗水。一天，我慕名叩开了黄全斌的家门。一进主室，我不禁愣住了：这位为革命奋斗了近半个世纪的老战士，家境竟是那么清贫，除了一张旧桌、一个面盆、一把帆布折椅和一套简易铺盖之外，几乎别无他有。我的心顿时变得沉重起来。我问他离休后怎么不休息、不顾家？他爽朗一笑说："人嘛，总得要有一点精神，要有一点公而忘私、为党的事业奋斗不止的精神。不然，'四化'的宏伟目标怎么能实现哪！"

老战士的精神风貌，驱使我披着一抹晚霞重上高山铺。啊，雄居高山铺四周那陡峭的洪武垴、峻峻的马骑山、威武的大王寨……仍然像当年一样巍峨耸立，雄风犹存。整个战区被火红的晚霞覆盖了。山上山下，金光万道，耀人眼目。我登高远眺，思绪万千！40年前，刘邓大军在这里用惊天动地的炮火和将士们的血肉之躯，展开了断送"蒋家王朝"的殊死决战。如今，这里幸存的英雄战士，又带头以顽强的毅力跃上商品经济的大潮。在这新的战略转移中，他们的心灵依然是那样纯洁、那样忠贞，那样如晚霞一般赤红透亮、令人起敬！

英雄的高山铺啊，愿你带着血染的风采，英雄的本色，带着一代人的追求和梦想，一步一个脚印地奔向更加光明灿烂的未来！

（原载《情系大别山》，湖北人民出版社1988年版。原题《高山铺之歌》，正文亦有所调整）

蕲州山水情

位于蕲南边陲的蕲州镇，自宋景定三年（1262）建城以来，历来为州、路、府、县治所，至今名冠楚乡。

一天，我伴着春风奔向日夜思念的蕲州。穿过东长街，跨过李时珍大道，沿着水泥斜坡，攀上高耸于北门的古城楼，眺望浩瀚的长江，平阔的雨湖，连绵起伏的大泉山、盘龙山、平顶山、麒麟山，指点蕲州八景，被绚丽多姿的山水春光深深陶醉。

蕲州背靠群山，面临长江、地势险要，历来为兵家必争之地。从唐末的黄巢起义到清代的太平天国，都在这里竖起过猎猎战旗。在现代史上，蕲州更是谱写出了灿烂的篇章。1926年11月，几名蕲春籍在武汉读书的青年共产党员，奉董必武同志之命返回故乡，在蕲州城内建立了第一个党组织——中共蕲春特别支部。从此，南起雨湖之滨，北至鄂皖边陲，在百余里山川燃起了熊熊的革命烈火，涌现出了数以万计的革命志士。他们的情操、信仰，正像詹文同志就义前写下的一首诗所表达的那样：

> 年交四二数偏穷，壮志精诚贯彩虹。
>
> 英雄浩气临刀下，革命何辞瘁此功。
>
> 名留青史千秋颂，血染英山万古红。
>
> 同志厉声齐怒吼，誓救人类现大同。

吟诵烈士这慷慨激昂的诗篇，我仿佛看到了当年发生的蕲春大地上一场又一场的殊死战斗——1927年"5月起义"，1930年的"株林暴动"，1931年的漕河大捷，1943年的刘河战役，1949年的高山铺战斗；我仿佛听到了当年红一军、红四军、红十五军、红二十八军，以及新五师、三五九旅和刘邓大军那冲锋陷阵的号角声，殊死搏斗的厮杀声！

回首当年，蕲州不愧是中国革命的一团星火，是蕲春人民闹翻身、求解放的一挂摇篮，是无数先烈用生命换得的一缕曙光！打从 1927 年湖南秋收起义和湖北黄麻起义时起，直到解放战争前夕，蕲州的革命火种遍及城乡，从未间断。这在整个鄂豫皖大别山区不说是绝无仅有，却也是极其罕见。蕲州啊，您为中华人民共和国的诞生留下了浓墨重彩的一笔！我因此为您感到无比骄傲和自豪！

让我为蕲州感到骄傲和自豪的，还在于这里是享誉全球的世界文化名人、明代伟大医药学家李时珍的故里，是闻名遐迩的蕲州博士一条街——东长街 20 多位留洋博士的故乡；是当代文学匠人、著名文艺评论家胡风的诞生地；是四大名著之一的《西游记》作者吴承恩体验生活、实地采风、初始撰书的文化殿堂！吴承恩笔下的菩提、花园、麒麟、银山、狮子洞、火焰洞等著名景点，至今在蕲州方圆百里各地钟秀一方。名城、名景、名人铸就了蕲州那声名远播的名气！

然而，更让我感到骄傲和自豪的，是这里被改革开放的春风唤醒了、激活了，为县域经济与时俱进、加快发展高昂起了龙头！这里具有水陆两便、通江达海的交通优势。经过不懈的努力，它已被打造成蕲春县的工业基地、商品集散地和城乡开放型经济的示范地。1986 年，蕲州就成了鄂东地区屈指可数的工业产值过亿元的重镇。工业的兴起，有效地带活了农村，带活了农业。这些年来，它以兴起的加工业、冶炼业和运输业，每年为蕲北山区农民换得了不少的真金白银。高山泻下的黄沙、铁砂，沉睡千年的长石、蛇纹石，含硅量和蕴藏量均居全国之首的石英砂，以及从唐代起就负有盛名的苎麻，都依托蕲州得到合理开发。

我访问过的蕲州镇南门村苎麻纺织厂，就是一家起龙头作用的企业。前几年，南门村的干部发现盛产苎麻的蕲北山区农民都愁"卖麻难"时，毅然决定把得到的 5 万元土地征用费，全部投资建了苎麻纤维厂。

这么一来，南门富了。这家苎麻纤维厂发展成为苎麻纺织厂。那明亮的厂房，高大的脱胶机，乌亮的元梳机，精致的纺纱机，把南门村的农民带进了现代工业的新天地，登上了商品经济的新舞台。去年全村工业总产值达到 2300 多万元，上缴税金 110 多万元，人均纯收入 8000 多元。

这么一来，山区活了。访问蕲北山区时，我曾到过阔别多年的望天畈。蕲北山区是黄冈地区最贫困的山区之一，望天畈更是穷得出了名。在一大片沙地边，年过六旬的老农陈中根指着绿茸茸的麻苗对我说："往年，这片沙地种粮不长禾，种棉不结砣（桃），可上面硬要我们种。近几年种苎麻算是交上好运啦！去年我家种麻增收 1000 多元！"

我怕听错了，反问一句："可是真的?"

"真的。"陈老汉肯定地回答后又补了一句，"我历年欠交集体累计682.2元，去年收麻后，一次还清啦!"

听了陈老汉的话，我不禁想起蕲州的干部群众为了发挥龙头作用，搞活山区经济所付出的艰辛和所进行的探索。

那是建厂初期的一天。蕲州农民胡宝庆一行3人，千里迢迢来到湖南株洲，请求一家工厂支援几台苎麻纺织设备，可正好碰上另外两个单位也来要这种设备。他们是国营厂家，手里有的是银子。看到这场面，胡宝庆傻眼了，他一摸荷包，乖乖，只有一包"星火"，一包"大公鸡"。这包"星火"牌香烟，还是"内当家"特地用鸡蛋换的。此时此刻，胡宝庆只有感叹和心酸。但他身居困境，却没有忘记山区人民的忧愁和困窘。他清楚地记得，一年冬天到蕲北山区考察资源，看到一户农民床上缺被，身上缺衣，两个赤身裸体的孩子只得蹲在土灶门口，借助灶膛的余热暖身子。另一家坐月子的妇女，抱着婴儿在室内的红苕窖里避风寒，底下垫的竟是一捆稻草和一层山棕。想到这些，胡宝庆对同伴说："人都是娘生父母养的，眼下哪怕是座刀山，我们也得设法攀上去!"

于是，胡宝庆像一个虚心求教的学徒那样，出现在株洲那家工厂的工人中，什么活都抢着干，而且干得挺起劲、挺认真。他的一片诚心，终于感动了工人，感动了设备科长。65天后，胡宝庆一行满载而归。

在蕲州镇，我所见到的、听到的胡宝庆式的故事，不是一两个，而是数以百计。

离开胡宝庆的工厂，来到不远的玻璃马赛克厂，见到了厂里负责人张建国、段茂华。他们也是像胡宝庆那样的人物：情系穷山，忘我奋斗，虔心帮扶，一丝不苟。

张建国和段茂华原来是搞麻纺的。1984年，他俩工作之余来到长江边散步，见一船船晶亮如银的石英砂顺着黄金水道漂去，心里既高兴又不安，心想：蕲北山区的石英矿得到开发利用，固然是件好事，可这么好的资源优势要是能变为产品优势，效益岂不是更高吗?

他们是有开拓精神的，想到了就立即动手干。经过一个多月的自费考察，终于了解到：玻璃马赛克在市场上供不应求，而写进了大学教科书的蕲春石英石，含硅量高达99.98%，是制造玻璃马赛克和其他高级玻璃制品的上等原料，开发前景广阔无垠。于是，他们在一片荒野上建起了厂房，筑起了窑炉，点燃了炉火，反复进行试验。

然而，科学的道路是曲折的。整整煎熬 7 个月，耗资数万元，试产出来的产品却是废品。就在这时，外地一家工厂派人送来聘书，出高薪请他们去当麻纺厂技术厂长。局外人都断定，张建国、段茂华"这回走定了"。

有人还上门献策："在这种困境下，三十六计，走为上计。"

可他们那颗拴在石英石上的心谁也无法撼动。他们解释说："我们走了，厂办垮了，大别山这项资源开发将会夭折啊！"

就这样，他俩在 3 年时间内没要一次补助，没得一分工资，更没领一回奖金，坚持硬着头皮干下去。

奋斗和牺牲终于浇开了成功之花。去年（1987 年）国庆刚过，大别山第一代玻璃马赛克制品终于问世啦！

当我们来到厂区时，五光十色的玻璃马赛克真叫人眼花缭乱！大红的、粉红的、桃红的、墨绿的、翠绿的，熠熠生辉，柔和典雅，诱人心醉。主人说，玻璃马赛克又名玻璃纸皮砖，它质地坚硬，色泽浑润，雨涤自洁，永保光华，而且耐腐蚀、抗风寒，不龟裂，是一种理想的轻工艺术饰面材料。

谈笑间，张建国捧出一套精美绝伦、式样各异的装饰图案，更使我眼界大开！其中最引人注目的，要数壁画"高山流水"了。你看那——崇山峻岭间，红云朵朵，落日熔金，一挂银瀑，飞流直下；山顶上，松杉竞秀，百花争艳；山谷间，耸立着厂房、电站、学堂、医院；公路上，车轮滚滚，奔腾不息；江河里，千帆竞发，百舸争流……主人指着画上的这一切道："这就是大别山的未来！"

啊，我明白了，原来这画上镶嵌的，是蕲州人那一颗心系大别山的情怀！在他们心底深处，大别山的前景是那样的广阔，那样的秀丽，那样的充满生机与活力！

（原载《情系大别山》，湖北人民出版社 1988 年版）

蕲北散记

大别山南麓，鄂皖边陲，有一个县名叫蕲春。这里是革命老区，也是我的故乡。一场潇潇春雨洒过之后，我又一次踏上了故乡的土地。透过明亮的车窗望去，啊，我的故乡经过春雨的洗涤，山也青青、水也清清、田也青青、地也青青，树木、禾苗都染上了一层新绿。

然而，当我沿着"摩石岭""癫痫崖""一线天"等险峻的山路爬上更偏僻的蕲北山区，却渐渐发现，山势越高、绿色越淡，有的山还是和尚头，露出了被狂风暴雨冲洗出来的光脊梁。我感到它与蕲南简直是两个天地！

在蕲南，我可以看到，厂房密布、烟囱林立，数以万计的农民走进了商品经济的大市场。那里既有自费改革的"小特区"，又有闻名全省的富裕村——年产值突破两千万元的南门村和竹林湖村。记得有一位老农以饱满的热情写下一副中堂，歌颂改革开放带来的深刻变化：

　　昔日想富怕说钱，棍子也重，限制也严，穷望转富盼来年。盼也枉然，望也枉然，路线偏"左"不偏宽。

　　如今政策暖心田，天也顺意，地也如愿，风吹雨打我无怨。苦也乐意，累也心甘，致富路上迈大步，年胜一年！

在蕲北，我所看到的、听到的，却是另一番情景。我沿着崎岖的山间小道踏访百余里，很少见到成片的厂房，也很少见到新盖的高层农舍，更少见到那人如潮涌、争相叫卖的山乡"露水集"。据当地干部介绍：这里仍有相当一部分农民不得温饱。蕲北山区12个乡镇、30多万人口，人均纯收入不足两百元。有的村人均纯收入至今只有八九十元。"春难接夏，夏难接秋"的现象，在不少乡村严重存在。一天，我登上位于将军山南侧的一个自然村，远望这村庄，倒很刮气：青砖瓦屋、绿林掩映、小桥流水欢唱村前。可近前一看，不禁感到一阵心寒：雕刻在房屋青砖上的那斑斑字迹，证明它的建造年代是乾隆二十六年

（1761）八月七日，距今已有两百多个春秋了！村庄共 27 户，除了一户盖了新房之外，其余农家住的都是乾隆时代遗留下来的旧房子。这些房屋因年久失修，大都破败不堪。我信步走进一家农舍，只见屋里灶房无门，门壁腐蚀，窗户仅一口砖位大小，室内黑洞洞的，几乎空荡无物，最值钱的东西不过一具木棺材！穿过一道狭巷，我来到烈属方永汉家。在我的想象中，烈属由于先辈为革命英勇捐躯，他们今天的生活应当幸福、美好，起码是有保障的。可万万没料到，方永汉一家四口竟同猪牛混居一室，其生活之困苦不言而喻！

物质生活的贫困，往往导致精神生活的贫困，摸牌赌博、乱砍滥伐、丢弃女婴，在这里屡见不鲜，更多的是封建迷信日益猖獗。那悬崖峭壁的洞穴里，那参天古树的枝丫上，那早已拆除的破庙基前，残留着愚民敬神敬鬼、祈求命运的烟火和供品。望天畈附近的胶藤树村，一具被称为"仙姑"的女尸腐烂后，"徒弟"竟然将清洗腐尸的污水奉为"仙水"，被众人抢喝一空，酿成了一起骇人听闻的中毒事件。

面对此情此景，我作为蕲北的儿子，眼珠儿不知不觉地模糊起来！——蕲北啊，您曾以母亲般的胸怀，孕育出了伟大的革命先驱詹大悲，哺育出了著名的大教育家黄侃，培育出了数以千计的英雄豪杰！早在 1927 年，您高高举起苏维埃的旗帜，吹响了"敢教人类现大同"的号角，您送走了一支支红军，迎来了一支支游击队，点燃了一起起革命战火，洒下了一腔腔热血，九泉之下的忠骨，能呼唤名字的就有好几千！然而，今天的蕲北还是那样贫困、落后和愚昧，事实是不能回避的。我曾经想到，蕲北的贫困，不能排除自然条件的制约，因为蕲春的县境北高南低，"海拔相差千余米，路程相隔数百里"。在这极度倾斜的土地上出现极度倾斜的落后，不足为奇！我曾经想到，不要以为这里的干部群众丢了老区的传统，也不要以为这里的党政官员没有尽职尽责，他们同邻近的英山老区和安徽太湖老区相比，辛勤劳作的汗水并没少流，只是别处有扶贫开发团、工作队，政策从优，项目从优，扶持资金从优。而蕲北却全靠原始积累和"内在潜力"，这不能不令人感到遗憾！当地的干部群众强烈呼吁各级党委和政府要将蕲春老区比照毗邻的英山老区和安徽太湖老区，纳入国家级贫困县的"笼子"。

然而，世上的事情就那么怪：哪里有贫困，哪里就蕴藏着富有。因为"贫苦就如熔炉，伟大才智都会在其中炼得纯净和永不会腐蚀"（巴尔扎克语）。蕲北人经过贫困这座"熔炉"的冶炼，如今已不甘落后、不甘守穷。他们正以比战争年代更加旺盛的斗志，在商品经济的海洋中求得生存，在社会主义初级阶段的新征程中，托起一叶维系生命、不甘沉沦的扁舟！这天，我蹬着自行车穿过雨雾，跃过山梁，来到紧靠安徽弥沱河的芦花村。有客自远方来，不亦乐乎！山里人热情极了，一杯浓茶，一屋欢笑。村民们实打实地告诉我，穷山村里自从搞起了家庭承包，种田水平并不低，粮食亩产总在千斤以上。可由于地少人多，又没什么工业，去年人均纯收入才84元。困境中，村委会主任陈来喜、党支书田期松心急火燎，终于鼓起勇气，走出山门，跑进城里捞信息，兴办了一个适合山区干的古藤工艺厂，并且聘请有20多年文化艺术工作经验的陈鸿勇担任厂长兼设计师。

在工艺厂那间简陋而窄小的办公室里，我见到了陈鸿勇。他是土生土长的芦花人，40岁出头年纪，中等身材，浓眉下镶着一双炯炯有神的眼睛，显得精明强干。我问他山区这么穷，厂该怎么办？他笑着回答："穷山自有穷办法——没有厂房，暂借民房；没有设备，因陋就简；没有原料，就地取材；暂时没钱支付工资和原料费，动员父老乡亲多搞点劳动积累，包括我自己在内，就是勒紧裤带、捆着肚皮，也得把工厂办起来！"

正是陈鸿勇和乡亲们的决心与勇气，使工艺厂渐渐红火起来，北京、上海、武汉、广州等大中城市的一些工艺门店的商家，都向这支开放在穷山沟里的工艺之花投以青睐的目光！在样品陈列室，我被那千姿百态的古藤树根工艺品所吸引。有的如藤根攀崖，有的如龙飞凤舞，有的如铮铮玉骨，有的如淡淡云雨。无论是琴台棋桌，还是椅凳花坛、书架画案，每一件都那么古朴典雅、精巧玲珑，令人陶醉！

更可喜的是，蕲北人这种不甘守穷的开拓、进取精神已经像萌动的幼芽、含苞的蓓蕾，点缀在蕲北山川。距《西游记》描述的"孙悟空大战狮子洞"不远的地方，有一个里下冲村，村里有位知识青年名叫叶年喜，学得了一手种养食用菌的好技术，平菇、香菇、金针菇、银耳、猴头菌，他都能生产，还掌握了组织分离、基因分离、菌胞分离等繁殖菌种的方法。外地一个科研单位高薪聘请他，被他婉言谢绝说："里下冲的山泉水养育了我，我有责任把学的养菇技术献给里下冲。"他组织冲里的青年们在僻静的山乡闹腾开了：搭棚、培菌、制种、育菇……忙得不亦乐乎。可天有不测风云。去年初夏的一天，附近的一座水库中央突然刮起一阵黑旋风，将他们苦心经营的菌菇场瞬间掀个坍塌，正在吐出嫩菇的菌料被狂风暴雨捣成泥团，一万多元的投资就这么被一阵风吹没了！面对这么沉重的打击，小叶的心情自然沉重。然而，他又很快振作起来，说："狂风毁了菌种场，却毁不了人的决心和毅力，更毁不了已经播满蕲北山区的技术种子，我和乡亲们还将继续走养菇致富的路！"如今，蕲北山区从事食用菌生产的农民已发展到七千多户，其中有四百多户开始走出了贫困边缘。叶年喜也在艰难的奋斗中重新扬起了生活的风帆！

从古藤工艺的兴起，到"蘑菇之战"的胜利，我从中领悟到，经过艰难困苦磨难的蕲北人民，勤劳、智慧、刚毅、坚强，在商品经济的海洋中不畏风雨，不惧狂涛，勇于探索，大胆实践，竭尽全力地去寻求属于他们自己的那一线航道。这是一股惊人的力量，是蕲北山区脱贫致富的源泉和希望所在！

（原载《湖北边界纪行》，又见《广播记者》1989 年第 1 期。此文系当年为黄冈地区将蕲春县列入国家重点贫困县而撰，是为先导舆论）

漫步团风

　　百花争艳，燕舞莺歌，好一派春光时日。这天，我重访被列为黄冈地区沿江十三镇之一的团风镇，所见所闻，大有耳目一新之感。

　　记得我那年秋季来团风，正值大洪汛期。无情的洪水把它挤成一角：街窄、路滑、屋破、树斜，江堤内外，洪波泛起，一望无涯。主人告诉我，1954年灾情更不忍睹，"团风涨汛令心寒，滚滚惊涛浪拍天，水漫山头鱼上树，船停楼顶燕寻缘"，便是当时的真实写照。如今，这里同样遭受过近似1954年洪水的龙年大汛的袭击，情景却不大一样：不仅江堤无恙，人寿年丰，而且镇区面貌也今非昔比。我登上城区一高层建筑望去，啊！团风，一幅多么迷人的画卷！东接黄州，西傍举水，临江一线，琼楼玉立，新街古巷，车水马龙，那重修的得胜路，扩建的崩坡路，宽广的普济路，还有那沿江路、铁铺路、环城路、花园路……有短有长，宽窄相间，共计十多条，条条如玉带相系，纵横交错，连接着新老城区。城区内，合理摆布着工厂、商店、医院、学校，以及港口码头、电站、水厂。那高高耸立的水塔，凌空飞架的银线，乘风破浪的江舟，连接千家万户的电灯、电话，把这座小镇点缀得别有一番春色。

　　透过这春色，我看到这里的城镇建设已初具规模。我深为团风镇的变迁而骄傲！

　　地处长江中游北岸的团风镇，古称乌林，面三江，挟五湖，建于唐代，兴于宋朝，上通巴蜀，下抵苏杭，北倚大别山，素有鄂豫皖三省通衢之称，而且地势险要，历为兵家必争之地。远自三国曹操，近至太平天国革命军，都曾在这里一抖雄风。解放战争时期，刘邓大军挥戈南下，在团风至九江一线，开创了"百万雄师过大江"的英雄壮举！1955年以前，团风还多为县治首府。然而，显赫的政治地位和优越的地理环境，不曾给这座古老的城镇带来过持久的繁荣。据《团风镇志》载，旧社会，这里留下的是一部"荒江荡夕阳""野水频侵岸""乾坤浩茫茫""人烟看惨淡"的血泪史。真正使团风奋起的，是改革的年月唤起的那一股改革的春风，激起的那一股改革的浪潮。尽管这股浪潮有低谷、有暗礁，有急流险滩，但团风人坚信：闯过难关是坦途！

在冶炼厂，我看到了小城镇的这种奇异功能。这是一家以钨矿为主要原料、生产出口创汇的高精尖技术产品——仲钨酸铵的现代化厂家。从矿石球磨到离子交换、浓缩干燥、尾液回收，全是电子程控。厂长熊长庚领我来到车间参观。只见当班工人轻轻一按电钮，竟形成了形态如粉、细腻如膏、洁白如玉的无机盐。我问熊厂长："生产这玩意儿有多长历史？"

熊厂长笑着回答："前年才立项论证，当年建厂，当年试产，当年成功。"

"那你准有什么诀窍？"

"不瞒你说，小船靠大船，再难好闯关！"

原来冶炼厂的前身是砖瓦厂，转去不几年光阴，厂里债台高筑，亏损 20 万元。危难中，年仅 30 岁出头的熊长庚走马上任。时逢改革春潮到来，市镇的环境改善，城门大开。熊长庚走出团风，经过一番考察，一番论证，新决策在孕育中诞生：全厂转产国际市场俏销的仲钨酸铵！可上这样高精尖的化工产品，对于长期与泥土打交道的砖瓦工人说来，简直不敢想象！熊厂长毫不气馁。他带领一班人马上北京，进沈阳，下湖南，与科研单位和名牌厂家攀亲结友，对口学理论知识，学操作工艺，学管理技能，在比较中择取名驰中外的株洲钨铝材料厂为技术靠山。老企业毕竟是老大哥。一连几个春秋，他们技术服务不间断，花了十多年心血才研究出的新成果，毫不保留地献给了团风冶炼厂……

揭开冶炼厂的秘密，我感到城镇建设为多层次、高质量、大跨度的技术协作铺平了道路。有了这条道路，团风的工业才开始实现由传统工艺向现代工艺转变，水泥彩面砖的问世，以及规模宏大的电镀中心的建成，全得益于这条道路给它带来了联合攻关的机遇。

城镇环境变了，经济活跃起来，不仅它的吸收功能在增强，其保障功能、辐射功能和应变功能也同时在增强。就说当前整顿治理吧。开始，许多人担心国家宏观调控，银根紧缩，搞活经济难上难。团风镇却在困窘中闯出一条自我调控、自求发展的新路：在建设规模上，坚持"压长线、保短线、保生产；压劣质、保优质"；压的同时，采取吸存保贷、带资入股、定向储蓄等多种形式，将一点一滴、一分一文的闲散资金，凝聚成刀刃之钢。群众从镇委的正确决策中看到希望，几百户农民从"建房热"的梦幻中醒来，攀比盖楼房之风退潮般地回落，存款潮水般地看涨。资金投向转移，促成了经济结构调整。一个工农协调、城乡一体的效益型经济格局逐步形成。城里办纸厂，乡里种芦苇；乡里种蔬菜，城里搞加工……诸如此类的配套工程在团风日渐兴起。团风是远近闻名的"红砖码头"，素有"船泊团风港，满目尽红砖"之说。可过去人们做砖瓦不惜重金买土地、毁良田，如今却把眼睛盯在江滩的潮泥上。推土机几声吼叫，成千上万的砖坯原料从江滩的泥层深处冒出来。它一不废土地，二不费分文，还能疏通河道，真是一举数得！

那天下午，日已西斜。我迎着凛凛北风去城外郊区溜达。一路上，镇委杨书记给我讲述了许多有关城镇建设对于实施"以工补农"的战略意义。给我印象最深的是交通促流通，流通促开发。正在兴建中的万亩意杨基地、万亩水产基地、数千亩林果基地，以及粮食基地、棉花基地、蔬菜基地，都是团风镇从工业积累中拿出400多万元扶持的结果。我走在大港堤上，春潮阵阵扑面而来；田野里，麦苗青青，油菜嫩绿，农民们三三两两，荷锄中耕；河滩上，新开挖的、准备栽种意杨的坑垱连成一片，堆放的芦苇一垛挨一垛，远远望去，像是一座座小山包；紧靠大港堤的黄沙湖边，人头攒动，车轮滚滚。湖田的泥潭中，几百个身影在蠕动，几百张铁锨在飞舞。随着人们身影的蠕动和铁锨的飞舞，一个又一个"回"字形的、"鱼稻共生"的精养鱼池应运而生。我走下湖堤，穿过湖汊，发现湖汊那边更是一番别样的景象。这里叫鲇鱼咀，属龙王墩村，四面环水，三两人家，远离村寨。乍看，环境很是寂寥，可周围却热闹非凡：大群大群的康贝尔鸭在水中戏逐，嘎嘎欢叫；离水面不远的山坡上，建有红砖砌筑的猪舍、鸡舍，猪鸡隔墙相伴。有趣的是，主要的住处比起鸡窝猪舍来，不知相差多少！那湖田岸边，有两个窝棚。一个是尼龙撑的，一个是稻草垒的。年近半百的湖田承包主曹利山一家就栖息在这儿。村干部告诉我，曹老汉专心探索"鱼稻共生，猪鸭鸡鱼配套饲养"的新模式，已经在这里奋斗了三四个春秋。正说着，曹利山从湖边走来，他那饱经风霜的古铜色脸上刻下了道道皱纹。我真心向他求教。他一五一十地把"鱼稻共生，猪鸭鸡鱼配套饲养"的方法及其效果和盘托出。方法且不论，效果竟是那样可观：去年，他家在55亩"十年九不收"的低湖田里收取鲜鱼9000多公斤，稻谷20000多公斤，与鱼池配套饲养鸡鸭600多只，生猪20多头，共计为市场提供了价值8万多元的商品。他还告诉我："鱼鸭混养，鱼稻共生，稻子不用施肥，不用防病，不用除虫。经营得好，亩平均增收三五百元不成问题。"

我听了，心悦诚服，但又有些迷惑不解："既然这样，你为么事还要住尼龙稻草棚？"

曹老汉一听便笑了，他说："眼下日子刚好，还打算熬几年苦日子。因为国家有困难，城里要建设。我大忙帮不了，省几个钱投入农业，少借点国家贷款，少占点建设资金，不也算是尽了一份责任吗?"

我的心被这贴情的话语深深扣动，这才理解到，团风"荆野诗词画会"的文人们为何那样饱含激情赞颂团风人的创业精神:

改革心潮溢心间，乌林奋起力回天。

共渡难关勤为本，细描沧海变桑田。

我吟咏这首诗，回味团风巨变，再看晚间飞起的红霞，镇区灼亮的灯火，直感到整个神州大地都是一片火红，一派兴旺!

（原载《小城春秋》，长江文艺出版社 1989 年版，原题《团风逐浪破难关》）

黄冈，我心中的一座丰碑

1999 年，伟大的祖国将迎来五十华诞。这是个令海内外炎黄子孙都为之骄傲和自豪的日子。然而，对于我说来，最为感到骄傲和自豪的，莫过于红色黄冈。

这里的山山水水充满了诱人的灵气。每一寸土地，每一个村落，都有她一段动人的历史传说。无论是在人类社会的历史长河中，还是在风起云涌的民主革命进程中，或是在波澜壮阔的社会主义革命和建设的征途中，勤劳勇敢的黄冈人民所作出的牺牲和奉献，是那样的无私，那样的壮烈，那样的令人刻骨铭心。啊！黄冈，您在我心中，是一座不朽的伟大丰碑！

（一）

黄冈自东晋咸和四年（329）设郡以来，已有 1600 多年的历史。它位于长江中游北岸，大别山南麓，辖 11 个县市区（场），版图面积 1.74 万平方公里。1998 年年末人口为 722 万。境内发掘出的六千多年前的卵石摆塑龙，揭示出她是中华民族文化的发祥地之一。这片古老的土地，伴随着祖国上下五千年，记录着自身的灿烂和文明。这种灿烂和文明，赋予她以无比的神奇。

就是在这块神奇的土地上，诞生了我国古代著名"四大发明"之一、活字印刷术创始人毕昇，集中国医药学大成的《本草纲目》编撰者、伟大医药学家、世界文化名人李时珍，中国佛教禅宗道信、五祖弘忍、六祖惠能；留下了诗人大家鲍照、杜牧、苏东坡，文学巨匠吴承恩等大批历史文人的足迹和千古名篇。"大江东去，浪淘尽，千古风流人物……"这脍炙人口的千古绝唱《念奴娇·赤壁怀古》，乃北宋礼部尚书苏东坡贬谪黄州时发自内心的感叹。

也就是在这块神奇的土地上，走出了《资本论》翻译者、政治经济学家王亚南，哲学家熊十力，地质学家李四光，语言大师黄侃，爱国诗人闻一多，文学评论家胡风，还有那"千年蕲州府、博士一条街"，吴淑一家四代多员入宋史、顾问豪门五代才俊步官场。顾府后嗣顾景星，呕心沥血，倾心专著，所撰之《黄公说字》，文耀中华四百年，至今学者芸芸，无不景仰。

还是在这块神奇的土地上，孕育出了董必武、陈潭秋、李先念等一大批杰出的无产阶级革命家和军事家林彪、王树声，还孕育出了辛亥革命元老、原国民政府高级官员居正，一二·九运动领袖、抗日联军司令董毓华。这里，200个将军同一个故乡，500名教授同一个县籍——"将军县"红安、"教授县"蕲春，驰名遐迩。"唯楚有才，吾黄兼半"。这里处处人杰地灵，代代英才辈出。

<h2 style="text-align:center">（二）</h2>

历史终归是历史。时序进入社会主义建设时期，英雄的黄冈人民所创造的辉煌，与那历史的辉煌同样光彩夺目。尽管这个时期的创造，没有战争年代那样惊天动地，那样震撼人心，然而，它同样是智慧的结晶，是人类文明进步的标志。20世纪50年代，经过了土改和农业合作化高潮洗礼的黄冈人，眼界更加开阔。他们以勇于实践的精神，在鄂东大地率先探索耕作制度改革获得重大突破：水稻高秆改短秆、一季改双季，而后进而改成"麦稻稻""油稻稻"等三季连作。此举的成功，使耕地复种指数成倍增长，产量成倍提高，其经济效益更是翻番。再说"三年困难时期"，全国大面积发生饥荒，黄冈亦未幸免。在极度饥困中，黄冈人民不知交了多少爱国粮、吃了多少黄花菜！更为可贵的，是他们不畏困难，勒紧裤带大搞水利建设的忘我奋斗精神。在沸腾的工地上，没有"怪手"、没有铲车，更没有重型机械，男男女女，老老少少，硬是凭着肩挑背扛，搬掉了一个个山头，填平了一道道深壑，降伏了一条条蛟龙，垒起了一处处大坝。那时间，干部和民工鱼水相亲，不分彼此。大家同住一个工棚，同吃一锅茶饭，同在一个土塘里作业，所得到的供给亦是一个标准：清清的糊粥加野菜。经过连续十多年的艰苦奋斗，终于建成了大中小型水库1000余座。穷山恶水被驯服了。大片大片的农田从此实现了旱涝保收，农业稳产高产从此有了坚实的基础。如今，当人们看到那五谷丰登的时候，当农业结构调整获得满意收成的时候，当一批批余粮和农副土特产品源源不断地运往全国各地的时候，人们怎么也不会忘记，黄冈这块曾经为中国的解放事业捐躯40多万的红色土地，在社会主义革命和建设时期，又谱写了一页页多么壮丽的篇章！

（三）

　　1978 年 12 月，党的十一届三中全会胜利召开。经受过十年浩劫之苦的黄冈人民，迅速冲破"左"的思想束缚，投入改革开放的大潮中。无论是农村改革，还是城市改革，他们都不甘落后。其改革的内容和范围，改革的形式和方法，改革的步骤和举措，因篇幅所限，无须赘述，只知道，改革开放二十年，黄冈人民在各级党委和政府的正确领导下，进行了艰苦卓绝的探索，一次次改写了历史纪录：1998 年，全市实现当年价国内生产总值 346.43 元，比上年增长 11.5%，是 1978 年的 15.3 倍，完成财政收入 17.08 亿元，比上年增长 16.7%，是 1978 年 16.14 倍，年末城乡居民储蓄存款 102.8 亿元，比年初略增，是 1978 年的 250 倍；农民人均纯收入 2005 元，比上年增长 61 元，是 1978 年的 19.66 倍；城镇职工年人均工资水平达到 4299 元，比上年增长 278 元，是 1978 年的 8.72 倍。13 年前，这里还有将近 200 万贫困人口生活水平在温饱线下。到 1998 年年末，全市剩下的 18.36 万贫困人口基本解决温饱。至此，黄冈市政府庄严宣告：全市已经提前两年完成"八七"扶贫攻坚计划，从整体上解决了贫困人口的温饱问题。与此同时，全市的交通运输、邮电通信、内贸外贸、水利电力、科教文卫、城市建设等事业，都得到蓬勃发展。

　　农村的深刻变革给城里带来了严峻的挑战。领导机关在思考着，职能部门在琢磨着，企事业单位在探索着。他们认准了一个理：在社会主义初级阶段，唯有改革才是真正的出路。从生产部门到流通领域，从国家机关到工商门店，改革的号角一阵紧一阵，力度也渐渐大起来。仅以国有工业为例。全市现有国有工业企业 701 家，到目前为止，县以上工业企业已改制 549 家。那改革的形式是不拘一格的：股制激活、租赁促活、兼并救活、分块搞活、嫁接增活、托管帮活、转向变活、拍卖盘活、加盟带活、破产复活，等等。其收效，可说是改到哪，变到哪。其事例不胜枚举。市宏日化工厂，是在破产企业——原市无线电厂所剩残值的基础上建立起来的，去年引进民营机制后，当年完成销售收入 5960 万元，实现利润 56 万元，上缴税金 219 万元，各项经济指标均比上年大幅度增长。红安县龙乡印刷包装股份有限公司，前身只是红安县印刷厂，原有净资产仅 350 万元，发展受到限制。1997 年 7 月，这个厂在联营办厂、合资嫁接的基础上，正式成立了股份有限公司。改制一到位，该厂即募集新股 1530 万元，新上四条生产线，年新增销售收入 8300 万元，新增利润 110 万元。年轻的罗田鄂东丝织股份公司是 1992 年建厂、1995 年改制的。改制后，该厂三年搞了四项引进，生产经营一年一个新飞跃，全厂 400 多名职工，人均年创利税近 3 万元。公司董事长兼总经理邹静林深有感触地说："企业要发展，改革是关键。"

（四）

时下正值世纪之交。黄冈的未来如何发展？人们普遍关注着。肩负人民重托的市委、市政府一班人胸有成竹。他们一次又一次地深入乡村农舍、田间地头，深入工厂车间、建设工地，寻计于广大民众，决策终于拿定了：面向 21 世纪，黄冈必须高举发展大旗、走"从一抓起，实干兴市"之路。这是一项深得民心的决策。只因为，黄冈是革命老区，同时又是开放之新区。近年来经济有较大发展，但与发达地区比，却有较大差距。"黄冈最大的实际是发展不够。"市委一班人得出了这样的结论，要缩小黄冈与外地的发展差，非得从一抓起不可！是啊，"一"是探索的基础，"一"是发展的条件，没有"一"也就没有"二"，没有"三"，更没有"四五六……"，发展就无从谈起了。

市委的"一"字法，把人心拨亮了，把智慧集中了，把合力增强了。全市上下，都在围绕"一"字工程找准自己的位置，恪守自己的职责。市"四大家"领导成员带头垂范、身体力行，一人办一个工业企业点，挂一个扶贫帮困点，包一个防汛抗灾点，以点带面，推动全盘。市直各部门按照市委、市政府的统一部署，下乡的下乡，进厂的进厂，跑项目的跑项目，在"一"字工程的棋局中充分发挥各自的作用。各县市区的"一"字工程，则更具有创造性和可操作性，概括起来为"八个一"，即一个有特色的农业产业化主导产业，一个高起点的农业产业化龙头企业，一个以务工为主的个体私营经济小区，一个工业素质样板企业，一个高效农业小区，一条城镇文明卫生示范街道，一个社会主义新农村的示范村，一个投资 1000 万元以上的新项目。

从各级各地的行动中，我看到了"一"字工程的力量。深信具有光荣革命传统的黄冈人民，在党的英明领导下，必定能实现市委、市政府提出的"高昂市区龙头，崛起铁路主轴，开发山水资源，振兴黄冈经济"的战略目标。一个繁荣昌盛、富裕文明的新黄冈必将展现在人们的眼前！

（原载《理论辅导员》1999 年第 1 期）

母亲坟祭

又一个清明节到了，我依旧率领儿孙恭恭敬敬地上母亲坟去。这是我在此时节唯一想做的事。不管天晴下雨，或是工作闲忙，我都会这么做。因为她那平凡的一生闪烁着无数的、熠熠生辉的光点。

我为捕捉母亲那伟大的光点而去。

母亲姓蔡，名顺姑，生于1922年，卒于2001年，舛命八秩。这漫长的人生之旅，她老人家经受过多少艰难困苦，饱尝过多少甜辣辛酸，做晚辈的怎么也说不清，但有一点晚辈算是再清楚不过了：她那纯真而质朴的、深邃而博大的母爱，贯穿了她的每一个细枝末节的举止之中。

也许是由于母亲在旧时私塾里念过几年古书、受过儒家思想熏陶，她老人家性情温善，为人谦和，一生没跟左邻右舍的人家红过一次脸，也从未跟稚幼无知的儿女们发过一顿脾气，或是用指头弹打我和弟妹一下，只是再三再四地嘱咐儿女们要好好听话，好好读书，好好学会做人。我那混沌的心灵，就从她教诲的三个"好好"中开启。

1950年，朝鲜战争爆发了。党中央发出的"抗美援朝，保家卫国"的伟大号召，牵动了数万万中国同胞的心。母亲的心也被牵动了、震撼了！一天，我才从村小放学回来，母亲那慈祥的脸上较往日更多堆了些祥云。她老远就呼唤着我。我飞一般地向她扑去，母子媚眸相对，渴望与希望全凝聚在眸子的闪烁之间。没过片刻，母亲发话了。她先是给我讲了许多抗美援朝的道理，然后小心翼翼地将戴在我脖子上的银颈箍摘下，说是要捐献。可不管怎样，我内心还是有些不情愿，把满腹的苦愁重重地堆在脸上。妈妈看出了我的心思，抱着我亲了又亲，吻了又吻。接着，她语重心长地开导我："傻孩子，打仗可不是小伢们打架闹着玩儿的，它要的是钱，要很多很多的钱。眼下国家才解放，底子很薄，哪里去筹？好在中国人多，你捐一点，我捐一点，大帮小凑的，不兴许凑起了？"她还说，"不只是要你捐，妈妈也要把银耳环、银手镯给捐了。"她稍停

46

了一会儿又说，"这些本是翻身解放的胜利品，捐给国家心里实在！"

妈妈的一席话似和煦的春风吹来，拂去了我心中的惆怅。

第二天，东方才露出一抹红霞，妈妈便带我一道去了村部，把几件银光闪闪的饰品交给了抗美援朝受援队。那一刻，我喜怒交加，心潮激荡，鼻子不禁一酸，泪珠儿扑簌簌地洒落在妈妈那灰蓝色的、打了好几块补丁的衣襟上。

时至今日，妈妈的爱国情怀和她那言传身教的训子之道，还深深地烙在我心里。

令我最受感动的，当是我处在高度病危时，母亲给予的那份超凡的关爱和温馨。

那是 1947 年秋。我才 5 岁，却患上一种怪病：小腹至阴囊部位，凸现一大肿块，红丝丝的、灼亮亮的，稍有触摸或挪动，便痛得全身发颤，手脚发麻，冷汗直冒，视觉也渐渐模糊起来……那时还没有解放，农村不只是缺医少药，简直是无医可求、无药可觅。尽管如此，母亲和家人还是从外地请来一位乡土医生给我诊治，又是药水喂，又是热药敷，又是草药煎水蒸洗。法儿做尽了，可那肿块还是没法消去。一天，听说数十里以外有一座洋教堂，教堂里有位神父会看病。母亲二话没说，便扎起担架，整好行装，借足盘缠药费，叫人将我抬了去。可病还未看，家人脱手就向那神父奉上四块白花花的大银圆，指望神父能妙手回春。那神父又高又瘦，满面春风，一对蓝眼睛炯炯有神。我躺在担架上，咬着牙，忍着痛，任凭他上下左右摆弄。之后，只见他端来一个盘子和两瓶药水，亲手用棉球给我涂搽。药水一黄一紫，涂上患处的那一刻倒很清凉、很舒服。我暗暗祈祷：老天爷啊，行点善啊，可要保佑这位神父显点神功，把我的病治好，让我重新站起来呀！岂料，上帝并不灵验，神父也不"神"了。那洋药水不仅没有给我驱走病魔，反而使病魔变得更加猖獗：从神父那里回来的第二天，我身上的那个肿块更大、更痛，那幼小的阴囊肿得像个吊葫芦，尿道整个被压迫了，排泄人体毒液的尿道再也无法排泄了！我使上吃奶的力气，尿照旧一滴也撒不出来！

时间一分一秒地过去，毒尿一分一秒地增多，小腹一分一秒地膨大，膨得就像一张鼓。我胀痛得叫爷叫娘地号着，号天号地地哭着。见我那般苦苦呻吟的惨状，家里人个个目瞪口呆，母亲更是急得团团转。谁都知道，这是死神在同我作对啊，在张牙舞爪地捕捉着我的灵魂啊！我那幼小的生命哪是死神的对手啊！事实上，我那时已成了死神手里玩耍的小泥丸儿。"黄泉路无老幼"。即将出现的尿中毒，随时可以把我送上西天。那一刻，真可谓生离死别，感伤甚之。有幸的是，哭喊和惊恐之中，一颗伟大的心灵在跳动、在体贴、在召唤：

"儿啊，你别哭啊，忍着点儿，妈来设法给你排尿，或许有救呢！"

说着，只见她俯下那副骨瘦如柴的身躯，脸颊轻轻地贴近肿块，用口含着儿的小便处使劲吮吸着，一次不成，两次不成，三次、四次……"唰"的一下，尿终于通了！尿水带着血水溅了娘一身一脸。儿羞愧地瞅着娘。娘却面带着微笑宽慰儿："尿排出来就好，排出来了就好！"此后的几天，娘和家人就是用这种不堪启齿的法子给我排毒尿。

这消息迅速传播开来。好心的乡亲们纷纷前来看我、安慰着，要我鼓足勇气对付病魔。那场面让我好生感动。就在这感动不已之时，又不知母亲从哪儿觅来一个民间秘方：用麻油将鲜茴香根焙干炒泡鸡蛋热敷肚脐眼。照此秘方做去，神了！仅三天工夫，病魔便退却了：第一天敷下去，疼痛感逐渐减轻，肿块开始消退，肿得像鼓一般的皮肤有所松弛，肌肤表面微微地起了皱纹；第二天敷下去，肿块基本消失，疼痛部位再无痛感，人的整个身子感到轻松；第三天敷下去，肿块像过眼烟云似的消失得无影无踪，人可以随意地从病榻上下来自由地走动……

弹指一挥间。转眼几十年过去了，唯有母爱却永不逝去。每当我忆起童年生活的一幕幕，眼前瞬间就会闪现出一个伟大的身影，那就是生我、养我、疼我爱我、积聚着厚重无比的大恩大德的母亲。

我站在母亲坟前，望着那抔裸露无遗的黄土和掩荫这抔黄土的青松翠竹，仿佛又一次聆听到母亲的谆谆教诲，声音还是那么温和、亲切；仿佛她的爱仍在我身边，伸手即可触摸，即可感受；仿佛这爱是一副无声的长鞭，不停地鞭策着后辈人，后辈人也因为这份爱而沉于深深的感念之中……

1999 年 12 月

看赤壁舞剑的遐想

清晨，东方才露出一抹蒙亮的红霞，那长江之滨、龙王山岭，便有一队队健男娇女往东坡赤壁赶去。我打趣尾随相伴。啊——这里原来是"晨练基地"：弄拳的、舞棍的、射击的、耍棒的……个个英姿飒爽，神采奕奕。

晨练队伍中，当数那舞剑团队最为耀眼：一色的着装、一面的严态、一刷的剑法，似乎把清晨的东坡赤壁整个儿"刺"向了"行如云，步如风"的超凡境地。

剑光四射，我心飞扬。在如梦如醉的飘逸中，洞见那古代的兵戈剑器潮水般涌来，真是奇了。自然，今个儿的赤壁晨练之剑，早已不是那剑。两千多年前的那剑，是青铜锻造的，剑锋灼灼，寒光闪闪，无处不带着凶神恶煞的蛮气、刚气和傲岸之霸气。相传剑器的祖先是兽骨雕成的，称之为"骨剑"，始于商代。它虽不与传说中的后羿射日之弓箭相伴而生，却与弓箭之功能极其相似。祖先利用骨剑，如同利用弓箭一样皆为猎取兽物，维持生计。到春秋战国时期，统治者们的权力之争，成就了剑的辉煌——辉煌得浑身喷薄出令人毛骨悚然的血腥味儿，以致后来的历代封建王朝为着权势，不知发生过多少战事和厮杀惨剧：父杀子、子杀父、夫杀妻、妻杀夫、兄弟姊妹相残。其屠戮的工具大都是血性斑斑的青铜剑。在"刺啦"一声快感中，一个政权倒下了，一个政权建立了、巩固了。那剑之锋利和威严，直可呼风雨，平纷乱，慑敌胆，得天下。据史料记载和上古传说，中国古代十大名剑皆锻造于那个战乱纷争的年代。这十大名剑为：轩辕剑、湛泸剑、赤宵剑、泰阿剑、龙渊剑、莫邪剑、干将剑、鱼肠剑、纯钧剑、承影剑。每一名剑都有一个神奇的传说。那真实存在的四把帝王佩剑，更是锋利无比，光艳照人，一直被人们视为权柄的象征。1976 年 4 月，西安考古发掘的兵马俑 2 号坑，出土了一批埋藏于地下两千多年的秦代青铜剑，亦称辘轳剑、定秦宝剑。该剑是春秋战国时期中华优秀剑文化的代表之作，其中秦始皇之佩剑，是中国第一支皇帝尚方宝剑，因而被后世誉为"天下第一剑"。自汉代以来，一直被推崇为至尊瑰宝、中国一绝。其剑长86厘米，剑身铸造有8个棱面，极其对称且均衡。虽埋藏两千多年，却无锈无蚀，光亮如新，锋利得削发如泥。难怪，当年秦始皇能用十年的时间完成统一中国之大业，其中的奥秘之一，就在于秦军的士兵人人手里拥有一把所向披靡的宝剑。它的长度要比对手的剑长出30厘米。长剑在手，勇气倍增，短兵相接，敢打敢拼，剑锷指处，战无不胜。原来秦剑达到了青铜剑铸造工艺的顶峰。它的长度、硬度和韧性几乎完美无瑕。而研制这种剑，秦人足足花了十年工夫。也许今人的"十年磨一剑"之说就出自于此。

当今时代，受历代剑法剑艺的影响，更把剑给神化了。凡看过五花八门的武打影视片，就会对剑之功法有所感悟。尽管它是虚拟的，尽管它只有那么几个引人注目的镜头，与实战差之千里，然而，它也叫人叹为观止。那千变万化的厮斗，那扑朔迷离的剑术，会令你眼花缭乱，为之震惊。剑客相逢，剑拔弩张，金戈铁马，身轻如燕，闪展挪腾，枪急如雷，大有气吞山河之势。顿时间，人亦即剑，剑亦即人，有多少人便有多少剑。剑和人浑然一体，千万个人化成了千万支剑，稍不留神，便有一方"呼"的一声出手，另一方"呼"地应声倒下。你这时定会领悟到，用剑杀人挺省时省力，且特别轻巧，轻巧得犹如快刀切豆腐、削萝卜，犹如外科大夫用手术刀在患者的肌肤上痒痒地划上一道直线或弧线一般。至于实战的情景更不用说，那惊心动魄的场面所形成的强烈刺激，令古代文人思想感情的波涛源源涌向笔端，发出了"葡萄美酒夜光杯，欲饮琵琶马上催。醉卧沙场君莫笑，古来征战几人回"的感叹。

古代兵器的神奇，史料早有记载，《战国策》就曾赞叹青铜剑可断牛马、截金银，椽子柱子碰上去可断为三截，巨石一触即可碎成几十百把块。20世纪80年代，我在湖北人民广播电台工作时，曾造访过湖北江陵雨台山。这儿于1965年出土的青铜剑，见证了它那铸造科学而精美的历史。出土的青铜剑和越王勾践的名字连在一起。它同西安兵马俑2号坑出土的秦剑一样，在地层深处埋藏了两千多年，经受了两千多年严冬和酷暑的磨砺，遭遇了无数次的洪水和战争硝烟的洗礼，出土之时依然光芒四射，光泽照人。其铸造工艺之精美，人们百思不得其解。就当代而言，无论是哪一路军营武库，数以千万计的各类枪械，没有哪一种不是经过千锤百炼的，其工艺之先进有目共睹。然而，再先进的枪械也得经常用机油擦拭保养，否则，过不了几个时日它必然会生锈，倘若时间稍长一点儿，就会锈迹斑斑，那瓦蓝色的光泽就会被一个个锈疙瘩取代。可见当代的兵器与我国古代的青铜剑相比，亦有相形见绌之处。据当代质子X荧光非真空分析和测定，青铜剑之所以在地下埋藏两千多年仍不生锈，是由于它经过了精妙的铬化处理。这使得中外专家为之震惊而瞠目。他们十分清楚，这种防锈技术，国外在两千多年之后的1937年才由德国人率先取得成功。而两千多年前的中国的先民们，是用何等的妙法开启了铬化处理的智慧之窗呢？这也许是一个千古之谜。

说到先民铸剑，可有一段妙趣横生的传奇。有古书云，昆仑山上有一种怪兽形如兔子，雄黄雌白，好吃兵器。当觅得吴国兵器库之处所，遂打通一条地道钻进去，把武器的锋刃吃光了。吴王闻之大怒，下令逮住怪兽，剖腹一看，竟发现怪兽的肚子里长有"铁胆肾"。于是，命铸剑大师欧冶子将铁胆肾投入炉中铸造剑。可铁胆肾和矿石久炼不熔。情急之下，欧冶子夫妇双双投身炉中，熔汁这才流淌出来。欧冶子的学生干将和莫邪夫妇铸造剑，遇到了同样的怪事：矿石冶炼数月，熔汁一滴未流。于是，夫妇争着以身殉剑。干将一马当先站在炉台上挥泪诀别。数百名童男童女为其披麻戴孝，坚持冶炼不止。他们一边拼命往炉里填炭，一边拼命拉动巨大的牛皮风箱，可"铁汁"还是未出。童男童女便一齐跪在炉前泣声哭求。此情此景，让莫邪好生不安，她面向炉台，纵身一跃，"刺啦"一声投入炉中，火焰顿时腾空而起，火光冲天，青铜的熔浆喷薄而出。"干将""莫邪"雌雄剑就这样铸造成功了！它们是有史料记载以来，中国最古老的名剑。之后，各类名剑相继问世，各展其长，演绎出一个又一个的"九剑擎天"的神话。

我感叹青铜剑那刚烈泼煞之风，更感叹它那温文尔雅之气。尽管青铜剑在古代像当今的林林兵器一样，充当着人类的冷面杀手，可随着社会的进步，人们对剑的价值渐渐有了新认识、新取向。寒光荧荧的剑器身上渐渐闪烁着中华民族的文化光彩。从帝王公卿到平民百姓、从军中将士到文雅书生，都与青铜剑结下了不解之缘。且不说那历代帝王好剑之心，犹如那贵族宝气的女人，爱好那五光十色的珍珠项链和翡翠耳坠儿一样的偏执成癖，以此炫耀自己的尊贵、奢华和威风，就是一般的平民百姓，也在实践中学会欣赏青铜剑那种"日落我不落，灯灭我不灭，山存我就存，海在我就在"的气质；欣赏着佩剑为伴，防身护身，驱邪治恶，追求公正，弘扬正气，践踏不平的刚直之感。相传钟馗打鬼总离不开剑，民间驱邪总习惯在剑把上安上桃木挂在房中，尤以产妇坐月子为是。无疑，在先民的眼里，剑是正气、正直和正义的象征。历代文人书生更是爱剑如命，形影不离。先秦的伟大爱国诗人屈原，因屡遭冤屈，被流放到江南整整二十载，人生之路逼至穷途绝境，衣服破了，袍套飘了，鞋子丢了，峨冠早已叫风儿吹去了，只是赤着双脚行吟于汨罗江畔，在饮恨纵身一跃、抱石投江自溺时，手里仍紧紧地握着一把青铜剑。"竦长剑兮拥幼艾，荪独宜兮为民正。……身既死兮神以灵，子魂魄兮为鬼雄。"（见屈原《九歌》）屈原自诀别人寰，其爱剑的英灵一直影响着后来者。那历代墨客诗仙争相仿效，钟情于剑，且矢志不逾。李白酒酣正浓时，"三杯拂剑舞秋月"；王维壮怀激烈时，"聊持宝剑动星文"；曹唐"和周侍御买剑"时，发出"青天露拔云霓泣，黑地潜擎鬼魅愁"的感叹；辛弃疾更是借剑寄语好友、爱国志士陈亮，吐出那悲壮的豪情："醉里挑灯看剑，梦回吹角连营……马作的卢（注：'的卢'，即骏马）飞快，弓如霹雳弦惊"……

古人爱剑不胜枚举，今人爱剑更胜一筹。明星上映，争演剑客；僧人习武，争练剑术；孩童游戏，争耍剑法；文宝超市，争售剑器；休闲场所，争纳剑队……眼见的赤壁舞剑，算是大众娱乐健身之列，属体育范畴。这真是谢天谢地。宝剑在手，不求杀气，只求乐趣，坚持在娱乐中强身健体，这才叫人类之文明。中华民族的本质是友善的。"人之初，性本善"，自古就尊崇"和为贵"；和衷共济、和睦相处、和颜悦色、和气生财……这些脍炙人口的成语千古流传，突出地倡导了一个伟大的"和"字。于事于国，于家于党，"和"是安全之根本，"和"是兴旺之源泉，"和"是发展之动力。稳定高于一切。有了安定团结、和睦友好的环境，就会有人气、有志气、有生气、有旺气，就可以在前进的道路上克服重重困难，创造出一个又一个的人间奇迹来。凡谈到我国改革开放几十年来的伟大成就，国人无不为之振奋、为之感动。殊不知，这其中包含了党和国家领导人为营造一个和平稳定的发展环境，付出了多少心血啊！鸡年之夏，时任国家主席胡锦涛以立足和平统一祖国的伟大胸怀，毅然邀请时任国民党主席连战和亲民党主席宋楚瑜来访。连战先生颇受感动，在清华大学演讲时，语重心长地呼吁台湾海峡两岸的炎黄子孙牢记历史，胸怀大局，以民族利益为重，"铸剑为犁，化干戈为玉帛"！泱泱清华园顿时沸腾了，那掌声，如万炮齐鸣，如惊雷震耳，如中西合璧的交响乐在空中久久回荡。此时此刻，谁不在静静地思量啊？"铸剑为犁，化干戈为玉帛"，在"龙"的传人的心中，是古训、是梦想、是胸怀、是向往。深信这一天一定会到来。

然而，世间的路总不那么平坦。当今时代，尽管和平与发展的主旋律已广为唱响，尽管"化干戈为玉帛"的宏大声浪已席卷全球，但总难免会有冰下暗流。"树欲静而风不止。"不安定、不和谐因素依然存在，依然活跃，依然具有挑战性。在局部，它还在形成一股不可低估的力量。压迫与反压迫、歧视与反歧视、恐怖与反恐怖、侵略与反侵略、占领与反占领、扩张与反扩张、称霸与反称霸的斗争日趋激烈。世间情势变幻莫测，常出现云起岫落的奇观。斗争的最高手段，再不是两千多年前的青铜剑了，也不是抗战时期的"小米加步枪"，而是被称之为"剑"的各式各样的地对空、空对地、地对地、空对空导弹，还有细菌武器、化学武器、激光武器、核武器，都不是什么新鲜玩意儿。有资料显示，这些新时期之"剑"，除花样翻新之外，其特点可谓"三神一奇"：一曰神准——从两万多米的高空发射下来，误差不过一两米，有的甚至可以从同一弹孔钻进几个"剑"头，其精确制导能力前无古人。二曰神远——可以跨地区、跨国际，乃至跨洲际地打击目标，连浩瀚的太平洋也不是障碍。三曰神力——不仅一颗原子弹可以摧毁一座城市，就是一座城市也经受不起几颗美国"战斧"的突袭，还有它那"钻地炸弹"可穿透 6 米厚的混凝土层或 30 米坚硬地层，"钻地核弹"可钻进地下百米，破坏坚固的工事。至于"一奇"，那当是奇惨了。回顾近些年局部战争的场面，真叫人不寒而栗。以海湾战争为例。"剑"击之处，地动山摇，硝烟四起，火光冲天，城楼倾倒，尸骨遍横……据媒体报道，美国在伊拉克试用的秘密武器"高能微波弹"，那场景之悲惨，目不忍睹：弹发出之时，如喷射的火龙，光束耀眼而刺骨，瞬间，只见对方阵地的装甲车全熔化了！媒体援引目击者的话称，那正在熔化的汽车、装甲车"软塌塌的，像一块湿抹布"，再过一会儿，"湿抹布"萎缩成了"甲壳虫"，而事先隐蔽在装甲车后边的几个"丘八"，在那弹的光束照射下，尸体焦蜷成新生儿大的一小团。事实上，当今世界，人类繁衍生息而美丽的地球村，几乎演变成了一触即发的巨大火药桶！这火药桶，给了恐怖分子以可乘之机。发生在美国的"9·11"事件，就给人们提供了一个有力的例证。这火药桶，给了西方少数几个大国以强权政治。以强凌弱，独断专行，随意制造借口穷兵黩武，向好端端的政权国家发动一次又一次攻击，用"剑"的寒光展开了血腥的屠杀，除"斩首"之外，亦更多地刺向无辜者。这火药桶，给日本军国主义以复辟野心。从小泉首相到安倍晋三，再到岸田文雄，无一不是如此。他们一个个、一任任都不顾中国乃至整个亚洲人民的感情，多次参拜供奉有甲级战犯的靖国神社，并不时挑起事端，企图将一向属我国领土的钓鱼岛占为己有。除"拜鬼"之外，与之相左的，是暗中发展远程导弹，建准航母，推进"修宪"，努力使其"自卫性军事政策发生大逆转"，复活军国主义，甚至同当下的霸凌帝国美利坚相勾连，参与美国为首的"五眼联盟"，频繁在我国周边海域寻衅滋事，实施封锁和围剿，妄图遏制中国的发展。于是，"台独"势力便伺机而动，在当年阿扁之流丧心病狂地强行终止运作"国统会"和适用"国统纲领"的基础上，蔡英文当局竭力推行以"独"拒统的路线，又是增军费，又是购飞机，又是搞军演，向国际社会普遍坚持的一个中国原则和台海和平发起严重挑衅……

纵观世界风云，民心忧虑，我心滴血！"位卑未敢忘忧国。"中华儿女从"站起来了"的那一刻起，就渴望和平，渴望安定，渴望平平稳稳地走向共同富裕。争斗应有限，立国自有疆。我们一刻也不希望看到血淋淋的战事。谁知这个世界却像棋类和球类对抗赛一样，总会出现搅局的，搅得你不得安宁。我国本一贯奉行和平共处的外交政策，除了奉联合国之命向海外派出维和部队之外，未向国土之外的任何地方派驻一兵一卒。然而，尽管如此，却有人仍在肆意制造"中国威胁论"。我断定制造"中国威胁论"者，便是对中国的威胁者。自古以来兵不厌诈。捏造事实，搬弄是非，伺机猛然一击，乃兵家之一惯玩法。面对不测风云，党中央审时度势，适时作出以法治军、以法强军的决策。作为党的总书记、国家主席兼军委主席习近平，更是把强军思想贯彻到现代化防务建设的全过程。他视察到哪，宣传到哪，落实到哪。他反复强调：要坚定不移地走中国特色的强军之路，坚定不移地把军事训练摆在战略位置；坚持实战实训、联战联训，坚持按纲施训、从严治训；加快推进战区指挥能力建设，牢牢掌握能打仗、打胜仗的过硬本领……于是，一个为实战练兵的热潮此伏彼起，一浪高一浪，从莽莽昆仑，到浩瀚南海，无处不是我人民解放军展雄鹰、操战舰、练炮击的威武身影。守护在大江南北的将士们，正以"一不怕苦，二不怕死"的战斗豪情，把具有中国特色之"剑"，磨砺得雪亮雪亮！打心里讲，以杀戮血肉身躯之"剑"，咱中国人本不想要，更不想用。然"一日纵敌，数世之患也"。为着安宁，为防不测，为使中华民族不致被动挨打、受人欺凌，也当好好学习先辈之秦军，磨剑不惜十年期。"壮心欲填海，苦胆为忧天。"长剑在手，"长城"固若金汤，何惧敢于来犯之敌矣！

俯仰古今，再回头看那赤壁舞剑，心中别是一番滋味儿。位于长江北岸的黄州东坡赤壁，"人道是周郎赤壁"，或许它本为争议纷纭的"赤壁之战"古战场。但从宋代名人苏轼被贬居黄州，留下著名的前后《赤壁赋》和《念奴娇·赤壁怀古》等划时代的杰作之后，这里已是文明的象征，是中华文化的圣地。世事沧桑，江河异道，赤壁之文明始终没变。尽管这里再也见不着"乱石穿空，惊涛拍岸，卷起千堆雪"的壮观景象，却以它的名气和苏轼那精美无瑕之墨迹引人向往。"大江东去，浪淘尽，千古风流人物……"这脍炙人口的千古绝唱，似一曲永不消逝的乐章，在大江南北的广袤原野回荡，在历代哲人的智慧中远播，在文明使者的传承中唱响。是啊，人类只有一个地球，凡人只有一次生命，我们何以不珍惜？何以不善待？何以不去消除仇怨而友好相处？在我心中的世界里，地球村应是一个温暖的大家庭，多一点阳光雨露，多一点温馨关爱，多一点和谐相处，多一点合作共赢，那才是圣明之大美。

在历史的长河中，虎啸深山，鱼翔浅底，雁排长空，驼走大漠，世间万物皆有属于它自己的一片天地。人类作为"地球村"的主宰者，当更有理智，更讲文明，更崇尚友爱。愿人类在和平共处的旗帜下，最终能彻底地"化干戈为玉帛"，永远地见不着生灵涂炭，更多地来一点赤壁剑式的健身运动和娱乐。若此，生活在安宁而温馨的地球村，岂不快哉！

2010 年 9 月初稿，2021 年元月修改

团风步行街记（碑文）

团风，昔称"乌林"，历为商埠，亦为兵家必争之地；东依大崎，西临长江，南倚黄州，北连武汉。它如一颗璀璨的明珠闪耀其中。县委、县政府审时度势，运筹帷幄，描绘蓝图，兴建团风商业步行街，重塑团风形象。

该项目始建于2010年5月，落成于2011年10月，由湖北玉环公司引领团风商界精英合资建造。

雄矣！该工程内置四大商业主街，横贯两大广场，环街建有数百套精品抗震豪宅，建筑面积8万平方米。

妙矣！街内楼宇，鳞次栉比，错落有致；整体布局，匠心独具，美妙绝伦。

美矣！临近审视，它犹如一座巨型浮雕，镶嵌在团风县城中央，为城市建设增添了一道亮丽风景。

荣矣！凤巢宜居，宾朋纷至，各路商家，争相入驻。其购物、休闲、餐饮、娱乐及商住自成一体，且繁荣鄂东、辐射周边。商脉之源泉，若滚滚长江，奔流不息……

2011年10月撰

白崖寺记

久慕白崖寺，未曾参拜。丙申之秋，风和日丽，神清气爽，故与友结伴而行，专程前往敬谒观光，不禁为之景仰，眼界大开。善哉，谨以拙文予记之。

白崖寺，位于大别山南麓，蕲春第一高峰云丹山次峰之山腰、界岭村境内。据《蕲春县志》载，白崖寺始建于隋唐，其年代之久远，为蕲春禅宗寺院之最，实属千年古刹。然世事如云，红尘变幻，几经风雨，历尽沧桑。战乱之年，屡遭浩劫，其面目不堪回首。虽数度重修，仍未还其原貌。今喜逢改革开放之盛世，政通人和，国泰民安。白崖寺才得以于 2004 年再度修缮。

今之白崖寺，复其旧址，仿其原貌，依山而建，三幢并列。既具有秦砖汉瓦之古朴风格，又具有巍峨而恢宏之气势。寺之大殿，佛座天尊，明眸炯炯，神态端详，金箔裹体，袈裟披肩，周身上下，金光四射。佛前之香火，燃之悠悠，祭烟袅袅。仙寺坐落之地，群山叠翠，峻岭横空，怪石嶙峋，鬼斧神工，云霭四季，雾吐橙红，霞光万缕，道沐神钟，且偶见彩虹飞架，落日熔金之胜景。寺前库水，若天之玉泉，清澈纯透，碧波荡漾，任时令交替，气象万千，始不改冬暖夏凉、宜人欲醉之美气。横贯东西红色旅游线（公路）与寺傍肩，逶迤伸展，将赛老寺、老祖寺和四祖、五祖连成一线，相映生辉。其地理之神奇，乃上苍恩赐也！仙寺东接云丹之气，西连麒麟之脉，北纳汉水之源，南借庐山之威，独自踞中，摩天矗立。传其以佛之神力，呼天唤地，普度众生。大善大爱，大慈大悲，佑黎民安居乐业，庇凡尘处处安宁。故蕲河为之欢唱，库水为之涟漪，山泉为之汩汩，溪瀑为之飞扬，嫦娥为之起舞，星月为之增光。此之宝地，尔等能不胜往乎！

于是，香客顶礼膜拜，游人纷至沓来。仙寺因此而热闹非凡，游客因此而流连忘返。

春临白崖寺，极目群峰，满山吐翠，树冠新枝，迎风摇曳。春笋如林，蓬勃向上。春风拂面，神清气爽。寺之前后，燕舞莺歌，杜鹃绽放，百花争艳。

置身其中，安享鸟语花香之清福也。

夏临白崖寺，松柏浓郁，水秀山清，白鹭轻翔，松鼠腾跃。如雨后开霁，则彩虹当空，鹊桥飞架，斜阳熠熠生辉。此时之仙寺，金碧辉煌。寺前水库之下，溪径漂流，招来俊男靓女，结伴弄桨飞舟，追波逐浪，宛若天仙嬉戏于瑶池。

秋临白崖寺，满山遍野，红叶摇金，菊花吐蕊，遍地橙黄；洋梨串串，垂满枝头；古藤长蔓，果药飘香。此情此景，令尔心旷神怡，不亦乐乎！

冬临白崖寺，满目银装素裹，原驰蜡象，唯仙寺云烟缭绕，诵经朗朗。透过门窗，观室外冰窟凌剑，赏皑皑雪景风情，顿觉南国亦有北国之美。此时之仙寺，僧侣樵夫，争相燃炉生火，为踏雪而至的宾朋取暖驱寒。偶有迁客骚人，欢聚一堂，或谈今论古，或吟诗作赋，盛赞白崖寺"风光无限好，佛佑庶民安"。

"山不在高，有仙则名。"矗立于高山之腰的白崖寺，虽未居顶峰之巅，其灵气却让佛地生辉，神龙活现，以至素有诸多美妙之传说：

当年，白崖祖师独骑一匹彪悍之白马，由湖南一路北行，来到层峦叠嶂的蕲春界岭，忽闻村内乱成一团。祖师顿时勒马回头探听，方知一农夫被恶魔缠身，魂不附体。祖师翻身下马，抽出腰间宝剑，口中念念有词，瞬即将妖魔驱除。农夫化险为夷，却见祖师之白马渐渐化作一座仙山。后人称此地为"烈马转咀"。

圣地还盛传"仙人撒网"之故事。云那崇祯年间，蕲域大旱，湖堰干涸，河水断流，农家颗粒无收，灾民流离失所。然，白崖寺附近之深潭，却终日流水淙淙，飞瀑倾泻，水欢鱼跃，虾翔浅底，其量无数，取之不尽。可此潭极深，四周悬崖绝壁，民众难以近前。上帝得知，急令神役前往，助民撒网捕鱼，以充灾民之饥腹，使其生命得以延续。

再说"梅母天葬"。称梅氏家族其母在世，贤惠仁慈，乐善好施，积成仙骨。仙驾出葬时，棕棺抬至墓地，天象突变，狂风大作，电闪雷鸣，大雨滂沱。抬棺轿夫见状，速弃棺以避之。然风雨过后，轿夫赶至歇棺处，却不见棺材踪影，但见一冢新坟高高隆起。斯之奇闻，千古流传。每逢清明时节，前来朝拜者络绎不绝，近及十里八乡，远及三省诸县。时至2000年后，清明朝拜之车队年盛一年，有时连成数里长龙，仆仆风尘，奔流不息……

诸如此类神话和传说，闾智沉思，令人幡然醒悟：世上之事，奇之非奇，怪之非怪，万事万物，皆有因果之关联。嗟乎！白崖寺深藏佛之灵气，乃万象奇观之缘也。佛在上苍，亦在心中。有心拜佛，心诚则灵。

在党的宗教政策指引下，谒佛佑民，家国永兴，何惧邪乎？须知，爱之深，思之切，道之明，行之远。蓝天之下，大佛大爱之心，将会演绎成人间之大爱大美。子孙受爱之心，将会铭心牢记，代代传承，续写爱之华章。爱者如云，则精神永驻，国将永久昌盛，民将永久富庶而安详矣！

与柳旺生同志合写，2016 年仲秋

《佑松苍劲》序

　　龙年伊始，春意融融。我从蕲春老家桐梓乘车回黄州途经县城时，忽见姜学超同志骑着单车匆匆赶来，随手将他所著的传记《佑松苍劲》书稿清样递给我，嘱我为其作序。因我们是同窗学友，且又是当年经学校推荐、被县委组织部直接遴选为国家干部且一道分配工作的仕途之伴，便应许了下来。

　　学超同志生于1941年，比我长一岁。他派行为"佑"，雅号为"松"，故称"佑松"。小时候的家境，早有所闻，这次透过《佑松苍劲》一书的字里行间，更是读懂了他那苦楚的童年。原来其父英年早逝，学超母子俩成了孤儿寡母。在冷壁孤灯、穷困潦倒的境况下，是母亲用勤劳的双手把他拉扯成人。那时还未解放。个中的艰辛苦不堪言。为养活爱子学超和年迈体弱的婆婆，她老人家经年累月地给人家做短工、打临工，诸如砻谷、舂米之类的又苦又累的活儿做个不停。母亲担心学超年幼在家不安全，便常常带他一道去东家，一边干活儿，一边照料。有时在富户人家做事，明明嗅到厨房煨肉香，却不见肉汤待"客"尝。幼小的学超被馋得直咽口水。真个是"寄人屋檐下，冷眼不消停"。那种喃喃乞求、遭人蔑视和凌辱的滋味儿，给学超的心灵留下了永远挥之不去的创伤和记忆……

　　"穷人的孩子早当家。"书里的文字告诉我，学超自1959年8月参加工作后，年仅18岁的他，承蒙党的关爱和培养，工作一路顺风顺水。几十年来，他不是被评为先进工作者，就是被评为优秀共产党员，或是受到上级的表扬、嘉奖。特别是1984年11月，时任总书记胡耀邦亲临蕲春视察时，学超奉命负责保卫工作出色，受到胡总书记的亲切接见，并一起合影留念。这既是对学超同志工作的充分肯定，更是对他憧憬未来、赓续奋进的深情鞭策。

　　这本书是学超同志严于职守、爱岗敬业的真实写照。全书没有华丽的辞藻，没有火热的激情，却饱含着对党的忠诚，对人民的热爱和对事业的不懈追求。个中的点点滴滴，都体现在他默默无闻的奉献中。品读这本书，我觉察到，在一系列荣誉光环的背后，是学超同志数十年如一日的辛苦付出。他干一行，爱一行，走一路，红一路，兢兢业业，任劳任怨，始终在为践行党的宗旨，虔心书写他自己那浓墨重彩的一笔。在公安机关工作时，他立场坚定，爱憎分明，从不拿原则做交易，成为县公安战线的业务骨干。曾多次参与或组织大案、要案的侦破，均大获成功。在漕河镇履职时，他一末带十杂，什么防洪抢险、修桥筑路、社会治安……样样干在前。投身"三线"建设时，他作为蕲春民兵团的宣传员，坚持深入沸腾的工地，与民兵战士一起摸爬滚打，在"火线"上发现典型，总结经验，让蕲春民兵团经常"报纸有名，广播有声"，有的先进集体和个人受到师部的表彰……

"身为党的人，心里总忧民。"这是我品读《佑松苍劲》这本书最深刻的感受。学超同志是 1966 年入党的。打从那时起，他牢记党的宗旨，不忘使命担当，用一颗赤诚的心处处体察民情，关心民意，千方百计地解除民众之疾苦。特别是他被调任县民政局民政股长之后，多次下乡驻点帮扶。所驻的点，都是穷出了名的山区村和库区村。这些村均为"箪食瓢饮，不堪其忧"。然而，通过他坚持心为民所系、情为民所牵、劲为民所使，驻一处，变一处，蹲一村，变一村。1978 年大旱，他一头扎进了重灾区狮子公社新河大队（村）。在这里，学超身先士卒，苦干在前，"日不困、夜不眠地想办法，出主意"，协助党支部发动群众，做好工作，一边修渠筑堰，引水抗旱，一边将移河改道的河床平整为良田，扩大种植面积，提高复种指数。结果，大灾之年获得大丰收，在全县粮食大面积减产的情势下，这个村的粮食比上年增产 40 多万斤，群众温饱不愁。这里的老人至今还念叨着他呢！同年年底，因蕲春灾情严重，他被抽调到县救灾办抓救灾救济工作。一上任，便马不停蹄地深入灾区，摸清灾情，及时向上级申报了灾情核实材料，获得上级有关部门的认可，使蕲春享受到重灾县的巨额救灾款物，从而保障了蕲春全县救灾救济工作的顺利展开。学超同志的这份功劳，将会永远铭记在蕲春人民的心中！

斗转星移，时光飞逝。转眼间，我们这一代人不知不觉地步入桑榆之年。在无限的夕阳中，我通过这本书，欣喜地看到学超同志的晚年生活充满了乐趣。在组织的关怀、家人的陪伴和朋友的相随之下，他先后游览了毛主席故居和革命圣地井冈山，继续接受红色基因的熏陶；目睹了深圳、上海和苏杭等沿海发达地区先行改革开放所带来的震惊中外的沧桑巨变；领略了香港、澳门实行"一国两制"之后的深刻变革；感受了当今世界上最大的水利枢纽工程三峡大坝那气势恢宏的景观和"巍巍巨龙锁大江"的壮丽风采……平时在家时亦老有所为：接送孙子，养花种菜，或去图书馆和老年活动中心阅览群书，品味中华文化那深邃无比、奥妙无穷的魅力……

遍寻学超同志的人生之旅，激起我想到了唐代诗人白居易的著名诗句：

> 偃亚长松树，侵临小石溪。
>
> 静将流水对，高共远峰齐……

愿佑松——学超晚年夕照的风骨和经年淬炼的敬业精神，宛若偃亚之松，"高共远峰齐"！

2024 年 3 月 22 日于黄州

《感悟》序

　　徐国生同志新著的《感悟》一书即将付梓，嘱我为其作序。因我们是多年的朋友，故欣然应许。

　　1974年，我在蕲春采访时，和国生同志相识。那时我是记者，他是县委办公室干部。50年来，我俩一直保持联系，友谊长存。《感悟》一书，是国生近两年来在纸刊和网上发表的作品汇集。我收到书稿后，连看了几遍，越看越觉得他匠心独具、思路开阔。无论是诗、是词、是文，抑或是写人、写事、写景，都贯穿了一条红线——坚持不忘初心、牢记使命，高擎党的旗帜，虔心为党和人民的事业而讴歌。文风实在，韵味无穷，读后给人以真诚接地气、热情倡新风之感。

　　感悟，是赤子情怀的倾诉。历朝历代的有志之士，都有"先天下之忧而忧，后天下之乐而乐"的宽广胸怀。国生和我国历史上的仁人志士一样，都有一腔热血，一颗爱国心，并屡屡体现在他的一些诗文作品中。抗美援朝英雄、蕲春县原政协副主席黄治富同志曾被誉为"活着的罗盛教"，先后受到毛泽东、周恩来、朱德和金日成等中朝领导人的亲切接见并合影留念。2024年年初，黄治富同志因病逝世。国生深为失去这样一位"保家卫国"的英雄而心痛欲绝，提笔赋诗一首：

> 抗美援朝冲在前，救人勇士谱新篇。
> 中朝领袖皆钦见，合影长存笑貌妍。
> 显赫功名抿齿捂，辉煌政绩婉言宣。
> 清廉厚德人称颂，水远山高万古传。

　　更令人心折的，是在纪念建党102周年和颁发"在党五十年纪念章"的大会上，他怀着一颗赤诚的心，填词致庆，作品读后令人泪目：

> 在党峥嵘岁月，初心不减当年。
>
> 誓词纪律记心间。为民勤奉献，履职勇争先。
>
> 致仕身份转换，担当仍在双肩。
>
> 人生信仰不容偏。情甘余热显，乐度晚晴天。

赤子情怀，跃然纸上，撼人肺腑，感人至深。

感悟，是奉献精神的颂歌。所谓奉献精神，是对党和人民的事业不求回报的全身心付出，是社会责任感的集中表现。古语云："天下兴亡，匹夫有责。"为了成就事业，为了民族振兴，无数仁人志士勇往直前，竭力奋斗，有的不惜自我牺牲也勇于担当。国生同志的诗作《庆祝神舟十八乘组入驻空间站》曰：

> 三位英雄上太空，腾起火箭碧霄雄。
>
> 九泉屡创航天史，宇宙科研伟业红。
>
> 天助中华复兴路，人为鹏鸟傲苍穹。
>
> 神舟组入空间站，超美航天建大功。

满腔热情地赞扬了叶光富、李聪、李广苏 3 位航天员忠贞报国、不怕牺牲的精神风貌。

更难能可贵的是，国生本人在这方面也不愧是身先士卒的榜样。这里仅举一例：1965 年秋的一天，他在办公室突然接到一个电话，说白莲河水库东干渠李树坳隧洞二号斜井发生大塌方，有 3 名工人被埋……国生当时作为县水利局的一名干部，心急如焚，便火速跑去向指挥长报告，并一道赶赴现场救援。抵近现场时，仍听到塌方处有石头、砂砾滑落声，被救出来的 3 名工人均已死亡，场景惨不忍睹！事故处置后，指挥长决定增派精兵强将进洞排险，以确保施工安全。国生当即主动请缨说："我也去，让我到风口浪尖上经受锻炼！"这简短的话语，在沙石纷飞的工地上，在塌方不止的险境中，对任何人都是生与死的考验。而风华正茂的徐国生，却把生死置之度外，主动接受险情挑战，展现出他的心灵深处蕴藏着的一颗公而忘私、勇于担当的责任心！在后来的隧洞施工中，他忠实地践行了自己的诺言，一次次在浓烟滚滚的隧洞里查出险情，一次次准确无误地发出避险指令，救出一批批工人和战友……

感悟，是时代新貌的礼赞。国生的诗文，总是歌颂时代进步、社会美好、人物先进，环境日新，充满了鼓舞人心的正能量。《大同水库历史性的跨越》《蕲春城管的春天》《蕲春国储粮库参观随想录》等感悟文章，用细腻的笔触、质朴的语言、具体的数字，歌颂了近年来蕲春发生的翻天覆地的变化。位于蕲北山区的向桥乡，曾是穷山僻壤，如今一派繁荣。他故地重游，感慨万千，即兴赋诗曰：

> 重访向桥随想多，旅游公路越山河。
> 彩云深处琼楼立，棠岭村前竹海婆。
> 狮子库中金鲤跃，蓝天寨里白羊窝。
> 巨龙起舞呼风雨，万马奔腾盛世歌。

给向桥乡以激情满怀的赞美。

感悟，是文化传承的动力。国生不顾年逾八旬、体力减退之弊，坚持跋山涉水，四面采撷，深挖历史素材，察看实情实景，尽可能提升作品的品位，让诗文彰显历史之美、崇高之美、信仰之美和现实之美，鼓舞人们意气风发地为实现中华民族伟大复兴中国梦而奋斗。

2023年7月，国生看到县城的雷溪河公园修建成功，十分激动。他连忙邀约好友，全程踏访参观。大家不禁被这一宏大工程感动。特别是公园里的优秀文化大展示，让他眼界大开。工程的设计者和建设者巧施匠心，将蕲春特有的时珍故里、医药名县、教授之乡、历史名人等优秀文化，巧妙地融入公园文化建设中。国生触景生情，将这些文化名片都写入他的新作《福祉千秋的雷溪河公园》中。文章发表后，人们广为传播，游人与日俱增，早晚间、节假日，来这里观光、锻炼、休闲的人群络绎不绝。给人们以启迪、以力量，促使时珍故里的文化之风扶摇和唱，福荫后人，有如彩练当空，绚丽夺目。

感悟，是文友心灵的互动。在《感悟》书里，国生紧跟网络新媒体的时尚，特设了"诸家述评"和"晚情留言"两个篇章。有的诗文后面还附录了文友的读后感。我为《感悟》创建了这样的平台而喝彩！因为有了它，文友间的距离被拉得更近，便于沟通交流，倾听不同声音，从而有利于作者从中汲取营养，进一步改进写作方法和技巧，提高写作水平，使后来的作品，更富有艺术性、可读性和引领性，更能引人入胜，品味芳香。

最后，让我撷取一则读者留言，以示对《感悟》一书即将付梓之贺：

> 美文共品赏，百世总流芳。
> 但愿人长久，初心永不忘。

2024年5月9日

报告文学

李山的诉说

序　曲

蕲北李山村，变化世人惊。

长期穷潦倒，今却富闻名。

个中玄妙术，谁能予道明？

若思求解去，叩问山之魂……

这是一位草根文人写的自由诗。悉心品味，只觉得他对李山村却有那么一分情怀、一丝感念、一缕牵挂和一声深情的赞美。

品诗之余，却逐生造访李山的臆想。2023 年，一个秋高气爽的日子，笔者怀着仰慕之情，不顾已逾八旬的风烛残年之身，随朋友一道，来到这里叩开山门，倾听它那情意绵绵、催人泪下却又激人奋进的诉说……

李山居崇山峻岭之间，临库水扬波之地，属蕲春北部山区，大同镇所辖。四面群峰耸立：正北连着九龙宫，东北倚着仙人寨，西北紧靠仙人台，东面与将军山遥遥相对。全村 150 户 650 多人，散居于"七沟八梁十面坡"，一条 4 公里长且陡峭的羊肠小道，与库区的盘山公路相通，算是唯一同外界连接的纽带。毋庸置疑，这里既属山区，又属库区，乃"双料"贫困之地。

可就是这么个穷山村，进入 21 世纪，荣誉之光环像一丛丛绚丽的烟花迸发出来。先后连续被评为蕲春县经济十强村、黄冈市新农村建设样板村、湖北省社会主义新农村示范村、省扶贫工作先进集体、省党建"十面红旗"之一、全国文明村，村"驹龙园系列名优茶"被评为湖北省著名商标而享誉全国……2015 年 5 月 1 日，时任村支书田祥森，被中共中央、国务院授予全国劳动模范称号；次年 7 月 1 日，被中共中央授予全国优秀党务工作者，受到习近平总书记的亲切接见。

从此，李山村火了，来这里参观学习、旅游观光的人群车水马龙，络绎不绝。

苦 恋

透过李山村那璀璨夺目的荣誉光环，让人们更为震撼的，是全村干部群众所经受的酸甜苦辣，是党支部凝心聚力，带领群众奋斗不止的拼搏精神。

话，还得从李山村历史的变迁说起。旧社会，李山村的贫困状况自不必说，同全国劳苦大众一样，堪比"黄连树上吊猪胆"。新中国成立后，党领导农民大搞合作化，李山人民着实过上了几年好日子，可到了1958年，"一平二调"共产风刮了起来。先是大办钢铁，李山村山上的树大批"刮"进了"化铁炉"，接着又开始动工修建库容达2亿多立方米的大同水库。这本是件"功在当代，利在千秋"的大好事，可处在水库中央的李山，却算是遇上厄运：库水线下的一畈畈、一冲冲当家田给毁了，山上粗大的树木，无偿地献给水库按照苏联专家设计，做了居世界第二的"木质核心墙"；山上的薪炭林也被砍个精光——数以万计的民工要搭建工棚栖身，要烧柴火做饭，只有将砍刀挥向库区山林。历经几个春秋之后，李山村的田地没了，民房毁了，树砍光了，"连山上的皮也给剥了"，留给李山村人民的是"光秃秃的脊梁"。祖宗留给李山村人民的一点保命的家当，几乎荡然无存。为解除群众的困境，当时县、乡政府也动员群众往山外迁。可这儿的农民有个共性："金窝银窝，最恋自家的穷窝"哟！除了少数投亲靠友外，多数人谁也不想离开这块祖宗继承的"发迹之地"。于是，村民们在党支部的统一组织下，纷纷从水库中央分批搬到高山无人区安顿下来。一时间，"居家无舍，露宿青纱"的李山人，全靠搭建茅棚避风雨，有的还住进了岩洞，"几代同居一陋室，人畜混居一陋窝"成为常态。吃的更是一件难事，除了政府限量供给一点口粮之外，"糠麸青菜半年粮"，有时还得挖野菜充饥，熬煎岁月。七熬八熬，熬得农民家家成了"超支户"，集体成了"债砣子"。老书记实在熬不下去了，便想到自幼聪慧、勤奋好学，且正式考取公干而分配到镇民政办上班的田祥森：这伢年轻，有文化、心眼好，又入了党，接他回来当书记，或许李山村有希望。于是，他连夜找到祥森他妈妈，说明来意，要祥森他妈妈赶紧到镇里把儿子接回李山，接任村书记。

受人之托，忠人之事啊！祥森他妈妈果真去了。

祥森听懂妈妈传达老书记的意图后，连忙摇头回答妈妈说："那怎么行啊——妈，您真糊涂！儿子好不容易从穷山沟里奔出来，虽然工资不高，但也有30多块，可以养家糊口。儿子若是回去了，靠谁赡养您老人家啊！"

妈妈听了儿子这么一说，一时愣住了，但转念一想，来之前，老书记再三叮嘱："请跟祥森说清楚，要他回李山工作，不是我个人的想法，而是党支部和全村父老乡亲的热情期盼，他可不能辜负李山乡亲啊！"

于是，她老人家继续劝祥森："你说的也在理，但小道理要服从大道理！不错，你是妈妈生的，但养育你的可是全村父老乡亲哪！"说着，他妈妈累数出祥森幼年那段艰难岁月里的一幕幕情景：在他生病无医时、挨饿待哺时、读书没钱交费时，乡亲们向祥森伸出了一双双温暖的手，让他渡过一道道难关。那一幕幕感人肺腑的生动事例，让祥森好生感动，他沉默不语了。接着，他妈妈语重心长地说："祥森哪，你是妈妈的儿子，也是李山的儿子。吃水不忘挖井人啊，你可要懂得感恩哪！"

祥森听了，眼泪不禁夺眶而出，"扑通"一声跪向尘埃，跪在妈妈的脚下："妈，别再说了，儿子听你的，行不……"

就这样，祥森辞去了公职。这位好不容易从大山沟里"奔"了出来且端上了"铁饭碗"的年轻人，又"奔"回了生他养他、贫困潦倒的李山。老书记喜出望外，即时按照组织程序上报镇委批准。1986年3月，田祥森这位刚到而立之年的男儿，正式挑起了村支书的重担。

上任不久，田祥森主持召开了第一次群众大会。会上，伴着雷鸣般的掌声，他面对父老乡亲，发表了一番慷慨激昂的就职演说：

"乡亲们，我是农民的儿子，也是李山的儿子。没有李山村，就没有我田祥森。既然大家信得过我，我决不会辜负大家的希望。李山是一块贫穷的土地，却也是一块红色的土地。战争年代，李山属于蕲北老区。这里的人民同其他老区人民一样，前赴后继，不畏生死，先后有十多位英烈为国捐躯，为李山演绎出了血染的风采。今天，我们应当继承先烈遗志，发扬'一不怕苦，二不怕死'的精神，继续革命，艰苦奋斗，脚踏实地，砥砺前行。'人在阵地在。'我田祥森一定要带领群众把李山建设成为山清水秀的富庶之乡，让父老乡亲都过上好日子！这是我的庄严承诺。我将义无反顾，坚持为实现诺言而不懈奋斗！"

求　索

一言既出，驷马难追。田祥森发表就职演说之后，朝思暮想的，是如何兑现自己的承诺。

他怀着全村父老乡亲的期待，迈开双脚，艰难地行走在村里那血染的土地上。那山那水那田、一梁一坡一垄，都留下了他悉心踏察的脚印。他苦苦地寻思着、琢磨着，反复问自己：李山脱贫，路在何方？一连半个多月，他不思茶水、寝食难安。终于有一天，他攀上了巍峨耸立的九龙宫，登高一眺，心旷神怡，那不远的山坡上，竟有一片小茶园，在春光的沐浴下，青翠欲滴，好一派生机！田祥森的心里顿生灵感：有了，种茶是个好路子！

他是个急性子。这天晚上，刚吃罢晚饭，就准备去找党员干部商量。恰好，村支委田飞龙赶来说："田支书，我想找你。"

"好啊，我也正想找你。"

田祥森热情地把田飞龙请进自己的卧室，悉心交谈起来。

这是一个不眠之夜，也是一个不平凡之夜，一个决定李山命运之夜！

这一夜，村里两位主要干部心心相印，为李山的发展，谋划出初步的蓝图："发挥李山优势，调整产业结构，走以茶兴村富民之路！"

这一重要决策，很快得到了村"两委"和群众代表的一致认同，还形成了让田飞龙担任村委会主任的决议，并即时报经上级批准履职，还从实际出发，决定将为数不多的好田好地调出来育茶苗、建茶园，逐步建成1000亩高标准茶叶基地，形成由茶场统一供种、统一栽培、统一管理、统一采摘、统一制作、统一销售的茶产业规模。

决策出台后，有人欢喜有人愁。群众的大多数举双手赞成，但也有少数人不理解，甚至很不理解。一时间，思想斗争碰撞出一束束火花来。有人拿出一定30年不变的承包合同，当面找田支书理论："你这不是在砸我们的饭碗！"还有的质问田支书："光喝茶，不吃饭，人怎么生存？"

群众的意见，田祥森耐心地听着，然后语重心长地解释说："村里搞调整，决不会损害群众利益，而是要在保护群众利益的基础上进行。大家调出的田地，保证每亩由村里供给300公斤稻谷。请你们算个账，这个方案，让你们吃亏不？"

一席话，说得大家心悦诚服。茶叶产业化，终于在李山村艰难推开。经过一个冬春奋战，600亩连片茶园初步形成规模。

李山村属亚热带大陆季风气候，四季分明，雨量充沛，气候温和，年均气温在18摄氏度以上，无霜期300天以上，年均降雨量1146.3毫米，日照充足。其自然环境宜于茶叶生长，所产的茶叶"得天地之灵气，采日月之精华"，茶汁醇正，清香四溢，入口回味无穷，属天然的上等无公害饮品。然而，受传统生产方式的影响，这里的茶叶仍沿袭着手工制作，看相差、条索松、形态丑、档次低，在市面上销售不畅，有时甚至无人问津。起步的头两年，茶场出现亏损。身为茶场场长的田飞龙心急如焚。一天，他找到田祥森说："田支书，对不起，茶场没搞好，是我的责任，我向你检讨。你怎么处分我都行。为了李山的未来，请物色个能人来接手好了！"

听了这话，田支书火冒三丈，从来没有发过脾气的田祥森，瞪大冒着金星的眼睛厉声喝道："你田飞龙就这么点出息！要打退堂鼓，是不？我今天要听的，不是你的检讨，而是打算、打算！"

田飞龙半晌没有吭声，直条条地站在一旁，一动也不动。

田祥森毕竟是个软心肠。火气过了之后，便又热情地招呼田飞龙坐下，并耐心地开导他说："万事开头难，茶场亏了，不是你一个人的责任，我也有责任，对市场捉摸不透，指导不够。"

"再说，茶叶毕竟是个长线产品，别想一锄头挖个井，抱个金娃娃啊！据县志记载，与我村毗邻的仙人台茶叶'周满顶，汉满腰'，到现在还有些零星的老茶树，你看它的寿命有多长！福建福鼎大白茶是最好的品种，它也得遵循'头年种，二年摘，三年过两百（斤），五年之后才能迎来大商客'的规律。你办茶场才刚刚起步，就急成这个相，那么成！"

"要知道，我们是在为李山探索发展之路。可路要一步步地走，问题要一个个地解决。当务之急，一是要把管理跟上去，把产量提起来；二是要走出去，学习外地的制茶工艺、销售经验和管理办法，还要特别重视向专家学习，'隔行如隔山'哪，科学的问题来不得半点虚假呀……"

推心置腹的话语，让田飞龙茅塞顿开，浑身充满了力量。这是田支书的人格魅力。他让这位想撂挑子的茶场场长，重新扬起了生命的风帆。田飞龙暗暗下定决心：士为知己者死！有田祥森这样的好领头人，再苦、再累、再难，我也得豁出去！

于是，他凑近田支书缓缓坐下。两颗彼此信赖的心紧紧地凝结在一起，成了一股坚不可摧的力量。经过一番商讨，主意终于拿定了：走出去，走出李山，走向全省、全国，走向世界！接下来的一段时日，他们马不停蹄，走进外地茶场，钻进科研院所，闯进大型茶叶交易市场，既问计于专家，又问计于消费者。然后，选派一批骨干，到英山、罗田、浙江、福建等地进修培训，现场拜师学艺。还特地到省果茶研究所聘请刘付璆专家当顾问，指导茶叶栽培、管理和制作。经过整整一年的历练，李山人终于开发出了银针、银芽、松针、毛尖等十多个绿茶品种来。质量上去了，市场也就渐渐打开……

有了确保质量的产品和市场，田飞龙更没有停止前进的脚步。他同田支书密切配合，学会外地"跑部（门）前进"，削尖脑袋钻项目、求"上帝"、搞贷款，同时购回成套茶叶自动化生产线，"叫质量、产量成倍往上翻"……

困难总是与发展相伴而生。越过了这道坎，又冒出那道坎。随着茶叶产量的增长，销售市场又给他们带来了新的考验。那是1995年春，田支书和田飞龙一道带了100斤茶叶，兴致勃勃地赶到江城武汉去推销，意在武汉打开新市场。可转悠半天，他们碰到的却是无情的冷遇："任凭你嘴皮说破，还是无人问津。"仔细一瞧，人家浙江的龙井、福建的大白、武夷山的红茶，却是俏得很，一斤可卖300多元。他们不服气，也掏钱买了一小盒，用好"白开"冲泡试试。品尝的结果，色香味并不比李山茶强到哪里去。他们只好打道回府，找到县里有关部门再试试销路。人熟天外有知音。一位局领导直截了当地说："田支书，恕我直言，你们的茶再好也不值钱，因为严格地讲，你们的茶叶还没有领到市场'准入证'。你想一想，为什么'海尔'的产品那么俏？那么吃香？就因为海尔注册了'海尔'品牌！美国篮球明星的一只破鞋价值几万美金，而且抢不到手。为什么？因为它是明星的！"

明白了一个理，点亮了一盏灯。从此，他们决心学习"海尔"，踏上锻造品牌之路。联想到本村境内驹龙宫，曾有高僧施法解救遇难的海龙王九太子，其获救幻化成仙后，给这里撒下茶籽，僧人以茶叶为仙药，给苦难的穷人救死扶伤、施惠百姓的美妙传说，又想到这里仍有上苍给留下的一小块浓郁飘香的茶园，便毅然决定品牌定为"驹龙园"。村支书和田飞龙一拍即合，即时成立了"驹龙园茶叶有限责任公司"，由村主任田飞龙任法定代表人兼总经理。公司体制建立后，李山的茶产业由原来以生产经营为主体，转向以市场经营为主导。村"两委"把"驹龙园"当作开拓市场的抓手，紧抓不放。村支书田祥森带头迈开双脚，田飞龙紧随其后，先后18次奔走于北京、广州、武汉之间，一路吃盒饭、坐硬席、喝白开水，缺餐少顿、颠沛流离，历尽了行程之苦。这每一过程，皆是血与汗的洗礼，心灵与意志的操盘，改革与创新的探索，奋进与开拓的讴歌！田祥森身为最基层的村支书，为了李山的茶产业，他敢闯省府衙门，敢跑首都各部，敢与名校"攀亲"，而面对灯红酒绿的城市宾馆，却不敢踏进一步！他和田飞龙都曾多次因出差回家路费花光而露宿街头，或临时找县城的朋友搭济……

经过好一段时间的上下求索，不断追求，终于传来了喜讯，实现了理想的目标："驹龙园"茶叶商标注册成功啦！再经过一段时间的历练、打拼，"驹龙园"牌茶叶被评为湖北著名商标！

有了著名商标，就像民间的格格进了皇宫——身价百倍！1997年以来，"驹龙园"茶叶先后夺得"鄂东杯金奖"、"97中国国际茶会金奖"、"99中茶杯银奖"、2001—2003年连续三届"中茶杯一等奖"、湖北省"名优茶20佳"和全国"名优茶15佳"，并被农业农村部、商务部评为"无公害绿色食品"而参加广交会。从此，"驹龙园"茶在国内外两个市场都成了诱人着迷的香饽饽，盛名远扬。由此带来的"品牌效应"自不必说，逐年看涨。起初，茶叶的亩平均收入只有几十元，逐步提高到5000多元，茶农的年人均收入达8000元，基本摆脱了贫困。采茶季节时，还吸收了本村和邻近村庄1500多名体弱的劳力采"茶青"，年人均季节工收入也在2000元以上。村民王藕花，是一位年逾花甲的老姆。这年春上采青，她也挣得了1400元。老人家感激不已，特地煮了几个鸡蛋，硬要塞到田祥森手里，说："田支书，真是感谢你，你给李山办了这样一个好茶场，我这个快要去'看山'的老人，也跟着沾光发了点小财啊！"老百姓的感恩之情，更激发了田祥森。他拉着老人家的手说："不要谢我，财富是李山人民创造的，我只是领了个头罢了。眼下，李山并不富裕，还只是在奔富的路上。请你老人家放心，李山村不富，我田祥森死不瞑目！"

升 华

田祥森带领村里"一班人"历尽艰辛，通过打造茶产业，为一个几乎无路可走的库区穷村闯开了一条出路，村民们欢欣鼓舞。可田祥森却依然高兴不起来，因为他知道，李山村当下的经济发展水平，比起外地那些发达地区来，比起福建和江浙一带起步较早的茶乡来，比起中华民族伟大复兴来，还相差甚远。可村里的资源只有那么多，可以种茶的地方，全都种了；可以植树的地方，全都植了；可以搞深加工的产品，也全都搞了。往后的发展，李山的目标如何定位？后劲如何保障？出路有了，富路又在何方？一时间，田祥森沉浸在无奈之中。

无解的时候，有时也会找到有解的答案。正在这时，他在朋友家得到一则信息：中国宝岛台湾阿里山的茶叶又好又俏，销到了世界各地，价格十分可观，且抢不到手。朋友还教他唱了一首赞美阿里山的歌，歌词的大意是：

> 阿里山的景色数云霞，
>
> 阿里山的姑娘美如画，
>
> 阿里山的水土出金娃，
>
> 阿里山的茶叶名天下……

田祥森听了，眼睛顿时一亮：对了，党中央一再强调，必须大胆地吸取和借鉴人类社会创造的一切文明成果。台湾同胞在阿里山所创造的"茶经"，不就是值得我们去吸取和借鉴的文明成果吗？

思想开了窍，路就在脚下。一个春光明媚的时日，向来克勤克俭的田祥森，竟穿上一套西装革履的西服，登上飞机，穿云破雾，直飞宝岛台湾，奔向向往已久的阿里山。在古老的森林铁路站，他转乘观光列车，沿途经过的许多名胜，令他眼界大开：那一片片参天挺立的神木，历经千年风雨，依然苍劲而婆娑；那一层层白色或彩色的云雾，在山谷间缓缓飘逸，构成一幅幅壮美的画卷；晨光破晓之时，你可以欣赏到那辽阔的云海托起东升的旭日，向阿里山张开那温馨的笑脸；夕阳西下时，你可以透过摇曳舞动的树梢缝隙，欣赏到落日熔金的秀美……更让田祥森欣赏的，是阿里山的高山茶。据导游介绍，阿里山茶园，都在 800 米至 1800 米之间，茶区分布在阿里山乡的龙美、光华、石桌、十字路、连邦、里佳、丰山等山地部落以及邹人文化和旅游部落境内，那儿一眼都望不到尽头。所到之处，只见那鱼鳞形的茶垄依山攀缘，浓郁的茶冠依依拥簇，春光映照下的嫩芽，含露吐珠光，青翠迷人……稀奇的是，哪儿有茶园，哪儿就必然有茶庄、有景点、有商店、有旅行社，吃、住、玩、购一应俱全，不管商客和观光者来了多少，它都能应接不辞，热情款待，自行消化。导游一边当向导，一边解释说："阿里山人种茶，做的都是茶文化——让所有到访的来客，不仅品味到这里茶的芳香，同时品味到茶文化的氛围和生生不息的文化底蕴，用无形的文化叫人流连忘返！"导游还说："所谓'茶文化'，一是要让人看得到，二是要让人尝得到，三是要把人留得住，四是要做好宣传舆论……"

导游一语道破天机。田祥森终于摸清了阿里山茶产业久盛不衰的秘密。他暗下决心，自言自语地说："回到李山，我也要将李山的茶产业，打造成文化的高地、文明的亮点！"

告别阿里山之前，他钻进一家商店，打听到这儿的茶叶价格，值 1000 元/斤，心想："这可是我们李山茶价的两三倍啊！"为探索个究竟，他掏出 200 元，购回二两阿里山茶叶，细心地把茶叶裹得紧紧的，不让它吐气、串味。回到李山后，沏一壶山泉，认真冲泡，请田飞龙一起品尝。他们一边品饮，一边呷尝，一致觉得阿里山茶的确是好，但其色香味并不比李山茶胜出多少。"可人家的价格却是我们的两三倍啊！"田祥森盯着田飞龙说，"为什么呢？因为人家把茶叶提升到'茶文化'广为宣传，把茶叶做到了极致。而我们还在那里就茶叶论茶叶，走的是种茶、制茶、卖茶'三环套'的老路。这茶文化恰恰是我们的最大短板，必须尽快补上，让茶叶与文化有机融合，再造出一个李山来！"

田祥森说干就干。他和田飞龙商定方案之后，在省市县领导及驻村扶贫工作组的指导、支持下，筹集到一大笔资金，抓紧新上一批"茶文化"和与茶文化相关的项目：一是建设茶博馆，将李山茶叶的奋斗史、获奖奖杯和茶叶品种一一展示出来，将陆羽所著的《茶经》刻在茶博馆的正面墙壁上，让商客和游人前来研读、赏析，一睹为快。二是凡茶园高地岗头，统一建造茶亭、观景台和品茶阁，沿亭阁的路旁，刻些茶经典语和文人墨客的诗作，形成浓郁的茶文化氛围，展示茶文化内涵。三是在茶景点中央修一座容量为30万立方米的观景湖，堤坝由块石垒成，湖岸围着形态各异的花纹石栏，并建有连接南北两端的拱桥，还置有扁扁小舟，泊在湖边，供游人泛舟游乐。四是打通景点与景点之间的通道，通道两旁用造型各异、古朴典雅的栏杆护着；陡峭处，还用条石或水泥砌成台阶，让游客拾级而上时，不感到困惑，且有一种享受和慰藉之感。五是在原有通往库区主干公路的基础上，再在西南面新修两条柏油路，实现路路相连，人畅其行，车畅其流，更便捷地欣赏茶旅文化。六是上中央台第七频道打广告，让泱泱中华的广大观众和听众知晓蕲春李山村和名茶驹龙园。七是开放"红军洞"，修建"铁索桥"，开发红军后方医院诊所及著名的李山九龙寨战役旧址，把红色文化同绿色茶文化和旅游文化相融合，汇聚成李山文化的特色，提升李山的文化品位……

习近平总书记说："推动高质量发展，文化是重要支点；满足人民日益增长的美好生活需要，文化是重要因素；战胜前进道路上各种风险挑战，文化是重要力量源泉。"李山的经验充分证明了这一点。

随着李山茶文化品位的提升，来这里旅游观光、兜风赏景、洽谈商务的人群，一队连一队，一拨接一拨，每每到了采茶旺季，更是车水马龙，应接不暇。人们在李山茶园幽境里，走一走红军路，品一品李山茶，荡一荡小扁舟，赏一赏陆羽的茶经典语和文人墨客那韵味十足的诗句，你会感到快乐无比、惬意无穷,一股李山的情怀油然而生。前来游览的人们踏上实地,观赏实景,无不发出内心的感叹。为留下秀丽的瞬间,有的提笔作画,有的执笔写诗,有的举机摄影。一位游客在"仙人撒网"处的品茶阁凭栏远眺,只见四周的茶园与天色浑然一体,雅致天成,突发灵感,在茶阁的廊柱上题词一首:

> 碧玉妆成万树香,山色无疆,春色无疆,清明时节人倍忙;如梭巧手裁云锦,歌声亮,笑声朗,最是欢乐采茶娘。
>
> 一杯佳茗味绵长,不是琼浆,胜似琼浆,才将丰盏刚入口,神也清,气也爽,不绝三日有余香。

人气旺了,"茶气"自然来了。经过"茶文化"的洗礼,人们精神振奋,事业渐渐兴旺,"驹龙园"牌系列名优茶的价格逐年看涨。"茶文化"建设之前,只卖到200—300元/斤,如今卖到700—800元/斤,而且销路通畅,供不应求。

为适应这一新的形势,田祥森再次同田飞龙谈心,商议如何把茶产业这块蛋糕进一步做大。田飞龙高兴地说:"我有一个主意,你看行不?"

"说出来听听。"

"我们村的茶产业要想再发展,资金投入的瓶颈是个大问题。"田飞龙解释说,"根据这一实际情况,'驹龙园'茶叶公司还得进一步改革,要吸收民间资本参股。"

"这个办法很好!因为群众已经从茶叶的品牌效应和文化效应中看到了红利,他们是会热心支持的。再说,自动化加工的规模扩大了,还可以把周边乡村茶资源转化增值带起来!"田祥森说。

他们商议的新办法迅速得到实施,结果终于收到奇效:在较短的时间内,就吸纳民间资本500万元,在大同镇工业园区新建了一座更大规模的全自动加工厂,更换了三条生产线,从制作、冷藏、包装、托运等各个环节,全部实现了现代化,科技含量之高前所未有。

为满足茶叶现代化生产的需求,田祥森和田飞龙分头到大同、檀林两个高寒山区镇的17个产茶重点村取得联系,寻求合作,促进共同发展。这些村的干部和茶农高兴得合不拢嘴。因为李山村公司的报价,每外购一斤"茶青"付现30元。茶农一算,都眉开眼笑说:"这可是相当于自制干茶的价格啊!这样一来,我们生产的茶叶价值,坐地涨了四五倍!"

经营者与合作者实现双赢,为山区茶产业整体开发探索出了一条新路。村集体经济和农民收入迅速实现历史性突破。规模扩大后的第二年（即 2006 年），李山村的经济总量闯过 600 万元大关，其中茶叶产值达 480 万元，占总产值的 80%；村民人均纯收入 3200 元，与过去比，不知高了多少倍啊！可喜的是，这个发展势头一直保持了下来，连续十多年经久不衰，即使是在 2022 年遭受严重旱灾，又受新冠疫情影响，李山村前进的脚步依然未停，全村总产值达到 2 亿元，农民人均纯收入 2 万元。这个水平，对比那些发达地区，或许不算什么，但对于长期处在贫困线上的库区穷村来说，实在令人惊喜！而且，今年的发展势头依然稳中向好。

李山的巨变，让本村的村民，乃至周边跟着受益的茶农，都张开了幸福的笑脸。此时，人们怎么也不会忘记率领他们奔富的领头人田祥森。村民们说，吃水不忘掘井人啊！田支书为了李山由穷变富，为了让百姓都过上好日子，他不仅辞去了公职，丢掉了"铁饭碗"，还有许多感人的事儿，给人留下了刻骨铭心的记忆：

——茶场组建初期，资金严重不足，他带头筹资，将家里仅有的 2000 元存款给凑上；

——创业的头几年，村里经济很拮据，田祥森只强调要设法兑现茶农薪酬，却将村干部的工资拖欠，自己带头领"白条"；

——还是在创业时，那年他家里没钱买年货，他岳父想得周到，于大年三十送去 15 斤肉，才让他和妻子儿女吃上了一顿团年饭；

——也是在创业时，因手头过紧，他连续六年没有给朝夕相处、经年累月地为他、伴他、体贴他的贤妻添购一件衣裳；

——新修的旅游公路突遭暴雨袭击，他拉着妻子一起上阵，在雷鸣电闪的黑夜，冒雨上路清沟、抢险，妻子因此突患感冒而住院，他却不让村会计给报销半分钱的住院费（注：当时农村没有合作医疗）；

——更让人难过的是，村小学因"教改"裁员，学校一再要求把他那位在教学上出类拔萃的女儿，继续留在讲台上，他却硬性要女儿"下课"外出打工，结果，竟遭遇意外事故而身亡，把女儿永远留在了不归的打工路上……

一件件往事，记录着田祥森为人处世的风格，镌刻着田祥森一心为公的高尚情操。每每想起这些，获得满满幸福感的李山人，谁能不激动、不感念啊！

一位老茶农紧紧拉着田祥森的手说："田支书，你为我们付出太多啦！还记得不？我原本是村里的特困户，吃了上顿愁下顿。现在可好哩，你领着我们走上了致富路。感谢你的大恩大德哟！"

　　田支书听了，笑着回答："老人家，不要谢我呀，这都是党的领导好，是党的开放政策给了我们机遇。富了莫忘党的恩啊！"

　　说罢，田支书和老茶农都开心地笑了……

2023 年 10 月上旬撰

迈向成功之路

> 君不见黄河之水天上来，奔流到海不复回！君不见高堂明镜悲白发，朝如青丝暮成雪。人生得意须尽欢，莫使金樽空对月。天生我材必有用，千金散尽还复来。
>
> ——李白

> 我之所谓生存，并不是苟活；所谓温饱，并不是奢侈；所谓发展，也不是放纵。……人生既是这样可以珍重的东西，那么，朝朝都有晨光，年年都有周岁，光阴似箭，一去不还，我们应该如何郑重的欢天喜地的行动着、创造着……共赴人生的大路！
>
> ——李大钊

引 子

2010 年的春天，古城黄州处处焕发出新姿：那喧闹的步行街华灯闪烁，人声鼎沸；那新建的开发区玉宇轩昂，工厂林立；那绵亘的龙王山和路旁的街心花园也被地毯一般的翠绿新芽装点。街上，车水马龙；路上，人头攒动。上班族再不像计划经济年代那样慢悠悠地去那非去不可的地方或岗位画圈圈，而是大步流星地朝前赶去。

春天的脚步正匆匆走来。

就在这催人奋进的春光里，湖北玉环建筑工程有限公司（以下简称"玉环公司"）从首都北京传来了一则喜讯：经国家住房和城乡建设部批准，公司房屋工程建设总承包资质正式被晋升为一级。一时间，公司上下欢腾起来，朋友们亦称赞不已。董事长张仲生更是喜出望外。他忽的一下从老板椅上站起，长吁了一口气说："唉，我的这一生总算对得起家人，对得起朋友，对得起社会，也对得起一道奋斗多年的员工。总之一句话：今生无悔！"

然而，有谁知道，这"今生无悔"的背后，却是无比的艰辛，无情的磨难和无畏的探索、打拼、奋斗！

　　这"今生无悔"的背后，包含着一连串振奋人心的数据：截至2009年，玉环公司的旗下共拥有3个驻外办事处，6个独立子公司。2009年度，玉环公司成功避免了全球性金融危机的冲击，实现了历史的新跨越，全年共完成产值近4亿元，创利税过3000万元，缴纳各种税费过2000万元。

　　这"今生无悔"的背后，还蕴藏着一个鲜为人知的奉献社会的秘密：这些年来，张仲生和他所创办的玉环公司先后接纳农村剩余劳动力1000多人，使600多个困难户摆脱了贫困，大部分过上了小康生活；使700多位散兵游勇式的泥瓦匠人在他的精心栽培下，一步步地健康成长起来，成为精通建筑行业的中层管理者或技术骨干。他们秉承公司诚信至上的宗旨，生龙活虎，各踞一方，在全国十多个省、自治区、直辖市承建一项又一项工程，打造一处又一处城市文明的形象，而他们自己却都成了玉环的天使，在长城内外、大江南北，乃至新疆哈密、东北名城沈阳，到处都展示出他们的杰作和工程样板，累计完成工程项目500多项，合格率达100%，优良率达65%，工程总量达400多万平方米。他们用自己的智慧和汗水播下了一颗颗城市建筑文明的种子。

　　于是，赞语从四面八方传来，锦旗从四面八方送来。玉环公司闪烁着无数耀眼的光环：公司先后被省、市人民政府授予"湖北省16届优秀企业""守合同重信誉企业""文明诚信私营企业""质量管理优秀企业""消费者满意单位""A级纳税单位""十强建筑企业"和"市直纳税20强"等荣誉，还多次荣获工程质量"楚天杯"奖和安全文明现场"楚天杯"奖，以及质量、安全实现双优的"大别山杯"奖。

　　就在这同时，张仲生本人沐浴着党的阳光，也不断成长、不断成熟，直至成才。早在两年前，他就以骄人的业绩和无瑕的品行，无可非议地被评为省级优秀企业家。

　　张仲生成功了。他所创办的玉环公司正如日中天，蒸蒸日上！

第一章　童年掠影

　　1948年，决定中华民族命运的解放战争正如火如荼地展开。南下的大军同仇敌忾，跃马挥戈，一批批潮水般地驰向华南。这年8月21日，时逢上帝赐给张仲生降临的日子。出生地位于团风县（原属黄冈县）上巴河镇（原为人民公社、区，下同）上巴河村徐家塆。午时许，小仲生呱呱坠地。可他父亲张国文却喜中藏忧，怎么也高兴不起来。因为他知道："长根的要肥，长嘴的要吃啊！"

眼下兵荒马乱的，家里添人进口固然是好，可往后的日子该怎么过？母亲陶桂莲心里明白：国文的担忧不无道理，因为国文3岁就死了父亲，是母亲守寡把他拉扯成人的，家里一贫如洗，没钱供孩子读书，国文因此留下了目不识丁的终身遗憾。国文长大后，为寻生计，他除了起早贪黑地下地干活之外，还抽空做点儿小生意，主要是到小集镇里卖些葱、姜、大蒜、白菜、萝卜之类的农副产品，日积月累，攒下了一笔钱，跟妻子一商量，便抢在新中国成立前夕买下了几亩旱地和水袋子田。国文反复盘算着：这点儿田地能养活几个人？要是仲生没来到这世间，仅有他哥哥卫生，管到他成家立业还不成问题；可眼下有了两兄弟该如何承当？国文的愁眉紧锁起来。躺在月里床上的妻子桂莲，似乎读懂了丈夫的心思，她一边用手搂护着小仲生，一边对国文说："孩子他爹，你不用太着急，农村有句古话：'露水草儿总会有露水养。'说不定仲生长大后是个有用的材料哩！"

国文听了，沉思片刻后点头默许。这天晚上，他美美地睡了一觉。从此，他把仲生和他的哥哥当宝贝一样抚养着。渴了，给他们端水；饿了，给他们添饭；困了，哄着他们一起进入梦乡……

转眼几年过去了。仲生一天天长大，幼小的仲生已经很像个大人的模样：身材魁梧、头发乌黑、脸颊宽阔，一双明亮的眼睛炯炯有神。看上去，他像武士，又像书生；像书生，又像武士。"也许他生来是个文武全才。"有人这么称道。可万万没料到的是，待他长到读书的年龄——已过7周岁了，陪伴他的却不是琅琅书声，而是哞哞的牛叫！——每到早、中饭后，父亲就催他把家里那头黑色的黄牯牛牵出去放养。

仲生很听话。他二话不说，天天按时履行自己当"牛倌"的职责。直到9岁。

这年初秋的一天，仲生终于告别了整整两年的"牛倌"生活。他穿着一身干净的粗布衣裳，来到上巴河镇一家私塾报到念书，并被推荐为班长。品尝过苦涩滋味的仲生最懂得珍惜。老师教给他的每一个字、每一句书，他几乎都背得下来。不用说，成绩他是班上数一数二的。于是，仲生成了老师的最爱，常常给他开点小灶儿，不仅教他读书，还教他如何做个好孩子，长大如何做个好男儿。每一次教导，小仲生听得都是那样认真、那样着迷，心里感到很是惬意。

然而，世上的事总不以人的意志为转移。

1959年年初，"大跃进"的浪潮还未完全散去，特大的"三年严重困难时期"却开始降临，加上苏联老大哥趁机逼债，村里男女老少的肚子似乎都成了橡皮的——怎么也勒不紧、填不饱。小仲生将全家人的"一吹三层浪"的粥水儿咕噜咕噜地喝下去，有得一眨眼工夫便化为乌有，肚子又咕噜咕噜地叫起来。就在这时，一个出人意料的噩耗传来了：仲生的启蒙老师去世了！仲生简直不敢相信自己的耳朵，不敢相信这是真的事实。他一口气跑到学校——跑到老师家，果真不见老师在。他心里一愣：老师本来好好的，怎么突然间就不在了？啊，是不是没吃的提前走了？他带着一串疑问走进老师的厨房，揭开锅盖看看，空的！揭开米坛看看，空的！打开碗柜看看，还是空的！空的、空的、空的！所有能装吃的东西的器具全是空的！唯有那墙角旁边的菜篮子里盛着几棵打了蔫的能勉强填充肚皮的野菜！望着老师厨房那空荡荡的器具，望着菜篮里那几棵打了蔫的野菜，仲生的眼泪不禁夺眶而出。他全明白了：老师啊，你不是病死的，而是活活饿死的啊！一阵心酸之后，他揩了揩眼泪，"扑通"一声跪到老师的灵柩前，重重地磕了三个头，心里默默祈祷："老师，请一路走好。您今生所经历的苦难深渊，我将来要用十倍的——不，用百倍的努力去填充！"

真是无独有偶。正当年仅 12 岁的张仲生缅怀因饥饿逝去的老师的心情还未平静下来的时候，上苍竟给他带来了一大灾难：他的右手臂一天天红肿起来，其症状，红一块、紫一块的，既不像疱，也不像疖，痛得像针扎、像火烧、像鸡啄米！去县医院经几个医师会诊，糟了，他患的是一种怪病——异常罕见的骨髓炎！医师劝他爸将儿子留下住院，他爸何尝不想啊，只是被一个"钱"字给难住了。"这真是难啊！"他爸自言自语地说。

细心想来，它既是难（nàn），又是难（nán），既是难（nán），又是难（nàn）。当时的农村，正是"一大二公"的公社体制，从早到晚苦苦地干一整天农活，只能得到几工分，而一工分又只能得到4—5分钱，一个工（10 分）只得到4—5角钱。这么低的分值，还得苦苦地从年头等到年尾，等到公社和生产队搞年终决算时，经过七除八扣——除去口粮，除去积累（公积金、公益金），除去莫名其妙的这税那费，分到农民手头的，好则能领到十几块、几十块钱，最冒尖的农户也只能领到一两百块钱；糟则只能领到一张白纸条。更糟的是，那些入不敷出的超支户——不仅没钱领，还要从自家的口袋掏钱找给"一大二公"的集体！而仲生他爸，就是这"超支户"的大头主之一：他家累计超支数百元！想来也难怪。那时，提倡计划生育的马寅初的新人口论受到批判，在"人多智慧多，热情高，力量大"的舆论氛围下，仲生他爸妈成了五个孩子（两儿三女）的羽翼。那时农村的政策又"左"得很：不准养禽，不准养猪，不准养猫、养狗，不准种自留地，甚至在吃"大食堂"的那段时日，还不准农户冒烟，连铁锅、鼎罐也给端了、砸了！那年头，张国文纵使长出三头六臂也无法奔出个名堂来啊！

"这下惨啦，儿子急需治病，老子却身无分文！"仲生他爸十分烦恼。他一边领着痛苦不堪的仲生走出医院，一边不知不觉地犯起难来，心底不知有多闷、有多沉，就像压着一块大石头——一副千斤重担！

听说仲生得了一种怪病，邻里乡亲都赶来看望，有的问寒问暖，有的问短问长，有的还托人到供销社"走后门"买点计划供应的点心送来，还有的给支支着儿。一天，一个陌生的游医也闻讯赶了来，说有个绝招治这种病有效得很，十之八九能治愈，还一本正经地承诺："治不好，不要钱！"

真是病人见不得鬼噢！仲生他爸欣然应许了。

仲生躺在病床上接受那个游医的诊治。没有消毒、没有麻醉，只有一支钢针和几根涂上皮油（即木梓的外层油）的捻子。游医的所谓"绝招"，就是在不消毒的状态下，用钢针在患部钻窟窿，再用皮油捻子旋钻进去"套"毒肉，一共要钻7处——7个勺大的窟窿！小仲生痛得直打战、直咬牙、直冒冷汗，浑身的汗水像雨水一样往下淌，口里不断地发出撕心裂肺的呼叫："妈呀，天哪，痛死我啦！痛死我啦……"

仲生痛得死去活来。他妈妈强忍着泪，一边和他爸一道死死地用双手把仲生按着，一边低声细语地从内心深处发出阵阵呼唤："我的好儿子啊，你要忍着点，再忍着点，上帝会保佑你的，痛，一会儿就会过去的！"

就这样，他一直忍到游医给他上完最后一根皮油捻子。张仲生再也无法动弹了，他静静地躺在床上，迷迷糊糊地昏睡了过去，直到第二天才晕晕醒来。可醒来之后，仍不能动弹——右臂全麻木了，瘫痪了，掀开一看，乖乖，肿得像个树筒子，而且烧得滚烫滚烫！一家人顿时急得团团转。情急之下，仲生他爸背着他迅急地将家里一头当家的牛给卖了。他带着卖牛的钱，二话没说，背着仲生直奔黄冈地区第一人民医院。医院大夫一看，摇摇头说："真不好办，太晚了，非截肢不可！"

父子俩一听，急了："怎么也得保住手啊！"仲生他爸紧拉着大夫的手，热泪盈眶地说："医师啊，请行行好，只要能把我孩子的手保住，我向你们磕头啊！"说着，他真的"扑"的一声跪下了。

大夫也是割股之心啊！负责主治的洪医师，一把扶起仲生他爸，语重心长地解释说："不是我们心狠，硬要给你孩子截肢，只是根据他的病情，如果不趁早截肢，很可能连性命都难保！"

"难保就难保，先把孩子的手保住再说。"仲生他爸是个直性子，说话很干脆，一把锯，两把瓢，毫不含糊。他说："我相信医师会竭尽全力。如果孩子的手保不住，他该多么痛苦啊！"

经过一番理论，洪医师心软了，屈服了。他立足既保住小仲生的手，又保住他的生命，决定立即给他做手术。于是，他吩咐医护人员以最快的速度赶到手术室，做好一切准备。"首要的是严格消毒，重要的是严格遵照麻醉操作规程打好麻醉，更重要的是严格进行清创手术！"洪大夫给小仲生的手术制定了"三严格"原则。在这个原则下，他亲自主刀，给接受了全麻的小仲生剜毒肉，刮毒骨，取出一点点已经坏死的毒骨碎片。经过几个小时的手术治疗，再经过几天十几天的点滴和清创处理，小仲生右臂的那块红肿渐渐开始消退。经大夫反复检查和血检，认定小仲生已经闯过"鬼门关"。小仲生笑了，他爸爸笑了，洪大夫那颗紧绷的心也开始恢复了平静。

不过，对于仲生来说，也有一点小小的失落，从老师辞世到他染上怪病和接受治疗，一个小折腾便半年过去了。他因此辍学半年没见过给他知识和智慧的老师。他为此觉得有些懊丧。可他爸的见识还是高一筹，他开导仲生说："荒了半年不要紧，人生的路长得很，只要你认真、刻苦，损失的时间一定能找回来！"

按照他爸的嘱咐，这年秋季，仲生在他爸的护送下，怀着"找回失去的时间"的心态，来到上巴河法王寺小学跳读四年级，并被安排在教学质量一致被看好的徐汉珍老师班上，还担任了班干部。从此，他重新感受到课堂的无比温馨和老师爱心的温暖。尽管当时因处于三年困难时期，加上受"左"倾的影响，农民个个穷得当当响，但张仲生读起书来却始终是如饥似渴。他不但在课堂里认真听讲，还抽空找老师和同学们把他因病没有学过的课文全都补上。期末考试，他的综合成绩总是名列前茅，其中数学最为优异，不是第一，就是第二。更可贵的是，他懂礼貌，讲友爱，乐于助人。有的同学学习成绩差，他常常利用课余时间给补习；在放学回家的路上，他看到有的老人体弱多病，行走艰难，便主动上前搀扶着一道前行；有的农民拖板车，上坡拉不动，他就在后面用力推；有的行路人匆忙间不慎掉了钱包，他拾起后，即使"守株待兔"也要归还失主……因此，当时任国家最高领袖的毛泽东主席发出"向雷锋同志学习"的号召时，张仲生被全班同学异口同声地推荐为"学雷锋小组组长"。他从此以更欢快的心情去助人为乐……

转眼间，生动活泼的小学阶段过去了，迎接他的是竞争激烈的中学时代。

张仲生走进中学的第一天就暗自思量：爸爸妈妈养了我，医师叔叔救了我，我的生命的确来之不易啊。我一定要好好珍惜，抓紧读书，读完中学读大学，而且要上名牌的：上北大，上清华，长大后当一名科学家或数学家！于是，他一头钻进课本里、实验室里和图书馆里，直到把中学阶段应该学到的东西学到手。在他看来，"书中自有黄金屋""读的书好胜大丘"；在他看来，"只有懒人，没有懒土，只要勤学，就能进步"；在他看来，"克难在于进取，求学在于心智"。当时最难学的是高等数学。他就加倍努力，不耻下问，多方求教。数学老师易秋爽，是当时黄冈县四大名师之一。他看到仲生这么勤奋好学，经常给他指点指点，直到仲生毕业离校多年，还教他如何学习陈景润破解哥德巴赫的猜想……仲生因此受益匪浅。在"十年一贯制"的整个中学时代，他的数学成绩在同年级始终保持前茅，综合成绩也始终保持前茅。时至今日，他对那些知识仍然记忆犹新，甚至能结合建筑行业的实际被广为应用：你只要说出那块地基的土层结构怎样，他很快就能告诉你，这块地该打什么样的基础，桩基应该打多深；你只要说出那栋房屋设计方案是什么，他很快就能告诉你，这栋房屋的造价应该是多少，每平方米的成本是多少，毛利、纯利是多少；你只要说出那地方标志的目标在哪里，他将大拇指伸出瞅一瞅，很快就能告诉你，这段距离有多长……

可惜的是，这么优秀的学生竟然留下了遗憾终身的困惑！

中考被"文化大革命"搅黄之后，张仲生读高中、上大学的梦想成了泡影。正在愁煞之时，国家启动了招考飞行员计划。他高兴极了，心想：没机会继续读书算了，部队也是一所大学校，也能锻炼人、提高人，还能捍卫蓝天、报效祖国，那该多好啊！于是，他第一个报名参加应考。经过体检，各科体检医生都给打了"√"，表示均为"合格"。可万万没想到的，唯有政审"不合格"。这又是他爸惹的祸啊，立志要当"蓝天英雄"的梦想又给泡汤了！消息传来，张仲生蒙了，他一头钻进被窝里，泣泣搐搐地痛哭了一场。接下来，他所经受的打击一次又一次，一回又一回，而且一回更比一回重：上面招工指标来了，没有他；招干指标来了，没有他；推荐上大学的指标来了，依然没有他……没有他，没有他，凡是有机会跳出"农"门的"计划指标"名额统统没有他！张仲生在这个世界上，似乎除了生他养他的那个由父母操持、祖祖辈辈留下的家之外，再没有他的容身之地了。

多少年后，他每每想到童年的那些事儿，心底就泛起一阵波澜，一阵酸痛，一抹难以逝去的云烟。但转念一想，他赖以生存的那个家，却给了他很多温暖、很多曲折、很多关爱。于是，心灵深处便吟诵出一曲曲感人肺腑的绝唱，其中最深刻的唱词是这样表白的：

> 师道融融烛一根，寒窗十载品饥贫。
>
> 父背黑窝呵护我，大恩大爱不留痕。

是啊，正是这不留痕的大爱给了他信心，给了他智慧，给了他扬起生活风帆的勇气和力量。

第二章　在希望的田野上

梦想如泡影一般一次次破灭。张仲生寝食难安。

夜幕渐渐降临，月牙悄悄地爬上树梢。仲生和爸妈簇坐在月光下，相对无言。他低着头，沮丧极了，心情显得格外沉重。过了好一会儿，他才低声低气地自问了一句："我的命怎么这么苦啊！"

他爸妈的心也是酸一阵、痛一阵。可怜天下父母心哪，做爹娘的，谁不想自己的儿孙出人头地？可现实是无法回避的：说你行，你就行；说不行，就不行。这是上苍的安排，谁也改变不了。他爸越想越懊悔，反复记恨自己当初做错了两件事儿：一不该买下那几亩田地，害得他家成分驮得较高，如今见人矮三分；二不该与湾里那个小人起口角，闹纠纷，害得自己背黑锅不说，还让儿子受株连。

"过去的事儿就让它过去算了，再也不要去想它。"还是仲生他妈妈想得开，她一张口，就打破了眼前的沉默和夜空的寂静。她说："你们父子俩都别站在'小瞧农村'的坡上看农村。其实农村也挺好。俗话说，'一方水土养一方人'，我们祖祖辈辈都是这么过来的。只要人勤快，伴着田岸做，伴着田岸吃，稳稳当当过日子，也是天伦之乐啊！"

接着，她特地语重心长地开导仲生："这些年，你读了那多书，肯定也有农村管用的，只要你发愤，尽力把书本的变成现实的，或许能有用武之地，何必硬要撞倒南墙再回头！"

他母亲的一席话，像一盏明灯映照着。张仲生的心灵犹如暴雨过后的云天渐渐开朗。他想："是啊，读了那多书，肯定也有农村管用的。"在学校，我学过数字，学过化学，还学过生物学，书里面的东西有很多可以用在农业上。再说，从学校返乡之前，班主任怕他想不开，特意将流传千古的陶渊明的五言组诗《归园田居》抄赠给他，嘱他铭记在心，时时鞭策。这《归园田居》组诗共五首，其一曰：

> 少无适俗韵，性本爱丘山。
>
> 误落尘网中，一去三十年。
>
> 羁鸟恋旧林，池鱼思故渊。
>
> 开荒南野际，守拙归园田。
>
> 方宅十余亩，草屋八九间。
>
> 榆柳荫后檐，桃李罗堂前。
>
> 暧暧远人村，依依墟里烟。
>
> 狗吠深巷中，鸡鸣桑树颠。
>
> 户庭无尘杂，虚室有余闲。
>
> 久在樊笼里，复得返自然。

品读这《归园田居》，更觉得母亲的伟大，尽管她老人家一字不识，却在风起云涌的岁月中读懂了人生，读懂了命运，也读懂了先贤咏唱的为人之道。诗人陶渊明因不满当时统治阶级内部的血腥屠杀，渐渐淡漠仕途，毅然辞官归田，爱上躬耕，开荒南野，吟咏着"复得返自然"的快活和乡居生活的乐趣，当是我张仲生学习的典范。

于是，他安下心来，跟着爸妈一道起早贪黑，日夜苦干，夏战"三伏"，冬战"三九"，一年四季，潜心学稼。经过360多天的磨炼，张仲生变成了队里最年轻的"老把式"：犁田打耙，除草追肥，插田割谷，挑、驮、碾、晒……样样都在行、都会干。

这期间，"文化大革命"的"火"越烧越旺。有同学前来邀他上北京串联，进城"闹革命"，说上北京有机会接受毛主席检阅和接见。张仲生一一婉言谢绝，他说："要革命，哪儿都可以，农村也一样。但革命不能耽误了生产哪。"他，苦苦地坚守着农村阵地。

1966年秋，罗田县天堂水库破土动工了。上面给上巴河村派出了硬任务：三天之内，要组织一个排（注：当时水利建设队伍仿军事编制组建）赶赴天堂水库工地。各生产队召开紧急会议，连夜落实到人头。会上，烟雾团团，气氛有些沉闷，因为眼下正值秋收秋种的节骨眼上，人们普遍怕误了农时。就在这时，张仲生第一个站出来说："我去！"他的语气非常坚定。乡亲们服了，队长当即拍板了。

来到天堂，他被编入原黄冈县上巴河营上巴河连第14排当水利工。他从此住进了用草木搭建的简易窝棚，吃在工地，睡在工地，干在工地，时而挖土，时而打锤，时而拉板车，时而筑炸药、放排炮……天天早出晚归，"两不见天"。一阵子下来，脚掌打起了血泡，手上磨起了厚茧，肩上擂起了肉疱，那稚嫩而红润的脸蛋，渐渐变成了古铜色。一天中午，他正端着一钵冰凉的饭和从家里带去的酸菜准备用午餐，忽听到工地的广播传来了一个振奋人心的消息：伟大领袖毛主席迈着矫健的步伐登上了雄伟的天安门城楼，接见了来自全国各地的"革命小将红卫兵"。有人故意凑近张仲生问道："你听到冇？毛主席接见红卫兵了，你要是去了北京该多幸福啊，何苦要待在这儿活受罪？"

张仲生笑着回答："受到毛主席接见当然是幸福，但听毛主席的话，走上山下乡之路，坚持兴修水利，搞好命脉工程，不同样是幸福？"

于是，他在水利工地上转战一处又一处，哪里有任务，他就奔向哪里，哪里最艰苦，他就出现在哪里。天堂水库刚完工，他就被调往响水潭水库工地；响水潭水库刚完工，他又被调往平麓山隧道工地；平麓山隧道工程刚完工，他又被调到下巴河清渠工地……他走到哪里，干到哪里，红到哪里，一连几个冬春，张仲生的名字从连部红到营部，从营部红到团部。其间，他所获得的荣誉奖状记不清有多少，只知道他在家里贴了满满一面墙！

那几年，张仲生除了冬春季节跟随水利大军日夜奋战之外，其余的时间仍一心扑在希望的田野。他利用从书本学得的生化知识和在学校进行生化实验的经验，搞了一块实验地，通过嫁接，让李树开出了桃花，让南瓜秧结出了西瓜；通过人工授粉，让茄子、西红柿结得又多又大……他让所学的知识在自己手里产生了实实在在的成果效应。露出这一招，他很快在村里有了小名气，人人夸他"不简单""有出息"，"他把书上的知识写到田里、地里"。村干部还推荐他当上了小队技术员。有了这个小头衔，他的劲头更足了。他带领技术小组不断探索科学种田的窍儿，什么地力测试、配方施肥、病虫防治、无土育秧等，搞得热火朝天。他深深懂得："植物的生命力，要从自己的绿叶上显示出来。"不管是外地干部还是附近村民，你只要告诉他，你那儿的庄稼的长相是个什么样儿，他就会告诉你：这块庄稼是健壮的，还是有病的、缺肥的，有什么病、缺什么肥，怎样控制，怎样防治，等等。正因如此，他指导下的生产队，田地里的禾苗一天天看长，棵棵都是那么青秀、那么壮实。早稻的收获季节快到了。张仲生所在的生产队的稻子沉甸甸的、黄灿灿的，微风吹去，稻浪如长江的波涛涌动着、欢唱着，一浪高过一浪。他们的试验田无形成了县、乡（镇）村的样板基地和参观现场，前来取经的人群一批又一批，络绎不绝。张仲生其人渐渐进入了各级分管农业的领导干部的视野。第二年春，省委、省政府决定在全省推广无土育秧技术，并要求率先推广这一技术的黄冈地区派一批农技人员到襄樊的随县（今随州）去施援。黄冈地区迅即成立了赴随县推广无土育秧技术小组，一共9人，其中有8人是农艺师和技术干部，唯有1名被破例点名吸收的农民技术员，那就是张仲生。

来到随县，推广无土育秧技术小组受到襄樊地委和随县领导的热情接待。一阵热情过后，随即生出一个怪招：受援方要求施援方每人写一份有关无土育秧技术的讲话稿，然后在全县电话会议上进行宣讲，并进行演练。张仲生是处在技术前沿的操作者，这对于他说来，不过是小菜一碟。他很快写好了讲稿。然而，轮到他发言时，他却把讲稿装进了口袋。只见他满怀激情而又胸有成竹地走上讲台，这可是他平生第一次啊——面对麦克风，面对随县成千上万的观众和听众，他一脸的稚气，一面的笑容，一口的黄冈话，一口气讲出了无土育秧的六大优点：节省秧田、节省种子、节省劳力、节省投资、便于集中管理、便于抢住季节等。围绕这六大优点，还一一讲出缘由来。他说，因为稻种放在托盘上通过温房在恒温下进行无土繁育，是靠胚乳和营养辅助，生长特快，半个月即可下田栽种，而且，用老办法催芽得5—6天，用新办法催芽只需36小时……寂静的会场顿时"哇！"的一片惊讶声，接着便是一阵阵经久不息的掌声。

说了还不算，张仲生真的一头钻进了温室，玩起了"新法催芽术"。他亲自把选好的稻种用手抖动着，均匀地撒在塑料托盘上，再将托盘推进温室木架。温室的温度严格控制在30摄氏度以上、36摄氏度以下；湿度亦作相应的控制。张仲生时而查看温度，时而查看湿度，整整36小时，他没有离开温室半步。时间一分一秒地过去，张仲生一分一秒地守候着、等待着。36个小时到了，只见稻种腹部的胚乳渐渐变成了胚芽，开始神奇般地露白了。张仲生这才长吁了一口气。在场的农技人员个个为之惊叹不已。

张仲生凭借他对无土育秧技术的娴熟程度，成了襄樊和随县地县两级领导心目中的"红人"，分管农业的地委副书记和县委副书记选定他为随身技术巡视员，走到哪，把他带到哪，演讲到哪，演示到哪，技术传授到哪。张仲生回忆说，他第一次坐上襄樊地委副书记那银灰色的伏尔加轿车，就像陈焕生进城一样，新鲜得很，真够享受：车里干干净净的，座位柔柔茸茸的，车窗透透亮亮的，一边坐着师级首长，一边坐着"泥腿专家"，高低贵贱的巧妙融合，体现出一种情感，一种信念，一个共同的向往——为科技推广、为人民利益、为脱贫致富，党的干部和科技人员都在付出自己的心血。小车飞一般地行驶在乡村公路上，眼前的景色——农田、村庄、树木、云霞……同样飞一般地从玻璃窗前掠过。那阵子，人的精神格外地爽。于是，人也格外地想为异地他乡作出奉献，哪怕是芝麻大的一丁点儿。

张仲生和他所在的施援队，深深地打动了襄樊地委和随县县委。离别前，他们赠予一面鲜艳的锦旗，上面绣着"农技天使，施援先锋"八个大字，并特派专车护送他们回黄冈，还竭力举荐张仲生"胜任农技干部"。

黄冈县和巴河镇十分重视襄樊和随县领导的举荐。他们根据张仲生在当地和在外地施援的表现，决定吸收他为上巴河镇农科站技术员。

张仲生梦幻般地走上了这一工作岗位。他刚一上任，就被推选为"杂交水稻南湖育种队上巴河育种分队队长"。该分队共19人，负责育种120亩，张仲生满怀欣喜地带头赶到南湖。可到这里一看，心里凉了半截：南湖因受训的人太多，主人只给了他们一间臭气熏天的牛棚。时值盛夏，湖区蚊蝇特多，"一抓两三只，一拍两三疤"。队员们个个为之犯愁，有的想打"退堂鼓"，一走了之。望着一张张愁苦的脸，张仲生主持召开了一次紧急动员会。他语重心长地说："这里是比家里苦一些。但不要忘了，我们都是男子汉，都是受重托来这里搞水稻杂交制种的，这可是一场农技革命。我们的背后是成千上万的父老乡亲在瞅着。如果仅仅因为条件苦了点就随身打转，谁能看得起我们！"大家听了，默不作声。

接着，他又启发大家说："苦不苦，想想长征二万五。过去革命，先辈奉献的是头颅、是热血；今天革命，我们奉献的仅仅是体能、是汗水。相比之下，这点困难算什么！"

一席话，把大家说得心悦诚服。人心齐，泰山移。没电自己接，没铺自己搭，没桌凳自己做——用门板当桌子，用砖头当凳子，还办起了黑板报、宣传栏。张仲生带头拖土填地皮，搞清理，把屋内屋外收拾得干干净净。南湖水稻杂交育种队就这样安营扎寨干了起来。

然而，世上的事说来容易做来难。从南湖驻地到育种田边足有4公里路程。湖区的路，"晴天一把刀，下雨一团糟"，走起来很是艰难。为抢住季节，他们天天五更起，戴月归，风雨无阻。是啊，"志士惜日短，愁人知夜长"。为节省时间，他们中午就在田边歇息一会儿，午餐也在田边用。

这里说是农田，实际却是荒湖、是沼泽、是泥潭：芦苇丛生，野鸭成群，蚂蟥成阵，水草一片连一片，铺天盖地；田里尽是烂泥，深不可测，"下脚四方动，拔起不见缝"，耕牛没法下去耕种，全靠人工拓荒和机帆船耕整。秧插下后，不到三五天，野草又斗气一般地疯长起来。可这种深脚烂泥田根本无法用脚薅秧，草该怎么除？"脚薅不行，就用手薅，无非是人累一点！"张仲生说。于是，他们头顶烈日，倾颈弯腰，脚踏没膝的烂泥，使劲用手往前薅，像解放军战士在战场匍匐前进似的，薅一步，挪一步；薅一块，理一块。薅着薅着，张仲生感到裤裆里痒痒的。一看，好家伙，原来是蚂蟥上了"树"，胀得圆滚滚的。他迅速扯下蚂蟥，只见伤口血流不止。可他全然不顾，又弯下那酸溜溜的腰，用手继续薅秧田的杂草……

回到驻地，别人吃完晚饭后抓紧洗完手脸便上床睡觉，以恢复疲惫的体力。张仲生仍趴在灯光下整理一天的日记和技术资料。因湖区蚊子特多，他就穿着长袖褂、长筒裤，还穿上长筒胶靴，以抵挡蚊叮虫咬。

杂交育种分父系、母系。父系是当地的中稻，母系是从外地购进的，价格昂贵。张仲生生怕把它浪费了。每天中午，他不顾炎天暑热，顶着火辣辣的太阳赶赴育种田边，细心地观察父系和母系的变化。时间一分一秒地过去，汗水一点一滴地流淌。到了午时，父系张开花瓣，露出几朵雄蕊，向着母系绽放；母系在阳光的照射下，如仙女散花一般，渐渐地坦露胸怀，突然"嘣"的一下绽开花蕊，承接着父系散落的花粉，形成了雌雄合璧的一幕。张仲生迅即将这一宝贵的技术奇观记录下来，供日后向农友们宣讲……一茬季节过去，张仲生整整记录了五万字的观察笔记，占他整个务农岁月所作笔记的四分之一。有的笔记还被他整理成科技论文，发表在《湖北科技情报》等刊物上。功夫不负有心人。秋收时，他们在南湖共收获杂交水稻良种近万斤，亩平均单产80多斤。这个单产数目，虽然早已被他自己创造出的240多斤单产代替，然而在当时，在制作杂交稻种的初期，却是个神奇的数字，在全县名列前茅。上巴河镇委高兴极了，一再表扬他"树立了好榜样"，是名副其实的"有功之臣"。

第二年（即1976年），黄冈地区大面积推广种植杂交水稻，不仅推广种植晚杂，而且要推广种植早杂、中杂。早、中、晚一齐上，用种量急剧上升，供求矛盾异常突出。为消除这一矛盾，地区决定以各县市为单位，派出育种队赴地处热带的海南岛进行杂交水稻繁育制种。张仲生名列其中，并担任黄冈县"南繁队"队长。

时值11月初的一天，碧空万里，艳阳高照，巴水淙淙欢流。张仲生背起简易行装，告别乡亲父老，率领县南繁队挥师南下。连日来，他们纵行京广铁路，跨过琼州海峡，翻越巍峨耸立的五指山，直奔南繁基地陵水县红卫村。没想到，这五指山下的南繁基地，带给他们的更是一场严峻的考验。

这里的太阳呈白色，白得刺眼，火辣辣的，大地被烤得热浪滚滚，一阵接一阵，像火炉一般，正午的气温高达40摄氏度以上，人在太阳下，如昏如醉，如恍如摇，而且，偌大的蚊蝇多得数不清，有毒无毒的长虫（蛇）到处可见。当地的农民为防止被蛇咬伤，出门都带上椰子刀，一旦被蛇缠住，就迅速掏出椰子刀，与之一刀两断。张仲生的南繁队初来乍到，毫无防备，见此情景，个个被吓得毛骨悚然，心惊肉跳。队员们的心里个个彷徨起来，连张仲生也有些受不住。但他想到自己是"一队之长"，重担在肩，也就把受不住的情绪给摁住了。他像在南湖育种一样，通过会上动员和会下促谈，迅速稳定了人心，拉开了南繁的序幕。

真是活见鬼，越是怕鬼越有鬼。正当他们被蛇吓得魂不附体的时候，真的见到了前所未见的大蛇，它可不是一米长左右的，而是七八米长的巨蟒！

那天中午，张仲生吃罢午饭，照例招呼同伴们休息，自己独自带上笔记本赶到制种田边观察杂交水稻。刚一蹲下，只见天上乌云陡起，疾风呼号，飞沙走石，电闪雷鸣，呈现一派"鬼转雷车响，蛇腾电掣光"的阵势。就在这时，远处的稻田禾苗像龙摆舞一般向两边火速刷开，中间一个长长的黑东西正飞速蠕动，直朝着张仲生制种田的方向呼啸而来。"呀，是巨蟒！"张仲生猛然一惊，便昏倒过去，不省人事，待他苏醒过来，已是夕阳西下，晚霞泛起的时分。他伴着落日熔金的傍晚，跌跌蹿蹿地从田边走回驻地，连晚饭都顾不上吃，就去找村里的族长老，问他这里的蛇为何这么多，又这么大？那族长老笑着说，热带丛林多长虫，这是常事，因为气候适应了它，它也适应了这里的气候。再说这五指山，传说如来佛当年之所以把孙悟空压在这里500年，就因为这里气候恶劣，好让它在恶劣的环境下炼成正果。

张仲生仔细琢磨这位族长老的话，只觉得自己与当年的孙悟空有异曲同工之感。心想：我张仲生虽然不能像孙悟空那样修炼成武功盖世的高手，但也应当修成正果，成为南繁制种的强者！

于是，他抖起精神，攻坚克难，带领南繁队大干快上……

南繁队驻地的红卫村是以黎族为主，兼有少数苗族的集居地。这里农业落后，耕作粗放，其所用的农具还夹带着原始的气息，连耕田的犁还保存木制的。张仲生想，兄弟民族是我们的同胞，我们在这里搞南繁制种，多亏了他们的大力支持，借此机会帮助他们改进耕作方式，发展生产，是我们应该承担的责任。于是，他动员队员们发扬不怕吃苦、团结协作的精神，每天劳动归来，夜以继日地帮忙赶制铁滚、双铧犁、刮铣、扒锄和耙、耖等农具，还帮助他们不断进行耕作方式的改革，向黎族和苗族兄弟传授土肥、治保、栽培、制种四大技术，让全村的科学种田的水平上了一个新台阶。

帮教中，当地给张仲生配备的女"翻译"和她的姐姐，特别看重他的"四大技术"，经常凑近跟前问这问那，张仲生出于诚恳，有问必答，不厌其烦，还在田里教她们如何识稗草，如何插好秧，如何用脚薅草。接触多了，姐妹俩对张仲生都产生了好印象，因为他的相貌也帅、技术也帅，是未曾见过的实在"帅哥儿"，爱之情感不由自主地悄然生长着，尤以姐姐表现得特显眼：有时主动找上门来坐一坐，聊一聊；有时利用村前村后的大黑石作掩体，瞅着与张仲生捉迷藏；有时还避着人群给张仲生暗送秋波。见此情景，妹妹急了，她索性开门见山地向张仲生介绍起这儿黎族婚姻习俗来：无论谁家，姑娘长到16岁就被家人分到正屋以外的侧屋住着，从此可自由恋爱，自由同居，怀上孩子就结合，就成家，半年之内没怀上孩子，又各自东西。讲到这里，她稍停一会儿，便直言不讳地表白："我也被家人隔居了。你制种结束后，希望能留在海南。你要知道，我们这里男人是主人，待在家里不干事；女人是劳力，重活脏活一肩挑。你若能留下来，保你一生不下地，吃喝穿着不用愁。"

张仲生像听天书一样让她把话说完，内心却是一阵好奇、一阵感动。好奇的是，这儿的婚姻习俗非同内地，竟有先婚后嫁之理；感动的是，女翻译姐妹俩居然是那么坦诚、真挚、可爱。论人品，她姐妹俩都长得眉清目秀，艳丽过人，具有"国色天香"之美。然而，尽管爱美是人之天性，审美却是需要文化的。粗野的人"审美"，往往将"美"与邪念混在一起，随时都可能做出出格的事来，甚至要"审"到癫狂的程度，它表现的仅仅是原始的欲望的冲动，全然没有温文尔雅可言。文明的人审美，则是把美当作鬼斧神工的大艺术，只欣赏，不践踏；只赞美，不动情，像崇拜圣母时一样的圣洁。《诗经》有"美目盼兮"之咏唱，汉代乐府诗《陌上桑》，则把人的这种天性活灵活现地描写出来：

> 行者见罗敷，下担捋髭须；
> 少年见罗敷，脱帽著帩头。
> 耕者忘其耕，锄者忘其锄，
> 来归相怨怒，但坐观罗敷。

诗中的老者、少者、耕者、锄者，对殊美的女子罗敷都只是静"观"而已，谁也没轻易地去碰她一下。张仲生面对翻译姐妹也只是欣赏之"观"，从未思绪绵绵。他对女翻译率真地说："你的心情我理解，但我无法留下。因为我已结了婚，有家有室。作为一名男子，我得要对家庭负责。这是中国的传统，我不愿将它颠覆，请你原谅。"

那罗敷一般美丽的女翻译此时一切都明白了。尽管她心里多少有些难受，但还是对张仲生投以崇敬的目光。张仲生作为一个对家庭高度负责的男人，深深地埋在她的心里。

这段插曲很快就过去了。张仲生依然心切切地牵挂着红卫村。

这里的土质偏酸性，急需施用石灰之类的碱性肥进行中和。可这里没有石灰可买，怎么办？张仲生为此急得踱方步，穷转悠，转着转着，转到了某驻军营地。营区周围杂草丛生，相当茂盛，茂盛得像呼伦贝尔大草原。张仲生顿时心生一计：有了，杂草可以烧成草木灰，施在田里比石灰的效果还要好。于是，他及时与某部队首长取得联系，说明缘由。真是"鱼水情深"啊。某部首长听说是为了帮助少数民族改良土壤，又是推广"杂交水稻之父"袁隆平的水稻良种的需要，他不仅满口答应，还派专人开来割草机帮助割草，然后用军车直接将所割的草料送到改良土壤的田边烧制草木灰。军车一连跑了上百趟。驻地的土地酸碱中和工程初战告捷。这可是南繁队与当地驻军的精诚合作，演奏出的一曲久久回荡在五指山下红卫村的爱民篇章啊！这一年，红卫村的粮食产量较常年翻了一番，收入也是成倍增长。

部队官兵乐了，张仲生的南繁队也乐了，红卫村的黎族和苗族兄弟更是乐了。出于这份情感，南繁队特意从湖北调去《洪湖赤卫队》到海南某部队进行慰问上映；出于这份情感，红卫村的黎族兄弟特意为张仲生举行了一次别开生面的答谢宴会。

宴会设在队长家。按照当地黎族的习俗，没有桌子，以地代桌，从上至下摆的菜肴足有四米长；没有凳子，随地而坐，个个盘脚打腿的；没有酒杯，以碗代盅，叫人看了就胆寒。主席朝大门，属族长老的席位。主宾紧靠族长老入座。席间的佳肴排成一线，有泥釉碗盛的，有泥巴钵装的，有面盆般器具煨的，色香味俱全，品种繁多，尤以乳猪和娃娃鸡、娃娃鹅堪称上等。因语言障碍，主人还特地将那位女翻译安排坐在他身边，负责搞招待。席间还有一道规矩：女士不准喝酒，男士不喝则罢，一喝就得一醉方休。这可把张仲生给难住了，因为他一向不胜酒力，更何况这里以碗喝酒，"不喝不礼貌，喝下受不了"。当主人致完答谢词之后，便举杯（碗）向主宾张仲生敬酒"干杯"。张仲生委婉地试图解脱说："谢谢，我不会，请原谅！"

"那怎么行呢",女翻译当即好言相劝,"长老专为你设宴,很是难得,你不能不领情啊。再说,敬你的不过是地瓜酒,度数低,你放心地喝好了。"

张仲生实在拗不过,只好慢慢地把酒咽下了肚。接着又是几声"干杯""敬酒"。出于礼节,张仲生还得回敬。几个来回,张仲生渐渐昏昏然,头一歪,晕了!这时,族长老迅速吩咐一位年轻人爬上门前的椰子树,割下几个大椰子,用椰子刀敲开后递给那位女翻译,由她教给张仲生如何饮用。张仲生第一次饮下鲜甜的椰子汁,醉意中细细品味着黎族风情,感到格外的清新、格外的甜美,搞好"南繁"的劲头也随之大增。

这年年底,他没回家与亲人团聚,而是坚守在"南繁"一线。因为他知道:"时间是一切财富中最宝贵的财富。"春节前后正是"南繁"的关键时刻哟!

除夕之夜,爆竹声声,神州大地,举杯同庆。海南亦是万家灯火万家欢。张仲生陪着他的队友们吃完年饭后,仰望北斗,眺望家乡,压抑着"每逢佳节倍思亲"的内在情感,默默地向家乡领导和父老乡亲立下誓言:只要"南繁"需要我,我一定全心全意地搞好"南繁"!

大年初二,人们还在快乐无比地欢庆新年,张仲生就卷起裤管,挑起竹筐,带领队友们赶赴制种田抢插杂交稻的母系秧苗。四月下旬,杂交稻种成熟了,丰收了。那黄灿灿的种子,带着少数民族的深情厚谊,带着南繁队员们的辛勤奉献,带着"杂交水稻之父"袁隆平的殷切希望,从地处天涯海角的南国,源源不断地运回湖北黄冈,分发到村村组组。转眼间,这些希望的种子又变成了一片片绿色的田野。

"南繁"胜利归来,张仲生便成了远近闻名的"水稻专家"。在农业战线上,他成了大忙人,到处抢着要他去蹲点。还是老家上巴河村抢得快,让他驻进了落后出了名的11队和12队。那是1974年的事。他驻进之前,这两个生产队的水稻单产分别只有400—500斤,工分值连年徘徊在0.2元一个。农户家家穷得锅底朝天。驻进之后,他一方面利用杂交优势,扩大杂交水稻种植面积,另一方面指导农民学习农业科技知识,提高科学种田水平。结果,当年的粮食单产被提高到800—900斤,最高的田块单产超过1000斤;当年的工分值分别被提高到0.7—0.8元一个。

从无土育秧、杂交制种,到水稻产量翻番,张仲生认准了一个理:共产党确实伟大,她要干的事,都是群众想干而又干不了的事;她不干则已,一干就干得惊天动地,干得群众称心如意;民有所思,党有所系,她不愧是人民的主心骨,我这一辈子靠的就是共产党!于是,他拿起笔来,在百忙中向单位党组织写了一份又一份热情洋溢的"入党申请"，表示要永跟党走不回头。经历了几年的申请和考验，终于在 1980 年夏季得到批准。张仲生终于成为一名中共党员。这一拨纳新的党员中，属于农民身份的，在上巴河这个拥有 3 万多人口的乡镇区域内，可是绝无仅有。他高兴极了。高兴得站在毛主席像前作揖打拱，千恩万谢。

从此，他工作更积极、更刻苦、更专注、更负责。他觉得只有这样才能对得起党。正因为他的上佳表现，组织上对他越来越器重，将他一连提了三级：从技术员提升为副站长，从副站长提升为站长，从站长晋为书记兼站长。这时候的张仲生年仅 28 岁。"三更灯火五更鸡，正是男儿立志时。"年轻有为的他，新官上任三把火：第一把火"引火烧身"，规范自我，站长由往常的坐班制改为带班制，不管干什么，他处处以身作则，带头上阵，阵阵不离张仲生。建蓄水池，他带头拖板车、拉块石；修排灌站，他带头驮水泥、搬沙包；改良"菜篮田"土壤，他带头到 4 公里以外的集镇去挑大粪、运猪屎……第二把火"精兵简政"，领导班子由 9 人减至 5 人，站里员工由 30 多人减至 15 人，减幅超过 50%。第三把火"打破大锅饭"，实行责任制，让多劳者能够多得。尽管当时农村还未实行"大包干"，他却偷偷地探索着"小包干"。譬如，插一亩田可得十工分，这是基数，超出基数的或欠下基数的，按比例进行增减，而且要保质保量，有奖有惩。这几招可是灵验得很：当年，站里的粮食单产和总产都翻了一番，制种任务超额完成，总收入增加一倍多，人均纯收入由 700 多元提高到 3000 多元。这个收入水平，在当时算是"海了"——因为当时整个黄冈地区的农村人均纯收入不足 500 元。

一个历经几任领导苦苦经营的、连续几年"发不出工资糊不了口"的农科站，就这样在张仲生的主导下打了一个漂亮的翻身仗。

第三章　一道调令带来的转折

正当农科站在张仲生的主导下搞得如火如荼的时候，上巴河镇党委向张仲生下达了一道调令，调他去镇建筑队任主管财经工作的队长。张仲生犹如碰到一头的雾水，自感有些困惑。他一口气跑到镇里找分管的党委副书记理论，副书记热情地招呼他坐下，然后耐心地向他解释："这是从全局考虑的。农科站当然需要你，但眼下建筑队更需要你，因为你的文化程度较高，主管财经工作很合适。"副书记还说，"你自从入党的那天起，已是党的人了。共产党人像一块砖，哪里需要哪里搬，服从组织安排是你的天职。"

张仲生半晌无言对答，只好听命。

第二天，张仲生就到镇建筑队报了到。凭着他昔日那"农业专家"的名气，建筑队热情地接待了这位"由农转工"的新来上任的二把手。在欢迎会上，张仲生的发言是那样的简洁而明快。他说："干农业，人称我是'专家'，其实我并非科班出身的真正意义上的专家，而是磨炼的、践行的；如今调到建筑队，我更是擀面杖吹火——一窍不通。但我深信'实践出真知'这条真理。只要我能坚持与建筑队伍为伍，总有一天'外行'能变成内行!"他的话，激起了全场的喝彩。

张仲生一向是个不服输的人。他一走马上任，就把办公室搬到了现场，与建筑工人们同吃同住同劳动，财经业务带着做。有时一些分外的事儿也揽在手里。一校园工程的基础正在浇灌混凝土，人力奇缺。张仲生听说后，不顾炎天暑热，连忙赶去帮忙挑混凝土，整整两日两夜没下火线；一住宅楼工程封顶嵌预制板时，有一组杠子"三差一"，即四人一组的抬杠班子差一个。张仲生正巧路过这里。他发现后，二话没说，顿时脱下衣衫，兴致勃勃地顶上一角，抬了一块又一块，直至封顶完毕；那年夏天，长江防汛在即，建筑队临时存放在江边一楼的 10 吨水泥急需搬到五楼，以防洪水侵袭，张仲生及时组织 5 人突击队，自己一马当先，将这 10 吨水泥一包包地按计划全部转移了。

当时水泥紧张，他还亲自带车去厂家提货。到厂家提货的机车排成长龙阵，一等就是几个小时。20 世纪 80 年代初的餐饮业不像现在这么兴旺，更不可能有人给送上香喷喷的快餐来。张仲生就饿着肚皮候在提货的"长龙阵"里，连水也沾不上一点儿。有一次，他带着提货车苦苦等了几个小时，才好不容易轮到他提货。可就在这时，老天不作美，忽然电闪雷鸣，下起滂沱大雨。装卸工人又到了下班时间，纷纷离去。张仲生独个儿硬挺着，待雨水稍微小一点儿，他便忍饥挨渴，挺起腰板，一口气将 5 吨水泥一袋一袋地装上车，然后，连饭也顾不上吃，便抓紧时间运到建筑工地。回想起这段往事，张仲生总是充满激情而又风趣地说："我当建筑队长时，就像一名举重运动员，平时常举一百五，赛时陡挺两百斤。这是常有的事。"

像这类的事儿数不胜数。

1982 年夏，一年一度的汛期到了，长江水位陡涨。张仲生押着一拖拉机钢筋从江南驶向江北。下汽渡时，船跳板失重地一挑，拖拉机上扎着钢筋的架子当即给闪断了，机体迅急倾斜，随时将会翻倒滑入波涛汹涌的江中。事故就在眼前，怎么办？"快卸！"张仲生瞬即作出决断。可这时天色已晚，夜幕渐渐降临。那时候，江边一无电话，二无电灯，更不知道移动通信是个啥玩意儿，唯有大江的惊涛不时"哗哗"袭来。就在这当年被宋代大文豪苏东坡叹为"惊涛拍岸，卷起千堆雪"的赤壁矶前，张仲生独自主持着防止车祸的夜战。他让司机严格掌握着机车的方向盘和刹车，自己冒着被砸伤的危险，跳上机车，将钢筋一扎扎地卸下，而后又找来一辆车重新一扎扎地装上、运回。这一卸一装，整整8吨，累得张仲生汗如雨下，汗水和江水浑然一体，在朦胧的夜色中，更显得面目全非……

尽管如此，因为他是后来者，又不懂行，还是难免有人小瞧他。他与人相遇，人家不予理睬；与人以礼，人家不予回敬；与人交谈，人家不予搭腔。他在冷言冷语、冷嘲热讽的氛围中生活着、工作着，而且，有时还被故意刁难者给难住了。一次，一位项目经理托人深更半夜找上门来，要求张仲生签字给报销发票。张仲生一看，发现票据手续不全，便没有及时签字，嘱来人回去跟项目经理解释一下。真是来者不善，那来人当即便火了："解释什么？我受人之托，忠人之事，你不签也得签！"张仲生听了，仍和言劝告："不是我不签，合理的开支一分也不会少报。只是公司制度要求票据要相符。你明日一起带来，我们对一笔报一笔，保证不会少报一笔，行不？"一席话，说得来人无言对答，只得"哐当"一声，重重地把门关上，气冲冲地走了。

还有一次，他带着出纳到一处工地找负责施工的项目经理对账。那项目经理却冷眼相对，很不耐烦地说："哪有这个闲工，你到别的工地'闪'去好了！"说罢一走了之，避而不见。

遭此冷遇，张仲生一时心凉半截。但他转念一想，也觉得情有可原。他知道，正在崛起中的建筑大军，前身是纯粹的农民朋友。他们上下五千年一路走来，"日出而作，日落而息"，其中的建筑者，俗称泥瓦匠，惯是"一把稠子一把刀，身怀绝技到处飘"，散荡成习，不喜欢"循规蹈矩"那一套。有人形容他们是"五强六戳、七颜八色、藏龙卧虎的乌合之邦"，细心想来，确实有那么一点儿道理。

张仲生把受辱的伤痛深深地埋入心底，以更亲和的姿态与人相处，助人为乐。一天，他路过那个项目经理的施工工地。只见那项目经理堆着一脸愁云，张仲生悉心凑近问是何故，经理闷不吭声。还是旁人耐不住，他们你一言，我一语，说业主要他们毫不走样地修复垸里一个直径约30米的圆形花坛。可这花坛只剩下残缺不全的一小角，谁也没法画出原模原样来。张仲生弄清缘由后，微笑地对在场的工人说："不要紧，我来帮帮你们好了。"

说着，他叫工人们拿来三根线绳、一根钢尺、六根木桩，依托那残缺不全的花坛一角取三个支点，画两条直线，采用几何垂直平分线定义找圆心，再以圆心为圆心画圆圈，几分钟之内就搞定了。业主一看："哇，真圆，真好！"

"张队长还能在残缺的花坛上画圆？"那项目经理顿时愁眉舒展，他一边发表感叹，一边向张仲生投以敬佩的目光。

张仲生从项目经理的眼神里认准了一个理，在飞速发展的新时期，我们搞社会主义建设，"外行领导内外"的时日已经过去，领导要让别人服从，领导干部必须懂得技术，精通业务，否则，将会被时代抛弃。特别是干建筑这一行，涉及的知识面甚广：数学、力学、美学、光学……要想站稳脚跟，仅仅熟悉财经管理还不行，还要熟悉很多的相关知识。这些知识中，作为一名基层领导者，最需要熟知和掌握的是工程预决算业务知识和施工技巧。因此，他一有空就向内行请教，不耻下问。队长搞预决算，他主动拢去帮忙，不是抄写，就是打珠算，通宵达旦不合眼。抄着、写着、算着，实践多了，他也渐渐懂得点工程预决算知识。不久，一个偶然的机会让他的工程预决算水平得到提升：

那是 1985 年秋，原黄冈地区由建设银行牵头，组织首届预决算培训班，共选训 45 人。张仲生不仅积极参与，还担任班长，时间 6 个月。这 6 个月里，张仲生坚持"白天上课，夜晚工作"，分分秒秒都在讲"认真"二字，从理论概念到预决算规则，他背得滚瓜烂熟，结业考试时力压群芳，一举夺冠，其他学员均只编发了 A 证（即限于土建），唯有张仲生给编发了 A、B 证（即既含土建，又含水电安装）。

张仲生从此在建筑行业有了施展拳脚的空间了。在具有一千多年文明史的黄州古城区域里，每次招投标，张仲生所在的建筑队的中标率占据首位，别人愁着无活干，他却愁着活儿干不完。有些人不服气，但他能拿出硬着子，不服也得服！一次，地区印染厂住宅楼工程公开招标，投标的建筑单位不下四十余家。张仲生的建筑队也挤去参与。开标时，张仲生预算的建筑面积精确到小数点后两位数。这个精准度，顿时叫人咋舌。张仲生由此名声大振，全城的同行们都为之倾倒。他所在的建筑队，从此像一只马力十足的大船航行在小河里一样，其他的船儿颠簸在它航行时卷起的浪涛间，小心谨慎地靠着岸边行走。

张仲生在建筑队崭露头角，又被镇委、镇政府给瞅上了。1987 年春，上巴河镇党委又下达一道调令，让张仲生出任镇建筑公司总经理，并经工商部门审核，明确他为该公司法定代表人。

当时的镇建公司统领 6 个工程队，下属约 3000 人马。其规模在当时可谓大矣！镇委这一决策，当是从全局考虑的。镇建公司本是管理机构，却又是独立的法人单位，所属 6 个工程队均不具备法人资格。因管理不善，多数工程队连年亏损，上缴拖欠，搞得镇建公司揭不开锅。这且不说，还天天有传票，时时吃官司。面对这样的困局，谁主沉浮？"张仲生，只有张仲生！"镇委书记于是说。

就这样，张仲生受命于危难之际，挑起了镇建公司的大梁。

他到任后，连铺盖还没来得及摊开，就接到正在武昌金口镇施工的所属二队前线告急：该工程属解放军某部队一个"文化活动中心"，设计建筑面积约为 3000 平方米，二队进场后，整整搞了两年还没完工。该部队几经催促无效。无奈之下，只好电告镇建公司的主管部门原黄冈县建委，敦促尽快完工，否则，将在媒体曝光或在法院对簿公堂，索赔损失。此电文引起县建委和上巴河镇委的高度关注。张仲生更知道其中的利弊得失。他把部队这项工程摆到"重中之重"的位置。第二天一大早，便乘车火速赶到金口，首先找部队首长致歉，主动承担责任，然后同首长一道共商补救良策。原来该项目按合同约定，应是由二队"包工包料"，而二队因资金拮据，迟迟无法进料，工程便拖成了"胡子工程"。张仲生恳求首长说："事已至此，还得从实际出发，宜将包工包料改为'包工不包料'，由我驻地负全责，不完成任务不回黄冈，你看如何？"

部队首长毕竟是军人，说话斩钉截铁，毫不含糊："那好，就按你的意见办，我们全力支持！"

张仲生在部队首长的支持下，重整旗鼓，说干就干。他看到二队已被"胡子工程"拖得精疲力竭，人员所剩无几，便索性重新组织一班人马，轻装上阵，日夜奋战。整整 72 天，他一分一秒也没离开工地。竣工验收之前，特请武汉检测中心检测，工程被确认为"合格工程"。这一检测结果，让部队首长甚是满意。首长紧拉着张仲生的手连声道谢。张仲生仍怀着内疚的心情说："对不起，前段误了工期，那是我们的责任。"

金口之战，由张仲生精心运筹，反败为胜，在武昌地区反响强烈。人们一说起"上巴河建筑队"，个个伸出大拇指夸耀。之后，工程项目接踵而来，一个挨一个，大大小小一连承接了 30 多个，工程造价高达数千万元。毋庸置疑，这一片火红的憧憬，是建筑工人们用辛勤汗水浇灌的，更是张仲生用大智若愚的才干铸就的、创造的！

回到镇建公司，张仲生通过明察暗访，悉心观察，发现镇建公司总部不像个企业的管理机构，倒像个松松垮垮的行政机关：聊天的，看报的，迟到早退的，时而可见；无病呻吟的，小病大养的，经常有之；遇事绕道的，相互推诿的，酗酒、吵架的，常常发生。"这样下去，镇建公司将无可救药，非垮不可！"张仲生断定说。

为解决这一难题，他还是老办法："改革，锐意改革，首先从领导班子改起！"原领导班子的职数，"镇建"的也好，"下属"的也好，相当一部分是因人设岗，无所事事，只任职，不尽职；只干预，不参与；只拿钱，不干事。全镇共有 83 个村级干部先后挤进了镇建公司和所属 6 个工程队的领导班子。于是，"镇建"成了"唐僧肉"，人人都想尝一口；"镇建"成了"避风港"，人人都来把福享；"镇建"成了"养老院"，老了就来混口饭。这种领导体制的结局，正如人们当时所形容的："好事做不了，难事管不了，坏事少不了。"

"初生牛犊不怕虎。"年轻气盛的张仲生，面对现实，敢字当头，坚持"能者上，庸者让"的用人之道，大胆起用"三会三能"的人，即起用会学习、会公关、会干事，能吃苦、能自强、能守信的有用之才，而且将领导班子的职数限定在 5 名之内。精简下来的富余人员，由他牵头，重新组建镇建直属队，"直管到底，横管到边"，着力强化造血功能。这一"简"一"造"，彻底解决了镇建公司总部和下属各队人浮于事的难题。其间的甜酸苦辣，常人难以想象。就说镇建直属队吧。开始以直属队的身份出去揽活，业主不屑一顾，人家一听说是个"队"，就像屠夫案上的三伏臭猪肉，闻也不闻，问也不问。直属队经理颇有些尴尬。张仲生使出一个绝招：以工程预算的准确性开启直属队的诚信。正巧，市直一单位的住宅楼项目急需上马。张仲生便主动上门与业主协商："如果我的预算结果与你的预算'标的'最接近，你的工程就归我承建；否则，你可以另请高明，我甘拜下风。"业主见张仲生很有诚意，便当面以诚应许。

张仲生高兴极了。他回到工棚，当晚便挑灯夜战。那时正值三伏，高温酷暑；工棚系用油毡搭建的，仅一人多高，没有窗户，没有电灯，蚊子多得整把抓，嗡嗡叫起来，就像南非足球世界杯观众席上的号笛声！张仲生全然不顾，为防蚊叮，他头戴帆布帽，身着厚布衣，脚蹬深筒靴；没有电灯，就以蜡烛代替；没有计算器，就以珠算计算；没有凳子，就坐在蜗居的床上抄写；没有电扇，就用蒲扇取而代之。整整一个通宵，他依着烛光，伴着星光，把业主的工程预算的数据算得一清二楚。第二天大早，他迫不及待地带着一系列工程预算数据，找业主单位交底牌。业主一看，为他这般神速而准确的预算连声叫绝："太好了，工程承建归你们啦！"

张仲生出手得卢，为镇建直属队奠定了基础，后来的路便越走越宽广。这一年，直属队先后承建了农业银行办公楼、人民银行金库和住宅楼、行政公署办公楼、审计局办公楼，以及县皮鞋厂综合楼等工程项目，建筑工程量达2万平方米，完成产值近2000万元。

一晃五年过去了。张仲生主导下的"上巴河镇建"年均实现利税几百万元。

这年头，荣誉只向在激烈的市场竞争中勇立潮头、善于经营、会抓票子的能手倾斜，那些"白卷英雄"再也没有藏身之地了。"上巴河镇建"凭着骄人的业绩，理所当然地被县里评为全县"六面红旗"之一。在众人的眼里，他们不愧是建筑界的一支"铁旅"。

荣誉的花环让"上巴河镇建"声名鹊起。然而，它却无法抹去张仲生内心深处那块痒痒的疙瘩、沉沉的石头：镇属的第二建筑公司（以下简称"二建公司"），因在激烈的市场经济竞争中败下阵来，便一蹶不振，磨蹭数载，里差外欠地共负债十多万元，其营业执照和等级资质也因此给吊销了。二建公司成了一个名副其实的"空壳儿"，人称"六无企业"（即无执照、无资质、无资金、无市场、无人才、无出路），从领导到员工没有一人能打起精神来。镇企管会试图扭转这种局面，多次物色人选去拯救，可谁也不愿承当。时任镇建公司总经理的张仲生，心里实在过不去。他想：我是共产党员，党的干部应该能上能下，能屈能伸，我不能眼巴巴地看着二建公司一天天死去，我得把它救活；救活了二建公司，意义不同凡想：一则可让一百多号人的队伍免遭失业；二则可以消除负面影响；三则可以让二建公司的债权人免受损失。于是，他主动向镇领导提出申请，要求辞去镇建公司总经理职务，下到二建公司任经理。此言一出，镇领导开始怎么也不同意，担心他一走，镇建公司又很难办。张仲生解释说："这个担心不必要，因为经过五年的努力，镇建公司已经盘顺了，现任的副总完全可以顶上去。我只是想，共产党人应该'越是艰险越向前'，多为领导分点忧才是。"

镇领导觉得张仲生讲得在理，便批准了他的请求。

面对"六无"的二建公司，张仲生只得"从筷子箩儿置取"，一切从头来。他自主决策，自筹资金，自打报告，重新到工商部门登记注册，千方百计地把法人应具的营业执照和建筑资质恢复过来。而后，他针对公司曾出现"接活拍胸膛，结账拍桌子，出事拍屁股"的"三拍"现象，积极推行承包制，任务到组，责任到人，合同约定，明确奖惩，让"三拍"之类的建筑"滑头"看了有奔头，干好有甜头，坏事吃苦头，从此不再敢"滑头"；他针对公司曾有人

"赚钱归自己，扯皮找集体"，以极不负责的态度对待事业，便请来企业管理站的同志帮忙审核，查个水落石出，属公家的收回来，属贪占的"吐出来"；他针对少数人"只想拿钱，不想吃苦""只想安居享福，不想伤筋动骨"，便苦口婆心地动员全体职工发扬"五千精神"干事业。这"五千精神"，一曰"说尽千言万语"，二曰"吃尽千辛万苦"，三曰"走遍千山万水"，四曰"想尽千方百计"，五曰"服务千家万户"。很显然，这"五千精神"中，前四个是举措、是意志、是动力，后一个则是目的、是归宿、是落脚点。有了这"五千精神"，人也能调动，山也能撼动，什么困难都可以克服，什么人间奇迹也可创造出来。可贵的是，这"五千精神"，领导班子成员带头弘扬，带头实践，正如张仲生所言："领导说了不算，必须带领大家同心干。"为攻下一个重点项目，他七上业主门，"诚心换一心"；为获得一位有用的人才，专职书记甘愿礼贤下士，跪拜相求；为引进一笔建设资金，财务经理放弃假日不休，专程赶去道缘由；为化解一处与业主的矛盾，业务经理不远千里征途苦，日夜兼程赶赴在省外承建的工程所在地。

一分耕耘，一分收获。六年后的二建公司，令人刮目相看：它从"六无"的境地，跃为积累几十万元的黄州区（原属黄冈县）"十强"的明星企业；张仲生个人则当选为镇人大代表，推荐为市、区两级政协委员。

"人怕出名猪怕壮。"张仲生"农转工"之后，走到哪，红到哪，三次治理"乱摊子"，处处打了翻身仗。这使他身价百倍，成了上级领导手中的一颗子，哪里需要就往哪儿摆。有人称他是消防灭火的队长，有人称他是力挽狂澜的赢家。张仲生却说："其实，我还是我，其他什么都不是，只不过我坚持按党性办事，党叫干啥就干啥，党叫咋干就咋干。"

市领导被他这话深深打动，又一道调令下去，调他任黄冈市建筑界最大的国有建筑企业——黄冈市建安公司总经理兼党总支书记。市建安公司可是个更大的乱摊子，是常人难以"啃"动的硬骨头。在他上任之前，市建委曾几度物色人选，却几度遭人拒绝。因为这里已有两年未发职工的工资，职工无活做，无饭吃，迫不得已，只好赶到市委大院静坐，找建委领导讨说法。听说即将到任的"老总"是一个乡巴佬，人们拭目以待。双方还没见面，评论就此起彼伏，说咸说淡的多得很："走了个'洋八路'，来了个'土八路'，看他能使上几招！""靠泥腿子来收拾乱摊子，恐怕往后更有得好日子……"如此等等。

这些刺耳的话，张仲生听了只当没听到，一笑了之，深信"世上无难事，只要肯登攀"。他一走马上任，就接连召开几个座谈会，了解情况，问计于民。

经过一番调查，他发现该公司毕竟是"国"字号，职工的基本素质是好的，只是群龙无首，抵挡不住改革大潮的冲击，思想没跟上，行动走了样。他坚信"只有落后的工作，没有落后的群众"。只要努力把工作做到位，人的积极性完全可以焕发出来。

面对困境，他首先设法借款 50 万元，解决职工的吃饭问题。这可是燃眉之急啊！"人是铁，饭是钢，有饭吃，喜洋洋！"接着，他挨家挨户地上门与职工促膝谈心，用亲身实践的经历，大讲改革的意义和所带来的好处。他满怀深情地说："外地的大好形势和我本人所工作的单位的经验都足以证明：改革是动力，是金桥，早改早发展，大改大发展，不改难发展。市建安公司之所以困难，就因为改革滞后，积重难返呀！"接着，他又开导说，"我们吃了多年的'大锅饭'，其结果怎么样？它养了大懒汉，穷了英雄汉，我们再也不能这样守穷！"

职工们听了，个个点头认同。他们有的回忆说："是呀，前些年，我们想改革，盼改革，可改到自己头上居然又胆怯，回头还是守着大锅饭，一顿蚀了好几百！"还有的说："'大锅饭'再也吃不得，它把好人吃瘦了，懒人吃肥了。有个顺口溜儿说：'天一黑，门一闩，睡他的觉，打他的鼾，只管钱到手，不管上好班'，指的就是这样的懒人。"这真是入木三分啊！

职工们痛定思痛，一致选择了改革之路。首先，是改革经营体制：由公司原来的统包统管，改为分设职能公司，实行自主经营，自负盈亏，原水电器材科改为水电安装公司，原物资供应科改为物资管理公司，还组建了施工一队、二队……一共设立了 32 个工程队（处），把 95%以上的职工安排到一线。其次，是强化管理机制，从公司总部到各施工单位，由班子集体负责制改为经理负责制，从上到下，从用人到经营，赋予经理以各项决策权。最后，是转变经济增长方式，从不注重科学，转向尊重科学，把科学技术作为第一生产力落实到每个施工环节；从不注重质量和安全，转向高度重视质量和安全，公司总部专门设立了质管科和安全生产科，竭尽全力地把质量安全搞上去。

经过整整一年的大刀阔斧的改革，市建安公司的面貌发生了质的变化：全公司共完成工程量五千多万元，收取管理费过百万元。职工们人人有事做，月月有钱拿，个个精神振奋，喜笑颜开。曾是市委、市政府领导心中一块心病的市建安公司，终于冲出了困境，迈向那光明的坦途。

张仲生又一次用辛勤的汗水和智慧交出了一份让各方满意的答卷。

第四章　勇敢地擎起民营的旗帜

随着改革的不断深入，民营经济的呼声越来越高，其地位也像钱塘江的潮水一样逐然看涨。

同国人站在同一起跑线上的张仲生，他清楚地记得：改革开放之前，在我国的经济生活中，凡沾上了一点儿"私"字、"民"字的，那就是大逆不道，就是搞资本主义，就将遭到四处狙击，八方清剿，直至把它搞臭搞垮，还要"踏上千万只脚，叫它永世不得翻身！"连提篮小卖和走乡串户的小货郎卖点儿针头线脑什么的，也成了"资本主义尾巴"，得狠狠地割掉！在这样的政治氛围中，哪还能容忍私营经济和民营企业的生存与发展？

1978年年底，具有划时代意义的党的十一届三中全会在首都北京胜利召开了。全党的工作重点从"以阶级斗争为纲"转向了以经济建设为中心。这成功的一"转"，路线转正了，人心转亮，思想解放了，精神振奋了，十几亿人心往一处想，劲往一处使，所掀起的经济建设热潮席卷神州大地，势不可当。这成功的一"转"，个体私营和民营经济才得以肯定，才一次又一次地被写进了党的决议，人们对它的认识才不断得到提高：它从社会主义经济的"必要补充"到"重要补充"；从"重要补充"到社会主义经济的"重要组成部分"；党的十七大则进一步明确民营经济属公有制经济范畴，应予积极扶持和保护。毋庸讳言，这当是明智之举——"一人为私，二人为公"，乃炎黄子孙的祖训啊！

其间，张仲生对民营经济的认识亦随之升华，从不认识到有所认识，从有所认识到彻底认识。于是，他渐渐萌发了辞去公职、主导民营的念头。他认为："山是立在地上，人要立在志上。"眼下，自己已年过半百，若继续任公职，只有几年的光阴；若选择民营之路，则可以放开手脚进行二次创业，最大限度地去实现人生价值。有鉴于此，他于1998年年底，毅然辞去了市建安公司总经理兼党总支书记职务，依据《中华人民共和国公司法》，邀约了几个伙计，着手创办自己拥有部分股权的民营企业——黄冈市玉环建筑安装工程有限公司，并于1999年元月22日依法正式注册登记。

从此，张仲生扛起了民营的旗帜。消息传开，有人为他高兴，有人为他担忧，更多的人为他惋惜，说张仲生的这一举动是"放弃了金饭碗，重新端起了泥饭碗"；"混出了个人样儿，又回到了原样儿"。张仲生却不以为然。他说，国有企业也好，民营企业也好，都是时代的产物，都像艳丽的红花均需要绿叶扶持，特别是民营企业，在现阶段，它像幼小的婴儿，更需要人去关照、去呵护、去哺育。再说，邓小平同志讲得好："不管白猫黑猫，会抓老鼠就是好猫。"企业不管是国营还是民营，能创造财富，回报社会，就算是真赢；马克思主义的分配原则是"各尽所能，按劳分配"，从某种意义上讲，民营经济更有利于"人尽其才，物尽其用"，把人的积极性充分调动起来，那些曾被"大锅饭"埋没的人才必将脱颖而出，为社会做出更大的贡献；至于我自己，已是年过半百的老人，若在"知天命"之年能用手里的"泥饭碗"去创造出"金饭碗"，岂不是人生的一大乐趣！

面对种种的舆论，他坚定地朝着自己选定的目标奋进。

然而，万事开头难。民营经济作为在改革开放中涌现出的新事物，不可避免地会遇到艰难曲折。一进入实质性的运作阶段，民营的"短腿"就显露了出来："国"字号的企业，有人帮它说话，有人给担担子，而民营呢？它像失去父母的孤儿，四处漂泊，八方乞讨，却没有逢上一张笑脸。民营无靠山，无拐杖，起步迟，人才缺，技术差，资本少，没形成气候。在有关部门，在许多人的眼里它都被蔑视。即使是过去很熟的"朋友"，今个看到张仲生，或视而不见，或婉言谢绝，或明接暗踢，有的甚至把民营企业视为"不正之风的风源"，怕沾边、怕感染、怕接近、怕担风险，于是便敬而远之、避而了之。张仲生因此被弄得哭也不得、笑也不得，进也不得、退也不得，很是有些尴尬。面对重重的困难和阻力，公司有的股东实在忍受不住，要求退股。张仲生再三相劝，仍无法挽留。无奈之下，他只好揪心一般地应许了。紧接着，他又应许了一两个股东退了去。五人的股东会只剩下他的父子兵。"父子兵就父子兵，哪怕只剩下老子一个人，我也要支撑下去！"张仲生就是这么一个倔强的汉子。

立足"支撑下去"，张仲生父子带着他那支散兵游勇式的建筑队伍，走街串巷，寻觅围墙打院、修修补补的零星活儿做做。干了一阵子之后，公司小有积累，张仲生又萌生了出人头地的梦想。此时，恰逢某建筑工程正在招标，可玉环公司暂时还未获得建筑资质，咋办？张仲生还是凭着往常的那份热情，找建委领导说明情况，并请他写了一张便条，要求招标办酌情关照。可到了招标办，接待他的负责人连便条看也没看，就顺手把它扔在一边，并毫不客气地说："我们要的不是条子，而是资质。你连资质都没有，跑来干什么？"张仲生听了，试图作些解释，可那位负责人连理都不理。

实在没法，张仲生只好离去，心里却不是个滋味儿。回到办公驻地，他久久地沉浸在思索之中：从搞农科站长起，我先后五易其位，跑的都是顺风船，从未遇到什么挫折，即便有点困难什么的，各级领导都是鼓励、是支持、是慰抚，都成了我乐于光顾的"港湾"，可如今怎么了？经理还是我张仲生，只是从集体、国营转向民营，咋就成了不受欢迎的陌生人哪？

夜，已经很深了，外面的灯光把整个黄州城区照得通亮，唯独张仲生的驻地漆黑一团。他静静地在这里坐着、想着，忘了吃饭、忘了喝水，也忘了开灯，仅仅不能忘记的，是当日在招标办遇到的那一阵丢尽颜面般的羞辱。

家人见张仲生深夜未归，老伴叫长子正林到办公驻地看看。正林来到他驻地，开灯一看，见他爸像是经受了十二级台风摧残过的树枝一样低垂着头，双眉紧锁，一副沮丧的脸上堆着的全是心中的怒火。正林知道他爸是为招标的事儿怄了气，便凑近他身边轻声细语地劝慰说："这有什么想不开的？招标要资质，本是游戏规则，只是人家言辞过激了一点，一时失礼，说不定当时人家另有隐因，正好让你碰上，你就成了他的'泻火罐'而已。"正林接着补充说，"申办资质要有业绩在案。我们玉环公司才刚刚起步，工程在哪？业绩在哪？没有业绩就不可能有资质，没有资质就竞标，不是为难人家？现在唯一的出路是借船出海，借水行舟。经过一段时间的努力，业绩不就出来了？资质不就好办了？何必这时去自寻烦恼？"

"真是聪明一世，糊涂一时，我怎么没想到借水行舟呢？"张仲生听了长子正林的一席话，顷刻茅塞顿开。他连夜找来笔墨纸砚，就借水行舟之意作一副对联，张贴在大门之上，以求共勉。其上联为：寻靠山借水行舟不断开拓求发展；下联为：搞联合抢抓机遇强化管理创效益；横批为：锐意进取。

有了"借水行舟"的理念，张仲生的眼前只有光明，没有黑暗；只有云彩，没有阴霾；只有希望，没有悲观；只有海阔天空，没有艰难险阻。他像一位技术娴熟的舵手，驾驭着刚刚下水的"民营"号船只，航行在波涛汹涌的大海里一样，敢于迎着风浪，搏击惊涛，所向披靡地向胜利的彼岸驶去。

有了"借水行舟"的理念，人的志向也高，办法也多，"不怕做不到，就怕想不到"，凡属大的建筑公司能做的事，玉环这个初出茅庐的小公司照样也能做。部队营区是个要求严格的军事重地，在那里搞工程建设，三步一岗，五步一哨。玉环却依托长江建设集团承接了某部队机关办公楼；武钢集团是个最难攀上的大型企业，在那里揽工程项目，人说"难得你摸不着头脑，找不着汉阳门"。玉环却凭借与中建三局的合作，竟啃下了一大块"分包工程"；土地开发是需要具有开发资质的企业才有资格实施。玉环却与有开发资质的工程公司联手，首次就开发了5亩闲置土地，开发经济适用房9000多平方米。之后，它索性将这家有开发资质的公司予以整体收购，让玉环的羽翼挺起来。

有了"借水行舟"的理念，承接的工程项目一个接一个，实力自然渐渐充盈了，业绩随之壮大起来。2000年5月，他们成功地申报并获准建筑三级资质、房产四级资质。有了双资质，玉环如虎添翼，它在人们的眼里再也不可小视。2001年，它与湖北黄州大地电机股份有限公司合作，成功地开发出了大地住宅小区，占地36亩，建筑面积达5万多平方米。当时，整个黄州城区的小区建设尚处在起步阶段。大地小区建成后，前来参观的人群络绎不绝。一进小区，只见12栋风格各异的住宅楼鳞次栉比，等距排开；房前屋后的花坛生长着奇花异草，馨香扑鼻，令人心醉；平展的水泥路直通每栋住宅的楼底，路两旁的绿化树带，犹如天安门前的哨兵挺直地站立着，任凭风吹雨打，它都带着腼腆的微笑……铁的事实验证了张仲生的庄严承诺："要把大地小区建成人在屋中、屋在林中、林在水中，春有花、夏有荫、秋有果、冬有绿的宜居景观！"

"太美了！太美了！""这是玉环的样板，也是全城的样板！"人们异口同声地这样赞美着、称道着。

有了大地小区成功开发的经验，玉环公司在黄州城区的建筑领域几乎可以呼风唤雨。有的建筑公司主动找上门来，要求同玉环展开联姻；有的建筑公司紧紧跟在张仲生的身边转来转去，要求借玉环的牌子出外揽项目；有的业主单位还主动提供信息，要求玉环参与他们的项目竞标。

玉环的路越走越宽广。它不仅在黄冈有信誉，吃得开，还把业务的触角伸到江苏、河北、沈阳等外省区。它承接的工程项目中，"江阴的项目一大片，哈密的项目一大串"。所谓"一大片"，则是集中开发的"群建工程"；所谓"一大串"，则是分散开发的"星月工程"。若问玉环何以揽到"大片、大串"项目？回答当是这样的铿锵：玉环始终贯彻"业主至上，诚信为本"的服务宗旨，执行"优质、安全、高速、低耗"的企业八字方针，坚持"以质量取胜，以廉价取胜、以速度取胜、以管理取胜、以安全取胜、以诚信取胜"的六取胜的经营策略。明确的服务宗旨、简洁的八字方针、取胜的经营策略有机地融为一体，形成了玉环的力量源泉，让它决战千里，势如破竹。

正因如此，玉环的一举一动、一言一行，都令人刮目相看。就说"以诚取胜"吧。

那是2003年，玉环公司承接"宏达花园"工程，建安工程量达2万多平方米。签订承接合同时，钢材价格为2200元/吨，水泥价格为220元/吨。可破土动工之后，钢材陡涨到4100元/吨，水泥陡涨到380—400元/吨。调价后的涨价部分占据了工程造价的 12%。按照政策，承建方可以要求业主方进行均比调整预算，那样，承建方将可以获得 100 多万元的价格补偿。可玉环公司没有这样做，还是维持原合同约定的基数不变。对此，别管局外人如何评说，连局内人也实在想不通，有的冲着张仲生问道："你这么做，究竟图的是什么？"

张仲生微笑地回答："图的是诚信，除了诚信还是诚信！"他耐心地进行解释："讲诚信，是做人的根本，也是企业的根本，中国有句古语'精诚所至，金石为开'，充分说明了诚信的力量。我们要成就事业，就应当视诚信为生命！"

讲到这里，张仲生稍加停顿，而后继续解释说，"其实，我们承接'宏达花园'，倒是宏达集团讲诚信在先。当时，听说规模约 2 万平方米的宏达花园在对外议标，人们垂青得很，没几天工夫就引来建筑公司 30 多家。他们唇枪舌剑，各论所长。我也骑着一辆破自行车赶到宏达。那副寒酸相，连看门的老头儿也笑话我：'人家开着奔驰、宝马上门来谈生意，你骑着破自行车还想接宏达花园，真是癞蛤蟆想吃天鹅肉，痴心妄想！'按常理，我这个骑自行车的，与开奔驰、宝马的大款有着天壤之别，完全不在同一档次。可人家偏偏选择了我，为什么？不是别的，就是信任，是充分的信任！我们有大地花园作样板，有正儿八经的'双资质'，有带资 70% 的庄严承诺！这就叫竞争，这就叫挑战！这就叫以诚相待！"

他的话是那样的感慨、那样的坚定、那样的充满激情。来人给说服了，公司职工给说服了，社会各界也为之折服了！

于是，诚信在玉环人的脚下一步步地延伸、延伸，不断延伸。最令人难忘的，是承接黄冈师范学院"引智楼"工程。

事情发生在世界爆发金融危机的 2008 年。这年夏天，黄冈师范学院引智楼正式动工兴建。说到"引智楼"，顾名思义，是该院招引人才、吸纳人才的形象工程，质量要求之高不言而喻。起初，院领导试图自己上马，便支持本院的建筑公司承建。可算来算去，仍觉得成本过高，很不划算，只好主动放弃，决定对外招标。经过几轮筛选，有三家建筑公司入围，玉环排名第二。可排在第一的那家外地建筑企业通过反复核算，同样觉得盈利空间甚小，又主动放弃了，走人了。接下来便轮到玉环公司。玉环公司与业主经过艰苦的谈判，以综合售房成本为 1290 元/平方米的价位承接下来，并正式签订了合同书。但开工不久，问题就来了：因受金融危机的影响，建筑材料和劳务工资飞涨，其中：钢材从 3600 元/吨涨至 6100 元/吨；水泥从 260 元/吨涨至 380 元/吨；小工工资从 70 元/天涨至 90 元/天；大工工资从 90 元/天涨至 120 元/天。几项涨价，造成成本增支 200 多万元。这一变数，人们都为之瞠目。张仲生也给为难了好一阵子，但他毕竟经受过了不少风浪，他镇定自若地说："项目争来不易，合同还得履行，困难靠我们自己去克服。"

基于这种思路，他充分发动群众，让良民献良策、出良谋，集思广益，去伪存真，最终把大家的智慧凝成一个目标：建议业主依法增加商铺、扩大空间建筑面积，"堤内损失堤外补"。这一方案，一经与业主协商，便达成高度统一，报经有关部门认可并付诸实施后，增加商铺面积 600 平方米，扩大空间建筑面积 8400 平方米。从而，从建筑的劳务收入和门店的开发收入中将涨价增支的部分天衣无缝地予以弥补起来，双方原定的合同照常履行。双赢的结局，像一枝并蒂的玫瑰相对依存斗妍，共展英姿，让世人分享着它那芳馨而又奇俏之美。

再说质量，那更是玉环的优势。"企业要昌盛，质量是生命！"这是张仲生的口头禅。为抓好工程质量，他组织了一整套人马，制订了一系列规程，落实了一揽子行之有效的举措，还专门成立了"质量安全生产部"，落实专人负责，专抓专管，严格按照《中华人民共和国建筑法》和质量、安全两个《管理条例》办事，及时排查处理各工地潜在的质量安全隐患，竭尽全力地把公司各项工程质量和安全的事故率控制为零。

尽管如此，张仲生还是放心不下。他经常在百忙之中挤出时间，深入各有关工程工地去检查、去挑刺、去督办，尽最大努力把质量和安全隐患消除在萌芽状态。

一年春天，公司承接的原黄州市农业银行住宅楼工程已完成基础正负零，主体工程即将动工。张仲生得知后，亲自参与基础工程质量验收。所验收的各项标准都达标，唯有地脚梁的轴线偏移了 3 厘米，超标 1.5 厘米。地脚梁宽 40 厘米，而墙体则只有 24 厘米。按照力学测算，低层建筑偏移 1.5 厘米不会影响基础承重。在场验收的质检、监理和业主单位都认为可以谅解过关，张仲生却坚持说"不！"坚决要负责这里施工的建筑队将偏移 1.5 厘米的地角梁砸掉重来。工地项目负责人和施工人员纷纷拢来说情，再三要求张总"放一马"，有的还说："连质检和监理部门都不追究，你张总何必那么认真？"张仲生却十分严肃，他说："建筑人搞建筑，在任何时候都不要忘记'百年大计，质量第一'的警示。这是业主的期盼，更是我们的良知。再说，我们与业主约定的是'优良工程'，基础必须达到优良标准，否则，我们怎么向业主交代？"

就这样，他说服员工将这道"问题"地脚梁给砸了，然后严格按照图纸施工，丝毫不差地重新浇灌了一道新的地脚梁。这样一返工，公司损失了几千元，张仲生认为"很值"，他说："看来似乎是浪费，其实是花钱买教训，可起到'杀一儆百'的作用。如果隐患不除，有的人会越来越邪乎，不仅这项工程搞不好，别的工程质量照样成问题；通过返工清除了隐患，施工人员再也不敢马虎，质量才有保证，业主才会满意，我们的市场客户也就会闻讯沓来。"

事实正是如此。当市农业银行住宅楼以"优良工程"通过验收之后，金融系统的基建项目几乎都倾向玉环：人行的、中行的、工行的、建行的，以及金融系统周边的，都主动找上门来，要求玉环承建。玉环凭这招，先后揽得工程项目10多个，总建筑工程量达数千万元。

张仲生心里装的不只是工程的内在质量，就连外表的瑕疵也不轻易放过。如外墙的涂料、内墙的粉刷、门窗的安装、屋面的处理，等等，他都嘱咐项目经理留心把好质量关，要像对待主体工程一样对待人们能够用肉眼审视的"形象工程"。对那些重点项目，他还常常亲临现场去查漏洞，抓落实。一年夏天，玉环公司承接了鄂东地区最大的图书馆工程——黄冈师院图书馆。当工程施工到二楼时，该楼层的立柱因拆模过早，把一方立柱的棱角碰落了一块。张仲生正巧赶到这里检查。当他发现立柱棱角的一方有缺陷，当场便找来项目经理问明原因，然后令其将这支立柱坚决推倒重来。项目经理不敢吱声。双方相对无言，僵持不下。在场的业主单位有关负责人出面和解说："算了，它只对外观有点影响，对整体结构没有损伤，更不影响安全使用，何必返工？"

张仲生听了这话，更认真起来，他说："你理解我们、谅解我们，我内心非常感谢。可我不能因为你的理解和谅解而去无原则地宽恕我的下属。因为他的失误，造成了立柱受损。作为承建方，我要对你们负责，对社会负责，决不能让一支有缺陷的柱子竖在鄂东最大的图书馆里而遗憾千秋！"

接着，他叫项目经理招来全体施工人员，即时开了个现场会，反复强调了讲求质量的重要性："今天，我请大家牢牢记住：建筑人的主心骨只有两个字："质量！"质量就是生命，质量就是效益，质量就是形象。不管是内在的质量还是外在的质量，我们都要讲究，都要承当。我们的一切努力，是要立足彪炳千秋，决不要遗憾千秋！一个优质项目就是一个活的广告。我们每建一个项目，都要着眼创一个品牌，亮一方天地，交一方朋友，树一座丰碑！这是我们长盛不衰的秘诀！"

这一席话，让在场的员工深深震撼。他们再也不讨价还价，再也不犹豫不决。项目经理坚定地表示："张总说得很在理，我们坚决照办！"就这样，大家迅速行动起来，把有缺陷的立柱及时敲掉，重新架模，重新浇灌，用负疚的心理和负责的态度，让优质的立柱挺立在鄂东最大的图书馆里。

张仲生抓建筑质量，不仅在当地出了名，在外地更是声名远播。公司在武汉的一家影视娱乐中心施工，他发现大门出口架空处的图纸规划设计的钢筋规格过小，承重不足，便主动增加 3 根 25mm 的螺纹钢进行加固；在江苏的一建筑工地，他发现屋面处理不严实，担心时间一长会发生渗漏，便责成施工队按照设计方案的屋面处理办法重做一次，直到完全达标；在新疆的一建筑小区，他发现外墙表层质量较差，细部施工粗糙，便责成该项目经理毫无条件地进行返工，并把细部施工的基本要求讲了又讲，嘱了嘱："线条要顺畅，表面要平整，色调要一致，色泽要均匀，要让人家一看到我们所建的房子，眼睛顿时一亮，主动停下脚步，凝神贯注地欣赏。那才能体现我们玉环人的风采！"项目经理解释说："这样一返工，好倒是好，可公司要损失 30 万。请张总酌情考虑。"张仲生的回答没有丝毫余地："只要质量达标，哪怕损失 300 万，我们也得承当！"那项目经理再也不吭声了。他按照张总的要求，去认认真真地抓落实，让自己所建造的住宅小区真的成为一个耀眼的亮点。

在外人看来，玉环的路似乎很平坦。其实，它每前进一步都很吃力，都很艰难，尤其是资金瓶颈的制约，着实让张仲生和他的伙伴们为难得很。起步阶段，股东们筹集的那部分资金，公司添置了一些设备，购买了一些简易办公用品，剩余的只能维持员工们的基本生计，连进材料、发工资、差旅费等什么的，都得靠短期借贷维持。为渡过难关，张仲生带头厉行节约，紧缩开支，一切从简：住的是工棚，戴的是草帽，吃的是糙米饭，穿的是粗布衣，别人上班，大都开着小车、骑着摩托，一溜烟地飞跑，唯有他是骑着破旧自行车，蹬着沉重的踏板前行。即便如此，在城里找人办事的时候，他每次都是提前赶去。他说："找人办事，我得笨鸟先飞，用'日行千里，夜行八百'的精神去争取时间，抢在人家上班之前赶到，下班之前把事办到，有时还得哭脸装着笑脸迎，因为我没钱包装自己，穿着太寒酸了，只得以礼相待，让人家有个好印象，办起事来才顺畅。"出差时，他常常吃泡面，睡简铺，不借公款，不领补助，不随便送礼或搞吃喝招待，能省一分钱就省一分钱，从不潇洒走一回，"让每一个铜板都用在刀刃上"。

"光凭这个还不够，还得有实招。"张仲生体会多多，他说，不管社会如何发展，经济如何发达，节俭之风永远不能忘。这是中华民族的优良传统和美德，是一种宝贵的民族精神。但从资金筹措的角度讲，它只是一种补充，无法起到担当支撑的作用。因此，当我们被资金困窘逼得走投无路的时候，就别出心裁地想了一些管用的妙法，譬如以房换料、以料换房、以房换工、以工换房……这些妙法切实管用，它让我们在起步阶段艰难地渡过了难关。张仲生诉说起那艰难起步的经历，不禁声泪俱下，心情久久难平。

"小有小难，大有大难。"当玉环公司的建筑资质于 2004 年由三级晋升为二级之后，年建安工程量均在 1 亿元以上，其所需流动资金均在 3000 万元以上。特别是 2007—2008 年，全国的房地产迅猛发展，黄冈市区也不例外，同样是你追我赶，突飞猛进。玉环乘势而上，每年所占据的市场份额在 2 亿元以上，所需的流动资金不下 5000 万元。这么大的资金需求，对于一个创建至当时仅有七八年时间的企业而言，真是个天文数字。要越过这道坎，谈何容易！然而，玉环公司不仅越了过去，而且越得很快、很爽——他们"靠抱团提升实力，奋斗铸就辉煌！"

所谓"抱团提升实力"，即发挥联营、合作的优势，充分发掘和利用民间资本，"风险共担，利益均沾"，用合同的形式约定合作投资者的责权利，让大家"投时放心，盈时称心"，"年初掏腰包，年底分红包"。在利益分配的天平上，张仲生心甘情愿地让合作投资者得大头，自己得小头。

"周公吐哺，天下归心。"玉环公司以百分之百的诚信反哺合作投资者，让合作者个个熨熨帖帖，兴高采烈，投资的积极性更加高涨。无论何时，只要玉环公司一声吆喝，公司财务处便成了吸纳财源的洼地，钞票犹如流水一般，源源不断地涌聚而来。因此，张仲生敢于斗胆地说："我手里有一千万，敢投一个亿！"事实上，凡是规模较大的项目，别人啃不动，玉环却只用 10%—30% 的资金注入，就能运筹帷幄，百分之百地稳操胜券。不信吗？请看：

——承建的黄冈师范学院引智楼工程，玉环共注入资金 3000 万元，而它自身却只投入 1000 万元，利用合作投资者的资本达 2000 万元，自投部分仅占 33.3%；

——承建的黄冈警仕小区，玉环共注入资金 2500 万元，而它自身却只投入 700 万元，利用合作投资者的资本达 1800 万元，自投部分仅占 24%……

"玉环今天的融资之路越走越宽，也是从过去的教训中取得的。"张仲生深有体会地反思着。他说，起初，他们并不想利用民间资本，认为那是"肥水流入外人田"，不甘心，越是好项目、大项目，越想自己搞，一股侵吞，利益独占。可结果呢？小锯断不开大木啊！——有几个到了手的好项目、大项目不得不抱憾抛弃：像黄冈拖斗厂 4 万多平方米的经济适用房，玉环公司给有关部门的申请都批了，可银行不放贷，借款无门路，没法运作，抛弃了；市生活资料有限公司的中北仓储地块的房地产开发，玉环承建的图纸都已绘好了，地质钻探也已完成，只因资金不足而无法进场施工，没法，只好又选择放弃！那期间，玉环公司因资金困扰而放弃的项目，少说也有五六千万元。韩非子说："一手独拍，虽疾无声。"痛定思痛，张仲生得出了一个结论：独木不成林，独柴火不明；要造就一番事业，还得借鉴江浙的成功经验，把触角伸向周围的民众，让他们参与进来，走合作投资或联营之路，靠团结的力量和取之不尽的民间资本去迎接市场挑战！

思路决定出路。张仲生的想法很快变成了玉环公司董事会的集体决策。从此，公司的财源便迅即滚滚而来，资金的瓶颈制约终于被他们彻底给冲破了⋯⋯

第五章　靠人才成就事业

2010年7月14日，"全省建筑业中小企业培育工作座谈会"在武昌隆重举行。

会场的气氛是那样的活跃而热烈。人们争相发表自己的见解，把如何克难奋进、再创建筑文明的实招儿、妙招儿和盘托出，以求共勉。张仲生更是激情满怀，话语滔滔。他所作的题为《以临战的姿态迎接市场挑战》的发言，其中的一项重要观点便是"广纳人才，兴起比、学、赶、帮、超的社会风尚"。他说，作为企业，无才不兴，无才不旺。"世间的一切事物中，人是最可宝贵的。"社会经济活动"三要素"中，人是决定的因素。有人就有了一切。企业的决策者要充分相信人才的价值。"起用一个能人，救活一个企业"，这是改革年代给人留下的深刻记忆。建筑业用好一个人，就能管好一个工地，搞好一个子公司；一个工程项目部若能有得力的人才去管理，成功就指日可待⋯⋯他的话音刚落，全场顿时响起一阵热烈的掌声。

其实，有关建筑与人才二者之间的"关系学"，早已深深地镌刻在张仲生的心里。他倾心着意地把人才观念宣传到家喻户晓，让公司的决策层和管理者都懂得"峻极之山，非一石所成；凌云之榭，非一木所构"的寓意，都践行"尊重人才、关心人才、爱护人才"的庄严承诺。在他的心中，建筑是科学的结晶，是一门科技含量很高的艺术，它涉及多个领域、多个学科：力学、数学、美学、光学、工程学等；建筑是城市的名片，是文明的象征。一座好的建筑，它将流芳百世，声名永存，像北京的颐和园、西安的大雁塔、武汉的黄鹤楼、西藏的布达拉宫……自古以来，都是那座名城的标志，都是人们心中的向往。这是建筑的神奇和魅力。而创造这种建筑的神奇和魅力，靠的不是几个人、十几个人，而是一群人，一个英雄团队。这个团队像梁山好汉一样，十八般武艺都要精通，或是说"梁山"需要精通十八般武艺的人。"梁山"如此，建筑亦然。因此，公司努力营造人才环境，不拘一格地选拔人才、吸纳人才。"他山之石，为我所用。"这些年来，公司始终敞开大门，引进一批又一批独有专长的人才：工程师、设计师、经济师、会计师等，公司因此成了人才的洼地，收到了韬光养晦、蓄势待发之奇效。到目前为止，公司共拥有各类高级职称的人才 25 名，中级职称的人才 219 名，初级职称的人才 245 名；已获得国家一级建造师执业证书 15 名，造价师 3 名，监理师 5 名，造价员 7 名，持证上岗人员达 811 名；有大学文凭的 38 名，大专文凭的 175 名，中专或高中文凭的 162 名。这些人才济济一堂，形成了精英荟萃、人才辈出的强大阵容，构成了玉环公司的中坚力量。正是有了这些人才，玉环人才能一次又一次地书写建筑史上的崭新篇章。

2009 年秋，玉环公司在新疆哈密市签下了一份公司自组建以来单项造价最大、层次最高、施工条件最艰苦的综合楼工程项目。合同签订后，业主方有人担心南方建筑队缺乏在大西北施工的经验，要求玉环的张总重新考虑考虑。张仲生笑着回答："请放心，我们的队伍决不是胡传魁的队伍，而是一支训练有素、思想和技术都过硬的队伍，他们敢打敢拼，英勇善战，所做的工程，保证你们满意就是啦！"张仲生的话掷地有声。

考虑到这项工程的特殊性，他提请董事会讨论，决定由具有工民建专科学历、被党组织纳新不久的公司质量安全部部长王若良挂帅出征。

王若良，40 岁出头，为人谦和，籍贯红安，与两百个将军同一个故乡。也许是因为他生长在这片红色的土地受到特别的熏陶，他工作积极肯干，认真负责。到玉环公司之前，曾在一家中德合资企业供职，负责审核技术资料和机械打桩施工作业，以及桩基现场管理。1996 年，一个偶然的机会，与玉环的张总结识。二人一见如故，心心相连，待合资企业的那项工程顺利竣工验收后，王若良便来到黄州，受聘于玉环公司任项目经理。凭着他的技术水平和极端负责的工作态度，几乎每做一个工程项目，都被评为优良工程，是同行们公认的"品牌"。这次受命赴新疆哈密征战，恰逢他加入了党组织，心情格外舒畅、格外激动。他暗暗下定决心：不管遇到多大困难，也要把工程做成样板，为玉环公司添彩争光！

初冬时节，王若良背着简易行装，带着建筑队伍，乘坐特快列车向哈密进发。一路上，他透过车窗玻璃，观赏着窗外景色，不禁感慨万千。出发时，窗前的南方，山也青青、田也青青、水也清清；当火车过了黄河，驶入北国，驶进地处大西北的新疆，却是"千里冰封，万里雪飘"，好一派"山舞银蛇，原驰蜡象"的景象。这迷人的冰雪美景，在文学家的眼里，是歌的神韵，是诗的行吟，是词的绝唱。作者借助冰雪，或直抒情怀，或比拟助兴，或鞭挞时弊，或发泄忧伤，或讥讽败类，或赞美山河，诸如"今我来思，雨雪霏霏""恍然一梦，仙肌如雪""孤舟蓑笠翁，独钓寒江雪""田野苍茫际，千山晃朗中""结片飞琼树，栽花照蕊宫""我与青山相对笑，满头晴雪共难消""雪飞当梦蝶，风度几惊人""瀚海阑干百丈冰，愁云惨淡万里凝""天工呈瑞足人心，平地今闻一尺深。此为丰年报消息，满田何止万黄金"……同是咏雪，作者所处的地位不同、时代不同、境遇不同，其意境、主题、胸怀迥然不一。有其异，才有其特。作者各抒己见，各展风姿，构成了一幅从多角度咏唱冰雪的美的画卷。然而，在建筑人的眼里，特别是在南方建筑人的眼里，冰雪却是艰难，是险阻，是障碍前进的横天绝壁！

王若良来到哈密工地不久，已是零下20多摄氏度的恶劣天气，滴水成冰，"千山鸟飞绝，万径人踪灭"。人们因为畏惧寒冷，都蜗居在有暖气供给的区域里。恰在这时，新疆维吾尔自治区住建厅下达了一道旨令：为确保安全和工程质量，从11月15日起至翌年3月15日止，全自治区所有建筑施工单位一律停止地面施工。"有令则行，有禁则止。"这是军人的作风，也是建筑的要诀。"百年大计，质量第一"啊，王若良岂能违抗？不过，他毕竟喝了不少墨水，文字的含意，他擅长抠门："地面施工不行，地下可否？"因他是第一次带队征战大西北，不得不带着问题咨询有关职能部门。得到的回答是："只要你技术过硬，管理科学，地下的建筑工程可以照常进行。"

这下，王若良算是吃了定心丸。他兴致勃勃地回到驻地，连夜制订出地下施工方案，接着便召开紧急战地动员会，要求员工们像当年赴新疆建设兵团一样，抖起精神，苦干实干，不达目的不罢休。为争取主动，他把科学管理放在优先的位置，认真地抓出实效：其一，是把施工人员进行科学分工，分班作业，轮流操作，"换人不换岗，歇人不歇工"，充分发挥劳动者和劳动工具的生产潜力。其二，是落实专人负责，按照施工方案，检查到工序，督办到现场，环环紧扣，一丝不苟，严格防止留下潜在的质量、安全隐患。其三，是把抗寒防冻的科学施工方法落到实处——浇灌基础的混凝土普遍加入防冻剂，严格比例，均匀搅拌，让防冻剂充分发挥出防冻效应；当混凝土完成初凝时，立即用干土封盖，厚度确保 80 厘米；必须露出的轴线部分，用保温膜和防冻布双层封堵，不露一丝缝隙；地下室一做完防水层，立马回填干土保温；整个地下室施工结束时，除了用双层防护措施保护楼面混凝土外，还在地下室的空间内，梅花式地安放保温炉取暖，且安上温度计，保证室内温度保持在 15 摄氏度以上。地下室共 1500 多平方米。经过他和员工们日夜奋战，抢在元旦之前胜利竣工。翌年 3 月，春暖花开。王若良带领员工们继续奋战在哈密建筑工地上。经过一段时间的艰苦努力，该工程的主体工程同样告罄。此时，新疆维吾尔自治区住建厅组织的检查团恰好来到这里进行质量、安全检查指导，并进行初评。王若良和员工们用智慧和汗水浇灌的综合楼，在哈密新区拔地而起，亮亮诱人，光彩夺目，"远看像蜃楼，近观似名楼，艺赛西施美，工如鲁班图"，检查团个个称赞不已，一致评定它为质量安全优良的样板工程。这时的王若良才好不容易放下心来。

古语说："举贤不避亲。"张仲生也遵从了这条选贤任能之道。早在公司组建初期，张仲生就动员长子张正林辞去公职，与之为伍，并不断地给正林身上加任务，压担子。正林也毫无怨言，勇于担当。父子俩配合十分默契，工作开展得有声有色。随着市场不断拓展，业务渐渐增多，张仲生又想把在大上海工作的次子张正权调回身边协助他工作。这可让老伴煞是揪心。她想：我老两口平素日省吃俭用，含辛茹苦，好不容易把正权培养成一个正牌大学生，工作单位又好，在中建三局东方装饰公司任总经理助理，吃香得很，待遇又高，前途无量，何苦又要他回到身边？于是，她冲着张仲生理论起来：

"你这个想法很不地道，中建三局是大型国有企业，是铁饭碗，旱涝保收。"

"国有企业都改制了。是金子哪里都发光，还怕没饭吃？"

"好男儿志在四方，何必硬要把他绑在你身边？"

"打虎需要亲兄弟，上阵需要父子兵。正权在我身边，相互有个照应，岂不更好！"

"反正你得为正权的前途好好想一想！"

"我早就为他想好了。前途不是上天恩赐的，而是靠自己去拼搏，而且还得有平台。"张仲生耐心地解释说，"玉环公司经过多年的打造，基础已经夯实，市场已经打开，是一个不可多得的好平台。有了这个平台，他可以尽其所能，大展才华，打拼出属于他自己的一片天地。"

老伴听着、想着，觉得张仲生讲的也在其理。她再也没闹腾了。

正权听从父命，回到家乡，同父亲和哥哥正林一道经营玉环公司。父亲为拴住他那颗想飞的心，动员他买下了玉环公司的一部分股权，让他的命运与玉环公司的兴衰紧紧地联系在一起。在职务安排上，他父亲首先并没有给他委以重任，而是让他担任一个项目部的经理。对父亲给他这样的打发，正权本人倒没有过多的想法，可旁人却为他多鸣不平：

"'国'字号的大总助，到'民'字号的企业工作，少说也得给个副总干干，怎么只安排个项目经理？"

"科班出身的大学生，又有实践经验，是靠本事挑大梁的材料，哪能到一线摔打？"

张仲生的见识却与众不同。他认为，万丈高楼从地起，全靠基础要牢实；知识再多，也得从实践中汲取营养，因为"实践是检验真理的唯一标准"。再说，好钢要用在刀刃上，正因为正权有知识、懂技术，把他放在一线，走上理论与实践相结合的道路，不仅有利于他锻炼成长，而且能发挥更大的作用。

正权的确是块好材料。他出任项目经理之后，便以工地为家，日夜奋战，既抓质量，又抓安全；既管施工，又管思想，工作搞得红红火火，从宏达花园到警仕小区，从桐梓岗小学工程到武钢第五、第六制氧厂大型水处理工程，他干一处，红一处，走一路，红一路，业主单位个个称赞。2006 年，他被省住建厅评为"优秀项目经理"，2007 年他被黄冈市人民政府授予"十佳青年创业能手""优秀共产党员"。市里有位知情的领导感叹地说："大学本科毕业生甘愿在建筑一线任项目经理，这在黄冈十万建筑大军中独一无二。他获得荣誉，当之无愧！"

张仲生有了得心应手的"父子兵"，人才的视野更为宽广。他明确提出："为了玉环的事业，要面向社会吸纳人才，面向员工选拔人才，面向未来培养人才。"

这"三个面向"的人才战略，像磁石一般，把人心紧紧地凝聚在一起：社会的人才把玉环视为自己事业的向往，内部的人才把玉环视为自己事业的归宿，成长中的人才把玉环视为自己事业的追求。他们的一个共同意愿，则是在玉环这个公平、公正的平台上成就自我。

这"三个面向"的人才战略，执行着统一的标准：想干事、会干事、干成事、好共事、不出事。想干事——有敬业精神，不贪图享受，不怕吃苦，一心一意地为建筑事业着想，为玉环公司做奉献；会干事——有业务专长，有公关能力，有管理经验，能独立作战，或独当一面地主持某项工作，在业务范围内，游刃有余，不犯其难；干成事——公司董事会交代的任务能如期完成，质量可靠，不留隐患，不出差错，不成问题，社会反响良好，赞誉声声；好共事——

讲团结、讲友谊、讲和谐，不怕吃亏，不拒批评，做人真诚，做事踏实，办事谨慎，受托负责，帮人舍己，对人尊重，"宁可人负我，我决不负人"；不出事——任期内不发生重大的质量、安全事故或其他责任事故。

这"三个面向"的人才战略一经付诸实施，各种人才如雨后春笋，争先恐后地冒出来，或在密林间，或在夹缝里，或在山崖上，亭亭玉立，姿态各异，蓬发向上地挺立着，个个像应征入伍的男女青年一样，从人群中勇敢地站出来，让玉环挑选。他们中，有来自穷乡僻壤的大山儿子，也有来自繁华闹市的"金枝玉叶"；有来自穷困潦倒的农民兄弟，也有来自富贵豪门的白面书生。不管来自何方，玉环人都一视同仁地热情接待，热烈欢迎，热心考察、试用，凡符合条件者，予以签约聘用，双方的责权利跃然纸上，清清楚楚，受法律保护。从此，受聘的人才则可以尽其所能地施展自己的才华。

共产党员、时任玉环公司财务总监的徐莲英，原为黄州造纸厂财务科长、总会计师。她责任心强，敢于负责，曾被选为原黄州市一届党代表、一届人大代表，后因企业倒闭而下岗。2004 年，她受聘于玉环公司至今。受聘期间，她以玉环为家，工作兢兢业业，毫不懈怠，无论是总账还是台账，都做得工整、准确，未发生丝毫差错，财务管理井井有条。玉环公司被省、市税务局授予"A级纳税单位"，她功不可没。在财务制度上，更是严格把关，她手过万金，一尘不染，从不乱支乱借，不占便宜，更不乱挪乱用，且带头厉行节约，节省开支，同城办事，无论是坐的士或坐公汽，从不报销一分钱，连公司用的小白纸条也是她从废纸中剪下留用的。一次出差到新疆一工地对账归来，她特意捎回一包干果慰问公司员工。董事长叫她开张发票给报销，徐总监连连摆手，她说："财务上没这个先例，我不能带这个头。我要求别人做到的，自己必须带头做到。这样说话才有人听，做事才有人帮。"据了解，她每年带头增收节支、勤俭办事，为公司节省开支少说也有 3 万—5 万元。对她的一举一动，一言一行，人们交口称赞："徐总监真不愧是玉环公司的一个'好掌柜'、一把'铁算盘'"。

再说高级经济师江争鸣。共产党员、大专文化，当过兵、扛过枪，吃得苦中苦。复员后，从事金融工作近 30 年，曾任市农业银行营业部主任，后因病提前退养。2004 年，他受聘出任玉环公司办公室主任，因懂经济、善管理，很快进入了角色。半年后，他协助董事长管理建筑工程。为保质保量地完成工程进度，他日夜坚守在工地，同工人们一起摸爬滚打，风雨无阻。经过半年艰苦努力，工程胜利竣工了，完成建安产值过 1 亿元。他因此无形地了董事长身边的红人。凡有事忙不赢或"难得办"，董事长便吩咐他全权办理或处理。江争鸣是个十分敬业而又执着的人。每当如此，他都把公司的事儿当作自己的事儿一样，不讲条件、不计报酬，干一件，像一件，办一件，成一件，件件都做得让人称心如意。就在协管的工程竣工不久，公司又抓到一条"大鱼"——揽得一项大工程，可苦于资金不足，董事长不敢拍板。咋办？江争鸣当即站了出来："我去试试。"说罢，他夹着公文包，一溜烟地走向了市场。也许他陡然长出了三头六臂，也许他天性具有鬼斧神工般的融资艺术，他尽管曾任金融部门的中层领导者，此时的他，没有踏过一家银行的门，却在几天之后急匆匆地赶到公司，向董事长报告了一个让人振奋的好消息："已经落实融资200万元！"

"哪来的？"

"民间的。"

"可靠不？"

"十拿九稳。"

董事长听了，高兴得连连向江争鸣拱手致谢。

玉环公司不拘一格地吸纳人才、选拔人才，得到社会的普遍赞赏。人们为它欢歌，为它咏唱，有道是：

> 玉环纳士洞门开，各路精英纷沓来。
>
> 真金不怕火来炼，梧桐栖凤乐开怀。

然而，此举也招来一些非议。如疑它"挖墙脚"的有之，道它"太超前"的有之，说它"门槛过高"的有之……对此，张仲生自有他的见解。他说，人才战略，要立足当前，着眼长远，坚持高标准引进，人性化管理，常态化培养，战略性储备；坚持敬业立德，追求卓越，德才兼备，市场运作，根本不存在谁"挖"谁、谁"抢"谁；坚持知识化、年轻化、专业化的人才结构，长流水，不断线。这样，企业才能做到不乏其人，不损其智，不伤其感，近期能管用，中期能顶用，长期能重用，长久兴盛而不衰。因此，凡玉环所需的人才，一经发现，便穷追不舍。

一次，一位黄冈籍的高级工程师因在工作中出现一次失误，被一家大型房产公司解聘。这一信息传到张仲生耳边，他如获至宝，连忙派人四方打听、寻找。对他的这一举动，不仅旁人说三道四，连董事会的成员有的也不理解，问他为何要把犯错的人也设法招来？张仲生听了，耐心地解释说："毛泽东主席说过，'金无足赤，人无完人'。人的一生坎坷多得很，谁能保证不犯一点错？陈毅同志曾经三次反对过毛主席，又三次请回毛主席，毛主席还让他当将军、当元帅。问题要看是犯什么错。不是致命之错，就应当允许人家知错改错，就不能将人一棍子打死。那样会酿成大错!"说罢，他讲述了一个流传千古的"卞和献玉"的故事——

话说春秋战国时期，卞和在楚山之上拾得一块硕大的玉石，堪称瑰宝。卞和喜出望外，直奔京城，献给历王，历王请"识玉"的臣子去辨认。他左瞧瞧，右看看，断定说:"这不是玉，而是一块石头。"历王大怒，说卞和犯下了"欺君之罪"，叫人砍掉了他的右腿。过了几年之后，历王驾崩，武王继位。卞和心想，君王换了，朝中或许会有识宝的人。于是，他又抱起那块宝玉向武王献上。武王照旧吩咐左臣右相请识宝人去识别。识宝人仍然断定:"这不是玉，而是一块石头。"武王同样以"欺君之罪"惩罚卞和，叫人砍掉了他的左腿。一晃十七年过去了，武王驾崩，文王继位，继位不久，便驱车来到楚山之下的南山巡视。卞和听说后，在南山的路边抱玉痛哭，那哭声惊天动地，如雷贯耳。文王见状，问是何故?卞和说:"我不是因失去了双脚而伤心，而是为朝廷没有一位识宝人而悲痛。君王这明智，却没有忠君于力的臣子!"

"此话怎讲?"文王追问。

卞和答曰:"我不辞辛苦地把这大一块宝石背到京城先后献给历王和武王，他们的左臣右相请来的识宝人都说是石头。于是，他们说我'犯上欺君之罪'，一个砍了我的右腿，一个砍了我的左腿。我今天发誓:请把这块宝石锯开鉴别，如若不是玉，我宁可当场向文王献上我的头颅!"

文王听了，很受感动。连忙找来识宝的玉工，将卞和献上的那块石头锯开。锯开一看，哇!那宝石顿时吐出道道彩霞。真是璞玉浑金，天然至美，它未经琢磨，便华光璀璨，亮丽夺目。好一块玫瑰之宝!文王眼见为实，当即给了卞和以重赏。

讲完这个故事，张仲生深有感触。他借助卞和献玉，推心置腹地启发董事会成员:"我们的董事一定要懂事，特别要懂人事，要学会识'货'，不能真假不辨，把好材当烂材。那样就会误事，就办不成大事，成不了大业。"一席话，说得董事们个个点头称是。

再说他要引进的那位曾有过一次失误的高级工程师。他叫刘和平，大专毕业，50岁左右，年富力强，精通工民建，是法院指定的工程造价审计员，曾任国有建筑企业法定代表人，主持过大型工程项目，位于九省通衢的武汉市省财院新建项目工程，便是由他全权负责运作而成，受到业主和社会的一致称赞。张仲生说:"玉环公司需要的，就是这样'教打双全'的人才。"

真是"树上的猫儿猛如虎，落水的凤凰不如鸡"。刘和平自那家大型房地产开发公司将他解聘之后，失去了施展才艺的平台，只得靠网罗几个泥瓦匠人在城镇的街头巷尾搞维修，找饭吃，"吃的不是苦，受的不是罪"，那种寒酸的滋味儿真叫人心寒。尽管如此，他倒还十分乐意。因为"宁当鸡头，不当凤尾"，是中国人流传几千年的狭隘意识。其间，有几家建筑公司找来，试图说服刘和平应聘，均被刘和平婉言拒绝。可唯一无法拒绝的，却是张仲生。

那天，张仲生与刘和平相约在长江堤畔。浩瀚的江面，波浪滔滔，奔流不息。张总凭借长江之水开导刘和平："你看这万里长江，自西向东，所向披靡，势不可当。为什么呢？因为它不拒小溪，最终形成了巨大的洪流，无坚不摧。搞建筑同样如此，靠的是集体的智慧和坚实的平台，而不是单枪匹马搞单干。"

刘和平对张总的意图心领神会，但他总是无法摆脱过去有过失误的阴影。"一朝被蛇咬，十年怕井绳"啊！他直言不讳地说："我是学工民建的，我对建筑事业很热爱，也知道要成就事业必须有平台。但我曾经犯过错，谁能瞧得起？我实在不忍心再看别人那冷漠的脸色——因为那是我的错！"

"犯错没什么可怕的，改了就好！毛泽东主席不是曾经说过'失败是成功之母''允许犯错误，允许改正错误'？我相信你能吃一堑，长一智，能从失误中吸取教训！"

听了张总的这一番体谅的话语，刘和平心里好一阵热乎。他久久地沉思着。

张仲生接着劝道："好马不吃回头草，但不可拒绝路边草。我们玉环公司就是为你提供给养的路边草，你不妨试一试。至于你过去的失误，别人不谅解，我们一定谅解。请相信我！"

就这样，刘和平踏上了玉环之路。打从那日起，他便全身心地投入玉环的建筑事业中。他那认真的劲头，真叫人折服：无论是刮风下雨，还是酷暑严冬，他的身影从未离开过玉环公司那火热的建筑工地……

"吸纳人才难，留住人才更难。"张仲生颇有感触地说，"因为经济市场化，人才也走向了市场，东边不亮西边亮，孔雀习惯东南飞。因此，作为企业家，必须认清形势，积极应对。"

张仲生的应对之策，则为用情感的投入去征服人心，换得真诚的回报。他常说，"吃亏是福，真诚永远，尊重无价"。对引进的人才，最重要的是尊重和信任，用人不疑人；其次是给机会、给平台，让他有充足的施展才华的空间；再就是认真培养，让他不断地进行知识更新和思想观念的升华。这些年来，玉环公司不惜重金分期分批地将有用之才送出深造，有进中央党校培训的，有到清华大学总裁培训班学习的，有上省、市专业培训班进修的，至于公司内部的短期培训更是家常便饭。粗略地估算一下，公司几乎每年要花去各种培训费近30万元。此外，还在生活上关怀备至：无论是在机关工作，还是在一线摔打，一律给买保险，解除后顾之忧；对家庭困难者，优惠购房或租房；对生病住院者，主动前往看望；逢年过节，不忘表示心意；对特殊困难户，还酌情给予一定的资助……张仲生说："自己用心培养出的人才，耳根才硬，脚跟才稳。"

客观地讲，玉环公司为培养出"耳根硬，脚跟稳"的适用人才，着实费尽了心机：有的是从踏进玉环的门槛起步，有的是从走上中层领导岗位开始，有的甚至是从学生时代或是刚刚步入社会的青少年时期就着手扶苗助长。

现任总工助理的丁细致，在大学攻读工民建专业期间，因家庭贫寒，父亲为给他挣学费，冒着生命危险在一家采石场打工。一天，意外的事终于发生了：他父亲不慎从悬崖上失足摔下，顿时不幸身亡！幼年丧父，可是人间三大悲剧之一啊！无奈之下，丁细致不得不辍学还乡。为寻生计，他迈出艰难的脚步来到玉环公司打工。张仲生听说后，慈爱之心油然而生，当即对丁细致说："你不要打工，还是上大学去，完成学业要紧。学费由我们支付。毕业后，如没有更合适的地方去，欢迎再来玉环。"说着，他吩咐长子、时任玉环公司总经理张正林备好车辆，带足学费和生活费，亲自送小丁回到大学深造。小丁逢上这好的长辈，真是因祸得福。内心的感激之情难以言表，泪水像雨水一样，扑簌簌地从面颊上流淌下来。一年后，小丁大学毕业。时下，武汉大都市的人才招聘会一场接一场。小丁哪儿也不去。他身怀一颗感恩的心，径直扑向了玉环公司的怀抱。

与丁细致的命运大相径庭的陈永建，在玉环公司的旗下，则是靠醍醐灌顶般的传教获得了智慧和技艺，当上了白领员工。

早在七八年前，张仲生带领一班人马在黄州城团黄大道一工程工地施工。工地门前旁边，有一个油毡搭建的小屋，像报亭，又像小摊店。店主人就是年方十七八的陈永建。小陈天性活泼，反应敏捷，高中毕业后为谋生计，来到黄州摆摊设点。凑巧，逢上玉环公司在小店旁边施工。他怀着一颗好奇的心，经常凑拢去问这问那，问长问短。张仲生见他勤奋好学，便动员他加入建筑队伍。陈永建欣然应许。可还未正式报到上班，张总却给他讲了许多在学堂里未曾听过的道理，不失为一堂生动的政治课。张总说："你来玉环做事，我非常欢迎，可做事先得学会做人，做人要做一个诚实的人，一个不怕吃苦、敢于负责的人，一个爱岗敬业、技艺高超的人……"陈永建连连点头。

此后，陈永建每前进一步，张总都给他热情鼓励，热情支持。很快，他从一名钢筋帮工，成长为钢筋工、钢筋预算员、钢筋工长，直至被提为项目副经理，协助项目经理管理工程。他管的第一个工程项目就被评为优良工程，创下了玉环公司白领员工之最。张仲生更是看中了这棵苗子，勉励他再接再厉，把工作做得更好、更细、更认真。陈永建把张总的话谨记在心，毫不马虎。为防失误，他随身带上一个小本本，详细地记录着每一天所做的事、要做的事、什么事由什么人去做、什么时候完成等，而且对每一件事提出具体要求，不定时地进行抽查、指导，发现问题，及时解决。总之，他所管的项目，"做前有计划，做时有布置，做中有检查，做后有小结"。这些年来，他先后管理工程项目30多个，优良率达100%，其中，建筑面积达4000平方米的鄂东职院文化活动中心等多项，荣获湖北建筑质量、安全"楚天杯"奖。如今，他已荣升为玉环公司副总经理兼工程部部长，并被评为"优秀共产党员"。

此时的陈永建，更是大彻大悟，他正以更饱满的热情，更卓越的奉献，去真诚地回报助他成长的玉环公司。

第六章　朝着更高的目标奋进

玉环公司的房屋工程建设总承包资质被晋升为一级，着实让玉环人欢欣鼓舞了好一阵子。

2010年8月28日，公司特地为资质晋升举行了隆重的庆典大会。

大会会场设在具有一千多年悠久历史的古城黄州中心区的一家宾馆宴会厅里。会场内外，处处张灯结彩，锦旗飘扬，不时回荡着欢声笑语。前来祝贺的有市直、区直各有关部门领导，有建筑界的专家、朋友，有公司所属各施工总承包项目部负责人，各驻外办事处和分公司负责人以及员工代表，共计200多人。正午时分，庆典大会正式开始。场内乐曲悠扬，场外鞭炮齐鸣，那五光十色的烟花频频腾空而起，把蔚蓝的天空装点得艳丽如画。

在热烈的掌声中，玉环公司总经理张正林，怀着一颗激动的心健步走上主席台，向全体与会代表致辞。他说，玉环公司能有今天，是公司全体干部、员工共同奋斗的结果，同时也是社会各界朋友热情支持的结果。借此机会，谨向关心、支持、帮助过玉环公司的各级领导、各位来宾和各方朋友表示衷心感谢！他的致辞言简意赅、精练成纲，却充满了激情，字字句句洋溢着内心的澎湃。在谈到玉环的未来时，他豪情满怀地说："玉环公司中长期的奋斗目标，年产值要突破 11 亿元，利税要突破 1 亿元。因此，我们在搞好庆典的同时，必须明确任务，坚定信心，乘胜前进，再接再厉，团结拼搏，迎难而上，用不懈的努力，去脚踏实地地书写玉环公司的崭新篇章。

为实现中长期的奋斗目标，玉环公司不仅内部的上上下下同以张仲生为首的董事会拧成一股绳，就连左邻右舍也给它绑在了一起。就在当天的庆典会上，张仲生在那热情洋溢的祝酒词中，充分表达了与各界朋友"风雨同舟，患难与共，不达目的不罢休"的坚强意愿。他说，玉环公司自成立至今，整整走过了十一年历程。十一年来，玉环人与建筑业各路英雄团队一道，同舟共济，互相支持，才赢得了成就事业的机会。未来的路还很漫长，且充满了艰难险阻。因此，恳请各级领导和各方朋友一如既往地关心玉环、提携玉环、帮助玉环，让玉环的明天更美好！

"有了朋友，生命才显出它全部的价值。"张仲生以友情为重，善待宾朋，不仅赢得了经久不息的掌声，更重要的是赢得了信誉和人心。会场上，当即便有几位友邻公司的负责人站了出来，表示愿与玉环公司为伍，共同开创美好的未来。

其实，早在庆典之前，玉环公司就把资质晋级作为打造玉环的良机。当公司收到国家住房和城乡建设部批复下来的公司资质晋级的通知之后，张仲生便及时主持召开了一次特别的董事会，专议如何借机造势，重塑玉环形象的问题。经过七嘴八舌的一番理论，董事们一致认同公司资质晋级既是新的起点、新的机遇，同时又是新的考验、新的挑战，资质晋为一级，意味着公司要为社会作出更多的奉献，承担更大的社会责任。因此，公司应有更新的理念、更高的追求、更"火"的业绩，不求最大，但求最好。围绕这个思路，他们大胆提出"实施品牌战略，再创玉环辉煌"的构想。张仲生还以此为主题，发表了自己的独到见解。他说：

"品牌是声誉，是市场，是宝贵的无形资产。我们玉环这个品牌经过十一年的锻打，如今已形成了一点气候。实施品牌战略，目前正是时候，但必须把握以下几点：

"第一，要强化品牌意识，着实地叫响玉环。公司的全体干部、员工不仅要悉心地爱护它、关心它，而且要叫响它。要走到哪里，宣传到哪里，让所有的业主和客户、朋友都了解玉环。凡是玉环的工程项目都要有宣传玉环的标牌、铭刻玉环的标记、树立玉环形象的氛围，让全社会都知道玉环是诚信的标兵，是质量的楷模，是安全的港湾，是黄冈建筑界的佼佼者。

"第二，要坚持两个第一，着实地打造玉环。所谓'两个第一'，即质量第一和安全第一。这两个第一是相辅相成的，二者缺一不可。我们要立足质量和安全的统一，抓住每一个建筑施工环节不放松，以确保不出任何差错，让业主放心、住户满意。

"第三，要加强文化建设，着实地提升玉环。企业的文化品牌是真正的品牌，是可持续发展的品牌，是永恒的精神支柱。'玉环'本身就是文化品牌，她含有玉洁冰清之意。企业的经营宗旨、发展理念都属于文化。企业文化是企业的生命和灵魂，是企业发展的推进器、发动机，是带动企业上等级的'纲'。纲举才能目张。因此，要下大力气、动真功夫把企业文化建设好，努力打造学习型企业，让玉环人的身上多一些'书卷之气'，多一些知识品位，坚持用墨水的芳香去浸染我们建筑人身上那泥土的芳香，让它更具有价值，更充满魅力，更显得纯洁和高雅。通过学习，要着重强化八大观念，即业主至上的观念、遵纪守法的观念、诚实守信的观念、爱岗敬业的观念、团结互助的观念、知恩图报的观念、友善和谐的观念和拜'水'为师的观念。为什么要拜水为师呢？有一本叫《渡边》的书，总结'水'有八德：一曰'自可运行，推动他人'；二曰'探求方向，锲而不舍'；三曰'若遇障碍，百倍用力'；四曰'自净去污，容清纳浊'；五曰'水雪雨雾，不失本性'；六曰'貌似柔弱，无坚不摧'；七曰'甘处低洼，不与人争'；八曰'随遇而安，自在圆融'。深信用水之'八德'精神来对待我们的事业，就一定能无往而不胜。

"第四，领导要以身作则，着实地呵护玉环。严格地讲，领导者的身上不只是权力，更重要的是责任。领导就是引导。玉环公司的各级领导是玉环公司的中流砥柱，一定要同心同德，勇于承担起领导责任，处处身先士卒，敢为人先，敢于负责。要带头讲诚信，履契约；带头遵法纪，守规矩；带头讲文明，树新风；带头学知识，更观念；带头干实事，做楷模。企业领导责任千万条，干是第一条。要把想干事作为第一追求，会干事作为第一标准，干成事作为第一享受。坚持从一做起，一抓到底地干；闻风而动，雷厉风行地干；咬定目标，坚持不懈地干；迎难而上，不遗余力地干；脚踏实地，求真务实地干。在干中排除万难，在干中施展才干，在干中塑造自我。想干事是德，会干事是能，干成事是绩。要坚持德、能、绩的统一，引领公司全体干部员工形成想干事、会干事、干成事的良好风气。党员领导干部还要大兴清正廉洁之风，做到不仁之事不为，不义之财不取，不法之事不做，不正之风不染，不为浮名所累，不为私利所缚，不为淫欲所惑，做一个堂堂正正的人，一个脱离了低级趣味的人，一个有益于社会、有益于人民的人。用以带领全体员工走正道、务正业、树正气，规规矩矩地创大业、发大财。"

孔子曰："木受绳则直，人受谏则圣。"这是两千多年前的古训，社会发展到今天，斗转星移，沧桑万变，可人生哲理和认知规律却没有丝毫的移易。

玉环公司全体董事会成员倾心聆听董事长的教诲，思考着玉环公司的未来，决心按照董事长所讲的"四要诀"行事，坚持厚积薄发，稳步前进，特别注重走正道，树正气，规规矩矩创大业。

话说那团风县步行街。因团风是共和国最年轻的小县、穷县（即国家审定的贫困县），步行街一连招商好几年无人问津。近年时逢武汉"8+1"城市圈战略的实施，在建中的轻轨铁路将从这里穿城而过。潜在的商机像熠熠生辉的明珠一样吸引着智者的眼球。团风步行街因此一下子涌来了六大竞争对手。他们有来自著名侨乡福建的，有来自聚财洼地江浙的，有来自世界最大水电枢纽葛洲坝的。他们个个都是赫赫有名的外地大老板，唯有张总是地地道道的"土八路"。见此阵势，有人给张总支着儿：竞争这么激烈，不如趁早给各路投标者"打点"一下，叫他们到举牌时给予惠顾。据说这一招很管用。如使上它，玉环公司的中标价格要省下四五百万元。可张仲生和跟随他的董事们怎么也不答应。他们说："土地拍卖，招标竞争，体现的是公平、公正、公开的游戏规则，是受法律保护的法定程序。我们玉环人只能遵守，不能违背，宁可在竞争中落败，也不能失去道德的尊严！"

就这样，他们参与了团风步行街约50亩土地出让拍卖会那严肃而规矩的一搏。

拍卖会在远离团风的异地黄石市一家宾馆四楼举行。出让方委托湖北省某拍卖公司主持拍卖。拍卖会开始之前，主持人庄严地宣布了拍卖会纪律：不准吵闹喧哗、不准弄虚作假、不准接打电话……会场气氛顿时紧张起来。张仲生坐镇一楼，沉着以待，在两位助手配合下，运筹帷幄，应对自如。该宗土地起拍价为1250万元。玉环公司经过精心测算，准备最高以2280万元拿下，若超过了这个价位，将选择退出。会场上，竞拍价一次次水涨船高，博弈一次比一次激烈。当玉环公司出示到1910万元时，拍卖师连问三声，无人应答。该宗土地的拍卖，就这样一锤定音了。

竞得团风规划中的步行街这块黄金地段的土地之后，多少知道一点玉环公司家底的人都为它提心吊胆：团风步行街设计建筑面积达8万平方米，投资足需2亿元。这笔巨大的后续投入如何落实？张仲生笑着答道："做人靠自己，做事靠知己。只要有一批腰缠万贯的知己者鼎力相助，前进的路上即便遇到了一座陡峭的火焰山，也能顺利通过！"

原来，玉环公司资质晋级之后，声名鹊起，市场剧增。因此，在资金筹措上，他们既坚持"接纳百川，不拒溪流"，更注重与"大款"们交朋结友，最大限度地进行优势嫁接，让双方的有形资产和无形资产整合成一体，合力应对市场挑战，以产生强烈共振，有效地实现规模扩张。在经营模式上，更是因时因地制宜，花样翻新：有合股经营的，有合作经营的，还有买断某一项目股权经营的，"一个项目一个政策，一个工地一个模式"，聚"小块头"为"大块头"，聚有限资金为无限资本，渐渐形成"合拳出击"的震撼力。张仲生说："这种经营方略，可以收到'四两拨千斤'的奇效。"

团风步行街正是按照这个思路运行的。它总投资 2 个亿，玉环公司只占60%的股份，其余的股份让给了团风几个商界巨头：一是团风龙腾酒店董事长陈福明，二是团风恒博房地产有限公司董事长夏源俊，三是团风烟花爆竹有限公司总经理李建武，四是团风服饰有限公司董事长张泽文等。用商界巨头联合的优势所形成的力量，自然能决战决胜。而玉环自身呢，它却像战地指挥中心那莹莹闪烁的灯火，持续地放射出不灭的光芒！

玉环公司总部的力量强大，下属的分支机构如雏凤展翅，不畏艰难。必要时，它们受惠于老凤的羽翼之下，尽力避开风险，伺机出击，最终翱翔于蓝天之上，搏蹈风云，成为佼佼者。这类的事例数不胜数：地处江南的鄂州分公司在竞争市中医院工程项目中为资金所困，张仲生得知后，迅速调拨资金 600 万元给予支持；蕲春分公司在竞争蕲春县民生广场项目中担心保证资金不足，张仲生及时伸出橄榄枝，给落实预备资金 900 万元；地处遥远的祖国边疆哈密三达工程项目部因工程资金周转困难，公司急哈密之急，先后共计支援资金 600多万元……有了充足的资金支持，各分公司和项目部如虎添翼，斗胆一搏，抢占了一处处建筑市场，收获了一茬茬累累硕果，创造了一个个崭新业绩，刷新了一次次历史纪录。他们在晋级庆典之后的仅两个月之内，远至新疆重镇石河子，近至九省通衢武汉大都市城市圈，就成功地竞得了 10 多个较大的工程项目，所承接的建筑工程量超过 100 万平方米，工程造价达 10 多亿元。这番向好的形势，让玉环公司如日方升，前程似锦。

啊，晋级后的玉环公司，像一艘在大海航行的船只，正乘风破浪，所向披靡，朝着既定的目标前进、再前进！

撰于 2010 年秋

丁家坳的变迁

在峰峦叠嶂的大别山中，飘扬着一面鲜艳夺目的大办农业的旗帜——麻城县（现为麻城市）丁家坳公社。

这里，过去是"山穷水恶石头多，飞禽走兽不落窝"的地方。新中国成立后，这里有了一些变化，但大部分乡村山河依旧，面貌如故。每年要吃国家供应粮二三十万斤。

"四清"中，改组了这里的领导班子，新党委坚决响应毛主席关于"农业学大寨"的伟大号召，带领干部群众在"农业学大寨"的道路上坚定地走了十年。

十年兴农路，一步一重天。

十年来，丁家坳的干部群众完成了 96 项工程，新造田地 1500 多亩。几百万土石方要搬出去，几百万土石方又要筑起来。总共只有 2000 多一点劳动力的公社，这是怎么干的呢？丁家坳人普遍说："这个账没法算。"不过他们每人心里都有一本账——"为革命能担千斤，决不只挑八百！"这就是力量的源泉。

十年来，丁家坳公社的干部和群众，就是用这股革命的拼劲，改造了"有山没有林，有畈地不平，有河光为害，有田少收成"的旧貌，绘出了社会主义的崭新画图。

十年前，全社粮食总产一直在 250 万斤左右徘徊。从 1966 年起，四年过《纲要》（即《1956—1967 年全国农业发展纲要》），四年超千斤，每年向国家卖余粮五十多万斤，"供应户"变成了"贡献户"。1974 年虽遭受洪、旱灾害，粮食总产仍然达到 520 多万斤，比学大寨前翻了一番多。公社积累 60 多万元，储备粮 30 多万斤。

丁家坳公社的事实，再一次生动地证明："面貌变不变，根本在路线，群众是英雄，领导是关键。"

"关键在于党委思变"

1965年夏天，经过"四清"运动教育的张延海，浑身是劲。他怀着改变丁家坳面貌的雄心壮志，走上公社党委书记的岗位。

当时，旱情正在发展，禾苗蔫了头，老祖宗留下的一口口"斗笠塘"干涸了。面对困难，张延海想了许多：

打了30多年长工的老父亲，在他临行前代表贫下中农，给予了殷殷嘱托："去吧——海！旧社会我也到过丁家坳，那时，狗地主强迫我为他抬轿子；今天你去，不同啦，是党的信任，叫你为革命挑担子。你要听党的话，走毛主席指引的路啊！"

党的期望，父亲的嘱托，使这位贫农出身的儿子掂清了肩上担子的分量。他下定了决心：我是党的干部，一定要替人民负责，就是上刀山、入火海，也要把这里的面貌变过来！

张延海的想法，得到了大多数干部群众的支持，他们说："好哇，老张！你就领着我们干吧！把丁家坳变个样子。"

但是，从哪里变起呢？张延海的思想沸腾起来。

夜，已经很深了。他在小油灯下读《党委会的工作方法》。读着，读着，几行闪闪发光的金字展现在眼前：

"党委要完成自己的领导任务，就必须依靠党委这'一班人'，充分发挥他们的作用。""如果这'一班人'动作不整齐，就休想带领千百万人去作战，去建设。"

毛主席的教导，使他悟出了一条道理："火车跑得快，全靠车头带。面貌变不变，关键在于公社党委思不思变。要改变丁家坳的自然面貌，首先要改变公社党委的精神面貌。"

从此，他时时、事事、处处注意做好党委成员的思想转化工作：

党委副书记张家咏，是个出身贫苦的人，幼年受尽了摧残，一次被国民党抓夫，在罗田县的垸子铺惨遭毒打……参加工作后，为党做过一些工作。可是后来，思想一度开了岔，脱离群众。"四清"后有较大转变，但劲头仍然不足。大家评论他"是个'解放牌汽车'，可惜前段没有跑正道；现在上了正道又没有开足马力"。张延海多次和他促膝谈心，帮助他在继续革命的大道上前进。

一次，三大队有个女青年手头没有分文，拿一个鸡蛋到供销社换盐。张延海发现后，就有意组织党委成员去了解情况，并特地把张家咏催了去。回到公社，对照这个事例，组织大家学习《关心群众生活，注意工作方法》，并进行了认真的讨论。最后，张延海沉重地说："同志们，丁家坳这块土地来之不易呀！就在新中国成立前两年，先后有19位同志为解放这个地方献出了宝贵的生命。革命先烈用鲜血换来的地方，难道我们就不能用汗水建设好哇！毛主席解放了我们，难道我们不应该'解放'这块土地！一个共产党员在一个地方工作，不能彻底改变这里的面貌，却给群众带来痛苦，是最大的耻辱啊！"一席话，句句都像千斤锤砸在人的心上，大家为之一震！张家咏受到深刻教育，开始认识到："一个共产党员，只图个人舒舒服服，不为革命做贡献，不为群众谋利益，庸庸碌碌混革命，是不配共产党员光荣称号的！"

张家咏进步了，张延海打心眼里高兴。不过，他明白，世界观的转变是根本的转变，不经过长期痛苦的磨炼是不行的。他没有轻易放松做张家咏的思想转化工作。一天，他约张家咏到罗田县胜利区去。走到坑子铺，延海停下脚步，问家咏："这是什么地方？"家咏一见坑子铺，顿时，童年的遭遇和苦难家史，一幕幕地在脑海里展现，他沉浸在无比悲痛之中。这时，延海语重心长地说："家咏，我们都是在苦水里泡过的人，是党和毛主席把我们救出来的，可不能好了伤疤忘了痛啊！党这样关怀我们，信任我们，把革命的重担放在我们肩上，可你却把包袱背在身上，那怎能为党做好工作呢……丁家坳条件差，要我们去改造；丁家坳山河穷，要我们去建设。我们可不能专为个人盘算啊！"

张家咏激动得热泪夺眶而出，泣不成声。最后，他揩干了泪水，坚定地表示："延海，你放心吧！前几年我没有带好头，对不起党，对不起人民。从今天起，我这个'解放牌汽车'，要为社会主义多装快跑！"

张家咏脱下了"无风动"，换上了农民装，拿起了十二斤重的大锤，和社员一起劈山不止。一个大雪封山的严冬，他带领民工修水库，把借的房屋让给民工住，把指挥部扎在草棚里。白天带头破冰开工，夜晚为民工巡逻盖被。张延海担心他在冰天雪地冻坏身体，亲自给他送去一担栗炭，可他原封不动地转送给了一位老农。

就这样，武装部长商选武觉悟提高了！他甩掉了"多做工作多吃亏"的思想包袱，带病坚持同群众一起干。

就这样，团委书记商汉江思想进步了！他认识到，高中毕业后不安心农村工作是错的，下定决心与错误思想彻底决裂。

就这样，公社党委的同志们，心往一处想，劲往一处使，"九牛爬坡，个个出力"。一次，为了排除一个哑炮，张延海冲上去了！张家咏一把拉住："你不能，我去！"张家咏冲上去了，商选武又一把位住："你不能，我去！"三人谁也不肯把一分危险让给同志，把半分安全留给自己……

有了这样一个团结战斗的领导班子，丁家坳的面貌怎能不变！

"往高处站，向远处看"

凡到过丁家坳的人，都有这样一个深刻的印象：

丁家坳的工程越干越大，丁家坳干部和群众的胆子越来越壮！

在一次给外地参观的同志介绍情况时，党委书记张延海有一段极为深刻的话：

"用1800个工造一亩田，有人认为不划算。我们不这么看。账有两种算法：一种是'火烧眉毛顾眼前'，只顾当年，不管长远；另一种是胸怀大目标，既抓好当前，又看到长远。如果只顾眼前，当然认为1800个工造一亩田不划算；要从长远想，一亩田一年打收1000斤谷，一直种到共产主义，该要收多少粮？怎么不划算？"他还讲了这样一些体会："建设社会主义农业，是前无古人的伟大事业。没有远大的理想和革命胆略不行，没有气壮山河的宏伟气魄不行。干社会主义，要往高处站，向远处看，一直想到共产主义！"

他们的这种思想境界是从哪里来的？是从天上掉下来的？不是的。是他们头脑里固有的？也不是的。是在坚持唯物论的反映论同唯心论的先验论的斗争中不断提高的。他们经过了"实践、认识、再实践、再认识"的历程。以改造大河沟为例：开始提出改造大河沟时，有人把头摇得像货郎鼓："不可能，不可能。"说什么"改造大河沟，吃米等白头"。有的人还公开说："八年打败了小日本，八年不一定建设得好大河沟。"公社党委遵照毛主席关于"一切结论产生于调查情况的末尾，而不是在它的先头"的教导，下决心做调查研究。张延海先后二十多次翻山越岭到大河沟调查、访问。

雨水集中的春季，他披蓑衣、戴斗笠，迎着狂风暴雨，来到了这里，察看承雨面积有多大，洪水有多猛，绘出了水的流向图。

烈日炎炎的盛夏，他背大锄，冒酷暑，来到了这里，察看哪一块草青葱挺立，哪一块草低头放蔫，弄清地下水的位置。

北风怒吼，大雪封山的严冬，他戴上猪肚子帽，一步一个雪坑，来到了这里，察看哪里的冰结得厚，哪里雪化得快，掌握地下的温度。

为了认识丁家坳，改造丁家坳，他们组织"三结合"调查组，先后进行了三次大规模的调查。经过调查、访问，使公社党委摸清了两个"底"：一是人心底——广大贫下中农都有改变丁家坳面貌的强烈要求和极大的社会主义积极性；二是地性底——哪里建水库，哪里改河道，哪里造大田，做到心中有数。从此，大家对改变丁家坳面貌更充满了信心。一致认为："丁家坳穷在水上，苦在山上，难在沙上，差在志上。"张延海豪迈地说："吃现成饭没味道，种现成田没意思。"他们根据调查得出的第一手材料，对全公社的一山一水、一沟一壑、一畈一冲、一村一路，都进行了全面规划，决心彻底改变丁家坳的旧面貌。不过那时的思想还没有现在这样解放。制订的七年改河规划怕完不成，结果四年就完成了，一个公社不敢干的石佛寺改河工程，一个大队完成了。实践使人们解放了思想，使群众看到了自己的力量，也教育了那些"寸光眼、爆竹胆，只会踏着爷爷的足迹走路"的人。

丁家坳公社干部群众的思想境界，就是这样一步步提高的；丁家坳公社干部群众的胆子，就是这样一步步壮大的。

"社会主义是干出来的！"

丁家坳的干部群众有一句口头禅："社会主义是干出来的！"

1966年春天，大地还是一片冰封雪冷，公社党委就带领群众首战杉树塆，打响了移河改道的战斗，拉开了丁家坳改天换地的序幕。

杉树塆前的害河，人们受它的苦难十日八夜也说不完。那一大片荒沙滩，还是光绪年间留下的痕迹。在万恶的旧社会，反动统治阶级谁管穷人的死活！今天，党领导群众大办农业，叫河水让路，贫下中农高兴得连觉都睡不着。然而，工程才刚刚拉开序幕，就有人煽动说："杉树塆是簸形地，塆前的河是系簸绳，动了要荡产，挖了要死人。"妄图动摇军心，涣散斗志。

面对这种带封建色彩的舆论，在这里办点的党委书记张延海，组织群众一遍又一遍地学习毛主席关于"只有社会主义能够救中国"的伟大教导，联系杉树塆新旧社会两重天的历史事实，狠批"听天由命"的陈腐观念。人们在学习和批判中，逐步认准了一条真理：要创造人类幸福，不靠天命靠革命！

一个只有百把劳力的生产队，大战三个月，搬走了五个"杀水摆"，裁直了九道弯，搬走了大沙滩，移河改道 840 多米，完成土石 4 万多立方米，扩大面积 60 多亩。当年增产粮食 7 万多斤，第一次摘掉了缺粮帽子。

这时，又有人对人民群众的创造视而不见，硬说杉树塆的成绩很"假"的，是"好大喜功"，并且三次派人来用绳子丈量田地。

历史是人民创造的，人民最有发言权。在这激烈斗争的风口上，贫下中农挺身而出，大声喝道："是香的说不臭，是红的说不黑。社会主义量你丈不垮！"

压力，顶住了！干扰，排除了！杉树塆的胜利，使人们进一步鼓舞了革命斗志，在前进的道路上越战越勇。公社党委敢字当头，意气风发，带领广大群众兴修了"不批准"的栗林塆水库，接着，又转战向明河，决战月形畈，掀起了更大规模的"三治"热潮，取得了"移河驯水造平原"的新胜利。

可天有不测风云。1969 年 7 月中旬，一场百年未遇的大洪水，把他们几年辛苦建设的工程冲了近一半，这是多么心疼的事啊！

然而，天灾吓不倒浑身是胆的英雄汉！在困难面前，公社党委组织群众一边学习毛主席关于"与天斗，其乐无穷；与地斗，其乐无穷"的伟大教导，一边开展"遭了天灾还要不要艰苦奋斗"的大讨论。真理越辩越明。大家一致表示："洪水冲毁了一些建设工程，但冲不毁我们的斗志。哪里有水毁，我们就战斗在哪里，修复到哪里，定叫山河面貌新！"

听到人民群众这铿锵有力的声音，党委"一班人"更加精神焕发，毅然决定：苦干一年，重新治理山水田，在创伤的土地上打一个翻身仗！

党委一声令下，人们热烈响应。两千多名抗灾大军，从四面八方会集而来：山冲里人群雀跃，道路上车水马龙，工地上战歌阵阵……一场征服天灾的大决战开始了！

三大队有个五保户老人叫毛明升。他双目失明，苦大仇深。灾后，党委多次派公社干部上门帮助安排好生活。明升老人对照现在想过去，无比激动地说："国民党时，伪保长在灾年把皮鞭打在我的身上；今天，共产党的干部，在灾年把温暖送到我的心上。真是两个社会两重天啊！我尽管眼睛看不见，可也得为抗灾出点力。"他宁愿自己吃糠米糊糊，节约出 100 多斤大米，亲自送到工地。知情人心疼地说："毛大伯，你真是好人呀！"他听说工地上需要草鞋，就通宵达旦地赶编，编了一批又一批……

在公社党委的领导下，丁家坳干部群众就是这样团结一心，战天斗地。大灾之年，劈开了又高又陡的油炸坳，挖掉了 17 个大山咀，捣毁了 98 个"杀水摆"，搬走了 200 多个乱沙滩，把 4.1 万多米的"蛇形河"，改成为 9100 多米的直河道，把 1469 块"斗笠丘"，并成为 229 块格子田，迅速恢复了洪灾的创伤，真是大灾大干促大变。第二年粮食增产 100 多万斤。事实雄辩地证明："不怕乱石堆成山，不怕害河百道弯，团结一心拼命干，力量能排万个难！"

胜利靠斗争去夺取，胜利后还会有斗争。这是一条马克思主义的真理。就在这接二连三的胜利中，少数同志产生了安于现状的思想，认为"修了库，改了河，平了田，治了坡，产量年年增，干得差不多"。

"有这样一种思想，怎么能够继续前进？"党委一边向大家提出这个尖锐的问题，一边带领社队干部到亲身战斗过的地方办学习班。住一住当年住过的工棚，吃一吃当年吃过的瓜菜，想一想当年战斗的情景，查一查今日思想的变化。使大家清醒了头脑，振奋了精神，深深感到："成绩的包袱背不得，革命的意志松不得，前进的步伐停不得。舒舒服服过日子，稳稳当当守摊摊，那是小农经济思想的反映。社会在发展，时代在前进，要办好大农业，必须时刻想新的、干新的，'大干了还要再大干'。"

"大干了还要再大干！"是丁家坳公社党委的坚强决心，也是全社干部群众向大自然发起总攻的进军号。

就在这个号令下，许多过去不敢干的工程，现在干开了，许多过去不敢想的工程，现在上马了！

狗猫垱隧洞，是县办何门咀水库的配套工程，全长 580 米。修成后，遇旱能东水西调，遇涝能西水东排，全社受益 2000 多亩。过去等了多年，都因怕工程艰巨而不敢搞。去年冬天，党委带领一支"突击队"自己动手干了起来。

隧洞越打越深，困难越来越大。每次放炮后，洞内险石龇牙咧嘴，如不及时排除，就会影响工程进度，危及施工安全。怎么办？基干民兵熊春波，"越是艰险越向前"。他冒着滚滚浓烟冲了进去！一次因作业时间过长，在隧洞昏倒！大家抢着把他抬出来。他苏醒后，又跑去打炮眼。战友们劝阻他："小熊，你可要注意身体呀！"他笑着回答："怕什么！为了建设社会主义，死了也甘心！"经过 70 多天的奋战，隧洞拿下了 100 多米。

震动全县的大河沟、石灰冲砌拱填谷造梯田的工程，更是惊人的创举！原来，这里乱石林立，荆棘丛生，阴森森的峡谷把雾山分成两半，人们世世代代望而生畏。今天，已成为历史，永远成为历史！广大群众在党委的领导下，正在进行着一场气吞山河的战斗：

那几十吨、百余吨重一个的特大坚石，他们一锤锤、一钎钎地凿成条石，炸成块石，砌起几千米长的石拱；

那十几米、几十米深的沟壑，他们一担担、一车车地填上沙土，改成梯田，开始为人民造福了！

这深刻的变化，记载着人们无穷的智慧，也饱含着人们无比的艰辛！

"只能干中指挥，不能站着指挥"

丁家坞公社党委成员说："只有干部的汗水同群众流在一起，群众的心才能同干部贴在一起；只能干中指挥，不能站着指挥。"

这话说得何等好啊！更重要的是这样做了，不是做一天、两天，一年、两年，而是十年如一日。

十年来，丁家坞公社党委的成员，每人每年平均都劳动了 200 天以上，最多的达到 250 天，群众夸奖他们是"早晨一身露水，晴天一身汗水，雨天一身泥水"的好干部。

也许有人问："他们劳动那么多，难道不开会吗？不做工作吗？"

干革命怎能不开会，大办社会主义大农业哪能不做工作？不过他们的许多会是在劳动中开的，许多工作是在劳动中做的。他们说："基层干部的工作主要靠在劳动中做，社员都下畈劳动了，你不去参加劳动，在屋里跟谁做工作？"

大河沟砌拱造田的工程艰巨，困难很大。公社党委书记张延海卷起行李，带着饮具，第一个来到这里。他拿起砍刀，披荆斩棘，和群众一道，砍出一条道路，把指挥部扎在悬崖峭壁的一个石洞里。当时有的同志对改造大河沟信心不足，他就亲自到山上扯来苦菜，边同大家吃苦菜，边讲革命故事。从井冈山斗争，讲到红军长征二万五，并说："我就爱吃苦菜，对苦菜有感情。旧社会吃苦菜，是为了活命；现在吃苦菜，是为了翻身不忘本，更好地继续革命。"最后勉励大家："苦不苦，想想红军长征二万五；累不累，想想革命老前辈。"很快把大家的积极性调动了起来。

张延海一边做过细的思想工作，一边带头参加劳动：打大锤的活重，他顶上去了！抬石头的活笨，他抢上了肩！砌拱的技术精，他钻了进去！

他放下锤子拿起杠，哪里困难哪里闯，"宁愿累死牛，不让车退坡！"

一次，工地上要搬掉横在山腰的一块约 80 多立方米的花岗岩巨石。石匠们瞅着这只"拦路虎"，个个摇头。张延海笑着说："有办法，我们共同来试试！"他用几棵树搭起垫脚架，挥舞大锤干开了。不几天，他和石匠师傅们一起，硬是把这块巨石打成了400多块长方体石条。

在最艰苦的劳动中，张延海流了多少汗水，消耗了多大体力，群众最清楚，他们说："我们的张书记，脸上晒得和我们一样黑，肩膀皮磨得和我们一样厚，手上的老茧和我们一样多。真是我们公社的铁柱子！"

丁家坳公社党委成员劳动的自觉性为什么这样高？在谈体会时，他们讲了这样的故事：

一次，山洪暴发，外地来了一个干部领导防洪。他打着雨伞，从坝上跑到坝下，一呼二吼，群众就是不买他的账。另一位干部也在这里防洪，他跳到水里带头干，群众很快跟着他干。这个鲜明的对比，对公社党委的同志教育很大，使大家真正认识到"喊破嗓子，不如做出样子"。

"干部参加集体生产劳动的问题，对于社会主义制度来说，是带根本性的一件大事。"他们认真学习毛主席这一伟大教导，深刻理解到干部参加劳动，不仅是改造世界观，永远保持劳动人民本色的需要，也是取得领导权、做好革命工作的需要。他们还从"四清"前有的人犯错误中吸取教训，认识到懒、馋、占、贪、变，首先是从懒开始的。因此，他们经常不断地开展对"劳心者治人，劳力者治于人"的旧观念的批判，开展对"干部高人一等"和"干部说，社员干；社员干，干部看"的错误思想的批判，不断提高干部参加劳动的自觉性。公社党委还作出了这样一条决定："凡是要求群众做到的，干部必须首先做到；凡是要求'一班人'做到的，'班长'必须首先做到。"这个决定，已经成为社、队干部的自觉行动。

现在，丁家坳公社干部参加劳动已成风气。党委的同志，每人都有几样劳动工具——十二斤重的大铁锤、打炮眼的钢钎、推土的独轮车……他们意味深长地称呼这些工具为"防修武器！"走到哪里，带到哪里，劳动到哪里。

在公社党委的带动下，社直所属的粮食、食品、供销社和文教等部门，也都固定了劳动基地，坚持不懈地参加劳动。

丁家坳公社党委坚持参加集体生产劳动的好作风，正在发扬光大！

劳动创造一切。曾是贫困落后的丁家坳，如今在党委一班人的带领下，这里正在发生深刻的变革：人，变成了社会主义的一代新人；山，变成了积蓄万宝的"小银行"；沟，变成了五谷丰登的"大粮仓"……人们深信，未来的丁家坳,一切将变得更加美好!

（原载《黄冈报》1975年2月1日,原题《干社会主义,想共产主义》,与湛友恒和原麻城县委办王科长合写。署名:麻城县委调查组、黄冈地委调查组、湖北电台记者、《湖北日报》记者、本报记者。本次刊发稿有删改）

传记文学

金婚岁月

时间过得真快，转眼间，我和老伴的婚姻之旅已走过了 50 多个春秋。50 多年携手同行，像一对结伴而翔的小鸟，竭力张开翅膀，不断地遨游在天宇之中，逢山过山，逢水过水，一直朝着理想的目标奋进。

随着时间的流逝和风雨同舟的洗礼，收获了些许对爱情的感悟。人生之恋，始于青春年少，终于百年归隐。漫长的结伴之旅，有如万里长河在人类共生的大地上奔涌向前。这一路走来，有欢乐、有苦楚，有顺风顺水之时日，亦有令人困惑不解的磕绊，酸甜苦辣，均皆有之。然而，真爱之人，是诚信的典范、是互助的挚友、是彼此的依靠、是避险的港湾，"任凭风吹浪打，胜似闲庭信步"，是什么坎儿也阻挡不了的正能量。这乃是心心相印的爱之动力。

有位作家说得好：经典之爱是青油孤灯下的泛黄的线装书，需要读到地老天荒、海枯石烂；是孟姜女万里寻夫送寒衣，忠贞的泪水足以哭倒长城；是王宝钏寒窑中的燃火，虔诚的热力足以消融武夫的铁石心肠；是祝英台誓死不嫁，在途中撞死在梁兄墓前，与梁兄一道羽化成一对翩翩起舞的蝴蝶；是罗密欧与朱丽叶饮鸩而亡，同栖一穴的矢心不二、致死靡它；是哭瞎双眼的阿炳的《二泉映月》；是简·爱对罗切斯特远隔千山万水的呼唤……古往今来，爱情的乐弦上常常谱满了离恨曲，纸笺上往往写满了断肠诗。而我与柳君的结伴之路，尽管有坎坷，有阴风，但总体上讲，还算是和顺称意的结合。

初识印象

　　她叫柳玉梅，1946年生，属狗，比我小4岁。"文化大革命"前初中毕业考取黄冈师范专科学校，只因家境贫寒而辍学。刚刚成年的她，长得眉清目秀，身材窈窕，圆润的脸上透着桃红的光彩，一对乌黑乌黑的辫子修长垂膝。可以说，她风姿绰约，艳压群芳，如出水芙蓉，靓丽盈盈，且举止大方，着装俭朴。在校就读时，如花似朵的她，招得人人仰慕，谁见谁爱。初中毕业回家后，十里八乡的小伙皆投以为之倾倒的目光。一天，有位何姓的帅哥儿骑着单车与她相遇，见她长得如此秀丽，便停下车来，目不转睛地瞅着她，久久不肯离去。过了好一会儿，她的背景远去了。那位帅哥儿仍不罢休，便又坐上轻骑车奋力追赶，迎面又是一阵久久的痴视……几十年后，这位帅哥儿当着我的面，直言道出了当年那动人心弦的一幕，逗得我们哥儿俩开怀大笑。我坦诚地对他讲："爱美之心，人皆有之，你当年对我那美貌超群的恋人只求欣赏，不求获得，算是大德大义，可敬可佩。"接着，我向他讲述了一个男儿爱美女的历史故事：

　　唐贞元十七年（801），前朝大臣崔相国去世后，其遗孀郑夫人和爱女莺莺，千里迢迢将相国的棺椁送回老家蒲州东陲博陵安葬。时因蒲州军乱，无法前行，她们便寄篱于附近普救寺的梨花深院。当三月十五日月圆时，普救寺和尚专为崔相国做水陆道场。莺莺身着雪白衣裙，踏着蒙蒙月色，袅袅婷婷地走进大殿。当莺莺以"檀口点樱桃，粉鼻儿倚琼瑶，淡白梨花面，轻盈杨柳腰"的殊美天姿出现在众和尚面前时，众和尚顿时为之惊艳，销魂落魄：那坐在法座上的年长法师，两眼直勾勾地瞅着莺莺，竟忘了念经祈佛；那击磬的班首，因目不转睛地贪睹莺莺，竟把手中的磬锤无意中转向身旁的小和尚那光秃秃的头顶，不停地当作木鱼儿敲打，而被敲打的小和尚因全神贯注那花容月貌的莺莺，竟不感到疼痛，痴望若呆。大殿内的众僧徒，无论老少，无论俊丑，无论聪愚，无不神色恍惚，心摇目荡，颠三倒四，以致烛尽无人点，香灭无人燃……

　　讲到这里，我们哥儿俩笑得前倾后仰，捧腹抽筋，结巴巴地无言对答。心想，佛门本是训教人们收敛内心杂念，实现物我两忘、四大皆空的境界，但在极致美色面前，怎么也会解除心灵的防线，掀开掩饰的面纱，袒露出生性爱美的真相呢？

　　其实，凡脱胎俗骨之人，有血有肉，有情有感，爱美之心，实为天性。古今中外有史以来概莫如此。历代墨客骚人赞美女性的诗歌蔚然成风。春秋时期的《诗经》，作为我国文学的光辉起点，对淑女颂扬之词堪称经典："有美一人，清扬婉兮""桃之夭夭，灼灼其华""巧笑倩兮，美目盼兮""窈窕淑女，君子好逑……"真是"一顾倾人城，再顾倾人国""千秋天色绝，悦目是佳人"。汉代乐府诗《陌上桑》中，则更是将人的这种天性刻画得活灵活现、栩栩如生：

> 行者见罗敷，下担捋髭须。
> 少年见罗敷，脱帽著帩头。
> 耕者忘其耕，锄者忘其锄。
> 来归相怨怒，但坐观罗敷……

诗中的老者、少者、耕者、锄者、来者、去者、怨者、怒者，皆因争睹罗敷之美貌而忘乎所以。可见美之能量，美之引力，美之与人共生的花月般意境。

父爱无痕。我的老爸是个读书人，且是一个教书匠。新中国成立初期，曾任一所知名小学的教导主任。他深知，为后生遴选一位小有才气、貌相胜人的美侣是何等的重要。于是，他四处奔走，八方打听。终于，有一天他来到柳畈村（大队）一组，偶尔窥探到了一家闺秀柳玉梅。他见这孩子长得水灵，便找人上门说媒。说来也巧，别人做媒被她一一拒绝，我之媒人只跑了一趟，她却一口应许。其父母亲满怀欣喜，同意与我相见。第二天，我与她几乎同时来到媒人家里。我们都小心翼翼地倚桌而坐，面面相觑，彼此半晌才互致问候。见她那样容颜玉润，如花似朵，我本想乐滋滋地对她美言一番，却吐不出一个好词儿来，真是"书到用时方恨少"。我恨不得能瞬间以脑海的唐诗宋词中搜寻到最美妙的诗句，献给这位与我初次相识的女友。可惜，我未曾记起一句。无奈之下，只得自个儿从内心深处对她做了默默的咏唱：

> 闺秀妙龄花一枝，盈盈姿态媲西施。
> 秋波一转掩羞面，美若天仙令我痴。

我默念此诗偷偷赞叹，却不敢贸然出声，怕她好生起笑，只好深深地把它藏在心里。我想，像这么漂亮的女孩，只在爱情小说中能有所鉴赏，没想到在现实社会中却真有其人。比起她来，我自愧不如：身材矮小，面容丑陋，周身上下，瘦骨嶙筋，形态慢条斯理，文质彬彬，虽是军人，却缺乏军人那种虎虎生威的雄姿和机智骁勇的气质。我内心默默念叨：这下完了，怕是乞丐攀仙女，势必难合群，与她相恋，实为癫蛤蟆想吃天鹅肉。于是，便打算了了聊上几句，草草收场。然而，万万没想到，她思考片刻后，竟含着一丝腼腆，坦诚地点了

145

点头。此时，我的心跳骤然加快，像患上了心动过速症一样，那份感动、那份激情，令我终生未敢忘怀。本不敢得到的如天姿月色般靓丽女子，却在一瞬间定情了。这也许是天作之合，是命运的安排，是上帝的恩赐。我激动得挠首无语，张口无言，半天没吐出一个字，只知道呆呆地望着她傻笑……

相恋风波

回到家里，我将这则喜讯第一时间告诉了爸妈，告诉了年迈的奶奶。他（她）们个个都笑得合不拢嘴。可正当这喜讯激动人心的时候，我母校的李老师，从几十里以外的张塝四中风尘仆仆地徒步赶来（因那时交通极其不便，车次甚少）。多年不见，甚是高兴。我嘱爸妈从速备好饭菜，好生地款待李老师。

席间，我们互相问长问短，谈笑风生，祝酒杯碰得当当作响。浓浓的酒香蕴含着师生间的情感如雨雪过后的冬日阳光，暖意融融。

这种情感，是尊师重教的中华美德和优良传统自然传承，更是李老师处处为人师表所应得的点滴回报。记得 20 世纪 50 年代，我在四中就读时，天灾连年不断，灾荒咄咄逼人，旱灾、虫灾、水灾轮番暴发，乡村的农田作物有的荡然无存。可想而知，那时在校就读的学生无不被那天灾带来的苦难困扰。李老师见状，情牵学子，暗暗资助。尽管他的薪金也很微薄，家里也较贫寒，但还是视学子为亲生骨肉，见有的学生没钱买钢笔，他就把自己的钢笔送上；见有的学生衣着单薄，他就把自己的衣物递上；见有的学生没钱交伙食费，他就给这些孩子垫上。1958 年秋，我母亲即将落月子生我的小弟弟。他听说后，硬是把 10 斤粮票塞进我手心里，嘱我无论如何要托人买 10 斤油面帮妈妈度月子（因那时市场物资极度匮乏，一切都凭票供应，而且很难买到）。那时，我与李老师之间的关系真是亲密。滴水之恩，当涌泉相报。我参加工作后，听说李老师家里要盖房，孩子要念书，便脱手将一个月的薪金都寄了去。然而，这次李老师的到来，却给我出了个大难题，让我煞是尴尬。

晚餐结束后，我陪着李老师在堂屋桌旁促膝谈心。煤油灯下，师生俩面面相对，各述畅想，着实欢欣。突然间，他问我个人问题有何打算。我告诉他，就在今天，爸妈给我相上了一个，人挺好。他一听，愣了半天，面部表情有些不兴。他接着问：

"我在信上不是跟你讲了，你的对象，我来帮你找？"

"实在对不起，李老师。你介绍的女子，有的是同学，我们个性不合，难以为伴；有的是同姓，有悖祖训家规；有的在上大学，实在高攀不起，因为我是'丘八'出身，秀才遇到兵，有理说不清。"我心怀歉意地解释说。

"我这次要跟你介绍的，是按照你的要求物色的，既不是同学，也不是同姓，更不是大学生，而是我最赏识的学生。她……"

"别说了，李老师。"我打断他的话，继续解释，"一切都晚了。因为我已经应许了别人。你所介绍的女孩，即使是美若天仙，我也无法接受。"

"你们毕竟只是一面之交，并非铁板钉钉没退路。"

我说："我是你的学生，知识都是你教给的。老师不仅教我读书，还教我做人：'人的一生都应该诚实守信。有了诚信，才会有作为、有前途。'这是你亲口教导的。我一直把它当作座右铭，而且，还会一直践行下去。"

也许我这是以受老师之课而授老师之课，有点犯上之嫌。但我确是不得已而为之。李老师听后沉默了。

我接着解释说，"婚姻大事，非同儿戏，乡村父老讲究的是一言九鼎，说了便定了，没有特殊意外，一般不可更改。倘若脚踏两只船，或是朝令夕改，说丢就丢，说甩就甩，那你就会遭到众人唾骂，其父母也会被人指着脊梁说是道非……"

李老师再也没说什么，但心里想必很难受。那一宿，我们都未入睡，都在为这一尴尬之事而辗转反侧。

第二天大早，天下起了蒙蒙细雨。"落雨天，留客天。"我劝李老师等天气好转再返程。可他怎么也不听劝，执意要走，连递给他的雨伞也不受。我知道他还在生我的气。我站在老家的门前，望着李老师渐渐离去的背影，心里悠起了一种难以言表的滋味……

听说我与柳玉梅对了相，邻里乡亲们都投以羡慕的目光，有的啧啧称赞，有的提前贺喜，有的给我支招儿，可也有的心生嫉妒，不服这门亲事。一位何氏老头儿及其附和者见给我说媒的是叔伯侄女，便破口大骂，说她"牛角往外弯"，这么美貌的姑娘，怎么不说给塆里同宗同族的侄子？但媒人对此没有理会。她本想在娘家多住一宿，可听到一些不友好的耳语，便随即转身跑回了婆家。

图谋不轨者并不就此善罢甘休。在他们的心里，张家在本村是个小姓儿，何家在本村身居大户，后生无数，帅哥儿多的是，咋拼不过骨瘦如柴的张家小子！

于是，他们一合计，决定同村里个别无视原则、不求实际的当权者串通一气、编造了一连串的谎言——

我本是中农家庭出身，却被他们说成是"富农""破产地主"；

我本是堂堂正正的共产党员，却被他们说成是混进党内的坏分子；

我本是由学校推荐、组织考察，遴优选拔的国家干部，却被他们说成是靠"隐瞒历史，欺骗组织，才混入革命队伍"。

更离奇的是，连我的年龄也被他们篡改了：1942 年出生，篡改为 1936 年出生……

"假话重复一千遍便成了真理。"上级来考察，他们就这么说；部队来函调，他们就这么写；玉梅要入党，要招为"四清"工作队队员，他们就这么介绍。

因此，玉梅将要招进"四清"工作队的资格被取消；她要求加入中国共产党组织的申请被卡壳；部队党委要提拔我的《请示》被撤回。我爸妈被他们的无耻言行震惊了、发怵了，终日在家为我的婚姻和仕途哭得肝肠欲断，求助无门……

政治迫害就这么残酷。要你死，你得死；要你活，你就活。尤其是那些唯利是图的小人，可没有什么是非观念，也不讲什么黑白分明。他们只知道往别人身上抹黑、泼脏水，使劲造谣惑众、污蔑陷害之能事，莫名其妙地将别人击倒、整死，然后躲在阴暗角落里窥视、逗乐。

不久，自上而下的"四清"运动展开了。那伙小人跳得更高，喊得更起劲，有的还跑到玉梅所在的村，找工作队告黑状，说我家如何如何，大肆宣传诬陷我的不实之词。工作组真的采信了。从此，我写给玉梅的信一封封都被截留，玉梅给我的信也被截留了，将近半年多，我们俩音信全无。后来才知道，工作队为将她培养成"四清"运动的积极分子，要求一定要站稳立场，同我划清界限，与我彻底决裂！并说："你很年轻，又有文化，前程似锦，但在政治上不得糊涂！"等等。这也是一番好意，煞费苦心，出于对当时新生一代的关爱。玉梅出于要求政治进步，出于对工作队的信赖与尊重，只好点头回应。经过一段时间的考验，她向组织再次递交了入党申请书，表达了对党的忠诚、对人民负责、拥护党纲党章、永跟党走的坚定决心。可村里要求入党的进步青年有一拨人，别人先后都批准了，唯独她没有获批。她心里很不是滋味儿，揣摩到其中的原因准是张家的事影响到她。

这天，她从村里小学授完课之后，闷闷不乐地往家里走。从学校回到家有很长一段路程，途中要越过一冲垄田，两处山丘，三个道岔口。半路上，一位等候多时的、年将半百的鲁叔把她一把拦住。他语重心长地对她说：

"孩子，你可不要误会，张家都是好人，千万不要听信谗言！"

说着，他从怀里掏出一份按了小组（队）里全体村民手印的《证明》。《证明》端端正正而又清清楚楚地写道：

"张树森，男，1942年冬月初六出生，家庭成分中农，父母一向为人老实，待人热情，勤劳智慧，遵纪守法，从来没有做过亏心事，也没有害人之心。抗美援朝时，张家倾其所有，向国家捐出银项圈一个、银圆八枚……此情况天知地知，日月可鉴。"

这简短的凿凿真言，透过密密麻麻的村民的手印，透过这位鲁叔的真情话语，诠释了那个时代正义战胜邪恶的从容底气，揭穿了那伙人抹黑张家的不实之词，还了张家一个清白。

可尽管真相大白，玉梅还是放心不下。第二天，她抽空赶到我的家乡村大叶山，找到那里"四清"工作队负责人刨根问底。这位负责人也是一位军人，团级干部，性格直爽，办事利索。他看了玉梅递给他的那份按了小组村民手印的《证明》，二话没说，在上面签了公正如山的八个字："情况属实，可以为证。"

接着，他嘱村会计盖上公章，以防疑假。

这下，玉梅的心终于踏实了，她拿着这份铁证，直奔柳畈村部，找本村"四清"工作队理论：

"我多次跟你们解释，张树森同志家庭没问题，本人更没问题，你们总不相信。今天，我到大叶山村取证了。你们若不信，那就请你们再劳步一趟好了！"

说着，她把那份证明递了去。工作队负责人一看，甚是惊喜，说："这下好了，有了这个，证明我们培养你没错，是棵清白无瑕、根深叶茂的好苗子。"

不久，柳玉梅终于光荣地加入了党组织，并被推荐到乡里（公社）工作，出任乡妇联主任。相恋的风波也就此渐渐平息。

苦楚童年

相恋风波平息之后，我们彼此更是心心相印、相濡以沫，一有机会便在一起促膝谈心。梧桐树下，桐梓河畔，不时留下我俩散步的脚印和难忘的记忆。有些事至今都没有忘怀，特别是她那苦楚的童年最为刻骨铭心。

大凡人生的童年总是甜美的、幸福的。可镌刻在柳玉梅心里的童年却是异常心酸。

那是一个令人难忘的日子。1946年深秋的一天凌晨，天宇蒙蒙发白，长夜略显黎明，大地微微冷气吹。就在这里，地处蕲春北部山区柳畈村新屋塆的一家黑洞洞的农舍里，传来呱呱坠地的婴儿哭声。这哭声一阵赶一阵，阵阵急促凄惨，动人心魄，如刀一般绞得人撕心裂肺。

隔壁的婶婶被这凄惨的哭声惊醒了。她知道，这准是堂弟媳陈六姑分娩了。于是，便连忙起床赶去看个究竟。一进门，只见六姑有气无力地躺在床前踏板上，刚诞生的女婴赤条条地躺在冰凉冰凉的地上，稚嫩的小手在血泊中不停地薅着，像是在找寻什么。她顿时一愣，质问六姑：

"今儿个天气这冷，你怎么忍心把孩子扔在地上？"

六姑揩着泪水回答："唉，我的命苦啊！这孩子我不敢养啰！"

"看你说的，孩子是你生的，你不养谁养？"

"公婆只让我生男孩，不让我生女孩，若养这个娃，我就没命呀！"

原来公婆一共生了三男二女。可在那兵荒马乱的年月，大儿子和二儿子被伪军抓壮丁当挑夫，在千里迢迢的路上被活活折磨至死，杳无音信。留在身边的细儿名叫柳伯枝，与陈六姑成亲后，一连生了两胎千金。公婆受传统观念影响，硬性要细儿媳六姑"只能生儿，不能生女；生儿便留下，生女便丢弃"。那哭个不停的女婴，当属被丢弃的对象。

就在这要被丢弃的当口，是隔壁婶婶伸来一双温暖的手，将她从血泊中抱起，从死亡的边缘中夺回！婶婶一边紧紧撸着女婴，一边找来些破布、破袄，把她裹了一层又一层，然后轻轻地塞进六姑的怀里。接着，她又去找公婆理论，找族长说情，找左邻右舍讨公道……一时间，整个新屋塆迅速形成了一个"保护六姑女婴"的强大氛围。

这位小女婴，就是我之爱妻柳玉梅。

玉梅的小命保住了，可接下来生存的命运并不平坦。那年月，她的家穷得简直揭不开锅：父亲因右腿膝关节生人头疮，无钱医治，在床上整整躺了三年，经同塆一位有良心的医生免费用火针抢救复生后，患疾的右腿再也不能着地行走了，完全丧失了劳动能力；公婆因年事已高，除了个性暴躁之外，什么活都不能做，这且不说，还经常在家里生出事端——在玉梅出生之前，她妈妈生了一位千金（系玉梅的二姐），可刚一呱呱坠地，连一口奶也未吃，就被狠心的公婆送出家门，让她活活饿死，支撑这个家的，全靠玉梅妈妈和年方十二三岁的大姐。母女就这样相依为命。好在柳氏宗族还有一股正气：从耆老族长到左邻右舍，都反对六姑的公婆将女婴送出家门，否则，将要受到家族家规的惩罚。

玉梅就是在这种窘境中生存着、挣扎着。妈妈坐月子，没有吃的，塆里的左邻右舍东家送米、西家送蛋，让她母女好歹能有个温饱。童养媳出身的妈妈，虽然一字不识，但十分俭朴而又勤勉。满月后，便一边照料孩子，一边下地干活，有时还上山挖野菜，去烂泥田捡螺蛳、挖野芋……

就这样熬了一天又一天，一直熬到1949年新中国成立，神州山河一片红。玉梅这个穷家也迎来希望的曙光。在土地改革中，她家分了田地，进了房屋，日子渐渐好了起来。可这时新的问题又来了：因父亲久病致残，农活干不了；大姐因病没钱医，英年早逝，家里虽分得了田地，却缺少劳力耕种。一家人急得团团转。然而，苦命的人也能急中生智。她父亲说，我不能下地干农活儿，但可以养群鸭，赚小钱。她母亲说，我虽然不会犁田打耙，但手头活儿（如割谷、锄草、打场等）样样会做，可以同别人换工。年幼的玉梅听了，在一旁拍着小手说：那我也不能闲着，我可以提筐捡粪，积点肥哩！"哈、哈、哈！"一家人终于有了久违的笑声。

从此，他（她）们各尽其能，克难奋进，总算把这个苦命的家撑得还算殷实，吃穿不愁。

转眼间，玉梅年满6岁，成了应入学读书的适龄儿童。他父亲尽管一字不识，却非常懂得文化的重要。一天晚上，他凑近玉梅她妈商量说："玉梅今年6岁多了，该让她上学念书啦！"

玉梅她妈听了，心里顿时不快，慢悠悠地回答说："女伢，读么事书啊！即使书读出来了，将来还不是嫁出去的！"

"嫁出去了，也得要让孩子有文化，不然的话，孩子就不会有出息啊！"

"什么出息不出息？女伢儿将来不总是操家务、伴灶台？"

"如今社会不同了，有党和毛主席的英明领导，男女平等，儿女平权，没有文化怎能行？"

"我们过了将近半辈子，只看到有人挑箩卖谷，没看到有人有挑箩卖字！"

"你这说的是什么话？"玉梅她爸毕竟没文化，往深里去说，怎么也讲不清。困惑之中，他想到塆里有位远近闻名的教书先生、同宗长辈柳叔，便迅步赶去，叩开柳叔家门，请他去开导玉梅她妈。柳叔毫不推辞，一道来到堂侄伯枝家。进屋后，他简短寒暄几句后便切入正题。他说：

"伯枝要送孩子上学念书，这是件好事，你得支持啊！"

他稍停顿了一会儿，便开导玉梅她妈说，"上学读书，并不是男孩子的'专利'，自古以来，女孩儿刻苦好学成名的同样不少。"

说着，他累数了中国出身寒门、好学成才的故事：

——上古时代，湖北远安出了一位才女名叫嫘祖（亦有出生于四川西平县的记载）。因她有文化，发明了种桑养蚕技术，给百姓带来了实实在在的好处，以至才有了后来的"中国丝绸之路"。据《嫘祖圣地》碑文载："嫘祖首创种桑养蚕之法，抽丝编绢之术，谏净黄帝，旨定农桑，法制衣裳……是以尊为先蚕。"民间皆视其为蚕神。直到现在，人们还在纪念她。有的为她举办盛大的"蚕桑节"，有的为她举办"文化节"，还有的为她举办"先蚕节""酬蚕节"等活动，以纪念嫘祖发明养蚕缫丝的功德。

——被称为布艺始祖的黄道婆，出生于南宋时期，幼年丧父，家境贫寒，因以为人童养媳，又因不堪虐待而流落崖州。在那里拜黎族同胞为师，一边学习棉纺织技术，一边学习文化知识，将工艺不断进行改进，总结出了"错纱、配色、综线、挈花"的织造新工艺，渐渐形成了独特的纺织技术。约40年后，黄道婆返回故乡原松江府乌泥泾（今属上海市）。这里当年也是棉产区，但加工技术十分落后。她便手把手地指导乡亲们改进纺织工具，制造擀、弹、纺、织等专用机具，使家乡的棉纺织效率一下子提高了三倍。这些新技术迅速传播到整个长江流域，为促进该流域棉纺织业和棉花种植业的发展起到了重要作用。后人誉之为"衣被天下"的"女纺织技术专家"。其卒后，琼、沪两地乡民均为她立祠祭祀。

——人们熟知的革命忠烈、民族英雄、伟大的共产主义战士江姐，出生于四川自贡市，自幼家贫，食不果腹。1944年夏，受党组织安排入四川大学农学院深造。有了文化知识后，她知恩图报，一直忘我地为党做秘密联络工作，为中国的解放事业做出了卓越的贡献……

这些古今巾帼英才故事，像春风化雨滋润着玉梅她妈妈的心田。她渐渐明白：知识就是力量，是开启人的智慧的钥匙。不管男孩女孩，"人之初，性本善，性相近，习相远"，只有用文化知识去启迪他（她）们，他（她）们才会渐渐变得聪颖、能干，才有改变人生、奉献社会的能力。她紧拉着柳叔的手说："谢谢了！我懂了！旧社会，我家很穷，几代人冇读书，脑子比牛还蠢。如今是新社会，没有文化哪成啊！"

说着，她又转身跟闺女玉梅说，"你放心，妈支持你读书，再也不阻拦。一家人全看你哟！"

玉梅听了，顿时心潮澎湃，激动的泪水从面颊旁扑簌簌地流淌下来。

没过几天，村小开学了。幼稚可爱的玉梅背起爸妈给缝的新书包，同其他适龄小伙伴一起，活蹦乱跳地踏上了求学之路。

真是"穷人的孩子早当家"。玉梅自从上学后，常想到爸爸因病致残，姐姐英年早逝，家里全靠妈妈一人撑着，又要挣工分，又要忙家务，实在太累太苦。于是，她每天放学回家，就抽空帮家里捡猪粪，拾柴火，啥事都干，冬去春来，从不间断。那年头，农村实行大集体，小学时兴放农忙假，鼓励孩子们帮家人和集体干活，一方面可以挣点工分，另一方面可以培养孩子们养成热爱劳动的习惯。玉梅自然是个小标杆：割谷、扯秧、插田、薅草……样样跟大人一道学着做，抢着干。记得第一次下水田插秧，插着、插着，有一位小伙伴突然尖叫一声："哇！"

近前一看，哎呀——稚嫩的小腿爬满了赤红赤红的吸血虫！

"这是蚂蟥！快上岸扯掉！"大人招呼一群小帮手说。

小伙伴们上岸后，有的惊吓得直哭，有的瘫坐岸边不动，有的索性起身跑回家，唯有年幼的女孩玉梅不动声色。她按照大人教给的方法，把小腿的蚂蟥扒掉之后，又下田继续学插秧。功夫不负有心人。经过几个春时抢种和夏日"双抢"的历练，她成了小队（组）里闻名的插秧能手：农忙时，起早贪黑，包括扯秧在内，一人一天可以独自足足插完一亩田。人们当时是这样形容她插秧风采的：

> 手拂水田栽，腰板不轻抬。
>
> 速度快如梭，行株一线开。
>
> 早起白浪泛，转眼绿彩排。
>
> 一天插一亩，女伢胜男孩。

其实，对于年幼的玉梅来说，难的不是干插秧、割谷之类的农活，而是到十多里以外的深山老林砍柴火，那才真叫累、真正难。

当时的农村，没有燃气，又缺电能，各家各户所用的能源，除了利用一部分农作物秸杆之外，大部分要靠人工爬到高山上砍灌木做柴火。而玉梅家因父亲腿疾瘫残，行走不便；母亲里里外外一把手，忙乎不开。玉梅虽小，却识得人间烟火的重要。于是，她主动跟随塆村大人一道向有柴火砍的高山奔去。这座山名叫羊角岭，意思是又尖又陡，险不容人。从家里到这儿，要经过两个圩畈，蹚过一条大河，穿过三处峡谷，越过数座山梁，且山上荆棘丛生，灌木云蔽，路无明径。别说砍柴，就是徒手走一趟，也叫人累得上气接不着下气来。玉梅第一次上山砍柴，一头钻进那灌木丛中，只见这里抬头不见天日，低头不见阳光，更辨不出哪儿是东南西北，且有毒蛇蠕蠕，野兽出没，显得格外阴森。这可把玉梅吓坏了。特别是见到那可恶的毒蛇，她顿时毛骨悚然，浑身发抖，不知所措。好在她身边有位大婶照顾着她。大婶一边打跑毒蛇，一边给她打气："别怕，千万别怕，慢慢适应，时间长了，一切自然会过去的。"

玉梅的心渐渐平定下来。她缓缓拿起柴刀，向一丛丛灌木砍去。

从此，她几乎每个星期天都跟随垮村里的大人上山砍柴，源源不断地给家里增添薪火能源，为不堪重负的妈妈减轻一些负担。这时候的玉梅，年仅十二三岁，口带乳香呢！

玉梅经过一番努力，渐渐学会了砍柴捆柴，算是过了一道小小的关口。难的是挑柴下山回家，那可是困难重重啊！因为年幼，个头矮小，挑柴的冲担一上肩，两头的柴垛和人一般高，怎么也迈不开步，她只好连挑带拖地往前走。走着，走着，后边的柴垛碰到石头上，一下子把她连人带柴垛掀到几米高的山谷下。跟随一道上山砍柴的大婶迅速赶去将她搀扶起来。幸好，多亏山谷底下杂草多，让她没有伤身体，只是惊魂一摔，锤炼了一次心身而已。她被扶起后，便想到这不是个办法，要把柴火顺利挑下山，必须改一改挑柴的方式，不能像大人那样硬挑死扛。这时，她想起了几何的等腰三角形，想起了物理的杠杆平衡。便请大婶帮忙，把两捆柴垛与一条冲担扎成三角形，试试手感，让冲担前后的重量基本保持平衡，然后再托上肩挑。这个法儿果然奏效。大婶在一旁看了啧啧称赞："还是读书的伢儿聪明啊！"

"天有不测风云。"那年暑假的一天，她上山砍柴时，天空蔚蓝，万里无云。可到了晌午，风云突变，大雨滂沱。易涨易退山溪水。等她避雨过后挑柴下山，河流暴发山洪，波涛汹涌澎湃。恰恰这天上山砍柴的仅有她一人，没有陪伴。她面对汹涌的洪水，内心惶惶不安。来到河边，她望着滔滔河水镇定了一会儿，没有贸然涉水，只想等待机会有人前来相助。时间一分一秒地过去，天色渐渐沉了下来。玉梅的心一直在打荒鼓：怎么今天连一个人影子也没见到啊！

她心急火燎，万般无奈。正在这时，从远处的夜幕中闪现一个人影。这是一位年近半百的路人。他见这位小姑娘心急如焚，便热情地近前问明了情况，二话没说，便主动跳进湍急的河水探路。确认没有太大风险后，回头将瘦弱的小女孩玉梅扛在肩上，送到河对岸，嘱咐她稍等，然后又回头将她挑的两小捆柴垛送过河，再托举到玉梅的肩上。玉梅那副忧心忡忡的神情，这才开始平定下来。她连声向这位助人为乐的陌生路人道谢，激动的热泪不禁夺眶而出……

砥砺前行

转眼初中毕业了。玉梅在中考成绩优异，被当时黄冈师范专科学校（现黄冈师范学院）录取，可苦于家境拮据，只好放弃了继续深造的机会。

"是金子，放在哪儿都会发光。"玉梅回到家里，决意当一个有文化、讲政治、懂科学的新型农民。她和男孩子一样犁田打耙、插秧割谷、防洪抢险、抽水抗旱……什么农活儿都抢着干，"阵阵不离穆桂英"。而且还买些农业科技资料学习钻研，利用夜校的工余时间讲给乡亲们听，如什么叫匽秧？匽秧有什么好处？怎样下好匽秧？"油稻稻"和"麦稻稻"三季连作应当注意些什么？甘蓝型油菜为什么要提倡育苗栽培，不提倡直播？等等。她还将科技知识编成顺口溜，让乡亲们朗朗上口，好记、好背、好操作，如"小麦冬管没有巧，深沟窄厢渍排好""冬水是油菜的命，春水是油菜的病""稻飞虱来怕个啥？沙土柴油拌着撒，毒土撒处虱除净，乐得老汉笑哈哈……"

很快，玉梅科学种田的一些巧法儿不胫而走，广为传播，成了全村的一面旗帜。但村干部对她更有期许，大队（村）党支书在支会委上提议说："这伢聪明，文化功底好，做事认真、肯负责，让她当个民办教师准能带出一批好娃子来。"大家一致赞同。

就这样，她拿起了教鞭，走上了小学讲台，陪伴着一群群天真活泼、顽皮而又稚嫩可爱的孩子。但在寒暑假期间和平时的节假日，还是坚持务农不断，因为队（组）里的庄稼人很不情愿她离开。她连晚上也没闲着：一是坚持办好耕读班，为那些错过了读书机会的大龄儿童补上文化课；二是积极参与村里文艺宣传活动，《红岩》里的江姐、《红灯记》里的铁梅等，通过她绘声绘色的精彩演出，树起了崇高形象。没想到受过多重磨难和文化熏陶的柳玉梅，悟性天生的出类拔萃。她的戏越演越好，越唱越红，不仅名震十里八乡，而且一度惊动了县黄梅戏剧团，想招她去当专业演员。可玉梅却婉言谢绝。她解释说："我的父亲是残疾，丧失了劳动能力；学校的孩子更是我的牵挂。因此，我选择的事业只能是'离土不离乡'。"

又过了一段时间，农村的大小"四清"运动普遍展开。心灵清澈的玉梅自然成了积极分子。她根据群众反映，带头揭露村干部的"四不清"问题，主张村干部应"以民为本，以廉为尊，公公正正做事，清清白白做人"。

"四清"工作队的负责人漆凤英是一位在"将军县"红安历练了几十年的

老干部。她身上的红色基因让她认清了柳玉梅是棵好苗子，建议组织考察后，调到公社工作，让她更好地发挥作用。

不久，对玉梅的考察如期进行并顺利通过。组织上正式任命她出任蕲春县桐梓公社妇联主任。从此，玉梅正式参加了工作，成为吃皇粮的国家基层干部——准确地说：应是人民的公仆或勤务员。自那时起，她就一直践行在为人民服务的征途上。

农村工作，职位分工是一回事，具体分工却又是一回事。就她而言，出任妇联主任并不只是做妇女工作，而是要从基层的实际出发，一末带十杂，什么都得干，"党叫干啥就干啥"。这期间，她所付出的一切努力，与其说是工作，不如说是磨炼，是用心血和汗水演绎刻骨铭心的人生之旅。事实真实地记录了一个个令人难以忘怀的故事：

故事之一：夜宿棺材弄。她参加工作的那年冬天，公社领导吩咐她和卫生院的张医生（女）一道去界岭村检查计划生育。桐梓地处蕲北山区，从公社到各村组，当时只有便道，没有公路。干部下乡检查工作，全靠步行。玉梅接受任务后，二话没说，一大早就启程前往。从公社所在地徒步走到界岭村有20多里路程，而且一直是弯弯曲曲的崎岖小道，又窄又险。抵达时已近晌午，再到各小组（队）访问、座谈，听村部（大队）负责人汇报，已是夜静更深的时分了。村干部只好临时安排她们在农户家借宿。可那时农村普遍贫穷，尤其是山区，因日照短，无法植棉，山区农户大都没有多余的铺盖。被安排的这家农户，卫生条件较好，人也热情，可实在匀不出多余的棉被来，更没有空余的床铺。经一番商量，将她们俩将就地安排在阁楼的楼板上入宿：没有垫絮，便就近取材，铺上一层厚厚的齐草（即扎秧用的、未经打谷稻场碾压过的整齐稻草）替代，齐草上面铺一床旧床单；没有盖絮，她们俩便和衣抱团取暖。这种投宿的条件，在城里人的眼里是难以想象的；可在她们的眼里却是一种特别的关照和温暖。所无法适应的，是简易铺盖的两旁放置着两具乌黑乌黑的棺材。这玩意儿是农户给老人准备的，她俩连见都没见过。今儿个黑夜却要和它簇在一起，谁敢想象？那时山区农村没有通电。夜幕降临后，到处黑洞洞的，正如一位作家所描述的那样：夜，是安宁，是静谧，是黑暗，是冷清，是孤寂，是阴森，是平静下的汹涌暗流。而眼前之夜，还有那两具黑棺材，像两副黑门神一样死死地在那儿盯着，睁开眼睛是它，闭着眼睛仍是它。棺材似乎成了鬼使神差的魑魅魍魉，吓得她俩整夜不敢入睡，加之没有被服铺盖，"罗裳不耐五更寒"，只好静静地躺着拉家常，一直拉到雄鸡报晓。事情过后，有人问玉梅：那天

"夜宿棺材弄"怕不怕？玉梅很坦言："我没那'伟大'，本来害怕说不怕；我也不脆弱，遇到这类的事，只当是考验、是磨炼。决不就此退缩，撒手不干工作，虚度年华。"她相信胆量是练出来的。"苦不苦，想想长征二万五；累不累，想想革命老前辈。"这条革命先辈的俗语，始终成了她战胜困难的座右铭。

故事之二：与"喜虫"为伍。初春时节，万物复苏。公社党委成员分头下到村（大队）组（小队）检查春耕备耕情况。玉梅这次被分到八斗舍村（大队）。这里也是一个山区村。忙碌了一天的逐丘逐垄的检查，夜宿张家塝。张家塝地处八斗舍半山腰。抵达那里，要登上金宫寨，跨过伢儿洞，穿过黑林港，再往前行五六里便是。来到张家塝，小队长挑选了一户会料理家务的嫂子家让玉梅投宿。嫂子煞是能干，室内到处收拾得干干净净、井井有条，床上的铺盖也打理得整整齐齐。人的热情劲儿更不用说，一见面便主动搭调，嘘寒问暖。这里同样没有电灯，嫂子掌了一盏梓油灯，光亮甚是微弱。嫂子和玉梅同在一张床上，一人睡一头。入睡前，嫂子有点不好意思地说："我家有'喜虫'，请别怕哈。"

"'喜虫'有么事怕的，不就是蜜蜂吗？"玉梅不经意道。

"不是啊，你弄错啦！我家的'喜虫'指的是臭虫，你没见过吧？"

"臭虫咬人不？"

"熟人不咬。可它有点欺生（咬生人的意思），你注意点好了。"

"没关系，我能适应。"玉梅稍停了一会儿问道，"既然是臭虫，为什么不除掉？"

嫂子解释说，她自嫁到张家塝，这里就有臭虫，晚辈们都想把它灭掉，可长辈们不同意，说臭虫是"喜虫"，可以给人带来福气和财运，不准晚辈们胡来。于是，就这样日复一日、年复一年地把臭虫当作宝贝保留了下来……

没等嫂子把话说完，玉梅便感到身上到处痒痒的。她掌着那盏微弱的梓油灯一看，哇！枕头上、被服上、帐沿上、衣领上，到处爬满了赤黑乎乎的东西——臭虫在成串地蠕动！这对玉梅来说，又是一个全新的考验！那一宿，她辗转翻覆，痒得钻心。实在没法，她只好索性坐起来专门捉臭虫，捉住一个掐死一个。可臭虫太多，怎么也捉掐不净，而且弄得身上血迹斑斑，臭气扑鼻，煞是叫人揪心。第二天一大早，她便找到村组干部和住户嫂子做工作，启发大家要讲科学，不要讲迷信，臭虫再多，也不可能给村民们带来福气和财运。"你们想想"，她说，"中华民族有几千年的文明史，张家塝的历史也不短，你们什么时候见过臭虫能给农家带来福气和财运？！"她很激动，且很直率，"能给我们穷人带来福气和财运的，是伟大的领袖毛主席！是中国共产党！"

在场的干部群众平心静气地听着，个个默默点头。这时，玉梅更是提高了嗓门，她强调说："臭虫是'四害'之一，这是专家的结论。毛主席他老人家号召全国人民'除四害、讲卫生'。我们一定要听毛主席他老人家的话，尽快行动起来，把张家塆家家户户的臭虫给灭掉！"

张家塆在革命战争年代曾是新四军的据点，这里的老百姓纯朴、善良、红色基因厚实。听说是毛主席号召"除四害"、灭臭虫，二话没说，便开始行动：有的买农药打，有的烧开水泡，还有的用柴油淋……经过一番苦战，张家塆的臭虫算是一扫而净、彻底根除了。

故事之三：巧治山蚂蟥。说到蚂蟥，人们大凡只知道它是游弋在水田、河沟、渠港以及其他水域里的水蛭。这里所讲的山蚂蟥，却是寄生在深山密林中依附在荫湿的草丛、树枝、叶片和古树皮缝里的吸血山蛭。从表相看，它与水蛭极其相似，体长而扁平，肤滑而躯软，伸缩自如，且两头皆有吸盘；最诡异的是，山蛭的伸展长度，在垂死挣扎的窘境下，可以达到水蛭的十倍以上。水蛭的伸展长度，一般只有一寸多，而山蛭的伸展长度可以达到一尺多——伸展到像一条可任意游动的线体，如果若干条线体型山蛭聚在一起昂头游动，人们偶尔遇见，会顿觉毛骨悚然！而且，这东西一旦接触到人体，会迅速利用它那如针梢般大小的吸盘钻进皮囊里吮吸人的血液，你还不轻易发觉呢！血吸饱了，它还会继续利用吸盘依附在人的肉体上安稳休息，等待下一次饥饿的到来……

玉梅就曾遇上了这样一种令人发怵的山蚂蟥。

那是20世纪70年代深秋的一天，她受命启程赶往地处蕲（春）黄（梅）边陲的太平村驻点。这里是鄂东第二高峰云丹山所在地，沿途怪石林立，灌木丛生，四季云雾缭绕。出发进山后，天色逐暗，雨雾蒙蒙。她独自一人行进在森森峡谷中，越走越有些惊恐而累倦，便在峡谷边的一块石头上席地而坐，小憩片刻。又觉得赶路要紧，即起身继续前行。走不多远，总觉得肩背部位有时瘙痒难忍，可眼睛又看不到，用手去抓它，又似乎什么也没有，真是毛躁得很。于是，她便一边行走一边挠，一直挠到目的地，径直来到村支书家。书记的爱人热情地请她入座。她却急不可耐地说："快，快来看看我的背部有什么东西，怎么这么痒？"书记的爱人将她肩上的衣服掀开一看，乖乖，是一条山蚂蟥死死地叮在玉梅的背上吮吸血液！

幸好，书记的爱人是村里的接生员，备有应急药箱。她打开药箱，取出医用钳，然后用钳子将蚂蟥钳住，猛地用力一扯，蚂蟥竟断成两截，血流不止，可它仍在蠕动，而且拼命往皮囊里钻。书记的爱人见状，一时不知所措，只好把实情告诉了玉梅。玉梅得知后，毫不犹豫地决断说："赶快用酒精杀它！"

书记的爱人立即照办。她一手用酒精棉球死死地捺住山蚂蟥，一手不停地往棉球上倒酒精。蚂蟥这才屈服了。它慢慢地从毛囊里松开了吸盘，掉在了地上……

打从这之后，玉梅对山蚂蟥格外小心，处处提防，还特地请赤脚医生给她倒了一小瓶酒精备用。可酒精这玩意儿容易挥发，又是液体，携带不便。回到家里休假时，她同塆里的长老们讲到这件烦心事。一位年逾七旬的长老给她支着儿说："那好办，蚂蟥最怕一样东西……"

"什么东西？"玉梅没等这位长老把话说完，便连忙追问。

"烟灰——烟草的灰。蚂蟥一沾上它，立马就会死去！"

"啊，我明白了，烟草灰含有尼古丁，又苦又辣又毒，是蚂蟥的克星，对不？"玉梅自解其说地问道。

那位长老笑了，连连点头称"是"。

从此，玉梅凡是去高寒山区工作，便带上一包香烟、一盒火柴，以防万一。她还把这一招妙法教给山区的村民。村民初始不信，便当场试验：一村民将一条吸了血液的山蚂蟥放到一片瓦碟上，然后将烟灰轻轻地磕在山蚂蟥的身上，只见山蚂蟥一沾上烟灰，便顿时蜷缩成一束，且不停地翻转，所吮吸的血液随即全吐了出来，再过一会儿，山蚂蟥便奄奄一息了。村民们学会这一招，再也不为山蚂蟥犯愁啦！

故事之四：体验露天沐浴。这是发生在温泉村（大队）的事。闻名遐迩的"桐梓温泉"就坐落在这里。20 世纪 60 年代，桐梓温泉的模样儿相当原始，与当下"温泉小镇"比起来有着天壤之别。那时，温泉四周均为田园，住户都靠山边，只有两条便道通往温泉。温泉处所，仅有两个露天汤池，一个供男士沐浴，一个供女士沐浴。仅此而已。但温泉村里的男男女女、老老少少把它看得很神圣、很享受。附近塆村家家户户都没有置脸盆、脚盆的习惯，早晨来汤池打水洗漱、洗衣，夜晚来汤池集体沐浴。生活较其他地方方便得多。凭着这一优势，村里的姑娘十之八九不愿意远嫁他乡。

玉梅参加工作不久便来到温泉村驻点。那时干部驻点，可不像现如今"坐着小车转，隔着玻璃看"，到处走马观花，而是要扎扎实实地蹲到队里，住进农户，同村民们同吃、同住、同劳动。驻点干部的劳动天数也有明确规定：县干100 天，区社 200 天，村干 300 天，还要逐级进行考核，严禁凭空虚报。劳动倒好说，她本身就是娘家村的种田能手，可就是露天沐浴，一时半会儿很难适应。但也没有啥好办法，回公社吧，路程相距三里多，很不方便；自置脚盆沐浴吧，又有脱离群众之嫌，而且会给住户增加烧柴火的负担。左思右想，还是横下一条心豁了出去，同塆里的姐妹们一道去体验露天沐浴。

秋高气爽，夜幕降临，约晚九时许，月牙爬上了树梢，给大地铺上了一层隐隐的银光。就在这时，尚未成家的玉梅同温泉村姐妹们一道有说有笑，来到供女士沐浴的汤池边解开衣襟，坐进温泉，以盈盈玉体感受露天沐浴的乐趣。啊，桐梓温泉真是名不虚传：温度适宜，不凉不烫，月光之下，氤氲袅袅。最具特色的，是这里温泉含硫较低，沐浴或洗头，嗅不到一点儿的硫磺味，更没有丝毫的炙肤之感。用这儿的温泉洗发，随洗随清随爽，迎风飘逸，蓬松自如，不像含硫重的温泉洗发易结疤束，久理不开。

"这里沐浴好是好，但总感到美中不足。"玉梅一边享受初次用温泉沐浴的美感，一边同一起沐浴的姐妹们发出了内心的感叹。

"是啊，这好的温泉，怎么一直是个露天的？"一位年长的村姑一语说中了症结。

玉梅听了笑道："我说的就是这个意思。"

"正好，那就请你把这个意见反映上去。"

"最好是尽快解决，那我们就感恩不尽的！"

"么可能哩？如今的干部多一事不如少一事。"

"我看，不见得！雷锋、焦裕禄式的也有呗！"

大家你一言，我一语，有褒有贬，说得玉梅和姐妹们都开心地笑了。

过了一两天，玉梅竟把姐妹们"汤池论道"的事正儿八经地提上了议事日程。她专门主持召开村干会议，一边组织学习毛主席的名著《为人民服务》，一边讨论如何解决温泉村男女汤池沐浴"露天不雅"的问题。会上，玉梅开门见山地说：你们想过了没有？中华民族已有五千年的文明史，桐梓温泉也有一千多年的历史，别看我们这个地方不起眼，可在外面还是很有名气的，一说起"桐梓温泉"，个个啧啧称赞，可到这儿一看，嘿！原始得很——男女老少都根纱不挂地在汤池露天沐浴！我们作为这里的干部对得起父老乡亲吗？配得上"人民公仆"的称谓吗？算得上践行"全心全意为人民服务"的宗旨吗？

玉梅的一席话，说得大家心悦诚服。村支书带头表态，支持尽快解决"露天沐浴"问题。

有党的坚强领导，不管什么事，只怕想不到，没有办不到。村干部思想统一之后不几天，温泉村男女两个露天沐浴的汤池上面，分别盖起了砖瓦房，安上了电灯，而且，路也给扩宽了。从此，无论是晴天雨天，还是白昼黑夜，人们都可以来这里放心地沐浴，安享天赐瑶池之舒适，一改千百年来有失大雅的习俗。

勇于担当

玉梅在磨炼中体验，在体验中成长。渐渐地，她终于成熟起来。在她面前，什么困难都敢于面对，什么重担都勇于担当。她走一路，干一路，变一路，红一路。无论走到哪儿，她都受到群众的热烈欢迎，都得到领导的认可和赏识。就说干部蹲点吧。别人不愿去的穷村，她去；别人不愿驻的远村，她驻；别人不愿包的"孬村"，她包。据她说，其实这些村表面上看是穷了点、远了点、条件差了点，但潜力很大，只要工作做到位，思想做到家，办法找得对，很快就能打个"翻身仗"。最难办的是领导常驻的老点，因为老点"等、靠、要"搞惯了，领导往往带这带那，带东带西，东西带多了，人心反懒了，一遇到困难就叫个不停，工作很难展开。她在向桥公社任副书记时，就曾驻进了这样一个点。但她并不畏缩。

那是1979年年初，当时她从桐梓公社调到白水公社还不久，人生地不熟的。因前任书记另有重任，所驻的点名叫毛家嘴村。这里经历过"三朝元老"，即三任书记常驻的老点。为着实现增产增收，"锣儿打破了，法儿做尽了，脑子想炸了"。蹲点的老书记因公调走，谁也不愿意揭榜驻进毛家嘴。党委会议开到深夜转点，毛家嘴村驻点的人选仍无法定下来。这时，只见面带稚气的柳玉梅站了起来。她谦和地说："让我去毛家嘴吧。老点工作是难些，但是，老点有老的经验，老的优势，干部素质好，群众基础好。相信只要我同那里的群众打成一片，工作是会打开局面的。"

会场一片寂静。这时，主持会议的王书记带头表态说："那好，我赞成！"王书记的话音刚落，会场顿时响起了一阵热烈的掌声。

揭榜容易践行难。党委会结束后的第二天，玉梅便风尘仆仆地来到毛家嘴召集村干部开了个见面会。刚席坐不久，就有干部问道："柳书记，你今年驻我们村，打算带些什么来？是钱还是物？抑或是钱物都带？"

玉梅笑着回答："你们都知道，作为一个年轻干部，上面没有背景，又没什么人脉关系，我能带个啥！"

此言一出，大家都愣住了。有的傻了眼，有的摇摇头，有的索性直白地质问："你什么都不带，那我们村靠什么去实现增产增收?"

玉梅微微一笑说："物质的东西固然重要，但它并不是万能的，增产增收得靠大家共同努力。毛主席他老人家说过，人的因素第一哟!"

她稍停了一会儿，便敞开心扉说："我尽管没有给毛家嘴带来物质援助，可我给毛家嘴带来了党中央的新精神——党的十一届三中全会精神!"会场又是一片寂静。

接着，她借此机会把党的十一届三中全会精神进行了重点宣讲：

刚闭幕不久的党的十一届三中全会，决定将党的工作重点转移到社会主义现代化建设上来。这是社会主义革命和建设的伟大历史性转折。围绕这一历史性转折，党中央确定了以经济建设为中心的政治路线和"解放思想，实事求是"的思想路线，作出了改革开放的重大决策。围绕这一历史性转折，党中央认定当前国内的主要矛盾，是我国的生产力和广大人民群众的需求严重不符，因此，不能继续坚持以阶级斗争为纲，不能继续采用"政治运动"的方式来推进党的各项工作……这将大大地调动人们的积极性和创造力。就农村而言，人们再也不担心卷入"两派"斗争，"杀"得你死我活；再也不担心没有"敌人"也要"揪"出个"敌人"，没有"坏分子"也要"揪"出个坏分子；再也不担心"割资本主义尾巴"，连种点自留地，养点鸡鸭鹅也给戴上"资本主义"的帽子……我们所要做的，就是要把党的十一届三中全会精神宣传到家喻户晓，人人皆知，充分调动干部群众的积极性，排除一切干扰，克服一切困难，集中一切精力抓好农业生产，撸起袖子挖穷根，让贫穷落后的农村尽快富起来……

这一席出言有章的宣讲，让大家听得入了神，个个心里乐滋滋的，都感到党的十一届三中全会精神如春风化雨，似霁月风光，给了人们以无限光明和希望，广大农村将会充满生机，充满活力，充满勤劳致富的美好憧憬。

随后，玉梅同村干部一起深入到组到田头，进一步向群众广泛宣传党的十一届三中全会精神，并听取群众意见，共谋发展方略。"众人拾柴火焰高。"根据群众的意愿和建议，毛家嘴村率先取消了阻碍经济发展多项限制：

——取消不准农户种自留地限制；

——取消不准农户经营自留山限制；

——取消不准农户饲养家禽家畜限制；

——取消不准农民外出找副业限制……

同时，大力推行"联产计酬"责任制，实行"大包干"，如在"责任田"

产出的粮食，"交足国家的（公粮），扣除集体的（积累），剩下都是自己的"。农民朋友普遍满意地说："大包干，大包干，直来直去不转弯，先为国家和集体，然后放手抱'金山'。"

农民头上没有了"金箍"，精神格外振奋，个个干劲十足，"出工不用人喊，收工不用人管"，抽空搞点副业也不担心"罚款"。从而，极大地解放和发展了生产力。这一年，毛家嘴村实现了"七增两降"，即粮、油、棉、猪、禽、总收入和人均纯收入均大幅增长，创下了历史纪录；生产成本和计划生育人口明显下降。看到这些喜人的成果，干部群众个个笑逐颜开。

像这样的点，玉梅在农村任职期间驻了一处又一处，处处都有她辛勤的付出，处处都给人留下了难忘的印象。然而，就我对她的了解，给人印象最深的，莫过于她在水利工地上所经历的"八年抗战"。

那是在"文化大革命"十年浩劫的年代。当时，从中央到地方，党政机关几乎处于瘫痪。在"革命无罪，造反有理"的号天声浪中，无政府主义的群众运动席卷全国，工厂停产，学校停课，商店停业，唯有亿万农民还在广阔天地苦苦耕耘。1970年，县抓革命促生产指挥部决定兴建地处蕲北山区的花园水库。这是一项大型水库工程，功在当代，利在千秋。但在当年一无大型机械，二无财力保障，三无劳务报酬，四无物质奖励的窘境下，施工的难度可想而知。玉梅却在这样的困境中为桐梓公社担起了带队出征的重任。那年夏天，她生下的头胎婴儿还在哺乳期。有年长一点的同事提出要与她换一换，叫她留下来。她婉言回答说："谢谢，我比你年轻，还是让我去！"

就这样，她找来一担箩筐，一头是婴儿，一头是行李，一条扁担挑上肩，安步代车，一路前行，足足走了四个多小时，才到达花园水库宿营地柳树坪塆。

工地的水利大军实行军事建制，县部为团，公社为营，村政为连。她在桐梓营任营长，麾下有13个连，800多号人，分驻在柳树坪塆附近的4个自然村。安营扎寨之后，她首先组织各连民兵学习人民解放军《三大纪律八项注意》，走访所驻扎塆村的户主，殷殷嘱咐连排干部一定要注意搞好军民关系。随后便是请缨领受任务，现场察看地形，作好后勤保障。这里从驻地到工地往返足有二十多里路程。团部要求每天必须6点开工。于是，她便每天2点起床催各连厨师做饭，4点准时开饭，4点半准时出发，6点准时赶到工地、准时开工。周而复始，坚持不懈。"这是铁的纪律，谁也不得违反！"她反复这样掷地有声地强调。

花园水库就库容量而言，次于蕲春大同水库，可工程量却比大同水库还要艰巨得多。因为它的大坝长度和工程量几乎是大同水库的两倍。而且取土的土塘要比大同水库远。桐梓的任务正好是取土做堤，夯碙筑坝。尤其是做核心墙，需要大量的黄土夯实。土塘往返距离约有 3 里远，每天定额人均要拖 30 车次。"别说拖土方，就是空手走，每天日行近百里，谁能吃得消？"有人这样质疑说。

听了这话，玉梅便耐心解释："定额是高了点，但你要知道，我们国家目前还很穷，还处在原始积累阶段。所以，毛主席他老人家号召全国人民艰苦奋斗。我们要听毛主席的话，发扬愚公移山的精神，尽最大努力把水库修好，为子孙造福！"

说了不算，她还亲自组织一支示范队，先行实施这项定额施工，从早上 6 点干到傍晚 6 点，中午就餐、休息 1 小时。一天下来，示范队人均拖土 35 车次！这一铁的事实，解除了人们的疑虑，提振了人们的精神和斗志，工程速度一天天加快，有的民兵连创造了人均日进黄土 40 车次的纪录。

柳玉梅就是以这种执着的精神，在花园水库连续奋战了三年。

告别花园水库，玉梅又来到移河改道工程——桐梓河林山坳工地。这里是移河工程的咽喉部位，能否顺利打通，事关移河成败。可林山坳仅表层是沙土，整座山却都是坚硬如铁的花岗岩。桐梓河要改道从这里穿过，必须将整座石头山搬掉，还要向下掘进两三米深，形成河漕形才好行水。其施工难度，可谓大矣！然啃惯了"硬骨头"的柳玉梅毫不畏怯。她带着工具，背着行囊，一头钻到工地，挑起了工程指挥长的担子。好在有修建花园水库的经验，她先安排一部分民工"扒皮清基"，修好出渣便道，备足雷管炸药，落实安全防范措施。然后，根据林山坳作业面小的特点，进行合理分工，分班操作，有效地避免了窝工现象。

为着工地的安全，为着工程的进度，她吃在工地，住在工地，干在工地。她的家距工地不足两里路程，却像大禹当年治水那样几过家门而不入，一直坚守在工地上。掘石山的过程中，她带头抡大锤、掌钢钎，有时还亲自安雷管、筑炸药、放排炮……陪她一道上工地的同事劝她："工地这么忙，你只要指挥到位就行了，何必事必躬亲呢！"

玉梅听了，笑着解释说："你只有亲自动手熟悉了各个环节，说话才有人听啊！"

她就是凭着这样一种执着的精神赢得了群众信任，保障了施工安全，确保了工程进度一天上个新台阶。可正当工地人们酣战淋漓的时候，突然生出一个可笑的插曲：

与林山坳隔畈相望的塆村，当年是上级工作队的一个驻点。点上有个 W 主任常有事无事地往林山坳工地上跑，似乎很想找玉梅私下唠叨一点儿什么，可又找不出一丁点儿理由来。这天终于找到了：他夹着几件换装的脏衣服来到工地，嘱咐民工把玉梅找到指挥部。一见面，玉梅谦恭地问道："W 主任百忙驾到，有什么要事吗？请尽管吩咐。"

W 主任笑答："没什么大事。只是我换了几件衣服，请抽空帮忙洗一下好吗？"

玉梅听了，脸色顿时一沉，婉言拒绝说："对不起，W 主任。你看到了，工地上的安全生产、工程进度、民工的吃喝拉撒都得管，我忙得不思饮食、枵腹从公，哪还有时间帮你洗衣服！"说着，便转身走出指挥部，又一头扎进了沸腾的工地。事后，她的一位在场的同事问她："你怎么不给 W 主任一点儿面子哩？"

玉梅笑着回答："你有看到他的那副装扮，完全不像个领导干部，头发梳得光溜溜的，衣服穿得笔挺挺的，皮鞋擦得亮崭崭的。要是在大机关坐办公室可以，可我们这儿是工地，是'战场'，是希望的田野，怎么能适宜这副装扮！"玉梅稍停了一会儿继续解释，"凭我的直觉，他可能有什么心思，你想想，洗几件衣服只需要一盅茶的工夫，可他自己就是不动手，硬要从大老远徒步赶到这儿来，要我给他洗。照我看，这不是他的目的，他是来套近乎的！"玉梅越说越气愤、越激动。她的同事听了，深深地为她具有这种仪态傲然的骨气而敬畏。

经过近一年的艰苦奋斗，林山坳移河改道工程终于胜利竣工了。胜利竣工之后，玉梅又转战花桥开港工地，连战边街修渠工地，再战桐梓老旧河床改造工地……这一路走来，她为"三农"建设和发展付出了多少，谁也记不准、说不清，只知道她日渐消瘦，体重减少了二十多斤。尤其是郑家山村（大队）"75·8 型"大洪水抢险救灾和灾后重建，她所表现出的毅力和斗志，真令人肃然起敬。

史称"75·8 型"大洪水，系一股超强台风"莲花"于 1975 年 7 月 30 日在西太平洋生成。8 月 2 日跨过台湾海峡从福建晋江登陆，之后，经江西，进湖南，至常德突然转向，北渡长江，横扫鄂东和安徽，直入河南驻马店。所到之处，狂风大作，暴雨倾盆，尤以河南灾情严重，驻马店地区三天降雨 1631 毫米，千年一遇，举世震惊！暴雨引发淮河上游特大洪水，冲垮了板桥、石漫滩两座大型水库和另两座中型水库、58 座小型水库。6 亿多立方米的洪水，形成 5 丈多高的洪峰咆哮而下，酿成了震惊世界的惨剧：河南、安徽共有 29 个县市

1100 多万人受灾，伤亡惨重，1700 多万亩农田受淹，其中 1100 万亩农田属毁灭性灾害；因灾倒塌房屋 596 万间，冲走耕牛 30.23 万头，生猪 72 万头；纵贯中国南北的京广铁路线冲毁 102 公里，中断行车 18 天，影响运输 48 天，直接经济损失近百亿元。

相较于河南驻马店，蕲春桐梓的暴雨强度和灾情程度要小许多，但也达到"百年不遇"啊！8 月 5 日，桐梓公社党委见暴雨下个不停，河水猛涨，便召开紧急会议，作出防洪抢险的部署，然后分头行动，下到重点村组织抢险救灾。玉梅要去的郑家山村是桐梓公社最边远的山区村。从公社到郑家山，少说也有 20 来里，且都是崎岖小道。玉梅撑着一把油布雨伞，冒着倾盆大雨砥砺前行。雨越下越大，雨雾笼罩着群山，地面被暴雨击起的霭雾腾起一两尺高，加上云层的大气下压，昏暗暗的，虽是白昼，却如同黄昏一般，阴森得令人恐怖。行至半途中，只听到前面发出"轰隆"的一声巨响。抬头一看，哇！山体滑坡——半边山体连带着汹涌的泥浆直击山下，将山下的一垄良田毁个精光！玉梅顿时惊出一身冷汗。但想到郑家山山势更高，灾情可能更大，想到郑家山几百号民众的生命安全也许正在受到威胁，她更是加快了步伐，拼命奋力前奔。走不多远，只见山脚下的小河洪水推着几米高的洪峰呼啸奔泻，像石磙一般大的石头被洪涛推得不断地在河中翻滚。沿河两岸的农田尽成泽国，一片汪洋。河边的两幢布瓦民房瞬间被洪水吞噬……见此情景，她预感到郑家山灾情不妙。于是，她索性收起雨伞，一路小跑，可前方的路又因一处山体滑坡而被毁。怎么办？"上山！从山上绕过去！"她灵机一动，计上心头。这么想的，就这么干。雨越下越大，她越拼越激，翻越了一座又一座山峰。人，周身成了一只"落汤鸡"！经过近三个小时一路同暴雨的搏击，终于赶到郑家山村部。村干们见柳书记冒着大雨赶来，很是感动，便迅速簇拥来找她询计。玉梅斩钉截铁地说："天灾就是命令，当下十万火急，救人第一要紧！"说着，她和村支书一商量，即时将村干部和临时组建的青年突击队队员分派到各组，把群众火速转移到安全地方，大部分集中到村部，并妥善安排食宿。

暴雨整整持续了两天两夜。玉梅同村干部一直坚守在抗洪救灾第一线。暴雨过后，她（他）们分头到各组察看灾情，调查到农户，巡视到地头，迅速核实了灾情：全村倒塌房屋 59 间，有 19 户无家可归；水打沙压良田 200 多亩，冲走耕牛 8 头，毁坏林木不计其数，直接经济损失 30 多万元。这对于仅有 160 多户 600 多号人的高寒山区村来说，绝非一件小事。

于是，玉梅及时将郑家山的灾情向公社党委作了汇报，由公社党委汇总后统一上报到县。她自己却又回到郑家山组织群众生产自救。在动员会上，她面对郑家山的父老乡亲，信心满满地说："天灾可以毁了我们的田地，毁了我们的家园，但毁不了我们战胜困难的意志。只要我们团结起来，共克时艰，郑家山一定能恢复元气，重显光明的未来！"

很快，灾民们的情绪安定了，精神振作了，大家积极投入重建家园的行列。经过一段时间的努力，灾民们"居有屋，吃有粮，穿有衣，用有钱"，大灾之年，没有一户愁温饱。

持家之累

网传文人的情书说："如梅的女人是艰难困苦中的中流砥柱。"

吾妻柳玉梅的名字本身带有一枝梅，自然更是"艰难困苦中的中流砥柱"了。

在自然界里，梅花的气质是冷艳、高洁、不畏严寒、坚贞不屈、隆冬独俏、百折不挠。皑皑白雪中，梅花依然傲立枝头，绽放美丽的花朵，幽幽地散发出阵阵清香，为寒冬增添色彩，为自身展现强大的生命力。

在家之园里，玉梅的举止，端庄、坚毅、刚强、勤劳俭朴、无视艳妆、孝道至上……实属贤妻良母。

生活的历练，造就了她成熟的风韵，涤去的是那张扬的锋芒和随风起落的尘埃，留下的是洞察情势而不动声色的中华美德与聪慧。在践行宗旨上，她不折不扣地听党话、跟党走，脚踏实地，演绎出一曲曲动人心魄的壮歌。在持家情怀上，她用心细密，体贴入微，与夫君相濡以沫，与子女相依为命，与公婆尽孝为尊。

先说说她的孝道吧。

婚后不久，我被调到黄冈报社工作，后又被调到湖北人民广播电台。我与家人长期两地分居，每次回家，就像做客一样，吃上一两顿饭，便依依不舍地与父母告辞了。父母一直是我的牵挂。父亲患有严重的哮喘病，长期呼吸困难，有时上气不接下气的，看上去都叫人揪心。母亲是风湿性心脏病，常年离不开药罐。我一离开，持家的担子和照料父母的担子全落在妻子玉梅的身上。她心胸豁达，无怨无悔。与公婆相处，不仅一直十分融洽，而且更贵为尊长，真心体贴。20世纪六七十年代，生活物资十分匮乏，什么都得凭票供应且不说，即便有购物券，有时也很难买到。于是，玉梅便特意留心，每月给公婆捎去一两斤肉、一斤油、半斤糖和少许鸡蛋，让公婆吃喝不愁，并坚持一月回家看望公婆一两次。回到婆家，从来也不闲着，尽可能做些家务和农活，洗衣、砍柴、种菜……什么都抢着干。开始实行"责任制"时，婆家分的一些"责任田"缺乏劳力耕种。她便趁休假时帮忙抢种，而且，还亲手将田边地岸上的柴草砍得干干净净，让公婆消除后顾之忧。婆婆臀部生疱，疼痛难忍。她得知后，二话没说，专程回家把婆婆接去住院做手术。婆婆病重，她守在床前嘘寒问暖、熬汤煎药、端茶喂水。婆婆病危不省人事时，她日夜守护，形影不离，并时常凑在耳边轻声细语地呼唤，期盼她生还奇迹的发生。谁知婆婆竟昏迷整整十日十夜不醒，她便整整十日十夜坚守着、陪伴着，直到婆婆生命的最后一息。

最令人感动的，莫过于给我逝去的老父亲办丧事。

那是 1979 年年初，母亲还健在。当时我在湖北人民广播电台工作，正与同事在外地采访。父亲去世的当天，家里给发来一封加急电报。单位领导即时给采访所在地的县市有关部门转告。可因采访地偏远，一时半会儿怎么也联系不上。与我失联的情况，玉梅早有思想准备。她只当我无法回家，独自承担起了办理公公丧事的担子。

她当时在向桥公社工作。收到公公病逝的消息时，向桥通往县城的唯一一趟班车早已发车走了，没其他的交通工具可选择，唯有一辆自行车。于是，她迅即决定骑自行车回家。可天公不作美，突然下起了暴雨。同事们见雨下得太大，劝她等暴雨过后再启程。她急切地说："不行啊，树森不在家，家里没人当承。办这样的事，还是早点赶回去为好。"

就这样，她骑着自行车，冒着暴雨往回赶，一路翻山越岭，颠簸狂奔。赶到家里，只见她全身被雨水淋得湿漉漉的，没有一寸干纱。婆婆见玉梅回家再也唤不醒公公，一颗悲伤的心又一次碎了！她坐在已经倒下了的老伴身边声嘶力竭地号啕大哭，哭得肝肠两断，哭得撕心裂肺，哭得天昏地转——

"爷哩——你怎么走得这样早啊！你今年才 60 不到啊！"

"爷哩——你的命真苦啊！才过上几天好日子，你就这样走了啊！"

"爷哩——你怎么这狠心啊！半路上把我丢下来，我……我该怎么活啊！"

玉梅见状，一向坚强的她，也忍不住地流下了悲伤的泪。但她猛然想到，婆婆患有心脏病，医生一再叮嘱不能让她过于激动。于是，她俯下身来，紧拉着婆婆的双手，悉心安抚说："妈妈，您老人家可要保重呀！爸爸走了，人死不能复生，以后由我和儿孙们陪伴您。有妈在，家就在，生活才能继续啊！"

婆婆的心情渐渐平定了一些。玉梅便抓紧同她商量如何办理公公的后事。

婆婆告诉她：眼下在急的是要买几百斤石灰、砍两担洋铃涎（即野猕猴桃藤），挑一些黄土。用这三样东西与水搅拌成浆，铺在百岁袍（即棺木）上，然后筑起坟堆，一万年也不会垮塌，农村称它"万年屋"。

玉梅对婆婆的语意心领神会，便迅速找来乡亲帮忙，一一照办。当我完成采访回单位收到那封电报后，再从省城赶回，一切都安排得停停当当。我望着心碎的妈妈，瞅着憔悴的妻子，内心愧疚不已。直到几十年后的今天，每当记起这件事儿，我那颗既感激又愧疚的心，仍久久不能平静。

父亲去世后，我心里的压抑感日渐强烈，觉得与妻子和家人长期两地分居不是个章程，即向组织递交申请，要求调回家乡蕲春县工作。可这一请求一直没有获准。无奈之下，只好请求组织将玉梅调往黄冈地区（市）高级技校工作，因为我那时为湖北人民广播电台驻黄冈记者站记者。组织很快批准了。

那是 1982 年秋，玉梅终于进了城。生活倒是方便得多，可膝下有两儿一女，加之岳父岳母随迁，一下子成了 7 口之家。而我们夫妻俩的工资加起来不到 80 元，人均不到 12 元。玉梅第一次上市场买菜，仅一根莴苣就花去了 3.27元。这给全家人留下了刻骨铭心的记忆。面对生活的压力，我有些茫然，一时不知所措。可受过苦难煎熬的柳玉梅却显得很沉稳。她工作安定之后不久，便主动同我商量，说要想办法"生产自救"：一是建议利用宅前的小院饲养一群蛋鸡，补贴生活；二是垦点荒地种菜，争取基本自给。我说："养鸡没问题，自家有院子。可垦荒种菜，哪里去找空闲的土地呢？"

"我工作的学校紧靠望月堤，堤内外有荒芜的空地。若是同意，我去找人商量，争取垦个两三分地做菜园，应该不成问题。"她满怀信心地回答。

原来，玉梅到高级技校上班一段时间后，见城里生活开支大，全家 7 口人入不敷出，便抽空在校园周边转悠，四处寻觅荒坡荒地垦做菜园。扬子江畔，龙王山腰，赤壁港汊，到处留下了她寻觅荒地的足迹。这天，她来到长江二道防线望月堤。蜿蜒伸展的望月堤，从湖中微微隆起，东倚龙王山脉，西抵浩瀚长江。堤边植有树木、草坪，亦有些零星菜园，还有些荒芜之处。她高兴极了，便即时找到附近的一家户主，说明来意，请求支持。户主是位热情而又爽快的人，当即满口答应。于是，她迫不及待地赶回家，问计于我。我求之不得，怎能扪着良心阻止呢？

我们的思想一拍即合，说干就干。先是在自家院内搭好鸡舍，把鸡养起来。再是置好垦荒种菜的工具，上望月堤荷锄耕耘，经营好汗水浇灌的三分菜园地。

"八小时以外"的城里人，别人下班匆忙往家里赶，"热天忙纳凉，冬天忙煲汤，四季伴舞忙赶场"，可玉梅呢，她每天下班后，赶忙往菜园地里赶，锄草、间苗、追肥、除虫……忙得不亦乐乎。有时为抢季节，她借助月夜星光，还要在菜园地里干上好一阵子。

说实在的，种菜与养鸡相比较，种菜还算容易，养鸡却很麻烦。鸡易生病，病易传染，弄不好，便前功尽弃。为防不测，玉梅特地到新华书店买回两本饲养家禽的书，一有空就仔细阅读，潜心钻研。功夫不负有心人。经过一番苦苦钻研，终于摸清了鸡的特性和疾病防治的方法，如什么鸡瘟，各种炎症，青、黄、红、白痢等，她一看便十拿九稳，对症下药，治一个，好一个，治一回，好一群。她连续养了十多年的蛋鸡，从未失手过。奇妙的是，本来只养十只蛋鸡，可产蛋高峰期，一天竟产出了十一二枚蛋——有的鸡一天产蛋两枚。我问她有什么诀窍？她笑了笑说："关键在配料。"原来，她养鸡的饲料都是自配的，根据鸡所需的营养，除了麸皮、禾糠之外，掺和了大量的玉米、面粉，还有骨粉、鱼粉。骨粉、鱼粉较贵，且市场紧俏，很难买到。她就去餐馆和菜市场捡鱼骨和肉骨回来自己加工。鱼骨加工倒好办，肉骨加工可不容易哩！一天，我从外采访回来，正好见证了她搞肉骨加工的全过程——

只见她搬来一块质地坚硬、平面光滑的大石头，然后将一块肉骨放在那块石头上，再用一个带铁柄的钢圈把肉骨罩着，用一只手撑着铁柄，另一只手抡起一把铁锤使劲地往下砸，直到将肉骨砸成渣渣，再用菜刀将肉骨渣剁成细沫，最后倒进饲料桶里搅拌均匀，储藏备用……

就这样周而复始地循环操作，不停地配好优质鸡饲料，方有了每天超出鸡数的产蛋回报。

鸡蛋多了，孩子们吃腻了，不爱吃了。玉梅便将鸡蛋拎到市场上等价交换些孩子们喜欢的食材：鲜肉、鱼虾、水果等等。

蔬菜同样自给有余。这倒好办，自己种的，属正宗的"无公害"鲜蔬。她便东家送一点、西家送一点。让众人品尝一下她亲手栽培的绿色蔬菜的美味儿，自己也乐在其中。

生活有了保障，我也就放心工作了。那时，我已从湖北人民广播电台调回黄冈市政府（原为行政公署）任研究室主任。研究室的主要职能是从事经济社会发展研究。但在我主持工作期间，领导交给的一项主要任务是为行政首长（一二把手）写讲话稿，兼顾经济社会发展调查。其责任之重大，工作之繁忙，时间之紧迫，是常人所无法感知的。一位幕僚专家说："给领导做文字工作，要甘愿当个'苦行僧'。"我亲力亲为，感同身受。铁锅顶在头上烧，再大的压力也得挺住。于是，我只好加班加点，收集整理各方面资料，积累好各类数据，以便用起来得心应手。玉梅见我这么忙，家务事基本上由她一人承担，没让我操半点心，有时还要给我开点小灶。记得有一天晚上，我同当时的文字搭档王静平同志在办公室赶写领导讲话稿，忙到深夜 12 点还不回家。玉梅凭借往常的经验，揣测到准是又有什么重要任务，便煮了两份香喷喷的水饺送来。嘱咐我们趁热吃，充个饥。她说："人是铁，饭是钢，工作再忙，吃了夜宵再干更精神。"

我接过热气腾腾的水饺，望着她那满面春风的笑容，联想到在我们两地分居的漫长岁月里，她多次托人给捎去当时市场紧俏的鸡蛋、腊肉、腌鱼，以及茶油、山药、米粉等土特产，联想到那时因工作繁忙，我每年只探家两三次，每次仅住两三天，而她却像待客一样伺候我：端茶送水，顿顿美餐，嘘寒问暖，美言以侃，我真的不知怎么谢她为好。从她对我言为心声、关怀备至的主动中，我真切地领悟到中华文化传承中有关贤妻、恩爱、体贴入微等词语那深邃的含义。我为有这样的贤惠而心秀之妻倍感幸福和自豪。

然而，天有不测风云，正当全家人的工作、生活顺风顺水的时候，一件意料之外的事情发生了——

那是 1983 年深秋的一天上午。我正在地处鄂赣边陲的黄梅县小池镇采访。突然，小池镇政府办的一位工作人员跑步赶到采访现场，气喘吁吁地转告说："地委宣传部打来加急电话通知，你的小女儿病危，正在医院抢救，叫你赶快回去，不得迟疑！"

这消息，犹如晴天霹雳"炸"得我神不守舍。要知道，我的小女儿可得来不易啊——祖上几代"单传"，只有男孩，没有女孩。我出生后，妈妈本来给生了个小妹妹，可一出生便得病，因家境拮据没法求医而夭折，母亲为此哭得肝肠寸断，哭得眼睛瞎了几个月，连做梦也萦身思念到她的小闺女还活着，还亲亲昵昵地依偎在她怀抱里……我同玉梅一商量，将出生的小女起名"贵娟"，寓意珍贵而又美丽娟秀。见玉梅生了闺女，妈妈高兴得合不拢嘴。断乳期还未到，还只喂了八个月的母乳，妈妈就同玉梅商量："你工作太忙，孩子老拖累你不成事，请考虑一下，把孩子（贵娟）交给我带，行不？"

"好倒好，可您老人家身体一直不好。再说，孩子才吃八个月的母乳，不知道能不能适应？"玉梅回答说。

"你别担心我，吃了你给买的药，身体比以前好多了。"妈妈说，"至于适不适应，先试试看。你多买点奶粉带回就行了。"

　　于是，玉梅按照妈妈的意见，把小女的抚养托付给了妈妈。从此，妈妈全心全意地担起了"职责"。说来也怪，小女贵娟或许天性的聪慧，很体谅体弱多病的奶奶。她除了头一天晚上有点躁动之外，表现得特别乖巧，特别听话，特别友善而亲和。在奶奶面前，她总是露着一张稚嫩的笑脸，逗得奶奶整天乐呵呵的。奶奶更是精心地照料她、呵护她。除了给她喂牛奶之外，还按照农村的习俗，给她煮菜粥、熬菜糊、蒸汽水蛋……以补充营养。为培养她的生活自理能力，2 岁不到就教她学会用筷子吃饭。还教她学会礼貌用语。不到 4 岁，奶奶便带她与一群小伙伴打成一片，结识为友，同他（她）们一起放牛、喂鸡，一起娱乐：跳房子、打秋千、捉迷藏、垒小石屋……让她尽享童年之乐。也就在这一年，爷爷逝世两周年。奶奶思念心切，赶到木兴山爷爷坟场前号啕大哭。谁知道这一举动竟惊动了小精灵贵娟。她连忙赶到哭坟的奶奶身旁，用稚嫩的小手紧紧搂着奶奶的手腕，轻轻地发出童声细语道："奶奶，您莫哭啊，还有我哩！爷爷不在，我会好好陪着您的！"

　　奶奶听了，一把将小孙女贵娟搂在怀里，声音微微颤抖地说："天哪，你咋这懂事啊，得亏有你哟，要不然，我真的不想活啦！"

　　奶奶一边哭，一边不断地诉说着，眼泪扑簌簌地洒在小孙女贵娟的身上。情急之下，年幼的贵娟也忍不住地抽泣起来……

　　奶奶和小孙女这一幕真挚的感情碰撞，诠释了人生悲剧的深沉之痛和憧憬未来的希望。可眼下……

　　我越想心里越沉重、越难过。倘若医院抢救不及，小女有什么三长两短，我该怎么去面对爱她痛她、养她护她的好奶奶——我心中的伟大母亲啊！人心越性急，路程越难走。那时交通很不便。从小池回黄州，要从黄梅县城转车。这且不说，从小池到黄梅县城的路况极差，媒体戏称其为"48 公里跳舞厅"。就这么一点路程，汽车却崴了几个小时。等我赶到黄州，已近黄昏时刻。我一放下行李便直奔医院病房，探视一别多日的小女儿贵娟。只见她静静地躺在病榻上，右手插着输液针，左手握着小拳头，一动不动，额头上敷着降温的冰袋，口里不停地喘着粗气，发出一阵阵"唉——唉——唉——"的哀叹声。昔日那双灵秀的眼睛，也失去了诱人的神色。一直守候在她身边的玉梅告诉我，孩子因肚子剧痛，已进院住了四天。开始在小儿科，经检查，说是急性阑尾炎，即转到外科做手术。可外科大夫剖腹一看，孩子不仅盲肠发了炎，她整个腹腔全染上了炎症，到处都起了红疙瘩。手术上午就做了，可高烧一直是 40 摄氏度，怎么也降不下来。医护人员每天给孩子打消炎针五六瓶，从上午八九点一直挂到第二天凌晨，一直没有消停过，可疗效一直甚微。外科大夫见状，无奈地开具了一份病危通知书。

我接过病危通知书，心里顿时愣住了。我祈求上帝，祈求祖先，期盼奇迹的发生。我凑近孩子，轻轻地用脸贴近她的面部，直感到她高烧得烫人，难怪她表现得那样难受、那样虚弱！

可我也放不下孩子她妈，她已在这里守护孩子四日四夜没合眼啊！于是，我要求留在医院守护孩子，让她回家休息一晚上。可她怎么也不可。她说："我是孩子的妈妈，平时带她多些，感情比你深些。我一离开，她的精神支柱就没了啊！"

我说："那我也在这里守着！"

"何必哩，我们两个都在这儿耗着？你今天回去好好休息，明天来替我就行了。"

恭敬不如从命。我只好难以割舍地离开了孩子的病房，回到了家里。这时已是凌晨1点多。可当我第二天一大早赶回孩子的病房时，惊人的一幕发生了，孩子"哇"的一声吐了——吐的不是胃液，亦不是痰，而是鲜红鲜红的血！她妈很是机灵，迅急将孩子抱着侧身，有效地避免了因呛咳而猝死！我站在一旁吓得目瞪口呆，不知所措。同病室的好心人连忙去喊值班医生来处置。医生一看，嘱护士火速来打止血针，同时继续打点滴消炎、退热。止血针打了之后，血流渐见减少，但高烧依然不下。我到护士站要了一支体温表亲自给孩子量量看，天哪——腋下体温41.5摄氏度，几近到了生命的极限！她妈嘱我数数孩子脉搏。我轻轻地试试看，心里更是急得慌，脉搏跳得数不清啊——每分钟起码搏动200次！

经过一番努力，幸好孩子的血总算是止住了。可口里却不停吐着血涎，呼吸更是急促。连续几天静卧无声的孩子，居然发出了微弱而强烈的哀叹：

"妈，我想回家啊！"

"妈，我怎么看不见你耶！我是不是回……回不去啊！"

"妈，快……叫医生来救救我耶！"这一阵哀叹，是小女同死神搏斗的呐喊！是淬火般的尖刀刺向爹娘心胸而无法忍受的阵痛！是濒临病危的小生命向医者发出"救死扶伤"的动人心魄的呼唤！这是一间大病室，有十多张床位，照顾病号的叔叔、阿姨、爷爷奶奶，听到这撕心裂肺的哭号，个个都情不自禁地跟着哭得泣不成声。

然而，令我失望的是，就在这时，医院竟送来了第二张病危通知书。这可是一份"准死亡通知书"啊！我把孩子她妈支在一旁商量说："孩子可能不行了，是不是发电报通知最疼爱她的奶奶，请她老人家快来见最后一面？"

玉梅一听，竟断然拒绝："别胡闹，孩子已是命悬一线，她老人家若是来了，孩子刚离开她到城里，就得了这么重的病，老人一激动，孩子也激动，命可能真的就没了！到时后悔不及啊！"

听她这么一说，我也就打消了这个念头。但眼前的为难之处是如何帮助小女闯过鬼门关。

我们正难得一筹莫展之时，一位老乡前来看望身处病危的贵娟。她叫张翠兰，医院的"常客"——因她孩子常患病，在医院常来常往，结识了不少儿科医生和护士，有的还成为朋友，当"亲家"一般互相走动。当她了解贵娟的病情后，二话不说，就直奔小儿科，恳求医生收下。值班医生是个很有医德的人，当场就表示同意，并随即组织会诊，决定参照外科手术的直观资料，再次抽血检验，切实找出病根，然后对症下药。这时已是晚上8点。我拿着化验单，抱着病危的小女，径直朝化验室奔去。化验室嘱我等两个小时去拿结果。我应约而至，化验单结论终于出来了：病症：败血症；病因：金黄色葡萄球菌感染。这可是人类面临的最厉害的病菌之一啊！据医生讲，这种病菌繁殖得奇快，它成倍增长，不断翻番，24小时之内可见玄孙。如处置不当，患者病情就会恶化，导致死亡。为尽快剿灭贵娟身上的金黄色葡萄球菌，主治医生选择了用国内的王牌消炎药同进口的王牌消炎药配伍，实行适度大剂量注射。第二天上午，护士站按照新处方给贵娟挂了针，药水上了三瓶。到了傍晚，孩子的体温开始下降，降到40摄氏度以下。第二天继续用药体温继续下降，降到38.5摄氏度。到了第三天用药之后，孩子的体温终于趋于正常。真是谢天谢地，孩子与死神擦肩而过，从鬼门关里折了回来！看到这一奇迹，我除了要衷心感谢原黄冈地区第一人民医院儿科全体医护人员鼎力相救和老乡张翠兰鼎力相助之外，更要感谢孩子的妈妈柳玉梅——

她为了孩子死而复生，一连七个昼夜守护在孩子身边，一步不离，更没有上床睡过一次安稳觉，而且，还强忍着悲痛，没有掉过一滴泪，担心诱发孩子悲激而窒。

她为了孩子死而复生，一连七个昼夜反复不停地安抚病危的孩子说："不要怕，有妈在陪你，医生在救你。放坚强些，一定要挺住。"

她为了孩子死而复生，一连七个昼夜学着农村大娘，在心底默默地给孩子"叫黑"，一遍又一遍地呼唤孩子："不要在外面玩耍，赶紧早点回来，快点回来……"

　　终于，真情打动了上帝，科学战胜了病魔！孩子真的回来了，烧退了。弱小的贵娟又扬起了生命的风帆！这时候的孩子她妈，那激动的泪水不禁夺眶而出，浸透了一连七天没有更换的衣襟……

离婚避债

　　变局时代的中国，有许多成功的经验和划时代的创造。然而，也有些不可忘却的教训。20 世纪 90 年代初，全国从上至下兴起的"公司热"就是典型的例证。此"公司"并非彼公司，而是管理国家、治理社会的党政军机关兴起的"行政性公司"。

　　初始阶段，人们很不理解，亦不情愿，我也亦然。可"会议推动"是那时候的制胜法宝。一次次动员，一次次洗脑，一次次"典型引导"，铁心肠也给感化了、同流了。记得当时主席台上的面孔是那么熟悉、那么认真、那么严肃：讲到"行政性公司"的重要性，被冠以"时代的要求""改革的必然""改善地方财政的需要"；讲到兴办"行政性公司"遇到障碍，即鼓励"要敢于试，敢于冒"，"再来一次思想大解放"；讲到各部门领导对兴办"行政性公司"的责任，则要求"用党性作保证，'帽子'作抵押"；讲到"行政性公司"没钱办，则积极提倡"借鸡下蛋""借水行舟""借财生财""借梯上楼"……

　　识时务者为俊杰。高层设计如此之美好，声势如此之浩大，是傻子也能听出话音来。"通不能，三分钟。听不听，在诚信。"在我的心中，最直接的上帝就是市级领导。领导说的都有依据、都有来头，都得要听、要照办。于是，我所工作的部门也办起了公司。没有人才，招聘；没钱经营，借贷；没有市场，去找。可有谁知，商场如战场，是你死我活的博弈！客户骗你是常态，骗子骗你没商量。公司经理几易人选，一个不如一个。公司本是一张白纸，可以绘出最新最美的图画。可行政性公司的这张白纸，绘出来的图画却是百孔千疮。本来没窟窿，却给戳成了窟窿，小窟窿渐成大窟窿，最后成了债砣子、烂摊子，收拾起来煞是困难。单位下属公司没钱还贷款，我怕失去信誉，出面去武汉朋友家代为公司借款 10 万元给还了。可公司因经营不善，债台高筑，朋友的借款没法还。起初倒是客气，后来却成仇人，天天晚上来电话逼债，什么脏话、狠话我都得受着。家属为此憋了一肚子怨气。

可我还是耐着性子，趁休息日赶赴武汉，跟朋友讲实情。"没有钱，便交言"，这是常理。岂料，武汉朋友却不让我回家，硬要我接受高额利息，当初借款 10 万元，竟要开具 30 多万元的欠条。我耐心解释说："当初借款是公司行为，有账可查，我只是经手人。你今天所要的高利息，我无法接受，也无权接受。"

"我不认公司，只认你。这利息你必须承认！"朋友带着怨气回答。

为着这笔高利息，我们双方一直僵持不下。从上午 10 点一直僵持到次日凌晨 1 点多。无奈之下，我只好按照朋友的意见，暂时开具了欠条。第二天一到家，我连饭都顾不上吃，便赶紧写了一份举报送到派出所。值班的派出所所长说，他这是非法拘禁，是敲诈勒索，你可以反告。我解释说，我和他毕竟是朋友，毕竟是下属公司欠他的，之所以举报，是为了以防万一……

无独有偶。也就是在这一期间，孩子经营的石材厂因前任法定代表人抽逃资金，造成资金链脱节，加之自身管理不善，职工违章操作出了事故。事故责任人身受重伤，住院抢救、治疗。一时间，家里变成了"接待站"，"灶里不断火，路上不断人"，家人当起了招待员和护工，既要管吃管喝，又要管医管药，还要兼顾护理，端屎端尿之类的事也得亲力亲为。

还是在这期间，我从市政府研究室调到市政府发展研究中心任主任。该中心也有两家行政性公司，一家已经停业，另一家勉强支撑，但困难同样不小。为扭转困局，公司经理汇报说，他打算买一小块土地搞房产开发，争取尽快扭亏为盈。我想这倒是件好事，理应给予支持。于是，我当场表示赞成，并出面帮忙选地段、找地皮。很快，地皮、地段给落实了，规划也搞好了，可轮到动工兴建进材料时，问题竟莫名其妙地冒了出来：这位经理从鄂城钢厂赊来的钢材没有如期付款，厂方销售公司再三与他联系均不见回音。无奈之下，其业务经理带来一拨人找主管部门领导讨说法，我上班，他们便坐在我办公室陪着；我下班，他们便跟着我到家里候着，有时还得管饭局。我也不知同这位经理联系多少次，次次听到的回音都是"已关机"，千呼万唤不出来。家里本已乱套，这下更是糟透了！

从武汉朋友逼债，到鄂钢来人讨说法，这接踵而来的烦心事，我身为之憔悴，我心为之焦灼，我强控情绪，静下心来，"吾日三省吾身"，痛定思痛，深感我这一生的一举一动，一言一行，对得起组织，对得起领导，对得起同事和朋友，唯有对不起的是我的家人——特别对不起的是与我风雨同舟、患难与共的妻子。我在上司面前是"纯仆"，可在妻子面前却是"仆主"：唯我独尊，说一不二，自以为是，独断专行，听不进妻子半点意见，以致酿成了眼下的乱局。想当初，如若我能听取妻子的建议，家，一定会平平安安、和和美美。记得去武汉朋友家借钱之前，妻子曾劝我说："你一心为公是好事，可也不能把'假公济私'倒过来呀！"我回答："公司是单位的，我不帮它谁帮它？"就这样，我执意去了武汉。两个儿子，一个因企业破产而失业，一个因公司倒闭而下岗，他们本可以通过人脉关系实现再就业，玉梅一再提醒我，我却固执己见，硬要他们去独闯商海，"在游泳中学会游泳"。结果，越游越深，不能自拔，所生产的外贸石材产品，市场陡然坍塌，亏得血本无归。我这时才意识到，商海是广阔的，市场却是残酷的！对于孩子们说来，要驾驭市场，走向成功，还有很长的路要走。

思来想去，眼下当务之急，是如何让家人从乱局的窘境中解脱出来。

一个皓月当空的夜晚，我同一位挚友谈到这一话题。他听完我的诉述后，用疑惑的眼神盯着我问道："你敢不敢走一步险棋？"

我当即回答："只要能解除我家之困，什么险棋都敢走！"

"离婚，你与老婆尽快离婚，通过法律手段合理避债，保护家人。不然，几十万的债，你作为工薪阶层怎么个还法？要家人跟你一起受拖累？！"他一本正经地这么建议说。出于担心我难以接受，他还举出实例开导我，并支招儿说，离婚协议一定要写好，债务由你一人承担，与老婆孩子无关。

听了这话，我为之一惊，半晌没有应答，心想：婚姻大事，非同儿戏，怎么能说分手就分手啊！这位挚友见我一时难以接受，便又举出实例开导我说：

"谁都知道你们夫妻俩的感情基础是牢固的。可现实明摆着，离，家还有希望，还能勉强支撑；不离，家可能很惨，可能会像危房一样瞬间坍塌！不信？你试试看。"

朋友的话如雷贯耳，直击灵魂。我想，我的所为，实属"自作孽，不可活"，不如采纳朋友的建议赌一把。

回到家里，我连夜将朋友的建议一五一十地向爱妻玉梅复述了一遍，并把离婚的想法讲了出来。她尽管个性有些犟，但毕竟是个通情达理之人，"每逢大事不糊涂"。当晚，她便怀着一颗怨恋之心答应与我分手，并于第二天一道到民政部门办了离婚手续。《离婚协议》上，明确约定债务由我一人承担。

说实在的，离婚之事，因为不是真正感情破裂，在签字的那一刻，心里确实十分难受而忧伤。此时的心境，恰如一首伤感情歌在我心中萦绕。这首歌词的大意，令我刻骨铭心：

> 一城两地分隔彼此的温柔，
> 思念如融化的雪水点点滴滴地流。
> 多想给你的爱会成为永久，伴在你左右，
> 却让没有你的时候打乱了节奏。
> 请捎去我的祝福和问候，
> 这微不足道的爱是我的所有。
> 分别的那一刻我心碎了，
> 怎么也不舍得松开你的手……

玉梅离我而去的那天晚上，我独自一人，伫立窗前，望着漆黑的夜空，思绪杂乱无章，脑海里不时浮现出她渐渐离去的身影。那一丝牵挂、一缕情怀，实在难以割舍，进而让我久久地沉浸在自责和悔恨之中。俗话说，男儿有泪不轻弹。可我的伤心泪却在悔恨中扑簌簌地流出来……

一场阵痛过后，心情渐渐平静。我想，人犯了错，光悔恨是无用的。最好的办法当是引以为戒，重新站起，果敢地去面对现实，弥补过失，把失去的东西重新找回来。

玉梅带着孩子们搬到她所在单位安居之后，我孤身留守在市政府大院老宅。尽管有些寂寞，有些阵痛，但好在"一人吃饱，全家不饿"，除了因公加班之外，"天一黑，门一闩，睡我的觉，打我的鼾"，有效地避免了"债权人"的骚扰。同时，便于冷静思考，处理好面临的几宗棘手难题——

对于鄂钢的债务，劝导债权人坚持依法办事，通过诉讼程序处理，不得到

政府机关扰乱正常的办公秩序；

对于石材厂的事故，依法分清责任，该谁承担归谁承担；拖欠职工的工资，一律予以清偿；

对于武汉的借款，主张对簿公堂，分清责任是非，依法追责偿还。

以上问题的处理，前两个立竿见影，立收实效，唯有武汉的借款很难缠。我数次登门说情，要求他依法起诉，可他坚决不干，因为他知道，一旦起诉，我只是公司借款的经手人，法院不会判令我承担其债务。实在没法，出于良心，亦出于朋友一场，我于2005年11月29日，再次登门讲实情，求谅解，共商解决办法。我直言拜上，实话相告："单位的公司早已垮了，石材厂也倒闭了，老伴一气之下与我分手了。为了单位的公司，我糟蹋得妻离子散，凭我那点微薄的工资，要给你还本付息30多万，岂不是痴人说梦？"

"我不管那么多，我只管要你还钱。没钱还，你去借。"朋友回答说。

"做任何事，都得讲求实际。这大一笔钱，我到哪儿去借？"我于是说。接着，我告诉他，"高利息不受法律保护。我们还是回到现实生活中来，商定个切实可行的还款方案。"

"那你的意思呢？"

"先还本，公司还本没钱，我负责借。"

"不行，利息也得还！"

"要还利息，还是请走法律程序。不还利息，我可以尽犬马之劳。"我继续理论说，"因为我们是朋友，我才揽上这桩事。倘若你执意逼我要高息，我要么撒手不管，要么跳江而去。此心已决，不可逆转。到那时候，我倒轻松，你却亏了……"

听我这么一说，他愣了半天，才勉强接受了我的还款方案。

经过一次又一次的迂回周旋，终于迎来了一缕曙光。全家人再也不会因高利息而犯愁，也不会因债权人上门逼债而烦恼。我这才长吁了一口气。

自武汉回来，我第一时间约见了老伴，并将在武汉商谈的情况以及鄂钢和石材厂债务得到妥善处理的情况告知于她。老伴高兴得老泪横流，说："总算有出头的日子了，家，也总算有希望了！"

几年后，家境终于有了好转。根据我的提议，老伴柳玉梅同意与我复婚，并即时在民政部门办理了复婚手续。一场"离婚避债"的闹剧总算收了场。

归田安享

时序进入 21 世纪，我和老伴相继到了退休年龄，组织上分别给办理了退休手续。自从退休的第一天起，我俩都感到"戢鳞潜翼，思属风云"，归隐林泉，一身轻松，没有丝毫失落感。

随着岁月的流逝，年龄的增长，"告老还乡"的念头愈是强烈。老同学、老乡亲、老朋友……一拨拨熟悉的面孔和故地旧屋的模样，梦幻般地在脑海里闪现。老伴的乡愁情结更是强烈，因为她在家乡连续工作了 18 年之久，家乡的山山水水浸润着她的点点心血。

"月是故乡明。"2008 年年初，我俩终于踏上了还乡定居之路。可几十年"独在异乡为异客"，老家的宅子早已易主。经打听，原桐梓乡所在地还有一幢废旧厂房——太平六级电站有待处置。于是，我们便找到业主单位青石镇政府的有关领导商量交易事宜。经过一番讨价还价，最终以 1 万元的价位成交了。

厂房买下后，因为不能住人，一时半会儿又没钱重建，只好求助隔壁的原电站职工宿舍买主何师傅友好协商，让他将靠近厂房的两列旧宿舍和两列空屋基卖给我们。何师傅满口答应，当即签订了《房屋买卖协议书》。这下才有了安身之所。

回乡最大的乐趣当数田园学稼。尽管有些累，但累得其所，累得愉悦。我们虽在家乡土生土长，可此一时彼一时。正宗家乡村——柳畈村和大叶山村都属黑土地，肥沃得很，"春种一粒粟，秋收万颗子"。如今新定居地橘子林村，原属乌石山，"除了石头大，就是黄沙滩，每每逢旱季，庄稼尽枯干，三天不下雨，禾苗可自燃"。六级电站旁边有一块空地，老伴去开垦做菜园，可锄头一挖下去，碰得石头当当响。于是，我俩齐心协力，将这块地进行了深翻，把石头一个个从沙地里掏出来进行平整。岂料，没有泥土的黄沙地，咋弄也不发旺，种的蔬菜总是蔫奄奄的。这时，老伴想到老家有句俗语："泥田掺沙，洋糖蘸粑。"她即时告诉我。

我说："有了，这里土质恰恰相反，正好把它倒过来！"

"啊！是的。"

按照这一反向思维，我们倾身附近的沟渠，捞起一筐筐淤泥，掺进新垦的菜园地改良沙土。这一招，终于见到奇效。改良后的土壤，种出的各种蔬菜，长得嫩绿苗壮，敦实诱人。

蔬菜中，上架豇豆一天天长起了身子。可架子从哪儿来？我们相面以对，不知所措，便一边思索一边问道农友。农友遥指对面崇山说："那儿杂竹多的是，可做豇豆架。"我们喜出望外。第二天一大早，便带上工具和干粮，还带上了"凉白开"，兴致勃勃地朝着农友所指的方向奔去。一路上，有说有笑，似乎回到了孩提时代一般。可崇山不惠陌生人。路越走越陡，人越走越累。连走带爬地耗尽了一个多小时还不见杂竹的踪影，唯见大片大片的芭茅和灌木遮天蔽日，漫山遍野。我们不禁困惑起来。正在这时，巧遇一拨人上山砍柴。便趁机打听哪儿有杂竹？他们见我们不是山里人，便着实指点说："杂竹就藏在芭茅林里。芭茅长得高，外面看不到，要想弄到它，就得钻进去找。"

听他们这么一讲，我真想打退堂鼓。老伴却劝道："既来之，则安之。我们总不能空手而归，让左邻右舍笑话。"我只好屈从了。

于是，我们俯身钻了两人多高的芭茅林搜寻所需的杂竹。果然，钻到纵深一百多米处，便发现一大片杂竹混生在丛林中。我们高兴得几乎要跳起来。豇豆架只需小竹，不需大竹，我们只好一处处、一支支地"抽壮丁"。这样"抽"着砍，很费时间，加上那天天气闷热得很，没干一会儿便汗雨淋淋，自备的饮水很快就喝光了，干粮也吃光了。人，又渴又饿；活，还得坚持干。不仅要把杂竹簇在一起，还得将它拖出丛林，放置路边扎捆。可这丛林没有路，人是钻进来的，杂竹要拖出去，还得砍出一条便道才是。急是没有用的，等是不现实的。我们只能忍饥挨饿坚持挥刀砍路。一百多米长的丛林便道，硬是凭着我们的意志力给砍了出来！这时一看表，已是下午2点多，人已累得精疲力尽且不说，直感到肚子饿得咕咕叫，口里渴得冒青烟！实在没法，我只好就地取材，抽了两支嫩笋，将笋衣剥去，我和老伴一人一支，相互笑着啃下充饥。记得小时候，我老家屋后有块竹园，曾因好奇，尝试过生鲜嫩笋，其味道，带有淡淡的苦涩，且含微麻，不敢咽食。可今个儿，因饥啃笋，味道不知多鲜美，我和老伴啃完一支又去取一支。但口渴心躁的问题还是没有解决。我只好四处寻觅，看哪儿有水源。真是"天无绝人之路"。在一溜山凹，有股汩汩清泉顺着山沟的涧溪源源不断往下流。流至峭壁处，形成了一个小泉水凼，清澈见底。我"哇！"的一声，高兴得叫出声来。老伴见了同样高兴。因为这时候的我们，体内的水分实在透支太多了，身上的衣裳全被汗水浸透，心跳骤然加快，如再不补充水分，也许会在这深山老林里命送黄泉！须臾，眼下的泉水清清冽冽，沁人心肺，诱得适才倦怠的身躯旋即兴奋起来，兴奋得口舌生津，垂涎欲咽。我首先俯下身子，捧起泉水直饮，一直饮到止渴为止。老伴亦然。饮水之后，便一口气把杂竹拖至路边打捆。然后一人挑一段路程。挑至中途，杂竹打的捆突然散了架。我们再打捆，怎么也扎不好，真是愁人。一位好心的农友见状，主动前来帮忙，总算给解决了。可这时，天已快黑了，肚子饿且不说，口里又渴得冒青烟。因为挑着担子走了十多里崎岖山路，在山上饮的水早已变成了一串串汗珠儿还给了大山。老伴煞是精明，连忙跑到附近一家农舍为我叩开柴扉讨水喝。这恰是"日高人渴漫思茶，敲门试问野人家"。不一会儿，农舍走出一位老大妈。她一手拎着开水瓶，一手端着饮水碗，颤巍巍地递给我老伴。老伴连声道谢。大妈微笑地摇着头。真是"渴来一滴如甘露"。我们接过陌生大妈给递来的温开水，饮了一碗又一碗，感到这不是在饮水，而是在饮下救命的甘泉！陌生大妈的这份恩情，今生今世，我们没齿难忘。

水是生命之源。饮下陌生大妈的恩情水，我似乎周身充满了活力。一担百把斤重的杂竹挑上肩，踏上估摸着还有四五里远的回家之路，再也不感到那么吃力，路也平坦些，担子一步一闪，轻轻松松。不到半小时，我们终于到了家。种豇豆所需的竹架终于有了保障。

农村种菜园，习惯施用农家肥。垦出的菜园地属沙质土，更是需要农家肥进行改造。为此，我们隔三岔五地到附近小学掏大粪，到养猪场里运猪粪，老伴还不辞辛苦地养了一群鸡，自家积鸡粪。用粪肥种的蔬菜，长得肥硕、莹嫩，清香可口，格外甜美，细嚼慢咽起来，更让你感到它才是正宗的家乡之味道，胜过大鱼大肉、山珍海味，是城里难以觅得的佳肴。

除了经营菜园之外，按照玉梅的提议，还在附近的农户租了一亩多河边田地种杂粮，什么红苕、绿豆、玉米、高粱等小杂粮应有尽有，年年自给有余。有人问："你们二老何苦呢？退休了，还要自找苦吃？"我和老伴一再解释说：生命在于运动啊！退休后，坚持劳动锻炼，有益健康，并不单纯是为了享受成果，更是为了享受生活——让生命在劳动锻炼中得到延伸，这是人生中的一大幸事。其实，这种享受生活的体味，正如东晋时期大文豪陶渊明在其诗作中所云"因蔬有余滋，旧谷犹储今，营己良有极，过足非所钦。春秫作美酒，酒熟吾自斟"，"息交游闲业，卧起弄书琴"。其田园生活之美，被陶渊明先生描写得淋漓尽致。

除了学稼之外，还注意培植些花木。这是我和老伴的得意之作，更有孩子们的一份功劳。新家门前有一大片空场。便把它利用起来，搞点儿庭院绿化。有乡村常见的松柏、喜树、樟木、斑竹、紫竹、细叶枫，有城市园林种植的桂花、梅花、茶花、紫薇、玉兰、红杜鹃、迎客松，还有珍稀的黄杨、饭米籽、对节白腊等几十种竹木和木本、草本花卉。这些花木聚植一院，似是一个小植物园，给生活增添了无穷的情趣。一年四季有花有果，鸟语花香，景色甚是宜人。特别是春天，随着气温不断上升，世间万物渐渐复苏，家里庭院之花木也开始露出新芽，吐出新枝，抽出新梢，沐浴着阳光雨露竞相生长。盆景中的迎春花缀满枝头，金黄灿烂，随风摇曳。艳丽如云的红杜鹃像一团火，引来彩蝶翩翩起舞，构成了一幅幅"蝶恋杜鹃"的秀丽景观。其貌不扬的猫儿刺也凑上了热闹，它的花，洁白如雪，柔茸如棉，一丛丛、一串串，吐着醉人的馨香，越嗅越觉甜美。生活在这样优美的自然环境里，终日享受天然氧吧，人的精神不知有多爽。

然而，真正称得上"天然氧吧"的，要数大山深处。秋之一日，几位朋友远道而来，说是要登顶云丹山，一览鄂东名胜，邀我和老伴一同前往。恭敬不如从命。我们乘坐一辆中巴，迎着和煦的秋风和明媚的秋阳上路了。

云丹为鄂东大别山次主峰，位于蕲（春）黄（梅）交界处，海拔 1244.1 米。该山因主峰嵬峻，云雾缭绕，晨光夕照，彩云如丹，故名云丹山。山之北侧有一平坦凹地，凹地有一股清泉，常年积水成泽，因此又俗称烂泥滩。

去云丹之路，曲折迂回，蜿蜒伸展，且是一路的爬坡。沿途秀美的景色煞是宜人。车在路中行，人入画廊中。车窗外，一片片郁郁葱葱的灌木丛林扑面而来，随即又隐身退去。"之"字形的盘山路越爬越陡，急弯处，皆呈"U"形，登高朝下瞰，只见重重叠叠的"U"形公路隐弯于群山峡谷间，与葱茏的林海和碧波荡漾的库水，以及水库周边那一栋栋鳞次栉比、错落有致的别墅融汇在一起，构成了云丹山庄一幅赏心悦目的画图。从云丹山庄到云丹山顶还有 10 多里路程，只有一条便道到山腰，汽车无法驱使，而且山越高路越陡，只能以步代车。几位朋友担心我们老两口儿年事已高，爬山困难，劝我们就地休息等候。我笑着回答："越是年纪大，越是机会少。你们想登高，我也想望远啊！"

老伴接过话茬儿说："对呀！云丹山，我还是 20 世纪 70 年代初修太平水库时登过一次。一晃几十年过去了，很想去看看。"

就这样，大家继续结伴而行。

山高林密，空气越是清新。身临这名副其实的天然氧吧，甚感心旷神怡，忘却了爬山之累，只想早点儿登上心驰神往的云丹山顶，便一股劲地向前奔去。途中，只见一处处自然生长的迎客松伸展着粗壮的枝丫，托起浓浓郁郁的树冠，像一尊尊天神张开巨型长臂迎接客人的到来。那一棵棵点缀丛林中的红枫，在阳光的映照下，随着秋风翩翩起舞，若一簇簇彩云在崇山峻岭之间悠悠飘逸。

星星点点地散落在云丹峡谷中的山野果，更是如小生灵一般，从林缝中探出头来，瞅着客人露出一张张笑脸，显得格外殷勤。黄澄澄的柿子，伴着秋风，抖落了扶持它的苍绿色枯叶，裸身挂满枝头，灿烂得让人赏心悦目。周身长满了刺儿的野山楂，不服黄柿的艳丽，借助一缕缕阳光，吐射出通红炫目的光彩。披着棕绿色外衣的小洋铃（即野猕猴桃），在曲折伸展的枝蔓上结成串串，随风唱和……此情此景，多年不见，实在动人心弦。老伴颇为感慨地说："像这么好的自然景色，若是囚在城市的家中，是无法分享的啊！你说是不？"

我笑着回答："所以说，我们告老还乡，这着棋走对了。要不然，这好的自然风景，这好的天然氧吧，你在哪儿去分享？"

说罢，我们都开心地笑了。正在这兴致勃勃之时，前方传来一声惊叹："哇！登顶啦！终于登顶啦！好美呀！"

我和老伴顺着这一声惊叹，也加快了步伐，拼命攀登。那双腿，不知哪儿来的一股劲，在陡峭的山顶三步并作两步走也不觉累。大约往高处登踏二十米，终于登上了云丹之巅。啊，这真是"海到无边天作岸，山登绝顶我为峰"。放眼望去，四周的群山重峦起伏，依势低垂，峡谷交错，沟壑纵横，雾云飞渡，曲径藏虹，移步远眺，只见皖之安庆，赣之九江，鄂之黄石，大江上下，百里胜景一眼收。果真是"鹤羽展云丹，兴眺三省七县"，其磅礴之势，无与伦比。啊！云丹之莽莽雄姿，巍峨高峻，东借黄山之威，南恃庐山之势，北眺华山之奇，丹尊独驻蕲阳，不愧鄂东之名胜，华夏之娇娆！

唐代大家岑参有诗云："微官何足道，爱客且相携。"我和老伴携手归田数年后，同住地的邻里乡亲结下了深情厚谊，深感同这里的一草一木都难以割舍。原本打算回乡休息几年就回城里，可后来渐觉城里不如乡村，乡村有山有水有乡情，实属难得的宜居之所。于是，我同老伴商量：把蜗居的破平房拆掉，盖一栋楼房安享晚年。老伴当即表示同意。我们接着便忙乎起来。我负责设计，组织施工；她负责后勤，为盖房提供保障。经过一番努力，一栋设计精妙的别墅楼竣工了。这是 2018 年的事，掐指一算，正好是归田隐居十年整。我们略备薄酒庆祝。宴请那天，十里八乡的亲朋好友都前来致贺。鞭炮、烟花、锣鼓，伴着欢声笑语和阵阵祝酒词，把新别墅闹腾得格外喧哗而炫目。我和老伴为之心花怒放，一解心中的苦愁。这真是"唯有乡园处，依依望不迷"。

说到别墅炫目，只因为别墅共有三层，层层设有"观景台"。这是我和老伴感到最为惬意之作。尤以夏夜纳凉时，我们往往沏一壶好茶，在观景台上置一对靠椅，双双躺在靠椅上，借皓月当空，望星辰大海，听宅前河水欢唱，赏公路车水马龙，畅谈天下大事、古今传奇或家乡巨变，顿觉心旷神怡。家乡蕲春这一方灵秀之地，美哉！我和老伴能在这么优雅的环境里安度晚年，乐哉！

2021 年 10 月

通讯特写

喝令倒水入长江

红旗漫卷，战鼓催春。春到之时，从鄂东大崎山下传来了一曲振奋人心的凯歌：七十六里长、二百米宽、三千多万土石方工程量的新洲倒水改道工程胜利竣工了！新洲人民世世代代的愿望实现了！

我们的目的一定要达到

倒水，全长135公里。它横贯两省三县，承雨面积2300多平方公里，洪峰最大的年度达到3440个流量。新洲县（现为武汉市新洲区）地处倒水下游，沿河两岸有六区三场，23万人，32万亩耕地。过去，每逢雨季汛期，河水倒流，无法排出；一旦山洪暴发，它便像脱缰的野马倾泻而来，湖区瞬间尽成泽国，人称"水袋子"。河堤两岸，往往一夜成灾。在万恶的旧社会，国民党反动派在这里以治水为名，加重苛捐杂税，榨尽了穷人的血汗。而倒水依然如故，广大人民灾难深重，过着牛马不如的生活。当时流传着"生在倒水河畔，人死鬼也怨……成人难过三十，小孩难过一岁半"的悲歌，就是对旧社会的血泪控诉！新中国成立后，广大人民在党和毛主席的英明领导下，顽强地与恶水作斗争，水利建设取得了显著成绩。然而，革命的道路是不平坦的。正当根治倒水的群众运动开始形成的时候，却有人百般阻挠，说什么"倒水工程太大了，莫想这个冤枉心思"，"做十年八载也未必能够成功"。并多次派来"治水专家"进行"勘测"，做出了倒水是"不治之症"的结论，致使新洲人民"治理倒水，造福万代"的愿望迟迟不能实现。

然而，正义的事业是任何力量也不可阻挡的。经过社会主义革命洗礼的广大人民群众精神焕发、斗志昂扬，大胆冲破重重障碍，于1970年春，积极准备向穷山恶水宣战。

新洲县委，对于人民群众的革命积极性十分爱护。他们在党中央的亲切关怀下，在省、地委的指导下，具体调查了受倒水威胁最大的汪集区。这个区环绕着倒水的旧河床——涨渡湖，地势十分低洼。有史以来，"生命由天管，十年九不收"。仅1931年，沿河溃口120余处，数以万计的农户家破人亡，成千上万的穷苦大众流离失所，有的活活地饿死在逃荒的路上。一位80多岁的老婆婆揩着热泪说："倒水欠下人民的千百年血泪债，今天一定要讨还！"

汪集区的苦难史，人民群众的强烈愿望和诉求，使县委深刻认识到根治倒水的重要性。他们连日召开全委会和四级干部大会，认真学习毛主席关于"全心全意地为人民服务，一刻也不脱离群众"和"水利是农业的命脉"等伟大教导。个个心情激动，有的无比深情地说："旧社会，深受水患之苦的农民强烈要求治理倒水，国民党反动派不让治。现在，党和毛主席号召我们治倒水，我们再不治，怎么对得起党和毛主席？对得起广大人民哪？""有党和毛主席的亲切关怀，有人民群众的智慧和力量，正如毛主席教导的，我们的目的一定能够达到！"经过反复酝酿和讨论，一致决定：苦战两年，解决倒水问题！

为实现这一宏伟规划，新洲县委反复学习毛主席的光辉著作《实践论》，深入批判所谓倒水是"不治之症""做十年八载也未必能够成功"的谬论，彻底肃清唯心论、先验论的影响，坚持实践第一的唯物史观，组织领导干部、贫下中农和技术人员三结合的调查组，多次深入实地进行调查，制定蓝图。县委书记姬富荣、副书记项能文等主要负责同志，亲自迈开双脚，走向倒水流域，沿途勘察线路。他们顶烈日、冒风沙、跋山涉水，一步一步地探索，一尺一尺地丈量。从李集区的方杨桥头，到扬子江的新洲堤段，方圆数百平方公里，都留下了他们的汗水和足迹。有一次，为了证实改道线路的正确与否，老姬和老项带领大家走访了十多个村庄，丈量了八公里长的湖水和淤泥的深度。经过艰苦细致的调查研究，确定了一条堤基稳固、便于配套受益的改道线路。

治水方案一经确定，万里长江连天舞，千年倒水起宏图。广大人民群众奔走相告，喜讯火速传遍了山乡僻壤、湖区和工矿。此刻，高山在欢呼，河水在歌唱，人们的心啊，像海潮一样沸腾激荡。广大群众怀着深厚的感情，一遍又一遍地学习毛主席的伟大教导："愚公移山，改造中国""努力奋斗，再接再厉，光明就在前面"……字字默念在口里，句句铭记在心上。他们为能在党和毛主席的英明领导下亲手根治倒水，做大自然的主人，感到无上荣光，从心窝里发出了钢铁誓言："立下愚公移山志，喝令倒水入长江！"有的爹孙三代上倒水，有的全家倾出战倒水，有的主动请缨治倒水。请看：

刘集公社双目失明的贫农社员李干清，甩掉手杖冲来了！

方杨公社 60 多岁的女劳模朱桂芝，扛着铁镐上阵了！

顾岗公社老贫农吴金波，组织"愚公战斗队"赶来了！

红安、麻城、浠水、黄冈等县人民和亲人解放军的援助大军，浩浩荡荡地开来了……

顷刻，倒水两岸红旗林立，人涌如潮，十九万治水大军，同危害人民千秋万载的倒水展开了大搏斗，呈现出一派"万马战犹酣"的动人场景。

自力更生　艰苦奋斗

根治倒水的战斗打响后，各级党委热情支持，各条战线大力援助，广大民工倍受鼓舞。他们以典型宣传为动力，克服各种困难，奋发图强，与天斗、与地斗，重新安排倒水。然而，也有少数人缺乏艰苦创业精神，主张"出力靠自家，物质靠国家"，认为"没有一批开山机，想根治倒水难啊！"

要战胜治水困难，是伸手向上，还是自力更生？刘集公社的民工们做出了榜样。他们在公社党委书记程金阶的带领下，及时举办学习班，联系本公社合作化以来，用"穷棒子"精神改造"水袋子"，使大片"锅底田"变成粮仓棉海的历史事实，狠批"等靠要"思想，牢固树立勤俭办一切事业的观念，认真地贯彻执行"自力更生，艰苦奋斗"的伟大方针。施工工具不足，便一马当先，依靠自己的力量，就地办起修配厂，修旧利废。有几支钢钎凿得只剩下半截，民工们把它回炉加工，继续使用。与此同时，大胆进行技术革新，把小铁镐改成大铁镐，把小斗车改成大斗车，不断地加快施工进度。

在刘集精神鼓舞下，治水大军心明眼亮，志坚如钢。他们信心百倍地说："党和毛主席越关怀我们，我们越要像刘集人民那样实干巧干，不靠伸手靠动手，自力更生来奋斗！"

从此，近百里的倒水工地，自力更生的精神大放异彩。人们凭借革命的意志和智慧，不断地在斗争中认识新矛盾、解决新问题、做出新贡献。

经过一场激烈苦战，挖方地段的浮土掀开了。可眼下都是巨大的岩石层，急需爆破。靠上面运炸药，既费劳力，又费时间，有时还供应不上。这种情形，被锦屏二连民兵战士周金华看在眼里，急在心头。他想：早一天炸掉岩石层，就能早一天治好倒水。工程任务这大，我们不能等着吃现成饭啊！于是，就组织民兵办起了炸药厂。没有锅炉自己建，没有技术干中学。经过反复试验，终于制出了第一批炸药。可在试用时威力不大，有的还成了"哑炮"。前进道路上的困难，像一块沉甸甸的石头压在周金华的心头。他坚信，实践是取得真知的源泉。他满怀信心地坚持"实践、认识、再实践、再认识"，对炒制的炸药做仔细的分析研究。发现炒制炸药火功不均匀，水分含量大，便根据高温蒸发盐结晶的原理，改炒制法为水蒸法。经过三番五次的试制提炼，终于成功了，比商品炸药的效果不相上下。水蒸炸药成功的胜利喜讯，迅速传遍了整个工地，各个战场自力更生，就地取材，很快办起了 11 个炸药厂，置锅炉 130 余口，加工炸药 2000 多吨，从而满足了爆破施工的需要。

隆隆的炮声惊天动地，坚硬的岩层粉碎扬花。治水的英雄战士们凭着一颗红心两只手，夺取了一个又一个的胜利。只见那隆隆凸起的山坳，一天比一天矮小；那宽阔的河床，一天比一天加深；那长长的堤坝，一天比一天宏伟。

旧的矛盾解决了，新的问题出现了：随着河床的下落，大坝的升高，坡度越来越大，运送土石十分困难。如果光靠肩挑手提，劈坳填渊，什么时候能够完成？整个工程又要拖到哪年哪月？民工们心急如火燎。

在这紧要的时候，新洲李林营的民兵战士敢字当头，土法上马，苦战三日三夜，硬是用自己的血汗和智慧，攻破了道道难关，把拖拉机改装成牵引机。用牵引机牵引板车运土，比肩挑手提提高工效十多倍，比人工操车提高工效两倍多。这一成功创造，推动了全工地一个自力更生改机车的群众运动蓬勃展开。看吧！机务员冯则友，破除迷信，绘出了工具改革的第一张图纸；木工朱良清，解放思想，用硬木和橡皮造出了"钢铁飞轮"；民兵周先华，大胆革新，把一根直径 40 多厘米的铁棍硬是锤到 35 厘米，做成牵引转动杠……他们的辛苦劳动，使有限的机车发挥出无穷的威力，为早日根治倒水创造了极其有利的条件。

排除万难　去争取胜利

酷热的夏天，开凿韩衔坳的战斗打响了。这个大坳长近 9 里，通向河床的深度 31 米多。在这里劈坳开河的英雄战士，首先就遇到了卵石黏土层。这个被人称之为"死牛肉"的怪物，撬也撬不开，挖也挖不进，把根根坚韧的锄柄震断了，张张崭新的铁镐磨损了，困难像一座山。

然而，"天下事难不倒共产党员"。贫农出身的共产党员、张信五连连长刘火山，在"攻坚战"的讨论会上，豪情满怀地说："有党和毛主席的英明领导，才有我们的幸福，才有人民的今天。我们要用毛主席倡导的'愚公移山'精神与卵石层搏斗。卵石层再硬，也硬不过我们的意志，就是铁石层也要把它撬掉!"说着,他带头抡起开山锤、十字镐,一鼓作气地往下挖。战斗的日日夜夜,他眼睛熬红了,虎口震裂了,从不叫一声苦和累。

热火朝天的战场送走了盛夏,迎来了隆冬。

1970年12月1日天还没亮,刘火山就带领民工奔向工地,使尽全身力气,把卵石大车大车地拖出坳口,一直干到晌午没歇一口气。在行车的途中,他发现有一段新开的路基狭窄,来往人车让不开,便想到这是影响施工的障碍,应立即排除!

午休的号声响了。民工们相继回到了营房,刘火山趁这个机会,扛来十字镐,争分夺秒地抢修路基。经过一阵激战,路基加宽了,障碍排除了。忽然,"轰隆"一声巨响,意外的事情发生了:刘火山同志为打通前进的道路,流尽了最后一滴血!

"为有牺牲多壮志,敢教日月换新天。"一个刘火山倒下了,千万个刘火山冲上来!治水大军踏着刘火山打通的道路,潮水般地涌向大坳,展开了气壮山河的搏斗。

在那硝烟弥漫的炮口上,刘火山的爱人和儿子,接过他的十字镐,又奋不顾身地钻了进去。人们关切地进行劝阻,他们斩钉截铁地回答:"毛主席教导我们:'要奋斗就会有牺牲。'刘火山没有完成的任务,我们一定要完成!"说着,继续坚持挖山不止。

在那悬崖峭壁的险峰中,60多岁的老贫农张永和,抡起十二磅的大铁锤,接连奋战七昼夜。汗水浸透了衣襟,血泡布满了手掌,没说一个"累"字。

在那乱石飞溅的"龙口"里,女民兵郭桂梅,组织铁姑娘战斗队,驾着长长的运土大车,飞墙走壁似的冲来冲去。有时,一不小心就摔倒在陡坡上,她们立即爬起来,包扎好伤口,又毫不畏惧地向"龙口"冲去!

……

英雄的治水战士就是这样以忘我的战斗精神撬开了卵石,搞掉了岩层,取得了开凿大坳的胜利。

奋战大坳是艰巨的。然而,更艰巨的还要数穿湖筑堤的那场恶战。

1971年春,大地还是一片冰封雪岭。陶家大湖的东堤工程破土动工了。

这里水面狭度有1700余米,水深3米多,淤泥深4米。要在一片汪洋的湖面上筑起15米多高、130多米底宽、1700多米长的新河堤,才能保证整个改道工程的质量。任务十分艰巨。承担这一任务的汪集分团的民兵战士,夜以继日地奋斗不止。

时间一天天地过去。可人们运倒在湖里的土石，却像石沉大海一样，怎么也见不到影儿。

面对眼前的困难，治水大军毫不畏缩。他们一边继续进土，一边群策群力，改进施工方案，采取鸭嘴型进土法和块石、沙包封闭和碾压相结合的方法，代替了直接进土。经过五十多天的连续作战，堤基终于托出了水面。

前进的道路总是艰难的。一天深夜，天气突变。湖面狂风怒吼，浊浪滔天。瞬间，新筑的堤基被湖水无情地吞没了，宽阔的湖面依旧是一片汪洋。近两个月的心血和劳累白费了！望着这情景，人们的心都要碎了！可偏在这时，有人风言风语地说："湖里水深浪激，么能做河堤？"部分同志听了后，情绪难免有些消沉。

是迎难而上，还是知难而退？分团临时党委根据上级的指示精神，组织了一次大辩论。在辩论中，他们联系新洲人民旧社会的苦难史、新中国成立后的翻身史和水利建设的斗争史，认真进行一次深刻的思想教育，用铁的事实回击了畏难情绪和悲观情绪。大家最终立下誓言："堤塌志不塌，土垮劲不垮。哪怕湖水深千尺，也要筑起万丈坝！"

风住雨停。陶湖两岸，机声隆隆，堤坝上下，车轮滚滚。人们冒着严寒继续作战。一天，共产党员、民兵营长徐绁波，由于长时期的劳累，胃病发作，曾两次动手术的伤口发了炎，他痛得脸色苍白，头上豆大的汗珠直冒。然而，这些他都置之度外，一趟又一趟地拖着满满的运土大车，向塌方处冲去。冲着，冲着，"扑通"一声昏倒了！民工们一拥而上，把他搀扶起来。可刚一苏醒，他又举起那双粗壮的手，抓起车辕，继续冲向塌方……

"世间一切事物中，人是最可宝贵的。在共产党领导下，只要有了人，什么人间奇迹也可以造出来。"经过两个冬春的艰苦奋斗，陶湖涌起的千万层恶浪，被人们降伏了！大坝的千百次塌方，被人们战胜了！在春光明媚的鼠年三月，那巍然的东堤像长城一样，耸立在汪洋的湖面上，最终结束了倒水改道的战斗。

倒水改道后，万顷波涛归大海，百里新河唱新歌。沿堤将建起 37 个水闸、13 个电排站和 1 个滚水坝，构成一副气势恢宏的农业水利网，既能为实现农田自流灌溉开辟广阔的水源，又能彻底治理涨渡湖，扩大保收面积 20 余万亩。同时，还能进一步巩固血防成果，发展水路交通。从而，使危害人民的千万年倒水变成幸福河，为大办农业、发展经济、建设社会主义新农村，开辟了光辉的前景。

在这胜利的时刻，让我们放声高唱"要创造人类的幸福，全靠我们自己……"的战歌吧！

（原载《湖北日报》1972 年 5 月 8 日、《黄冈报》1972 年 3 月 17 日，作者为执笔者，与饶学刚、严安国、王锡纯三位同志共同采访。）

龙江风格遍英山

在英山县访问的日子里，我们被英山人民团结战斗的精神深深感动着：一个生产队拿不下的工程全大队干，一个大队拿不下的工程全公社干，一个公社拿不下的工程全区干。你帮我，我帮你，"龙江"风格遍英山。

团结协作

听说陶坊公社新生一大队变化很大，我们便来到这里学习访问。

踏进陶坊畈，感到格外新鲜：畈里，园田如画，稻浪滚滚；畈外，石砌河堤，沿山环绕。

这里有一条沙湾河，横贯全畈。以前，这条河像脱缰的野马，满畈乱窜，新生一大队的干部群众很想根治这条害河，但光靠本队的劳力，仅修河堤就得三个冬春以上的时间，而河堤必须在一个冬春修成才能避开雨季汛期洪灾之险。1970年，公社党委决定开展大协作，改造沙湾河。他们组织广大群众和干部反复学习毛主席关于"只有社会主义能够救中国"和"团结起来，争取更大的胜利"的伟大教导，联系本公社自合作化以来，依靠集体力量修水库、开渠道、筑塘堰的事实进行讨论。群众普遍反映说：众人拾柴火焰高，干社会主义就是要团结协作。公社党委的决定，得到广大群众干部的热情支持。党委书记彭在嵋同志向我们介绍了兄弟大队帮助新生一大队的根治沙湾河的动人事迹——

三大队贫农社员胡成志，患胃病，手术出院后，连家都未归，直奔沙湾河，要求参加战斗；

二大队双目失明的五保户王常甲，日夜赶编60多双草鞋，亲自送到沸腾的工地；

四大队共产党员蔡自春，在山洪暴发的夜里，跳下滚滚激流，用身体堵口防浪，保护新堤……

团结就是力量。陶坊公社的社员群众并肩战斗一个冬春，沙湾河终于得到了治理，两条共 3000 多米长的石砌河堤依山屹立，千年的恶水乖乖地顺流而下，陶坊畈不仅免除了洪灾的威胁，还增加了 300 多亩耕地。去年全大队粮食产量比 1970 年净增 27 万斤。

这个公社各个大队团结协作改变生产条件，既是建立在互利的基础上的，又是在公社党委统一领导下有计划地进行的。这个公社共有五个大队。前几年，其他大队帮助四、五两个大队修了两座水库；帮助三大队修了渠道；治理沙湾河二大队也受益。目前，全公社正集中一部分劳力为一、二、三大队平整荒坡造田。

彭在嵋同志告诉我们：改变生产条件的很多工程都要开展协作才能进行，这就需要加强党的领导，做好全面规划，做好思想政治工作，认真落实政策。只有做好全面规划，一仗一仗地打，改天换地才能有条不紊地开展；只有做好思想政治工作，大家从全局着眼，才能团结战斗；只有做到互惠互利，才能有效地开展协作。

我们听着、记着、想着：英山广大干部和群众，其所以能团结一致，战天斗地，是英山县委和各级党组织领导的结果啊！

互相支援

离开陶坊去月明公社，站在西河大堤上举目远眺，只见正在修建的一条长长的渠道，伸展在群山腰间。

据公社的同志介绍，这个公社有十个大队，五个在山上、五个在山下，这条渠道，全长 38 里，开成后，可引水灌溉山上五个大队的数千亩良田。但是，渠道沿线悬崖峭壁，沟壑数以百计，任务十分艰巨。在这困难的时刻，山下五个大队的干部群众，想山上群众之所想，急山上群众之所急，主动上山支援。

山上岩石坚硬，开渠需要大量炸药。为了减轻山上的负担，山下的干部群众跋山涉水，收集锯末屑，先后制土炸药 12 吨送给山上的五个大队，节省投资 1.6 万元。

金银山的大坳口上，要安装一个 100 多米长的虹吸管。这项工程需要从 20 多里外取运 10 万多斤黄沙和 49 筒水泥管。这里重峦叠嶂，山高路险，徒手步行都很费劲，把这些东西搬上去更是难上难。但是，"困难吓不倒英雄汉"。担负这一任务的山下江家冲大队的群众毫不畏惧。他们说："为了帮助山上群众引来幸福水，天大的困难我们也要承担！"就这样，他们在这条艰难的运输线上，硬是把 10 万斤黄沙挑了上去，把 49 筒水泥管抬了上去！经过一场艰苦奋战，安装虹吸管的任务胜利完成了。

我们深深敬佩山下干部群众的共产主义风格，可他们却说："1969 年大洪灾，我们山下几个大队堤毁、田压，创伤很重。山上的干部群众和我们心连心、肩并肩，风里、雨里、雪里，整整苦战两个多月，不仅帮助我们修复了 15 里的河堤，复垦了 1000 多亩良田，连 100 多年前的沙压地也开垦出来啦！这还不算，第二年汛期，他们看到新河堤抵挡不住山洪的冲击，又主动支援木桩 3000 多根，砌石岸 600 多米……

顾全大局

在英山，无论是人群云集的村头，还是炮声隆隆的工地，我们都听到群众这样议论：

"大协作，大建设，就要顾全大局。"

"心里有全局，胜利有保证。"

这何止是议论！他们早已付之于实际行动。就拿冯畈公社来说吧。

这个公社的凉亭大队，需要从相邻的冯畈大队沿山开渠 1310 米，引大屋冲河水灌库，但开渠要毁掉冯畈大队一二十亩田地和部分山林。此时，人们十分关注：那样干，冯畈群众是否同意？冯畈人民用自己的行动做出了很好的回答：他们不仅同意在这里修渠，还主动把这个任务承担下来。

我们来冯畈这天，渠道正破土动工。男男女女，老老少少，凿石的凿石，掘土的掘土。年高 84 岁的老贫农余敬坤看到大家用的挖锄常脱楔，就把自家留用的两米多长的好锄楔木料拿出来给大伙用，并亲自送茶水上工地，逢人就说："同志们，江水英说得好：'手心手背都是心头肉，山前山后都是人民公社的田。'我们为凉亭开渠，同样是为建设社会主义，可是要加油干哪！"

我们顺着渠道走去，碰到了大队党支部书记冷崇志同志。我们近前一步紧握着他的手说："你们的风格真高哇！"

"这是我们应该做的呀。"

老冷接着说，"群众是真正的英雄。听说凉亭要从我们大队修引水渠，群众纷纷向党支部请求说：我们一定要发扬'龙江'精神，把大屋冲的水送过去！"

"听说开渠要毁你们一二十亩田啊！"

"田毁了可以再开，今年生产规划还要保证实现！我们组织 40 多人的专班，新开了 20 多亩沙田，现在，这些田，已经培上了土，插上了早、中稻，还扩大了红苕面积 100 多亩……"

正在这时，凉亭大队的党支部书记余修国同志也赶来了。他对我们说："冯畈的协作精神实在可贵，我们一定虚心向他们学习，认真按照党的政策办事，田还田，地还地，林还林，决不让冯畈的群众受损失！"

一路攀谈，不觉天色已晚。我们告辞社队负责人，离开了工地。没走多远，随着一阵秋风吹来，从那条渠道上传来了阵阵的吆喝声，掘土声和铁锤钢钎的碰击声。这声音在群山峡谷震响，也在我们心头回荡：这不就是英山人民"团结起来，争取更大的胜利"的战斗鼓点吗？让我们伴随着这战斗的鼓点，前进！

（原载《黄冈报》1973 年 8 月 27 日，作者为执笔者，与刘礼仁、严安国二位同志共同采访）

敢教银河落九天

多少年来，人们世世代代望银河、盼银河，总想银河从天落，滚滚长流驱旱魔，今天终于盼到了：

蕲春人民经过三年多的艰苦奋斗，胜利地开通了一条长达182里的"人造银河"——大同水库总干渠。它犹如一条驯服的蛟龙，蜿蜒伸展在峰峦叠嶂的群山腰际，绕过一座座峻岭，穿过一道道隧洞，跨过一条条河流，欢畅地把15个流量的幸福水，送到人民公社的广阔田野……

这是人民创造历史的又一光辉篇章！

红旗指路蓝图展

蕲春，地处鄂东，北倚大别山，面临扬子江，山脉、河流走向复杂，历来既怕洪涝又怕旱。在那"长夜难明赤县天"的旧社会，全县闻名的四十八围七十二畈，涝则尽成泽国，旱则百草皆枯，农业丰产丰收的年景甚少。据旧县志载：正德三年（1508），"蕲州大旱六七月，湖水尽涸可驰驱"；崇祯十四年（1641），"大旱，疫民死十之六七"。反动统治阶级也只得供认，那时的蕲春，"蔽野白骨撑天"，乡村"凄凄楚楚"。统治者，极力鼓吹"天命论"，胡说什么"人靠天养，地靠天种"，借以募捐加税，强迫穷苦大众修"龙庙"、祀"火神"，地主豪绅从中渔利，穷苦农民家破人亡，而灾害仍然猖獗得不可收拾。

新中国成立后，蕲春人民在党和毛主席的英明领导下，破除迷信，解放思想，不靠"龙王"不靠天，依靠"组织起来"的力量，修塘筑堰，截流建库，水利建设取得了可喜的成就。在"大跃进"的1958年，全县人民高举总路线的旗帜，苦战两个冬春，修成了能蓄水2.6亿多立方米的大同水库。但由于错误路线的干扰，群众的革命积极性受到压抑，致使大同水库的配套工程迟迟不能进行。

　　然而，历史前进的车轮是阻挡不住的。蕲春人民在党的领导下，逐步形成了统一意志，决心"修好大同渠，建设新蕲春"，改变"水库有水田受旱，守着咸鱼吃淡饭"的被动局面。

　　1970 年五六月间，全县人民一边向县委提意见，一边协助分路公社大干 20 天，开渠 36 里，引水灌田保丰收，当年增产 310 万斤，终结了粮食产量十年徘徊的历史。

　　这铁一般的事实，给县委以深刻的教育和启示："水利是农业的命脉"，办社会主义大农业，必须打好水利这一仗。

　　红旗指路立壮志，敢教银河落九天。思想认识统一后，县委书记张海景，肩负着党的重托，人民的期望，亲自率领"三结合"的勘察队，顶着灼皮的烈日，数次踏遍了渠道走向的山山水水。从直狼山的峡谷，到赤东湖的余岔，都留有他们的汗水和足迹，辛苦的劳动，赢得了可喜收获——绘出了一幅建设大同水库总干渠的壮丽蓝图！

　　消息传开，全县人民欢欣鼓舞，奔走相告，纷纷写申请、表决心，主动请战。那白发苍苍的老贫农，组织了一支支愚公战斗队；那朝气蓬勃的小伙子，组织了一支支青年先锋队；那英姿飒爽的姑娘们，组织了一支支"铁梅"突击队……

　　1970 年 10 月 28 日，十万治水大军冒着倾盆大雨，浩浩荡荡地向凿渠工地挺进。公路上，车轮滚滚，机声隆隆；群山中，人如潮涌，战歌阵阵；长渠旁，红旗漫展，战鼓声声。一场征服大自然的决战开始了！

自力更生争抢干

　　社会主义革命和建设，绝不是一帆风顺的。修渠的战斗刚一打响，就遇到"三材"不足的困难。如按原计划施工，全线十几个大型建筑物，将要停工待料了。

　　是"等"，还是"干"？蕲春人民慷慨激昂地回答：

　　"一不等，二不看，自力更生争抢干！"

　　"我们也有两只手，决不坐着当'洋奴'！"

　　装点在"人造银河"上的郭中塆渡槽，就是这种精神的一曲嘹亮颂歌！

　　这座石拱渡槽，高耸在两百多米宽、近二十米高的峡谷之间。整个工程没花一寸钢筋一寸木。如此罕见的奇迹，是怎样创造的呢？这里经过了一场激烈的思想斗争。

开始设计就有人质疑："不能那么冒险啊，像这大跨度的石拱渡槽，从来都没人见过！"县委领导听了，及时鼓励设计人员说："人家干过的，我们要干；人家没有干过的，我们也要干！"这时，又有人提出了问题："在渠道建设上，这么大的石拱跨度，资料上都找不到哩！"群众理直气壮地回答："怕什么，实践出真知。我们实践成功了，把它写上就是了！"

领导的关怀、群众的鼓励，使"土工程师"、县水电局技术员李双喜增强了责任感，树立了必胜的信心。他依靠群众的智慧，结合自己的实际经验，以严肃的科学态度，在工地上日夜赶制图纸。眼睛熬红了，身体消瘦了，他全然不顾。经过三番五次的绘制、计算，终于克服了重重困难，拿出了一个以土代洋的改建方案。

可是，按照这个方案施工，也有它的难度；除了要筑两个共四万多立方米的"土牛"，代替六百多个立方米的木支撑架外，还需要四千多块规格条石。而整个工地只有几个石匠，若光靠他们，工程要拖到哪年哪月？人们正为此事发难的时候，承担备料任务的边街公社民兵战士一马当先，打响了劈山采石的"阵地战"，出现了许许多多的动人事迹。被誉为蕲春"第一代女石匠"，就是其中的一例。

这些"女石匠"，是基干民兵何凤姣组织的一支"轻骑队"，平均年龄只有17岁。她们在悬崖陡峭的乌石山上，虚心求师，勤学苦练，用血汗谱写了一曲夺石战歌。开始接触这无缝坚石时，个个虎口震裂了，满手掌布满了血泡，大小臂肿得红通通的，痛得钻心，别说打条石，连梳妆都抬不起手来，吃饭也捏不着筷子。在这严峻的考验面前，英雄的女战士们从来不叫苦和累，咬紧牙关坚持干。初秋的骄阳，把石头晒得滚烫滚烫，箕踞在石上作业，就像坐上蒸笼似的。姑娘们热得喘不过气来，汗水透过衣襟浸湿了岩石，依然顽强地挥锤打眼，楔斩开封……经过三个多月的艰苦奋战，重重困难在她们面前低头了，方方条石被她们开凿成功了。

1972年3月，六十米大跨度的石拱即将起架，几千块千斤一个的条石，怎么送上那高陡如山的"土牛"，又是一道难题。有人认为要用吊车吊，有人建议要用滑板滑。这些"洋"套套一提出来，就被群众否定了。他们说："运条石的时候，往返一百多里，我们拖大车，爬陡坡，一天一趟，叫铁脚板赛过了汽车轮；眼下任务这紧，么能伸手向上要设备？来，千斤巨石我们抬！"说着，白水公社8个青年，从人群中站了出来，进行了现场练兵。他们拿来绳杠，套好条石，一阵"哦嗨"就"轰"上了"土牛"顶，每杠只花十分钟。试抬成功了，工地党委立即把前来请战的民兵编成120多个作业组，一个昼夜就结束了最后一场"攻坚战"。

郭中垴石拱渡槽的胜利建成，使人们进一步看到了自己的智慧和力量。工地上下，自力更生的精神大放光芒！被认为是明渠"禁区"的马踏石，人们一镐镐、一锤锤，在绝壁高空牵出"银龙"走悬崖；被认为是"虎口深壑"的指北垄，人们以移山倒海的英雄气概，凭肩挑手推，筑起一道坚实牢固的送水堤；被认为是"镶天铁垴"的肖家坳，人们发扬蚂蚁啃骨头精神，凿通长渠绕云峰……

众志成城斗蛟龙

长渠沿线，障碍重重。蕲河，就是其中之一。

这条河流是鄂东地区五大水系之一，承雨面积2300多平方公里，最高洪峰达2500多个流量，枯水季节，河床水深也有两尺左右。大同水库总干渠咽喉工程——长752米、高（加基）52.6米的鸭公咀渡槽要从这里通过，谁能不感到困难极大呢？

然而，困难吓不倒英雄汉。蕲春人民在党的领导下，信心百倍，众志成城，依靠团结的力量、集体的智慧，闯过了道道难关。

靠近南岸的几跨槽身开始预制了。民工们正在进行紧张的战斗：有的备料，有的拌和，有的现浇……河床工地一片沸腾。不料，傍晚天气突变，空中乌云陡起，狂风怒号，暴雨伴着惊雷冰雹倾泻而来。人们刚结束一场与风雨搏斗的夜战，又面临着洪水的严重威胁：只见那咆哮的洪峰吞没了沙滩，冲击着岸基，河床里新筑起的700多米长的导流护基堤段溃口了！

险情就是命令！在这紧急关头，全体施工战士胸怀全局，组成一个战斗的集体，争先恐后地冲向险段，与洪峰展开搏斗。可是，由于山洪湍急，沉下的一个个沙包冲走了！打下的一根根木桩漂跑了！横下的一筒筒木料折断了！

风浪大，没有团结的力量大；洪峰高，没有集体的智慧高！英雄的战士们面对惊涛，毫不畏惧。他们手挽着手，肩并着肩，果敢地扑向激流、"龙口"，在齐脖子深的恶水里筑起一道人墙。经过九个多小时的苦战，终于制服了洪峰，保住了导流防护堤，为全局施工排除了艰险。

送走盛夏，迎来了隆冬。蕲春人民在冰天雪地里打响了一场更激烈的战斗。

北岸河床，是槽墩二十号基础处。这里基底地质复杂，用火箭锥和沉井施工，都不能保证工程的质量，唯一的办法是用人工挖出12多米深的基坑现浇。

可大面积挖基施工刚一开始，刺骨的渗水就源源不断地涌了出来。随着基坑的加深，渗水越来越大，基坑成了地下"水冰箱"。在这严重困难面前，民工们"铁人"般地"团结一心拼命干，喝令'龙王'靠边站"！他们不顾渗水没胸，轮番换班作业。基坑里，不时传出一曲曲"擒龙"的战歌——

雪天，北风凛冽，马骋公社共产党员、"英雄突击队"队长黄保安，为了争时间，抢速度，带头顶风冒雪下水捞沙，毛孔冻出了血，依然坚持不下火线。雪后，深夜霜冻严重，西河驿公社女民兵何细凤，组织"铁姑娘"战斗队，坚持下水施工，脚手冻木了，头发披上了冰霜，她们谁也没有丝毫动摇战斗意志……民工们就是这样连续苦干了20多个昼夜，用团结的力量挖开了基坑，浇好了基础。

抗洪、挖基的胜利，极大地鼓舞了人们的斗志，"擒龙"大军越战越勇，工地上到处呈现出团结战斗的动人景象。就说起吊槽身吧，这是一项极其艰巨的工序。25米跨度的预制槽身，体重达150吨。可是，工地最大的吊装车只能承重70吨。怎么办？来这里协作的地区水工队的工人同志，和群众一起商量合计，大胆革新，决定采用"天平"式的滑轮机吊装。这是一种土洋结合的方法。参加施工的几百名战士，操作需要高度统一，稍不协调，有的变组钢丝绳负荷超载，就可能发生事故。谁能承担这么大的风险呢？还是人民群众。一位70多岁的老贫农豪迈地说："人心齐，泰山移。我们'一切行动听指挥'，咋怕'长龙'难托起?!"

吊装开始了。战斗在十台绞磨上的 480 名起重战士，精神抖擞，虎虎生气。他们手握铁绞把，目注指挥旗，耳闻哨音口令，伴着《三大纪律八项注意》的乐曲，一步步、一程程、一条心、一股劲地把一跨又一跨的巨大槽身绞送到 30 多米高的墩塔上。莽莽的"蛟龙"终于在英雄的人民面前降伏了!

英雄虎胆破难关

开渠大军英勇奋战，百里长渠捷报频传。在横岗山的西侧，更是一番鼓舞人心的战斗场面。这里日夜灯火通明，炮声、机声、人们的吆喝声连成一片，震撼着沉睡千年的山谷。决战飞跃隧洞的硬仗越打越激烈。

这个隧洞是整个大同水库总干渠的重点工程，洞高 4.2 米、宽 3.2 米、全长 2362 米，洞内石质复杂，岩层多变，施工常常遇到想象不到的困难。

去年 5 月的一天，开凿飞跃隧洞工程正在向前推进。不一会儿，问题来了：隧洞里千百斤的大块石，夹着流沙、泥水，"哗啦、哗啦"地塌个不停。几天后，出现了一个六丈多高、二丈多宽、十丈多长的"通天洞"。洞顶险石林立，龇牙咧嘴，洞底泥石满地，土堆如山。面对这艰难险阻，凿洞战士脸不变色心不慌，纷纷冲进险段搭木架、运泥石……忽然，"轰隆"一声巨响，刚刚立起的支撑架又被大塌方压垮了。

困难严峻地考验着人们。怎么办？施工人员发扬愚公移山精神，决心"洞塌志不塌，深入隧洞找办法"。他们冒着生命危险，钻进塌方断面，现场观察三天，终于发现每次大塌方过后，有三个小时左右的间隔时间。根据这一规律，英雄的凿洞战士决定先打侧洞立边墙，再做拱架抢出渣，"争分夺秒，步步为营"。按照这个步骤施工，拱架要求像钢铁一样牢固，以承受巨大的压力。但是，工地既无一寸钢筋，又无适用木料，怎么才能解决这事关百年大计的难题呢？

群众是真正的英雄。他们人人出主意，个个献计策，在省工程二团六连的工人同志具体指导下，很快试制成功了经济、优质的纯混凝土预制拱。"突击队"便立即分班作业，日夜苦战"通天洞"，给作业面戴上一个又一个的大"安全帽"。整整 92 个日日夜夜，凿洞英雄战胜了无数次塌方，在艰苦的斗争中胜利前进！

矛盾是普遍存在的。战胜塌方不久，又遇到了铁青钢硬的"特坚石"。年轻人使尽全身力气，一锤打下去，只留下个白印印；风枪不停地吼叫，直冒火星。"南征北战"的老炮手，一个小工班也只能"轰"进一分米。面对这种顽石，少数同志有点儿恼火。基干民兵朱幼文不信这个邪，他鼓励大家说："为了开通'银河'，造福万代，哪怕眼前是座铁山，我们也要设法把它凿穿！"说着，他带头抵近岩层，仔细观察，分析岩层的走向和石质的变化。摸清实情后，建议改变炮眼的方位，改进装药的技巧，用压倒一切的精神，强攻硬上，猛打猛冲。这样干，小班进尺迅速提高到 1.8 米、2.8 米……可就在这时，一件意外的事情发生了：朱幼文为了战友的安全，在一次排除哑炮的"火线"上，英勇地献出了壮丽青春！

正当人们怀念着亲人的时候，幼文的父亲，共产党员朱喜家老人闻讯赶来。他看了看沸腾的工地，看了看壮观的隧洞，也看了看儿子牺牲过的地方，忍着悲痛挥手揩干了热泪，豪爽地说："为了建设好社会主义，我的伢儿死得光荣！山洞还没打成，继续战斗吧——同志们！"随后，他又将第三个儿子送上工地，自己也不顾年老体弱，背着行李赶到工地……

朱喜家父子的革命精神，给全体凿洞战士以巨大的鼓舞。人们踏着英雄的足迹继续前进。风枪手、武汉下

乡知识青年蔡幸福，以英雄为榜样，怀着"不打通隧洞不下山"的意志，怀抱风枪，连续送走了无数个日日夜夜。灰尘呛得他睁不开眼，机声震得他头晕欲吐，他只在水管龙头上冲刷冲刷，喝几口冷水清醒清醒，又顶了上去！出渣能手胡云香，战塌方时腰部负伤还未痊愈，就提前收假，冒着滚滚浓烟冲进掌子面抢出石渣。洞深缺氧，经常昏倒，她被送到洞外呼吸了点新鲜空气后，一苏醒过来，又挺起胸膛冲了进去……像这样的事例谁也数不清。真是"一个英雄倒下了，千万个英雄跟上来！"在他们的身上，"一不怕苦，二不怕死"的牺牲精神闪闪发光！

水到渠成凯歌旋

1974 年 8 月 10 日，大同总干渠全线通水了，蕲春人民多年的愿望实现了！

这天，百里银河翩翩起舞，万顷碧波滚滚飞流。高山为长渠欢呼，河水为长渠歌唱，人们的心潮啊，像海潮一样激荡。人民公社的男男女女，老老少少，人人欢喜雀跃，涌向渠旁，尝一尝清清的渠水，思一思幸福的源泉，不禁纵情地歌唱：

> 渠水流到了我家乡啊，
> 点点滴滴似蜜糖，
> 毛主席送来了幸福水啊，
> 咱心里的话儿长又长。
> ……

位于长渠尾段的竹瓦公社，遍地尽是黄沙岗。自古以来，这里"土贵如金，水贵如油"，十年九不收。1931 年大旱，除地主老财的部分田地外，"百草不结籽，穷人饿断肠"。散居在这里的贫苦农民饥寒交迫，出外打长工、卖短工、讨米求生的计有 4200 余人，卖儿卖女、冻死饿死的不计其数。今天，"人造银河"的幸福水，从百里以外的"高峡平湖"流了过来，90% 以上的农田实现了自流灌溉，这里的人们该是多么欢欣鼓舞啊！年逾六旬、双目失明的贫农老妈妈童银姑，想到万恶的旧社会，天灾人祸先后夺去了她四个亲骨肉的悲惨情景，想到那年大旱在地主家借一笔阎王债，后来老伴给打了十几年长工还没有还清的苦难生涯，心里怎么也不能平静。这天晌午，她听说大同渠水流到村前的山岗上，不顾病痛在身，连忙从床上爬起来，叫儿孙挽扶着她摸到渠边，尽情地听着流水的欢唱声。她听啊、想啊，激动的热泪把衣裳浸湿了一大块，直到日下西山，才恋恋不舍地离去。临走时，她用颤抖的双手，从渠道里捧起一口清泉，语重心长地教育儿孙说：

"孩子啊，旧社会穷人盼水望穿了眼，流干了泪；新社会，穷人翻身做了主，幸福渠水滚滚来。我们一定要听党和毛主席的话，多为国家做点贡献哪！"

这是童妈妈的嘱咐，也是全县人民的夙愿。根据广大群众的迫切要求，县委最近以气吞山河的革命胆略，制定了一幅新的蓝图——根治蕲河！

这场新的战斗即将展开。蕲春人民将以更新的精神面貌奔赴新的战场，续写改天换地的灿烂篇章！

（原载《黄冈报》1974 年 9 月 17 日，作者为执笔者，署名县报道组、本报记者）

一曲革命加拼命的颂歌

> 龙风怒吼泣云霄，
> 急骤漫天卷浪潮，
> 彻夜孤灯生恐惧，
> 群英阵阵缚狂飙。

这是一位诗人身临其境、触景生情，描写黄冈县（现为黄州区和团风县）人民临危不惧、搏斗特大龙卷风的诗句，更是谱写这样一曲壮丽的颂歌！

"生命重要，国家财产更重要"

4月16日下午6点半左右，黄冈县到处是一派大闹春耕的繁忙景象。突然，乌云翻滚，狂风大作，飞沙走石，大雨倾盆，一股特大的龙卷风呼啸而来！风头所击之处，粗壮的大树木给拔走了，直立的高压电杆给折断了，坚固的仓库、房屋坍塌了！连一台大型脱粒机也被刮出七八十米远……人们经受着自然灾害的严峻考验！

风有推山力，人有顶天志。用毛泽东思想武装起来的人民群众，一不怕苦，二不怕死，同龙卷风展开了英勇的搏斗！

一阵狂风袭来，坐落在总路咀的黄冈地区蚕种场不幸遭灾——那催情室紧闭的门窗"哗"的一声被冲开，室内的天窗盖腾空飞转，仪表来回翻滚，正在催情的1400多张原蚕种和100多份原种、试验种满屋乱飞。室外的寒气迅速侵入，室内的气温急剧下降，蚕种面临着冻伤、中毒的危险。可这里每一张蚕种，都直接关系到今年和明年全区蚕桑事业的发展，关系到社会主义建设和出口创汇。情况如此危急，领导又不在场，当班的6名工人深感自己的责任重大！他们下定决心："宁愿豁出六条命，不让蚕种丢一张！"工人们以拼命的精神，用最快的速度，把被刮散的蚕种全部抢救回来。紧接着，一个个冲向门户和窗口，用身子把门窗紧紧挡住。这时，龙卷风越刮越猛，水桶粗的梧桐树被刮断、拔起，眼前四五十米远的一座新会堂瞬时倒塌，左侧的两层楼房顷刻旋垮，催情室的墙壁也在微微晃动！然而，工人们红心向党，临危不惧，在战斗中互相勉励：

"别怕，顶住！"

"坚持就是胜利！"

带班的技术员更为坚强。她面对狂风，大声疾呼："这是我们的战斗岗位，不能离开！"

六颗红心紧紧地凝聚在一起："生命重要，国家财产更重要！"他们把抵挡门窗的身子贴得更紧。有的手被玻璃碎片划伤，不叫一声痛；有的自己寝室垮塌，没起念头回去收拾，一直战斗到风息雨停。

正当催情室的战斗在紧张进行的时刻，冷冻仓库被狂风旋垮了几面墙壁，库内的氨气管被砸坏了，里面储藏的待催情的蚕种顷刻就会损失。风在疾，雨在淋，屋上的机瓦、砖头在坠落。工人们只有一个念头："哪怕险情比天大，决不让国家的财产受损失！"他们一拥而上，冒着浓烈熏人的氨气，一次又一次地冲进库内，抢出一箱又一箱的原种和原原种，并在浠水县有关部门的大力协助下，连夜安全转运、存放。经过艰苦紧张的抢救，使全地区、占全省70%的蚕种全部保护了下来。

在与龙卷风的搏斗中，人民公社广大干部群众，表现了公而忘私、一心为集体的共产主义风格。有的自家的房屋倒了不去关顾，而去收拣队里的农具，救护集体的耕牛；有的自己的衣被家具遭到风击雨淋没去管，而去保护队里的温室，抢运集体的储备粮……卢家塝大队老贫农汪寿章，刚一收工回来，只见自家的一只肥羊被狂风惊得"咩咩"乱叫，心里顿时想到队里有两头猪还在外面。他转身就顶着狂风暴雨把集体的生猪赶到安全的地方。返回时，他自己的肥羊却被坍墙砸死了。事后有人问："你的羊儿死了，不可惜吗？"他笑着回答："那算得了什么？若是集体的生猪丢了才可惜哩！"

"阶级亲胜过骨肉亲"

为抢救国家和集体的财产，许多人表现出舍己为公的精神；为营救遇难的阶级兄弟，更多的人进行了舍生忘死的拼搏！

身负重伤的贫农老姆陈志明，刚从倒屋的瓦砾里爬出来，正想去救自己的儿媳，忽听到邻近的女青年李桂枝在呼救。她顿时想到，桂枝的丈夫不在家，救她更要紧。陈志明恨不得一下子冲上去，可身子还没支撑起来，只觉得侧胸一阵剧痛。此时，阶级亲人因灾遇难的呼救声在催促着她。她咬紧牙关，忍着剧痛，一步一步地向呼救的方向爬去。她坚持使尽全身力气，扒开压在桂枝母女身上的坍墙。桂枝母女俩得救了。陈志明老姆也被乡亲们含泪送进了医院。

像这样舍己救人的英雄事迹多得真是数不清！有的受了重伤，有的累得吐血，有的当场昏倒，有的甚至献出了宝贵生命！这些可歌可泣的英雄们，都有一个共同的心愿："阶级亲，胜过骨肉亲！为救他人出火海，宁可自己下火坑！"请看总路咀中学党支部成员李南芳是怎样战斗的吧——

龙卷风袭来，总路咀中学食堂的房子瞬时给旋塌了。正在这里面举行晚会的参加全县中学生运动会的300多名青少年和其他人员的生命受到严重威胁！老李闻讯后，冲在人群的最前面，立即投入抢救。他明知自己最疼爱的女儿小玲同阶级姐妹一样也在遭灾的现场，但却没有去问一声，寻一遍，一心想到的是："争得时间就是生命，赶快抢救阶级亲人！"哪里需要，他就冲向哪里；哪里最危险，他就战斗在哪里。他使尽一切气力，忘了摔伤的疼痛，扒呀，背呀，抬呀，一连救出七八个阶级兄弟。这时，有人喊："李老师，快！快来救小玲！"小玲也在呼叫"爸爸，爸爸……"老李回头一看，公社董书记和社员们正在把压在小玲身上的钢筋水泥拼命撬开，一位老贫农连忙把小玲背到临时急救室。因小玲伤势过重，周围的同志都含着热泪劝老李好好照护，小玲在昏迷中更是期盼自己的父亲守在她身边。

李南芳望着小玲失神的面孔，仿佛看到更多的亲骨肉都是这样痛苦难忍！心想："小玲是党的女儿，遭难的同学都是阶级兄弟姐妹，都是党的儿女啊！我是共产党员，大难当头，应当首先为他人着想，眼下抢救小玲的同学更要紧，我决不能留在这里！"他为孩子倒了一杯开水，语重心长地叮嘱了一句："孩子呀，听爸的话，放坚强些！"说着，转身急去，继续投入抢救阶级亲人的行列中。一会儿，噩耗传来：小玲的心脏停止了跳动！李南芳先是心里一震！但他想到营救阶级亲人重要，仍强忍着泪水，坚持用热毛巾为重伤的阶级亲人轻轻地揩着血迹……

"一定要把灾害的损失夺回来"

龙卷风过去了，留下的是严重的创伤：树拔了，屋塌了，小麦大都被狂风暴雨捣成泥浆，那葟在田里的嫩壮秧苗被风雨摧残得几乎不见踪影……然而，"困难吓不倒英雄汉，社会主义照样干！"黄冈人民这样回答了自然的挑战！

灾后的第二天大早，黄冈县委和总路咀公社党委成员分头深入重灾队查看灾情，走访群众，把党的关怀送到人民群众的心坎上。群众看到这些和自己心贴心的当家人，都把藏在心里的话儿倒了出来："困难怕什么！天灾志不灾，一定要把灾害的损失夺回来！"

从这些真心实意地干社会主义、奔共产主义的群众身上，县委和公社党委看到了战胜自然灾害的巨大力量，深深感到："狂风虽然推垮了房屋，损坏了庄稼，却没有削减广大群众的革命意志！"深夜归来，公社党委书记曹金元，领着党委"一班人"认真学习五卷雄文，细心领会毛主席的教导："我们共产党人是以不怕困难著名的。"真理在胸，心明眼亮。他们个个信心百倍，斗志昂扬，立即作出了"四不变"的决定：一年恢复家园，灾后重建总路咀的决心不变，早稻亩产一季超千斤的计划不变，全年增产粮食五百万斤的计划不变，对党和国家的各项贡献不变！

为实现这个奋斗的目标，公社党委兵分五路，蹲点带面，和群众一起学习红五卷，议重建蓝图，迎难而上，一起大干苦干。与此同时，十分注意从实际出发，帮助群众安排好生活，解决好具体困难，连锅、筷、碗、盘也送到群众的手里。党和人民心连心，人民对党亲又亲。群众忆起1936年这里因受水灾而四处流浪，地主老财趁机逼租逼债的惨景，对比今天灾后受到党和政府无微不至的关怀的幸福，无不深切地感到："天大地大，不如党的恩情大！"纷纷立下了钢铁誓言："一定要排除万难战胜天灾，用丰硕的成果报答党的关怀！"从卢家塝上到樵子河畔，处处擂响了抗灾救灾的战鼓，处处涌现着拼命干革命的人群。余家庵大队共产党员、二生产队队长余少东，在这场灾害中失去了两位亲人，社员们谁不为他难过啊！有的含泪抚慰，有的暗暗抽泣，有的失声痛哭！可余少东呢？他咽下了难过的热泪，忍着极大的悲痛，一心扑在集体上：当晚，他带领民兵巡逻放哨，保护粮仓；次日，他荷锄上阵，组织抢种；后来，他劳累过度，暗伤也发作了，却仍然带病抗灾。社员群众更是关心自己的当家人，硬是把他送进了医院。这位贫农出身的老队长，心情怎么也不能平静，他想了许多：在万恶的旧社会，我6岁开始讨饭，吃够了人间苦，是党和毛主席把我从苦海中救出。今天，又是华主席领导粉碎了"四人帮"，使我免受二茬罪……想到这些，他热泪如泉涌，当众立下誓言："我只要还有一口气，就要坚持大干社会主义！"他再三恳求医生批准，提前出了院，回到生产队抱病继续奋战，和群众一起抗灾夺丰收。

黄冈人民就是用这种拼命精神，把风灾的创伤一举扫除！如今，展现在人们眼前的，再不是灾荒景象，而是一幅更新更美的画图——那山村的夜校里，书声琅琅；那大干的工地上，车水马龙；那平展的园田中，新苗茁壮……曾是风击之处，现已是山欢水笑、歌声阵阵的新景象。

（原载《黄冈报》1977年6月21日头版，与余彦文同志合写，署名为地县调查组、湖北日报记者、本报记者）

方戎生的"四化"情怀

1979 年 1 月,党的十一届三中全会的春风,吹遍了神州大地。就在这时,年仅 22 岁的共青团员、蕲春县大同水库管理处的青年工人方戎生,满怀欣喜地走上操作台。他一边全神贯注地凝视着指示灯,一边轻轻地按动电钮。瞬时,只见那大坝上紧锁着百里"平湖"的巨大闸门,"哗"的一声启动了,流水溅起数丈高的飞瀑,掀起层层巨浪,沿着人造银河奔腾而去……

"成功啦!成功啦!"人们高兴得惊叫起来。

这是小方和工程组的同志一起,在两年内进行的第三项技术革新——无线电遥控闸门装置实验成功,也是他向党和人民汇报的又一成果。这之前,他还成功地装置了无线电遥测水位仪,研制了无线电遥测雨量仪,一举填补了湖北省水文管理上的三项空白,结束了水文工作长期靠人工测量、测报和闸门长期靠机电、人工配合启闭的历史,为水利管理现代化迈开了新的一步。来这里参观的各级领导和工程技术人员,都赞不绝口地说:"小方两年破'三关',真是了不起!"

立 志

粉碎"四人帮"后的第一个春天,方戎生愉快地接受了党组织的推荐,从扬子江畔来到蕲北山区,在大同水库管理处担负技术革新工作。他心里格外激动:党啊,我是您一手一脚培养成人的,我一定要为您的事业做出自己的贡献。然而,一走进工作室,他不禁愣住了:室内的技术设备,唯独只有一个旧万能表和一把计算尺!这怎么进行水文科学研究啊!他的情绪消沉了。处领导看出了他的神色,多次进行热情的帮助。共产党员、工程组长钱选同志和他贴得更紧。在灯光下,在月夜里,老钱常和小方交心谈心。他告诉小方:为实现水利管理现代化,处里早在 20 世纪 60 年代初期就进行过探讨,取得了初步经验,

1966年又提出了新的设想，可是近十年来，"四人帮"阴谋篡党夺权，帽子满天飞，棍子遍地打，把实现四个现代化说成是"资本主义复辟"，把技术革新说成是"白专道路"。人们动辄得咎，无所适从。水利管理现代化，成了一纸空文。讲到这里，老钱提高嗓门说："小方啊，如今不同了，华主席领导全党粉碎了'四人帮'，为我们扫清了前进道路上的障碍，我们还有什么困难不能克服！"小方听了，心潮就像海潮一样，不停地激荡着、沸腾着。他感到自己仿佛不是在从事技术革新，而是在同"四人帮"展开生死搏斗！他下定决心：想千方、设百计，也要创造条件，把"四人帮"所耽误的时间夺回来！实验需要屏蔽盒，他自己锤制；实验需要电压表，他抓紧改装；实验需要价值两万多元的电感测试仪，他仍然自力更生地装置成功。还有那无线电讯号发射机、接收机、高频高倍表、断向保护器，以及自记仪的传动部分……各种各样的机件、零部件，他尽量依靠自己的双手制造出来。

经过一段时间的努力，条件在改变，实验有了基础。然而，新的考验又出现在小方的面前。1977年秋，大学招生开始了。了解方戎生的老师动员说："你的文科和理科基础都好，不能失去难得的机会啊！"他的爸爸及时来了信，启发他要为自己的前途好好想一想。还有一些要好的同事、知心的学友，也从侧面给小方打"气"，加"油"。那期间的方戎生还没转正，难免要联想许多。但他想来想去，还是被强烈的责任感征服了一切杂念。他深深懂得，党目前承放在他肩上的责任该是多么重大啊！大同水库承雨面积有170多平方公里，最大库容量为2.69亿立方米。实现水利现代化，确保水库安全，不仅关系到几十万亩粮仓的兴废，而且关系到下游二三十万人民的生命安全！但这里的管理工作还那样的落后：观测靠人工，联络靠有线，设备陈旧简陋，不仅劳动强度大，而且有时因精度低造成差错，一不小心就有可能危害人民。有一年汛期，由于对库区降雨情况不明，一次就盲目泄水9000多万立方米，使下游6万多亩良田渍涝成灾，电力生产也受到影响。人民的希望，历史的教训，汇成了一股无穷的力量。年轻的方戎生被推上巍巍大坝。他站在坝顶上放眼望去，直感到心胸无限开阔。那群峰托起的"平湖"之下，点缀着一座座绿林掩映的村庄，展现着一片片金涛翻滚的田野，耸立着一排排凌空高架的电杆银线。看到这一切，他更加掂清了肩上担子的分量，暗暗地鼓舞自己：安下心来，沿着选定的道路走下去，为水利现代化献出自己的青春！

深　钻

　　科学的道路从来都是艰难曲折的。为水利管理现代化连闯"三关"，并不是轻而易举的事情。它涉及无线电遥测、遥控，也涉及电学、力学、水文、机械，以及绘图、焊接等各个知识领域。这对于只上过两年高中的方戎生来说，却是一座座陡峭的珠峰！然而，他并没有被困难吓倒。他坚信，一切才能，都是血汗的结晶。他，像蜜蜂那样，一头钻进了百花丛中。

　　为寻求遥测、遥控的理论依据，方戎生买回了一大堆业务技术书籍，坚持刻苦攻读，认真钻研。从《数学》到《无线电电子学》，从《晶体管电路设计》到《无线电遥控技术》，从《电工手册》到《机械制图》等，一共五十多本，本本的字里行间，都留下了他刻苦学习的点点心血！他钻进理论的宝库，常常忘了吃饭、忘了睡觉，忘了无数个星期天。有时为弄懂一个公式、一个原理、一条电路，他抱着书从天明看到天黑，从天黑看到深夜，有时甚至看到雄鸡报晓。他在真理的道路上，不惜一切精力，寻求着自己所需的种种答案。1977年5月的一天深夜，人们早已进入梦乡。可是小方怎么也睡不着。白天试验的情景，像电影一样闪现在他的眼前。这天，他为研制无线电遥测雨量仪的信号发射机和接收机，设计了一种电感三端式振荡电路。但经过安装试验，它的频率稳定度却偏低，功率偏小，只能在60米以内发挥作用，与设计要求有很大差距。"这个问题怎么解决？究竟采用什么电路才好？"小方翻来覆去地思考。想着，想着，他忽然想起了《晶体管电路基础》上介绍过串联型三点式振荡电路。"这种电路适合不？"小方猛的一下掀开被子，披起衣裳，迅速找到这本书，然后坐在床上，细心地进行查看。串联型三点式振荡电路，稳定度可达到 10^{-5}，符合设计标准。小方高兴极了，他捧着书迷糊地睡了。这时已是第二天凌晨4点，知道方戎生熬红了眼的人们都说："小方啊，你该多睡一会儿呀！"可方戎生知道，"四化"要速度，时间不等人！他按时起床进行新的设计安装，但万万没料到，革新的道路竟是那样的曲折！新的电路虽然稳定度高，功率大，却不容易起振。怎么办？"找老师去！"小方继续查阅资料，一本、两本、十本、二十本……他一边攻读，一边绘出近百张草图。根据学得的新的理论知识，他决定采用石英晶体振荡电路，终于突破了难关，获得了成功。

　　万里长江之所以奔腾不息，是因为它愿意接纳无数条小溪的细流；年轻的方戎生之所以得到进步，是因为他乐于接受同志的帮助。在本单位，他虚心地向有经验的工人师傅学习，努力弄懂弄通有关水利电力管理技术；出差到外地，他走到哪里，学到哪里，不断解决技术上的疑难问题。一次因购买器材，来到自己的家乡县城——武穴镇。他既顾不得回去探望爹妈，也顾不得连日兼程的疲倦，一心想到的却是无线电谐振电路的理论问题。于是，他来到了武穴中学，请教了担任物理教学的霍老师，学会了无线电谐振回路的理论，并掌握了谐振曲线方式……

方戎生就是凭着这种虚心好学的精神、坚韧不拔的毅力，在知识的海洋中，遨游千里，勇往直前。

苦　战

探求科学理论的道路是艰苦的。然而，要把理论付诸实践，道路更加艰苦。

先谈谈方戎生同电打"游击"的情况吧。

1978年，鄂东大地大旱100多天，电力供应不足。技术革新面临着现实困难。小方的心里十分不安，等电吧？不行！线路急需焊接，仪器急待检验，电越是不足，越要鼓起劲来干！他以忘我的精神争时间、抢速度，尽力把革新的项目搞上去！白天，他刚一端起饭碗，发现来电了，便立马丢下碗筷，拿起焊接的工具；深夜，他刚一上床躺下，发现来电了，就穿起工作服，继续投入战斗。一天，从下午到晚上，工作室里的灯光没有停，他焊接电路的工作坚持不止，脚蹲麻了，手累酸了，眼睛发胀，加上旱季的酷热，闷得他通身冒着豆大的汗珠。这一切，他全然不顾，一直工作到第二天清晨停电后，才肯放下手中的活儿。

像这样的事例还有许多。无线电遥测雨量仪在室内设计安装完毕后，要在野外进行拉距试验，以测定讯号发射机、接收机的功率和电波发射的有效范围。这同样是一场艰苦的战斗。方戎生和他的战友迎难而上。每天大早，他们背起干粮和电池，不管是烈日当空，还是刮风下雨，都坚持向着既定的目标奋进，一个来回就是七八十里。有时拉锯到偏僻的山区，吃饭遇到困难，他们就从口袋里掏出一两个生红苕啃一啃，充充饥继续干。一次，小方拉距试验到30里以外的魏家河，接收讯号突然中断了。晚上回来，他饭没吃，脸没洗，就直奔工作室将接收讯号机拆开仔细地进行检查、调试，一直干到深夜2点多。这次试验，前后搞了一个多月，行程一千余里，测试28次，终于获得了三百多个实验数据，不仅使无线电遥测雨量仪逐步得到完善，而且为其他项目的革新奠定了可靠的基础。

拉距试验结束不久，又摆开了新的战场。1978 年 2 月，管理处党总支决定在海拔 1100 多米的仙人台山上，建立野外发射站，进行试用观察。小方和工程组的同志一道，顶着刺骨的寒风，冒着纷纷的飞雪，分秒必争地战斗着。劳累、严寒，使体质消瘦的小方病倒了，高烧 39 摄氏度以上。望着他那苍白的脸色，人们心痛极了。大伙儿围上来，要把他送回管理处，寻医治疗，可小方想到，发射站装置技术性很强，不能有丝毫差错，自己在这方面有点特长，无论如何也不能离开！他顽强地站了起来，摇摇头说："不要紧，我还能坚持。"说着，他跟跟跄跄地向建发射站的工地走去。走着，走着，"哇"的一声吐了！阵阵头晕，阵阵心悸，使小方感到特别难受、难忍。但他怎么也不接受领导和同志们的热心劝阻，坚持走到工地，同大家一起架设天线，安装避雷针和无线电发射机，直到圆满地完成了任务，他才放心地离去……

科学有险阻，苦战能过关。经过数以百计的反复试验，无线电遥测雨量仪终于研制成功了，无线电遥测水位仪终于开始工作了，无线电遥测闸门装置终于出现在人们的眼前了！喜讯一个接着一个。人们笑逐颜开。各级领导机关对方戎生进行了热情的鼓励，授予他"革新能手""技术标兵"等光荣称号。小方的心情无比激动。他把荣誉当作动力，为本单位实现水利管理现代化，提出了更大胆的设想。目前，小方正以崭新的精神面貌，投入研制数控测流仪和电子测压管的工作。他将以更理想的成绩，向党和人民作出新的汇报。

（作者为执笔者，与刘树生、胡勋壁二同志共同采访，湖北电台 1979 年 4 月下旬播出）

中心转移　人心欢快

立秋之后，记者刚一踏上黄梅县柳林公社的土地，就听说老铺大队工作重点转移变化不小。

"百闻不如一见。"我怀着极其兴奋的心情赶了去。实地一看，真是令人鼓舞！这里的干部社员都在争着为农业出力流汗：有的除虫、有的薅草、有的积肥；搞工副业生产的，也是你追我赶，不甘落后。人们干得那样的认真，那样的欢快。大队党支部书记王金奎，高兴地对记者说："党的工作重点转移了，人民的思想解放了，哪还有不愿意出力的！"

听了这话，我们不禁追问了一句："工作重点转移之前，是个么样儿？"

"那可大不相同啊！"老王收起脸上的笑容，十分不悦地向记者诉述起来："前几年，由于'四人帮'的干扰、破坏，'革命'口号天天喊，阶级斗争天天抓，政治运动一个接着一个，人们整天地研究什么'新动向''新形势''新特点'，哪还有精力去过问生产！"

说着，他和其他支部委员一起，首先谈了谈干部当时的精神状态："那时候，农村干部看到'四人帮'开口是'纲'，闭口是'纲'，心里不是个滋味儿。许多人在想：作为一个农村干部，心里不想农业，工作不抓农业，行动不干农业，那还有什么可干的！然而，一旦真的过问了一下农业，那就倒霉了，不是给扣帽子，就是给打棍子，攻击你是搞'唯生产力论'，是'走资派''投降派''政治上的糊涂虫'！甚至要送你进学习班接受'审查'，好则'留用'，不好就一脚踢开。干部没法，有时只好'逆来顺受，随着风跑'。工作搞个么样算么样，致使农业生产多年徘徊。

"现在，重心转了，形势变了，干部的思想活跃了，与从前相比，一个个显得聪明了许多。这里，是个'八山半水分半田'的穷地方。为了让穷山沟尽快富起来，大家都在动脑筋、出主意、想办法：

"有的说：'我们这儿人多田少，应该走农工副相结合的道路，扩建纸厂，

新建油厂，办好猪场、桑场、茶场，保证增产增收。'

"有的说：'我们这儿山的面积大，应该以林为主，全面发展，并从实际出发，提出了具体方案，建议在种植上，安排"西边楠竹东边茶，南边板栗北边杉，路边栽泡桐，村前村后果药杂"。'

"还有的建议要根据山区的特点，搞好农业技术改革，坚持科学种田，在有限的土地上挖掘无限的潜力……

"思想'炸'开了，抓得顺手，干得顺心，效果实在显著。仅造纸业一项，1979 年元月至七月就收入四万元，比去年同期将近增长一倍。在农业技术改革方面也初见了成效。过去，这里夏粮的主要作物——土豆，长期不能高产。今年，干部带头学技术、搞试验，摸索出了'密植、种纯、肥足、地平、土细、厢窄、沟深'的种植经验，终于取得了从没见过的丰收，出现了亩产过四千斤的丰产片、过六千斤的丰产田。'一亩田的收获，等于过去的两三亩。'党支部副书记王登舟激动地说：'看到这样的成果，我们搞农村工作的，谁不感到高兴呢！'

"然而，更高兴的，还是要数那些勤劳而纯朴的社员群众，他们本是人民公社的主人，可在'四人帮'横行的时候，他们简直成了'砧板上的肉''油锅里的鱼！'动不动就'上挂下联'，今天这样一批来，明天那样一批去——

"有的社员摘点杉树籽卖给国家，就遭到无情的批判说：'这是资本主义！'

"有的社员利用节假日出外做了几个临工，就遭到无理的批判说：'这更是资本主义！'

"有的社员组织副业队协助矿山工人采矿，就遭到无休止的批判说：'这是典型的资本主义！'

"这样的大批大斗，人们心也惊、肉也跳，思想给弄得七股八岔的，还有谁真正向往集体、向往农业、向往社会主义！"

大队干部一边说着，一边向我们介绍了不少这样的事例。给我们印象最深的，要算青年社员陈继桃的人身遭遇。那是三年前的事。小陈因为家里经济困难，在"三治"工地上拣了一担柴火卖了，这一下可"犯上作乱"了，大会也批，小会也批，还给挂上黑牌子"游乡示众"。陈继桃有话不让说，有冤无处申，硬是受了一肚子的"窝囊气"。那几年，他出工含着泪，干活提着心，常常怨恨自己"生苦了命，落坏了根"，曾几次想离开土生土长的家乡，到别的地方谋生路。

听到这里，我真替这位青年社员的前途担心。大队干部似乎理解到我们的心情，连忙解释说："现在可好啰！粉碎了'四人帮'，全党的工作重点胜利转移。陈继桃心头的愁和恨全消了。他精神上得到解放，干起活来谁也比不上。"他们还数出了不少的事实加以证明，说陈继桃一天将近干了两天的活……

真是"无巧不成书"。在去三生产队的路上，恰好碰上了陈继桃，他卷着裤管，扛着冲担，走在出工队伍的最前面。他那黝黑的脸上，露出了惬意的微笑。一见面，就和我们拉呱开了。他说："今年的年成真好啊，风调雨顺的，人也利些，地也利些，庄稼也长得好些。"

我说："年成是好，可你干得更好呀！"

陈继桃听了，略微思索了一下，便满怀欣喜地回答："看看当前这好的形势，叫我怎样不干哩！"接着，他把自己的心里话统统端了出来，"前些年，我们这些当社员的，说不得话，唱不得歌，一动就是'资本主义'。当时我想：罢了罢，娘姓胡，儿姓胡，大家往前糊，真不想多为队上出点力。如今，我们头上没有帽子、身上不挨棍子，大家同心同德想'四化'、干农业，既利国家又利己，我越干心里越快活，豁出命来也心甘。"

我们听着、想着，心底自然而然地泛起了一阵思潮！啊，实践已经证明，党的十一届三中全会作出转移工作重点的决策，该是多么顺民心、合民意哟！

（作者为执笔者，与李金火同志一道采访，湖北电台 1979 年 8 月初播出）

四亩沙地的收获

秋收时节，记者在蕲春县青石公社采访，听到不少喜人的事儿。望天畈大队第二生产队四亩沙地的收获，算是其中的一例。

说起这四亩沙地，当地的人们都比较熟悉，几年前，它还是个沙墩儿，1975 年冬季平整后，才种上庄稼。按地力来说，是很不强的：沙质过重、有机质少、耐旱力差，全生产队每块耕地都能自流灌溉，唯独它要提水浇，是队里有名的"菜篮子地"。可也奇怪得很，就是这么一块"菜篮子地"，今年的出产最多，收入最大。到十月上旬止，这块地上种的经济作物，已经收获 1280 元，还可以收获 800—900 元，合计 2100 多元。当地的一位干部屈指一算，不禁感到吃惊："哎呀！每亩平均 520 多元，比往年的产值多出了四倍！"另一个干部说："仅这块地的出产，全队人均可增加收入 10 多元，这是从来没有过的！"

为什么从来没有过的收获今年会有哪？又为什么每亩的收获能比往年高出四倍哪？我实在有点儿闹不通，便连夜找二队的干部聊了聊。队长陈金存听说了解这件事儿，高兴得合不上嘴。他激动地说："如今，党的政策这样好，群众哪能不干?！生产哪能不上?！"

原来，党的十一届三中全会后，在农作物的种植上，上面再没有搞"一刀切"、瞎指挥。队里有了自主权，干部群众的言路也通，办法也多了。今年春上，他们经过充分的酝酿和讨论，决定根据因地制宜的原则，将这四亩沙地改种经济作物，并与两个体弱的社员订立了承包合同，具体实行"四定一奖赔"，联系产量计酬的生产责任制。承包总额为 1700 元，超额或歉收部分奖赔 5%。产品按市价出售，账目日清月结。这两个社员，一个叫陈来新，一个叫陈正方。他们明确任务后，起早摸黑，勤扒苦做，风里、雨里，不分昼夜地扑在那块沙地上。六月伏天，骄阳似火，大地滚烫，他们又种瓜菜又抗旱，从来没有图闲过。入秋之夜，蚊子叮、虫子咬，他们照常爬在地头，挑灯夜战。就这样，经过 9 个月的艰苦奋斗，他们在四亩沙地上，人均创造出 1000 余元的劳动价值。

听了队干部的介绍，我的心情无比激动。第二天大早，我赶到现场看了看，真是百闻不如一见，地里的东西长得实在爱人！正在收获的甘蔗，远看像一道墙，近看像一片竹，一根根、一排排，足有丈多高；那挂满枝头的大椒，那嫩绿茁壮的白菜、萝卜、蒜苗……迎风抖动，竞相比美，把这块沙地装点得别是一番景色。

听到的、看到的，使我一切都明白了：这四亩沙地的收获，不正是党的政策的威力吗！不正是批判极左路线的丰硕成果吗！

（原载《湖北日报》1979 年 11 月 24 日，原题《四亩沙地结硕果》，湖北电台 1979 年 11 月 24 日播出）

急流深处映丹心

事情发生在 1981 年 12 月 22 日。

这一天，湖北省黄梅县湖区治理工程濯港地段人来车往，挖方的、运土的，相互竞赛，你追我赶。晌午，炊烟渐渐散尽，开饭的时间到了。人们像往常一样，通过一座便桥，往工棚走去。突然，"哗啦！"一声，50 多米长的便桥中央崩塌了，桥上 40 多位民工被摔进水深流急的大河中！

"救人哪！""救人哪！"大河两岸的民工同声呼救。

人们潮水般地涌去，有的弄来木板，抛向桥下，有的找来竹竿，掷向河中。掉在离河边不远的民工纷纷得救了，可卷进河中央的五位女青年怎么也挣脱不了无情的急流。人们焦急万分。

就在这时，一位年轻小伙儿从远处飞也似的向出事地点奔去。他目睹这情景，阶级的情谊顿时涌上心头。他急切地用手分开人群，扒掉上衣，纵身跃入刺骨的河水里。

他，名叫徐新国，是濯港公社徐都大队第三生产队社员，今年 29 岁。

风在刮，浪在涌。只见他箭一般地劈波前进，凭着一身好水性，接连救起了离断桥稍近一点的三名女青年。他刚刚喘了口气，又发现河心中央有一位女青年还在挣扎着。"救人要紧！"他顾不得休息片刻，就返身向河中央泅去，经过顽强拼搏，终于把这位女青年顶出水面，托到岸边。两岸的人们顿时吁了一口气。可就在徐新国准备上岸的时候，人们又突然一阵惊呼："河里还有一个！"

小徐回头一看，只见河中急流处露出了一只戴着白手套的手晃动了几下，又沉没了下去。人们跃跃欲试，无奈水性不好，希望的目光还是向小徐投去。小徐领悟了大家心情和期盼。他尽管冻得周身发紫，手脚开始麻木，仍下定最后的决心："我只要还有一口气，也要把她救起来！"他牙关一咬，再一次扑向河中，潜入河底。人们的心揪在一起，除了能听到北风飕飕的呼声之外，仿佛连大地也屏住了呼吸！

小徐在水底下拼命摸索、寻觅。时间一分一秒地过去。人们目不转睛地注视着河面的动静。过了一阵子，小徐浮了上来，又钻进三米多深的河水里，猛一下，这位女青年被托出水面。岸上人群蠕动。不料，小徐连续呛了几口水，手一松，被托起的女青年又滑下去了。"哎呀！"岸上的人们捏了一把冷汗。小徐并不慌张，他使尽全身力气，再次潜入水下把她托起。可由于天气寒冷，他手脚已经全部麻木，那位女青年又滑了下去。一次、二次、三次，他力不从心，一时无法救起。人们愣住了。河水越来越急，人随水淌，离下游的佗湖墩大闸越来越近。眼看溺水者和营救者都有生命危险，人们有的竟然急得失声痛哭！在这关键时刻，早把生死置之度外的徐新国，拼命地抓住溺水社员的衣领，拼尽全身力气，用头把她顶出水面，向浅滩推去。岸上的人们转忧为喜，一拥而上，有的连鞋袜也顾不得脱掉，蹚水扑向河中。一双双温暖的手伸向这两位阶级亲人。

人被救上岸之时，那位女青年的呼吸已经停止，唯有心脏在微弱地跳动。徐新国也不省人事。人们这才发现，小徐的手脚几乎冻僵了，身上的毛孔都渗出了血，眼睛被浸得通红通红。他被迅速送进了医院，可他仍然惦念着那几位溺水的青年。当他听说经过三个多小时的抢救，终于安全脱险的消息时，高兴得几乎流出泪来。

小徐营救的叶菊娥、徐定平等五位女青年，都是日夜奋战在工地上的濯港公社民工。

徐新国见义勇为、舍身救人的英雄事迹，深深地铭刻在人们心中。方圆几里、几十里的干部群众纷纷前去探望。有的向他致谢；有的向他送糖；有的热情称赞。在县湖区治理工程总指挥部召开的表彰徐新国英雄事迹的大会上，县委副书记石蔡树代表县委为他披红戴花，颁发嘉奖令，并号召全县广大党、团员和干部群众向徐新国学习，做建设社会主义精神文明的带头人。人们的精神振奋了，一个学英雄、见行动，争为"四化"作贡献的热潮正在全县兴起。

（1982 年元月上旬湖北电台播出，与王新堂、王静平二同志合写）

国徽在姑娘心中闪亮

人世间，生离死别为难事，总有善心化险夷。

5月30日清晨，在新洲与红安接壤的地方，一位年轻的姑娘倒在公路上。途经这里的汽车司机谢贵宏发现后，上前连唤几声，却不见她苏醒。谢师傅担心姑娘受害，顺车将其带到阳逻派出所。消息传到县公安局，局长史俊杰带领公安干警赶赴出事地点，仔细察看了现场，却没有发现有罪犯作案的迹象。

入夜，习习的凉风吹进了公安派出所的门户，姑娘醒过来了。老史那和蔼的态度、亲切的话语，深深打动了姑娘的心。她如实而又婉转地向老局长吐出真情。

姑娘姓陈，江陵县弥市公社人，高中毕业回乡后，与一位同窗相爱，可母亲不理解女儿的心，多次出面干涉，拆散了他们的姻缘。后来别人给她介绍对象，辗转来到红安，又两次受骗，她愤然离开红安，来到红安通往新洲的路上，不打算再回家，决意离开人世，可万万没料到天下竟然有这样的好人，使她绝处逢生……

一切都明白了。老局长安慰姑娘，连夜送她上医院检查治疗，还专门安排食宿。姑娘望着这位鬓发斑白的老局长，眼泪簌簌而下。

第二天，小陈的精神轻松了些。老局长把她叫到身边，语重心长地开导她、规劝她，从婚姻恋爱讲到人生的价值，从社会的历史讲到青年的前途，从当前的社会风气讲到学习张海迪的时代意义。小陈低着头，默默无语。老局长觉察到姑娘的心头还有没解开的疙瘩，便把她带回县局叮嘱女民警小赵好生照料，疏通思想。

小赵心领神会，像对待亲妹妹一样对待小陈。她俩日同食、夜同床，形影不离。小赵每天给提来热水，帮她淋浴，还多次带她上医院治疗身上的疖疮，给她涂药。一有空，小赵就和小陈聊天，拉家常，陪她看电视。在县中队服役的几位江陵籍战士也多次前来看望，还把她接去做客。阶级深情，同志友谊，

226

温暖了小陈一颗凉透了的心。她含着泪花对小赵说："姐姐，老局长和你们的一片真心，我是感激不尽，可我回去没脸见人哪！"

"怎么哩？"小赵轻声地问。

"我们那个地方风俗真不好，男的退了女的，就七嘴八舌地瞎说，多丑哇。"

"这个哪儿都一样，没有什么了不起。"小赵鼓励她说，"你应该放坚强些，莫让旧的东西捆住了手脚。"小陈听了连连点头。小赵接着说，"新时代的青年要有新的理想、新的追求，要勇于开创新的生活。"

小陈听入神了，感到一切都轻松了。她细瞅着小赵无檐帽上的国徽，兴奋地说："我懂了，我有信心生活下去，您们送我回家吧！"

看到小陈思想通了，新洲县公安局马上与江陵取得联系。小陈的父亲立即赶到新洲。6月7日，小陈跟随父亲离开了新洲，而公安干警头顶上的那颗庄严的国徽，却仍在她心中闪亮……

（原载《湖北日报》1983年7月6日，与谭汉舟、陈金旺合写）

五里金秋银浪翻

10月下旬的一天，太阳张开笑脸，大地金光闪耀。我们迎着朝阳来到广济县（现为武穴市）龙坪公社五里大队访问。

五里真不愧是老棉区，一踏上它的地界，我们就陶醉在那迷人的秋色里：连片的棉田银花竞放，灿若繁星；村道间、晒场上、池塘旁，摊晒的籽花像一束束璀璨的云团，把村庄团团地围住了。啊，五里变成了雪白的山、银色的海！

在井边生产队的一块棉地里，我们同老棉农肖梅咏拉呱开了。我们问："老人家，今年的收成好哟？"

肖老汉两眼眯成一条缝，说："俺不瞒你说，每亩地已经收起了两百斤皮花，还想拣它个百把斤呢。"我们听了，顺手扶起一棵棉花数了数，乖乖，还有16个桃儿没破口哩。

日到中时，交售棉花的男女青年一阵接一阵。收购站前笑语喧喧。一个青年小伙儿说："嘿，俺家的棉花塞得像个猴儿洞。"一位中年妇女搭腔说："真可惜，俺今年的棉花种得太少啦。"给我们印象最深的，是半边户夏菊娥。她爱人胡分祥卖完皮棉后，笑眯眯地亮出售棉结算凭证给我们看。原来他家承包2.79亩，包产皮棉335斤，到这天止，已卖了215斤，家里还有一半没有卖，光棉花收入就有1500多元。

这些丰收的喜讯，使我们愣住了：今年，广济县的洪涝灾害是历史上少见的，而地处长江滨湖地区的五里大队，棉花都这么好，实在难以想象！

社员们似乎看出了我们的心思，纷纷都拢来争着介绍说："今年的丰收，真亏了俺大队的党总支呀！"

"李立新书记是全省特等劳模，又当过多年的技术员，最会盘棉花的。两位副书记也是植棉的行家。"

"去年，他们给俺传技术，把全大队的皮棉总产一下子提到103万斤，比上年翻了一番，平均亩产233.4斤，在全省数第一哩……"

那么，他们的窍儿在哪里呢？请看这样的事实吧——

今年 7 月下旬，渍涝后的棉花突然遭到烈日暴晒，果枝生长点全停止了：尖梢萎缩，叶片发黄，株形衰老。全大队围绕"棉花究竟有没有救"的问题，展开了热烈讨论。有人感到失望，有人主张改种，党总支书记李立新却列举大量事实说："棉花的可塑性强，丢了下部的蕾还有中部，丢了中部有上部，眼下的关键是要以管促发，让它尽快恢复活力！"

接着，他根据今年的气候特点，提出了"天控人促，一促到底"的管理方案。就是说，老天控制棉花生长，人工设法促进它生长，并且一直促到夺丰收。党总支一班人带领社员们迅速行动。那期间，总支五名成员真是"跑断了腿，磨破了嘴"，走到哪里就把"促到底"的技术传到哪里。炎天正午，灼皮的烈日把大地晒得滚烫。社员们大都午休了，唯有李立新他们一头钻进棉地查苗情，查了一块又一块。有人很不理解，问他们何必要吃这般苦。李立新解释说："这天热气温高，棉花的毛细孔全开了。是旱是渍、是肥是瘦，看得清清楚楚，然后才好对症下药啊！"他们就是用这种科学的求实精神，指导承包户因田因苗制宜，给棉花压根肥、喷叶肥、打"吊针"，喂"补药"。半月后，棉花果然恢复了正常生长，再过一段时间，桃儿把枝头压得弯下了腰。全大队四千多亩棉花，亩平均结桃 8.1 万个，结桃率高达 60%。中秋节这天，省里的一位棉花专家前来实地考察，不禁连声赞叹："信服、信服，实在信服！"

正当我们同社员们谈得起劲的时候，李立新同志赶了来。一见面，他就给我们数落开了：到 10 月 27 日止，全大队已向国家交售皮棉 41 万斤，超过收购任务 9.7%；社员家里还有 10 万斤皮棉，70 万多斤的籽棉，地里还有五分之二的棉桃。只要老天帮点忙，超历史不成问题。

……

我们的访问结束了，太阳也靠近西天的山坡。这时，只见那银浪翻滚的五里，渐渐融入一片火红的夕照中。

　　　　　　　1983 年 11 月 6 日湖北电台播出，与夏沛永同志合写

拼来的秋天

　　金秋十月，广袤的荆楚大地色彩斑斓，有的像是铺上了金光耀眼的地毯。曾是洪水泛滥成灾的蕲春县，同样展现出一幅令人神往的景象——

　　那辽阔的田野，快要成熟的稻谷，涌起橙色的波、金色的浪，从南到北，从东到西，一眼望不到尽头。还有那银色的棉花、红色的地薯、棕色的高粱、小粟，交错点缀田间。48万亩晚秋作物，几乎一齐跳起了丰收舞！

　　多么美好的秋天啊！这秋天是自然的景色，更是人民的创举！

　　人们不会忘记，6月29日这天，蕲春县由于普降了一场历史上罕见的大暴雨，造成洪水横溢、泥沙俱下，河水、湖水、库水、江水，出现了全面陡涨的紧张局面。素有蕲春粮仓之称的"四十八围""七十二畈"，顿时一片汪洋，尽成泽国。在这危急关头，从县党政领导到基层党员、干部和社员群众，几乎在同一个时间内冲向险堤、险库、险工、险段，为保卫园田、保卫"四化"，展开了一场殊死的搏斗。7月12日，长江第二次洪峰来到了。一万多名防汛大军严阵以待。晚上11点左右，江面突然刮起七八级大风，巨浪凶猛地扑打着八里湖农场外江五千多米长的堤防。高塆大队负责防守的堤段，用七层草袋垒起的防浪坝被吞没了五层半，江浪不时漫坝而过。

　　险情就是命令！前来支援的王塆大队一百多名社员，同高塆的群众一道，肩并肩、手挽手地筑起人墙，在急流中把风浪顶住。第二天上午，风浪仍然没有平静。二分场党总支副书记王顺生抱着草团，踏险防浪。突然，一个浪头打来，把他连人带草团打到堤内的坝脚下，他挣扎着爬起来，又冲了上去。

　　7月15日，一场更惊险的保卫战在横坝展开。这里的大堤脚下，有一道暗闸直通长江。由于江水无情的挤压，动摇了闸门的基础，堤内的大港涌起晒筐大的水花，形成"管涌"。潜入水底排险，急在眉梢。然而，从浩瀚的江面到暗闸出口，深达八米多，下去排险的战士，一个个被江水顶托上来。人们万分焦急。就在这时，共产党员、一位年过半百从十里之外赶来的农工张炎六，挺身而出，主动请缨，要求下到闸口排险。可人们怎么忍心啊！曾记得 23 年前，也就在这个闸口，炎六的弟弟炎七为排险光荣献身。今天，他主动前来请战，谁能不担忧！于是人们好心劝他"千万不要冒这个险！"在场的年高 83 岁的老父亲更是劝他说："六儿，你再不要冒险呀！"

炎六回答说："怕么事，牺牲了也只我一人，凭我当了几十年的党员，也要做点贡献哟！"

他看了看翻起的渗水，望了望无边无际的庄稼，毅然谢绝了人们的劝阻，一头钻进激流，摸到闸门，插上钢管作标记，然后又和其他两名青年农工一起，把一百多包沙土，顺着钢管一包包地沉到水底，紧倚闸门筑起"水下挡水坝"。经过三个多小时的奋战，终于制住了渗水，江堤化险为夷。这一胜利，为确保第二道防线安全度汛，消除大片良田有可能出现的隐患，攻下了重要一关。

前方传来喜讯，后方更是喜讯频传。在蕲春的历史上，从来没有这样的记录：狂哮的洪水尚未完全息怒，全县就出动了 1600 多台动力机械，抢排渍水 3 亿多立方米，使 40 多万亩受渍的农田适时插上了晚稻；数以万计的河堤溃口和渠道塌方，被数以十万计的党员干部和群众，用勤劳的双手，筑起了一道道新堤、新渠；水打沙压的 3 万多亩农田，抢在立秋之前恢复了 95%，且种上了庄稼，结出了丰收的果实。

这历史的新篇章，饱含着党的关怀、政策的激励、各行各业的支援，更饱含着七十多万蕲春人民不畏艰险、抗拒天灾、誓夺秋季大丰收的坚强决心。就说三渡公社吧，这里是全县闻名的"水袋子"。洪水袭来，造成全公社 3 万多亩早稻、棉花渍涝成灾，直到 7 月中旬，还有 2 万多亩被泡在水里，有的深达 2 米多。离抢插晚稻的季节一天天地逼近。灾害严峻地考验着人们。广大党员干部和群众紧张动员起来，与洪水展开了出其不意的"麻雀战"，水排出一丘他们就抢插一丘。地势最低的杨墩大队，过去二季不插"八一秧"，今年"八一"大部分农田还没露出水面。有的社员不仅责任田淹没了，而且房屋也倒光了，吃住都成问题。在这样的困境下，社员们毫不畏缩，他们在野外垒起土灶，搭起工棚，风餐露宿，日夜奋战。田木青、邓先美等 200 多户社员没等积水排出，就顺着田岸筑起土埂，领着全家老小用木桶、面盆和泥斗，把积水一丘一丘地浇干，然后把晚稻一棵一棵地栽上。整整半个月，全大队男女劳力没有上床睡过一夜安稳觉，2000 多亩的水田尽现人们辛勤劳作的身影，没有断过一夜闪烁的灯光，连那田沟里一伸手就可以抓住的活蹦乱跳的鲜鱼，谁也没有去理睬。这是为什么呢？社员杨高生说得好："我们有困难，国家也困难，抢住季节多插一棵秧，多收一点粮，就能为国家多分一点忧啊！"

他们就是凭着这样一股爱国的热情，战胜了百年不遇的大洪灾，使得这个曾是省委书记关广富等领导同志乘船视察过的重灾区，重新变成了金色的粮仓。

平原湖区抗灾救灾节节胜利，丘陵山区更是喜讯频传。紧靠大别山区的十多个公社，哪里出现了险情，哪里就有抢险的人群；哪里有遭灾的困难户，哪里就有前来支援的脚步声。青石公社大叶山大队六生产队社员龚细奎，承包的七亩多责任田被水打沙压四亩五分。他急得团团转。就在这时，大队召开了支援重灾队、重灾户的动员会。刚从抗洪抢险前线归来的大队党支部书记余美才拉开嗓门说："战胜这样的大灾，一靠群众，二靠集体。一家一户干不了的，我们大家帮着干！"

第二天大早，老余就带领"全家兵"赶去帮助龚细奎挑沙还田，连回娘家的大姑娘和前来探亲的二女婿也被动员上阵了。三天时间，老余的一家在这个与沙石博斗的战场上，硬是压断了两条扁担，挑破了三担筻箕。

干部和群众心连心，群众与重灾户亲又亲。几天之后，像龚细奎这样遭灾严重的农户，田里再也见不到洪水冲积的沙丘，而是被全部还田抢种，呈现一片诱人的浓绿。灾情过后是丰收。如今，这里的社员群众正怀着成功的喜悦挥镰收割晚稻了。那金灿灿的稻谷，堆满了农家的粮仓。社员们高兴地说："大灾之年，有这样好的收成，从来没见过哩！"

没有过的秋季丰收，终于在大灾之年实现了。这其中的缘由是什么？县委书记梅玉成感慨地回答："天道酬勤。有党的十一届三中全会和十二大精神的指引，人民不可战胜，天灾不可无治。眼看要失去的金色秋天终于又给拼了回来！"

（作者为执笔者，与景祖儒同志共同采访。湖北电台 1983 年 11 月上旬播出）

春来五祖镇

莺歌燕舞的春天到了。辽阔的鄂东大地桃红柳绿、百花吐艳。

我趁着明媚的春光，驱车来到名驰遐迩的佛教禅宗圣地——黄梅县东山五祖寺脚下的五祖镇。只见造型典雅、依山而建的楼房，在这仅三里长的小镇上四处耸立。古朴别致的货亭，犹如一颗颗色彩斑斓的珍珠点缀在大街小巷，各具特色的风味酒家、迎宾餐馆，散发出阵阵清香……南来北往的游客无不被这古刹前的闹市吸引。

沿着宽广的大道向东走去，便是五祖镇的天门村。这里竹林掩映，流水淙淙。村中农舍里，不时传来隆隆的机声。在村道口上，我喜逢村里的"老积极"、年近古稀的张水和，他那古铜色的脸上挂着笑容。没等我开腔，就打开了话匣子，说，他曾当过十年队长。那时候，嗓子加哨子，"批"字加"斗"字，打破了锣儿使尽了法，也只落得个"年糊年"。如今托党的福，政策活了，人也精神了。说着，他把我带进了一间七八平方米的加工房。抬头一看，乖乖，墙上挂的，地上放的，桌上摆的，到处都是稀奇古怪的手杖，有龙式、虎式、凤式，还有喜鹊式……各式各样，琳琅满目。我好奇地问道：

"这是怎么雕的？"

张老见是个"老外"，连忙解释说："这是车的。"

"车的？怎么车呀？"

"这样车呗！"

说着，张老顺手拿起一根木棍，"咔嚓"一声，开动他那台自制的卧式车床。顿时，木棍随机飞转，车刀闪闪而过。眨眼工夫，它便成了一根形如竹茎，小巧玲珑的龙头杖。

"好极了！你家靠这玩意儿增收不少吧？"

张老微微一笑，说："这只不过是副业，茶余饭后干一阵，一年挣它个千把多块钱罢了。"

在古刹前的闹市里，像这样的工副业为数极多。今年，中央的一号文件传来，农民的劲头更足。他们面向市场，瞄准行情，实事求是地调整产业结构，干得热火朝天。就拿车木工艺来说，有车手杖的、车喇叭的、车鞋跟的，还有车文房四宝的……全镇从艺户数不下两百家。今年正朝新的目标迈进。至于做鞭炮的、制神香的、塑菩萨的……那就更多了。去年，全镇靠这些集体和家族企业增加收入八百多万元，相当于1980年工农业总产值的六倍多！

我访着、听着、记着，思潮不禁涌上心头。前些年，这儿还是一片荒凉，人们瞧不起眼。至于旧时之岁月，更是苦寒极了——经常是灾荒、饥饿、尸骨的图景，清朝诗人庄檀《再上五祖山》，不禁发出这样的哀叹："世事浮云外，人生幻景中。鸽原沉痛久，洒泪白苍穹。"

1979年，党的十一届三中全会的春风唤醒了沉睡的大地。始建于唐朝，具有1300多年历史的五祖寺，从沉睡中苏醒了、开放了。来自日本的朋友，东南亚的高僧，以及国内外的游客，一批又一批，纷至沓来。饱览这久负盛名的东山胜景，他们带来了欢乐、敬意，也带来了希望——希望将她打扮得更绮丽、壮观！1984年年初，中央一号文件的春雨洒遍鄂东。五祖区党委乘风扬帆，作出决策，推行"三个一起上"——除国营、集体外，欢迎农民进镇办厂、发展第三产业！这消息很快传遍了十里八乡。一个以名寺古刹为依托建设新集镇的号角吹响了。不久，一幢幢民办的店、堂、馆、所拔地而起，仅兴办的商店、旅社、照相馆等服务性行业就有70多家。鞭炮、饮料、竹木工艺等企业达40多个。还新建了医院、电影院，设立了书摊、茶庄。曾是一片荒凉的山乡，如今却以她奇特的风姿屹立在古刹前沿，引人注目。

太阳收下了最后一抹余晖，夜幕渐渐降临。五祖镇却是那样的光亮明灿！店堂前的彩灯，有如芙蓉万点，一团锦绣；街道上的路灯，宛若玉立的白莲，熠熠生辉；建筑工地上的荧光灯，光芒四射，把夜空照得通红通红。这光的海洋，使我愈来愈感到，在改革中崛起的五祖镇，将日盛一日，年胜一年，不断放射出耀眼的光辉。

（原载《当代农民》1985年第7期）

特别的防线

　　说来也巧，她不是党员，却时时注意维护党的形象；她不是干部，却处处谨防各式"糖弹"的攻击。

　　她叫刘水梅，菜农出身，38岁，广济县湖北钟厂工人；丈夫吴有象，县武穴镇珍珠养殖场党支部书记兼场长。社会给他俩的分工是那么的巧妙，一个培育珠宝，一个制作木钟。珠光闪耀，警钟长鸣。传奇般的真实就在这么个环境下出现了：近半年多来，省、地、县三级党组织先后授予吴有象"优秀党员"称号。今年5月15日，中共黄冈地委还作出决定，号召全区的党员干部向他学习。荣誉像一束束鲜花献给了吴有象，他的心情久久难平。他捧起鲜红的"优秀党员"证书，情不自禁地对内当家说："这多亏了党组织的培养，也多亏了你的帮助，是你给俺筑起了一道特别的防线哪！"他内当家笑着回答："看你说的，你是党的干部，俺是你的家属，俺也有责任维护党的形象哟！"

　　刘水梅虽然是个"党外人士"，却能站在党的立场上，支持丈夫吴有象堂堂正正搞经营。吴有象负责的淡水珍珠养殖场，有近三十年的历史，所生产的珍珠圆润、晶亮、色彩光华而艳丽。全场优质珍珠的数量属全省之冠。近两年开放搞活，来这里购买珍珠的客商络绎不绝，生意兴隆。货一走俏，供不应求，便有人想利用金钱打通关节。然而，吴有象却正气凛然，一次又一次地拒收贿赂，共计价值8000多元。有趣的是，几乎每一次拒贿，都有他内当家的一份功劳，甚至有时候靠内当家独当一面。因为那些搞不正之风的，见正面攻不破，爱从侧面打"迂回战"。刘水梅一时成了众"矢"之"的"了。然而，她不愧是20世纪80年代的女性，每一次较量，她都不曾吃过败仗。去年春上的一天傍晚，天幕渐渐垂下，一个女珍珠商趁着朦胧的夜色，探头探脑地找到刘水梅家里，亲热地称道："嫂子。"

　　"找谁？"刘水梅问。

"找你有点事儿。"那个女商贩一边回答，一边从兜里掏出一叠"大团结"，少说也有几百块。她一边搭腔，一边把那叠"大团结"塞给刘水梅说，"这是一点小意思，只要你肯帮忙买几斤珍珠，我感恩不尽的！"

要说钱，对于刘水梅说来，实在大有用场。家里上有老、下有小，光是管吃管喝，开支就像流水一般，为摆脱困境，她曾瞒着吴有象参加过输血团，挣得一千多元"外快"。再说，眼下也正缺钱花，为盖新屋，向左邻右舍扯了债，有的急待偿还。房屋的里里外外还得花钱装修，别说几百块，就是几千块也用得着哩！可是刘水梅没有"见钱眼开"。她想：老吴平日说了"俺的事业是培育珍珠，俺的心也要像珍珠一样纯净"。这不干不净的钱怎么能要啊！闪念之间，她用力挡回了那位女商贩向她塞钱的手，婉转地回绝道："要买珍珠请到场里去，俺家里一颗也没有。"那女商贩听了不以为然，仍死死地缠着她，她再也无心解释了，转身带上门，加上锁，讲了声"俺有事去啦！"便快步如飞地朝工厂方向奔去。那女商贩望着刘水梅匆匆离去的身影，也只好十分扫兴地离开了。

金钱在刘水梅的眼里失去了诱人的神光和魅力，便有人另辟蹊径，设法为她送其所需：如送烟送酒，送高级饮料，还有食用油、自行车等。每次，都叫刘水梅经受了考验，也叫送物者带去了教训。

去年 5 月，两个外地来的珍珠商见刘水梅家里没有大彩电，特意从广州给买了一台十八英寸的进口货。一天晚上，他们兴冲冲地把彩电抬到刘水梅的家里。谁料到，这份价值 1800 多元的"厚礼"还没沾地，刘水梅便开始审查起来："什么东西？"

"彩电，给你家作纪念呗。"那商贩回答。

"俺这里不作兴这一套，快抬走！"刘水梅毫不含糊地说。

"好歹是我们的一点心意呀！"

"心意我领了，彩电不能收。"

正说着，她的爱人吴有象走了进来。真是一家人不说两家话，老吴的口气和刘水梅一模一样。那商贩急了，以为他们是"不放心"，连忙从口袋里掏出一张发票，担保说："喏，发票都开好了，即使将来上边查，也决不会出纰漏！"说罢，那人把发票往电视机上一放，拔腿开跑了。老吴赶了老远也没追上。这时，刘水梅心生一计，"干脆上缴！"

吴有象听了，连连点头："好，明日就送。"

心急如火的刘水梅哪有这份耐性？她反问道："明日？不正当的东西还能留

它过夜吗?"

吴有象明白了,他立马回答说:"今天晚上送去,行吗?"刘水梅笑了,吴有象也笑了。

春夜,寒气未消。他俩抬着彩电,走出家门,穿过两道窄巷,跨过武穴长街,原封未动地把那台彩电交给了场里。

刘水梅透过社会的窗口,察觉到了商人送礼上门的用意。一向不参政的刘水梅,破例给老吴建议说:"请设法定个场规,叫职工不要把客商往俺家里引,免得带来麻烦。"

吴有象觉得有理。他听信了,照办了。从此,居住偏僻的吴有象,家里变得清清静静。

武穴珍珠场,在开放中越办越红火,去年人均创利润 2.4 万元。对这么一块出金流油的宝地,外地的客商看了眼红,本地也有人眼红。他们总想通过刘水梅作媒介,把自己的脚手插进去。刘水梅猜透了他们的歪心眼儿,从不拿原则作交易。有人托她说情,要把自己的子女塞进珍珠场,刘水梅解释说:"场里的事儿场里办,俺家属无权过问啊!"

有人想占用场里的水面做宅基,找到刘水梅帮忙。刘水梅提醒说:"这恐怕不合适,场里的水面很甘贵,没有水面哪能养珍珠哦!"

还有人请她说服吴有象接收礼品礼物,或者"光荣赴宴",刘水梅笑着说:"不吃请,不受礼,是俺老吴自家定的规矩,俺么能破哩!"

上门说情的,就这样被刘水梅一个个地说服了。

珍珠,这自古以来,稀有而珍奇的宝物,以其特有的魅力吸引着新时代的年轻姑娘。今年春上的一天,刘水梅正赶路上班,走着走着,忽然听到身后传来一阵"哈哈……"的笑声。回头一望,嗨,原来是厂里的一群"千金小姐"跟上了。领头的一个趁机搭腔,要求刘水梅给弄几颗珍珠做耳环。刘水梅笑着说:"那么行哪!"

另一个姑娘敲边鼓说:"行呀,行呀,'枕头边上撞,太白湖里浪'嘛,还能挡得住?嘻嘻。"

刘水梅轻轻地瞟了她一眼:"傻丫头,别说这样的傻话。"她思索片刻后,把知心的话儿掏了出来,"不是俺梅姐不诚心,而是想到集体不忍心。俺乡里有句俗话:滴水成河,粒米成箩。珍珠虽小,可聚起来出口,就成了国家的财富呀!"

姑娘们个个点头称赞。她们思前想后，心底渐渐开朗：珍珠是纯洁的、明亮的；长期与珍珠场长生活在一起的刘水梅，心灵恰似熠熠生辉的珍珠一样，纯洁而又明亮！

（湖北电台 1985 年 9 月中旬播出）

鄂东农村精神文明之花

今天要奉献给读者和听众朋友的是鄂东农村一束精神文明之花。

先给大家讲一个有关承包经营的故事：

"我承包不是为了我"

翻开广济县委今年（即 1985 年）6 月的一份表扬通报，优秀共产党员桂训民的名字清晰地出现在眼前。桂训民是这个县中官乡张竹林村红光砖厂的承包人。县委通报表扬他，村里的男女老少更是交口称赞他。

话得从桂训民承包砖厂说起。1982 年，张竹林村投资 20 万元办砖厂。因为管理不善，头一年就亏损一万多元。第二年，村里公开张榜，要把砖厂承包出去，条件是承包人当年缴积累八万元，其余盈利归承包人所得。

由亏损一万多元到缴积累八万元，里外相加，要盈利十来万元才能揭榜。这对一个小小的砖厂来说，是一个惊人的数字。结果，张榜好多天无人敢揭。

当时任村党支部书记的桂训民，眼看村里辛辛苦苦办起来的砖厂快要倒闭，便挺身而出。他辞去了干部职务，同村里签订了承包砖厂的合同。并且主动要求把上缴积累由八万元增加到十万元。

这个消息一传开，有人说桂训民傻：何必主动要求多缴积累两万元？也有人说他是吹牛出风头，还有的担心他完不成任务难下台……

可是，桂训民的答卷超出了人们的预料：第一年，他千方百计地改善企业经营管理，砖厂扭亏为盈，当年按计划完成了合同任务。第二年，也就是 1984 年，他进一步挖潜力、攻质量，经济效益更高。年终结算，砖厂除了开支工资、完成国家税收和上缴集体提留以外，还盈利七万元。

桂训民"七除八扣"还一年获七万元的纯利，一时被当作新闻传开。乡亲们议论虽多，结论只有一个："有白纸黑字的合同在，该按合同办事，这七万块钱理当归训民得!"可谁知,桂训民又做了一个出人预料的决定,他说:"我承包砖厂不是为了我,这笔钱我不能要!"

乡亲们听了,一时议论纷纷:"桂训民莫非真有点傻,到手的钱财往外推!"面对乡亲们的议论,桂训民解释说:"砖厂是大家投资办起来的。我不过是牵头搞经营管理,理顺了生产程序,提高了一些效益。我已经拿了工资,这七万块钱的盈利用来再扩建砖厂,把集体企业办成大家共同致富的靠山,不是更好吗!"

"不要这笔利润,也得加点工资!"乡亲们不忍心亏待为办好砖厂日夜操劳的桂训民,提出了这样的折中方案。老桂领导办厂两年。第一年月平均工资900元,第二年月平均工资1200元,最高工资达到1700元。桂训民每年只肯拿平均工资。如果拿厂里的最高工资计算,两年要补他一千多元。可桂训民还是那句话:我承包不是为了我,而是为了把厂办好,我不拿最高工资。

乡亲们还是过意不去,又有人参谋说:"村里近两年有一半的人家做了新房子,老桂还是住的旧房子。从这超额利润中提点钱给老桂修房子,谁也不会说不应该。桂训民还是不动心,他说:"家里做房子,我另有安排,砖厂的盈利不能动!"

砖厂的职工和乡亲们说服不了桂训民,有人就去动员桂训民的父亲桂家炎。桂家炎是县化肥厂的退休干部,也是共产党员。训民办砖厂,他是得力的军师。砖厂有难处时,他总是主动操心出力,大家以为请他劝训民提点分成费做房子,一定合他的心意。可有谁知道,他和训民是一样的心思、一样的口气。他说:"家里做房子我早有安排。砖厂的超额利润就留给砖厂用好了。"

桂训民一分不少地把这七万元超额利润留在砖厂。厂里拿这笔钱先后办了几件实事:一是铺了一万多平方米的水泥场地用来晾砖,既减少了砖坯的损耗,又减轻了工人的劳动强度;二是利用烧窑的余热,建起了安有热水管道的淋浴室,改善了工人的沐浴条件;三是资助本村再建一个砖厂,为村里多开辟了一条致富门路。桂训民看到村里的农民渐渐富起来,而五保户还很困难,又拿出5000元,给全村32户五保户人平均增加生活补贴费150元,每月按计划买好油、盐、柴、菜、米,让厂里共青团给送去。

桂训民为村里办的这些好事,使原先说他傻的人,渐渐明白:俺这穷地方,得亏有这样的好党员。

再给大家讲一个传授技术不计报酬的故事：

"金饭碗要传给大家"

广济县四望区刘元乡有一位老党员名叫刘茂成。他小时候放鸭，东跑西奔，四处求教，渐渐学得了一手好技艺：他不光会养群鸭，还会孵小鸭、制板鸭，加工制作皮蛋、灰蛋。鸭变蛋、蛋变鸭，活鸭变板鸭，他是门门通。乡亲们都亲切地称他"刘师傅"。

可是，在那"左"的年月，刘师傅由于帮一个厂制板鸭、做皮蛋卖，竟挨了批判，割了他所谓的"资本主义尾巴"，还罚了款，他只好憋着气，把养鸭致富的绝招深深地埋在心里。党的十一届三中全会的春风吹来，鄂东大地万象更新。刘茂成的技艺才有了用武之地。他住的那个自然村叫放鸭山，有 21 户人家。吃"大锅饭"的时候，这里的农民被捆在几分田里"闹革命"。结果"吃粮靠周转，用钱靠贷款"。全村家家户户成了"债砣子"。如今政策活了，他们多么渴望找到致富的门路哇！就在这样的时刻，刘茂成把埋藏在心底多年的技艺——一颗饱含着智慧的心，无私地奉献给这些朝夕相处的乡亲父老。他起早摸黑，走东串西，毫不保留地向他们讲授孵小鸭、养群鸭的诀窍，做皮蛋、灰蛋的配方，传授治鸭病的秘方、制板鸭的刀技。过不多久，放鸭山的农民个个成了一技之长的能人。农民刘焕友养鸭下蛋少，觉得养鸭划不来。刘茂成知道后，主动上门问明情况。原来是焕友放鸭出棚时早时迟、喂食时多时少，放得远、赶得急，天天一路小跑。茂成说："鸭子体力消耗大、补充少，又累又饿，哪还有多少蛋啊！"说着，他把自编放鸭口诀传给他："早出棚，食喂饱，少赶路，勤洗澡，宿野外，病防好，傍晚'加餐'不可少……"刘焕友听着入了迷，他照茂成教的办法试了试。嘿，果然见效：七天后，鸭子产蛋率比原来提高了八成多。每天早晨，那圆润、雪白的鸭蛋密密麻麻地散落在鸭棚里。刘焕友的心像蜜糖一样甜滋滋的！

经过刘茂成的精心指导，放鸭山人不仅户户会放群鸭、做皮蛋，还出了六七名会孵小鸭、制板鸭的高手。技术就是生产力。曾经穷得发寒战的放鸭山，如今的形势变了：全村年人均纯收入由过去的百把元，去年猛增到八百多元；21 户农民就有 20 户住上宽敞、明亮的新房。

本村的农友走上了富裕的路。刘茂成的心里还不安。他想：眼下禽蛋加工行情好，何不把技术传给更多的人呢？于是，他把邻近垸村的困难户摸了个底，主动上门献技术。井边塆的困难户刘贵金想学制板鸭，刘茂成拍胸担保说："好，我包你出师！"他把制板鸭的喂、杀、制、晒和包装五道工序，耐心地讲给他听，还给他作示范。有人见他把技术无私地传给外村，为他担心地说："刘师傅，你这是把'金饭碗'送人情啰！"

"看你说的。"茂成笑着回答，"我已年过五十了。把金饭碗传出去，为乡亲们致富多做点好事，依我看，透值！"

还是有人不理解，他们说："教别人学会了做皮蛋、制板鸭，岂不是竖起东墙挤倒了西墙！"

刘茂成说："如今时代不同了，'技艺不外传'的旧脑筋得换一换。再说，我们国家地盘大、市场广，出口任务也重，鸭制品是畅销货，还有什么不放心的？"

刘茂成坚持把技术传给刘贵金他们。刘贵金他们没花一分一文钱的学费，就把刘师傅的几个绝招学到手了。如今，刘贵金已联合几户农民办起了家庭板鸭厂。今年制板鸭两万只，纯收入 2 万多元。过去穷得伸不起腰的刘贵金，如今楼房平地起，喜从心底来。

近几年，刘茂成凭着一颗火热的心，把技术传遍了十里八乡。光是四望区靠他传出的技术"滚雪球"，就办起了 40 多家皮蛋加工厂。年加工皮蛋 250 多万枚，还兴办了七家板鸭厂，年加工板鸭 10 万只，这两项加工，去年共为农民增加纯收入 16 万多元。今年 8 月，刘茂成又应聘到本县武穴区供销社，筹办起全县最大的一家板鸭厂。他带领一批青年，手把手地教，心贴心地传，决心把技艺传给更多的人！

最后给大家讲一个文明经商的故事：

"不干不净的钱不能要"

蕲春县漕河镇正街 18 号，有一个名叫"美而时"的商店，意思是说它美丽而又时髦。这家小商店从 1980 年开业以来，常年顾客盈门，生意越来越红火，店主人是镇里的一对青年农民夫妇，男的叫江仕波，女的叫吕金莲，人们都管它叫夫妻店。

俗话说："见钱不抓，不是行家。"美而时夫妻店却有一个特殊的规矩：经营走正道，不干不净的钱决不要！

今年 4 月 5 日，一个陌生人提着一包衣料到美而时商店出售，打开一看，嘿，里面有呢料、平绒绒，还有加厚涤纶，少说要值 100 多元。可这位陌生人却说："算了，80 元倒给你，只当少跑一趟水。"小江见来人卖货心切，怀疑货的来源不正，便有意把货价压到 27 元，那人仍然点头同意。小江想，这批货只要一转手就能赚 80—90 元，但这钱不三不四，不能随便赚！于是，他一方面设法把那人牵制住，一方面跑到派出所报了案。派出所给了那人应有的惩罚。5 月初，一个广州商贩来到美而时商店，要求给推销录像带。当时，录像带在市场上是俏销货，有的浑水摸鱼，把黄色带子引进来叫高价，从中捞一把。小江却不这么干，他问那商贩："什么带子？"

那商贩顺手把录像带递过来，说："《摇钱树》。"

小江没听说过这个片名，请有关单位审查，证实它是一部黄色录像带。小江摇摇头说："实在对不起，这货我不能要！"

"怎么哩？"那人问。

小江顺手指向县委、县政府授予的"文明户"大红匾，理直气壮地回答："看，我们是文明店。哪能销这样的录像带？"

那人听了不以为然，说："文明店也得挣钱哪！"

小江笑着解释说："钱是要挣的，但不是一切为了钱。像这样的录像带，我不能卖，我劝你也不要卖！"

美而时夫妻店也有它的生意经，那就是"公道、热情"。无论是生人还是熟人，无论是本地人还是外地人，店主对他们都是一样的热乎：不合身的包换，不合意的包退，不合质量的包换。这"三包"经营，温暖着成千成万的人心。去年冬，广济县一位来蕲春进修的教师，到美而时商店给爱人选购了一件上海提花涤纶罩衣。时隔一个星期，这位教师带着衣服前来要求说："衣服的颜色、质量都好，就是大了点，能不能换？"小吕连忙回答："能！"她当即给换了一件。可几天后，这位教师又带着衣服找上门，不好意思地说："唉，什么都好，就是腰身小啦。"小吕还是那样热情地接待："没关系，我给你再挑一件。"

说着，她又选了一件，并且嘱咐说："回去试试，不合适，请再来换。"

过了几天，这位教师特地赶来道谢，连声称赞说："这件衣服很合身。你们的店风真是暖人心哪！"

（此文荣获 1985 年度湖北广播好新闻二等奖。湖北台 1985 年 10 月 18 日播出，中央台《各地电台编制节目》1986 年 4 月播出，《中国广播报》1986 年《广播文萃》专栏先后分三次连载，一次刊登一个故事。与王映明同志合写）

秋声秋色吐秋香

秋风送爽，秋雨潇潇。古城黄州，迎来了阵阵歌声，阵阵欢笑。

9月5日晚上，这里的文化名人聚集一堂，举行首届文学艺术系列即兴表演。晚7点半，主持人正式宣布：系列表演现在开始！顿时，表演现场掌声雷动。

参加表演的，有从事创作数十年的老作家，有在全国性诗歌大赛中获奖的青年诗人，有黄鹤书法篆刻中被评为佳作的获奖者，还有在地方民歌比赛中获奖的作曲家和歌手。

系列即兴表演是那么的有趣、那么的新颖：先是统一命题，然后，在限定的时间一刻钟之内，由诗歌作者即兴赋诗，书画作者即兴挥毫，作曲家和歌手即兴作曲、演唱。其形式，真可谓独具一格，别开生面。

伴随着一阵开场的掌声和铃声，黄冈地委宣传部副部长、中国作家协会湖北省分会会员丁永淮同志，兴致勃勃地走到主席台上麦克风前，给大家命题。他根据时令的特点，命题为一个"秋"字。他说，秋是自然的时序，秋是丰收的季节，秋是艺术的创造，秋是文人的天堂……希望大家像历代名人一样，发挥各自的智慧，尽情地书画秋天，歌唱秋天，赞美秋天。

丁永淮同志的话音刚落，表演大厅一片哗然。表演者个个心情激荡，笔声沙沙。诗人、书画家和作曲、歌唱家，都在围绕"秋"字静静地思索着……

"嘀嗒、嘀嗒、嘀嗒……"时钟一分一秒地过去。转眼间，一刻钟到了。文学艺术系列表演开始了。一份份印着文人情怀、带着温馨而芬芳的墨迹之新作，像雪片一样飞向主席台。不一会儿，诗歌作者开始吟诵起自己的即兴诗作来。第一个上台唱诵的是古诗爱好者缪英同志。他笔下之秋，不是春天，胜似春天：

> 谁说秋光不及春，天高气爽净无尘。
> 桂花香满黄花发，更有红枫染层林。

年过半百的缪英同志，是赤壁诗社的副秘书长。所在的诗社，属群众性民间文学社团，创建于 1983 年，现有社员 400 多名，遍及全国 20 多个省市，其中，黄州所在的地市占半数以上。正是有了这个诗社和书画社，才使得古城黄州历练出了一大批热情洋溢、文笔娴熟的诗作者和书画家。诗社为纪念宋代著名文学家苏轼，创办了《东坡赤壁诗词》，共发表新作 2000 多首。赤壁诗社犹如烂漫的春花，迎来满园春色，带动了全黄冈地区成立了 80 多个文学社，发表的作品不计其数。有的诗社和诗歌作品，在全省乃至全国影响强烈，誉满中华。

一代文化新人的出现，不禁使人联想到苏东坡当年贬居黄州留下的"大江东去，浪淘尽，千古风流人物"的绝唱；更使人联想到今日之黄州，一代新人茁壮成长，犹如给"大江东去"的历史长河增添了一缕引人注目的光彩。新人们英姿焕发，壮怀不已，在不同的位置上，奉献各自的智慧和力量，为黄州这块浸染着瀚墨芳香的故土增强了新的活力。不是吗？请看：年仅 20 来岁的程抱全，一边博览群书，汲取理论精华，一边深入调查，总结实践经验，终于撰出《质量经济学》，受到理论界的高度认可。而立之年的宛士雄，留心观察，苦心积累，将古今中外的商标知识辑成专著，为工商界依法经营指明了方向。闻名遐迩的黄冈中学，培育的莘莘学子，连年在国际中学生奥赛中取得佳绩，为国家争得荣誉，其中最小的获奖者林强，年仅 15 岁……人才辈出的黄州，使参加表演的古诗爱好者发出了"驾鹤坡仙归故里，举杯续唱大江歌"的感叹。一些年轻的现代诗作者更激情澎湃，尽情赞黄州这块孕育英才的土地和为之付出的母亲：

淅淅沥沥的秋风，牵出了漫长的思绪；

此时故乡的古城，迎来了久违的雨季。

让秋雨把我的梦，轻轻地编辑，给我的母亲捎去。

总喜欢站在秋天的雨中，把母亲的声音寻觅。

总喜欢在秋天的早晨仰望星空，品赏故乡那温柔的气息。

总喜欢把秋叶当作金黄的信笺，寄去我平安的消息。

不必为我祝福，不必为我忧虑。

母亲般纯朴的故乡，在漫长的雨季里，

我会成熟得，像落在您怀中的果实。

朗诵这首诗的，是 24 岁青年诗人、1983 年《飞天》大学生诗苑诗歌奖得主李磊。他的诗，情切切、意绵绵，像涓涓细流沁入人的心田，流向广阔的原野。

啊，"成熟的果实"，是爱心的写照，也是秋天的赞美。1986年是那么的不平凡：从春到夏，从夏到秋，黄冈地区旱涝灾害一个接一个，人们赖以生存的农业经受着无情的考验。然而，天公不作美，人力可回天。全地区干部群众在各级党委和政府领导下，凝心聚力，抗灾夺丰收，夏粮夏油获得增产，早稻颗粒归仓，眼下的秋粮秋棉，涌起金色的波、银色的浪。庄稼地景色美了，庄稼人心底乐了，来自农村的青年农民诗作者张金先，对秋天的感受是那样的深、那样的美——

> 八月的风，甜甜地吹，
> 八月的乡村秋色美，
> 八月的谷穗点头笑，
> 一把把镰，
> 照亮了村头一溪水。
>
> 八月的碾场金山堆，
> 八月的算盘指上飞，
> 八月的老少送公粮，
> 一车车歌，
> 唱不尽农家的生活美！

系列即兴表演快要结束了，那盛赞秋天的诗作，被书画作者描绘得栩栩如生，演唱者放开歌喉尽情地歌唱，那轻快的歌声婉转悠扬，在古城黄州悠悠回荡：

> 秋山秋水满秋江，
> 秋时秋花分外香。
> 秋月秋风迎宾客，
> 满楼秋意胜春光。

（湖北电台1986年9月20日《知识与生活》节目播出，作者为主笔，与肖党生同志共同采写）

学生娃，竞智吐新花

1986 年 7 月 26 日，碧空万里，日丽风和。黄冈中学的校园内喜气洋洋。

这天上午，学校的师生欢聚一堂，举行别开生面的欢迎仪式，迎接在第二十七届国际数学奥林匹克竞赛中光荣获奖的林强同学载誉归来。

没有锣鼓，没有鞭炮，只有欢声笑语。约八时许，林强同学兴致勃勃地走来了。他那红润而白净的脸上堆满笑容，显得轻松、愉快。人们以热烈的掌声欢迎他、鼓励他、祝贺他。摄影记者抓住时机，"咔嚓""咔嚓"地拍下了一个又一个的镜头。黄冈地区党政领导和他肩挨着肩，亲昵地问候、交谈。在这激动人心的时刻，挂着稚气的林强，眼里禁不住地闪出泪花。他既是高兴，却又感到惭愧。他说："这次竞赛我发挥得不好，只拿了个三等奖。"

在他身旁的一位领导同志听了，当即勉励说："那可不哩，你毕竟是一枝出墙的红杏，报国的春花哩！"

是啊，林强同学年方十五，才念完高二，是我国这次参加竞赛选手中年龄最小的，也是这次数学大赛中唯一的登上金榜的高中二年级学生。在参赛的 57 个国家、210 名选手中，他不愧是佼佼者。人们都为他感到骄傲。执教四十多年、熟知林强同学成长过程的老校长田中杰即兴作词一首：

> 航天飞渡到华沙，数学清华娃。
>
> 中华代表，学生佼佼，竞智吐新花。
>
> 捷传四海声名振，赞语满京华。
>
> 最喜林强，英姿少年，独得众人夸。

此时此刻，林强的心情更是不能平静。他说："我的成绩和荣誉不应该属于我，而是老师们辛勤培育的、奉献的！"是啊，他所在的黄冈中学，校风是那样的好：老师们胸怀一个目标——为着"四化"，为着将来，不计得失，不图虚荣，团结一心，兢兢业业培养下一代。早在林强读初中时，数学老师常常为他所提出的难题，集体研究、具体辅导，直到帮助他求得甚解。林强初中没念完，就破例被接收参加本校高年级的假期数学训练。老师的精心栽培，给了林强这颗结实的种子，以生根发芽的沃土。无论是炎天暑热，还是风雪严冬，他都顽强地向上生长着。步入高中后，他立志学习中国女排精神，为冲出亚洲，走向世界而奋斗。尽管老师根据他的接受能力，允许他只做难度较大的"攻关"练习题，少做或不做课堂作业。林强却从严律己，在做好"攻关"练习的同时，把课堂作业照样做得工工整整。他说："事物就这样，难中有易，易中有难。多练总比少练好。"

为着多练、熟练，林强不知多少次忘了吃饭，忘了睡觉。不过，他并不赞成"死读书，读死书"。他还是校园乒坛上的"名将"、棋类竞赛的选手哩！有人问这位年少的"数学迷"为何爱体育，他笑着回答："德智体全面发展，才是成才之路。"难怪，他留下的脚印是那样的坚实：上高一才一个月，他参加全国数学竞赛，获得湖北赛区三等奖；上高二不到一个月，他再次参加全国数学竞赛，获得湖北赛区一等奖；今年元月，他作为湖北的代表，赴天津南开大学参加全国中学生数学选拔赛，在强手如林的竞争中，荣获全国第五名。我国著名数学家、原武汉大学教授张远达，生前来黄冈中学面试林强时，曾经作了这样的预见："林强将来很可能成为我国数学界一位难得的人才。"

林强不负众望，更不以为满足。在欢迎仪式上，他深深地向培育他的老师们鞠了一躬，然后抬起头来，满怀信心地说："从现在起，我一定继续努力，打好基础，争取在明年的国际数学竞赛中为祖国赢得新的荣誉。"

室内又一次爆发出热烈掌声。林强这株苗壮的幼苗，似乎得到了新的雨露、新的阳光。人们的内心在期许：林强啊，愿你在通向数学王国的道路上自强不息，一步一个脚印，步步闪出理想之光！

（湖北电台 1986 年 8 月初播出。据悉，林强同学不负众望，于第二年荣获国际数学竞赛金奖）

水产专家在渔家

新年前夕，雪后转晴，巍巍大别山脱下了银装素裹。主峰脚下的白莲河水库波光粼粼，水欢鱼跃。

12月24日，库区一侧的英山县南河区方咀村，格外引人注目。一位来自省城的水产专家和村里的农民方廷光，从3亩网箱和36亩库汊里捞起成鱼2.7万多斤，鱼种1.2万多斤，合计4.02万多斤，库汊里的捕捞工作还远远没有结束。那活蹦乱跳的鲜鱼，正是他们从前年6月开始，联合进行"库汊拦网、网箱养鱼"生产技术研究的成果。在技术鉴定会上，来自15个水产科研单位的代表一致称赞这是一项"成功的试验"，"是库区脱贫致富的好路子"。

"我不忍心把知识关在实验室里"

来自省城的那位水产专家叫徐振，共产党员，1977年毕业于广州中山大学，现任省水产科研所鱼种室副主任。他30岁出头，却"业精于勤"，才华初露，早在1982年就在本所其他同志的协助下，获得了"尼罗罗非鱼驯化及杂交优势利用推广成果奖"。1984年春，省水产局和科研所根据他的请求，批准他到英山县南河区驻点指导农民搞"库汊拦网、网箱养鱼"，为库区脱贫致富探索出一条理想的道路。

消息传来，人们纷纷向这位年轻人投以崇敬的目光，但也有的为他担忧起来。一位熟悉他的学友上门劝阻说："小徐，你这是何苦哟？人家大学毕业设法待在城里，你大学毕业后一直蹲在乡下，这些年难道还没熬够呀！"

徐振笑着回答："正因为我在乡下滚得多，才不忍心把知识关在实验室哩！"

他凑近这位学友，一五一十地掏出了心底话儿：近些年，党的政策给农村确实带来了巨大变化，吃的、用的、穿的，以至玩的，都有很大的改善。但也还有薄弱环节啊！特别是库区，有相当一部分农民温饱难酬，有的穷得连锅盖也没有。徐振每想起这些，思绪万千，心情久久难平。他说："扪心自问，库区的群众住在水边这样受穷，我作为一个水产工作者，难道没有责任吗!"学友明白了，他紧握着小徐的手，诚心诚意地向他表示祝贺!

同事间的感情更是亲昵的。有人告诉他，网箱养鱼，过去曾有专家搞过，国家还拿了不少的事业费和科研费贴进去，结果还是亏了，劝他三思而行。还有的同志提醒他：事情的成败，直接关系到一个人的声誉和前途，你经验不足，万一盘泼了该怎么办啊!

有胆有识的徐振，想过事情的成败对自己的影响，也想过自己的前途和声誉。但他想得更多的，是党和人民的期望。他那颗激动的心始终跳动着这样的主旋律：人生的价值贵在奉献，不在享受。党把我由一个普通的工人培养成大学生，目的不是要我去攀比荣誉，而是希望我多为人民干点实事。再说，过去别人的试验效果不理想，并非事业本身不行，而是政策偏"左"，方法不对，"大锅饭"捆住了人们的手脚。如今政策活了，人心顺了，我把事业安在库区决不会吃亏。

去年初夏，徐振怀着对库区人民的一片痴情，告别了相依的亲友和繁华的武汉，告别了那幽静、舒适的科研所，风尘仆仆地来到偏僻而又穷困的英山县方咀村，开始了驻点探索综合开发库区水域资源的道路。

"希望在于奋斗"

在方咀村，徐振很快和农民方廷光交上了朋友。月下，小徐贴近老方，悉心说服他带头下水库搞渔业，扶惯了犁耙的方廷光开始感到为难，他摇摇头说："唉，我船不会划，网不会张，哪有成功的希望啊!"

"成功的希望在于奋斗。"小徐启发老方说："只要你有决心，我在技术上尽力帮助，困难一定能克服。"徐振接着讲了许多开发库区水域资源的意义：库区人民为着顾全大局，丢了田地，毁了家园。花去昂贵的代价，换得一片荒芜的水面。可惜，过去人们缺乏认识，水，竟成了库区的穷根和包袱。今天，只有对它来个再认识，把包袱变成财富，才对得起库区的群众，对得起党的期望，也才对得起曾经在这块地上兴家立业的祖先啊!

老方的心被打动了。他们经过协商，在有关部门的支持下，成立了一个有领导成员参加的、三位一体的"库汉拦网、网箱养鱼"生产技术研究小组。

从此，徐振的心全拴在开发库水养鱼的事业上。无论是刮风下雨，还是严寒暑热，他总是那样乐于吃苦，甘受熬煎，渴了，咕几口库里的凉水；饿了，啃一啃山乡的红薯，嚼一嚼农家炮制的咸菜……那期间，他跑遍了库区的山山水水，详细调查了库区的地形地貌和水域资源特点，摸清了库区渔业生产的历史和现状。他从大量的一手材料中了解到，库区渔业生产，除政策的因素之外，还有科学的潜力。过去的网箱养鱼，不仅品种单一，而且运用了"人放天养"的老办法，结果"头年得利二年平，三年以后气死人"。养的鱼营养不足，生长缓慢，经济效益低。前车之鉴，后者之师啊！徐振在前人的基础上，大胆进行"四改"：改品种单一为品种多样；改自然放养为人工精养；改花白鲢为主为优质鱼当家；改单一网箱养鱼和单一库汊养鱼，为库汊、网箱结合，立体开发利用。"四改"配套，形成了一个独特的渔业生产模式：库汊设拦网，饲养花白鲢；汊里架网箱，精养鲤鲫扁；网箱投饵料，箱库双挖潜。这种独特的模式，把不便开发的大水面，分割成便于开发的小水面，给鱼类创造了一个良性的生态环境，取得了内养外增、全面丰收的最佳效益。在网拦的 36 亩库汊里，不仅 24 只成鱼网箱的亩产量高达 2.4 万多斤，箱外库汊的成鱼亩产量，也比这里过去自然放养的提高十倍以上。

在探求这种突破性的渔业生产模式中，徐振用心开发渔民的智力：他一边讲解，一边示范，热情地指导方廷光和他的助手们怎样拦网、怎样喂鱼、怎样配饵料、防鱼病……确保网箱的鱼种安全越冬，是箱养优质鱼成败的关键。过去当地的试验表明，优质鱼种在网箱越冬要死掉 70% 以上。徐振根据水温对鱼的摄食强度的影响，精心研究出相应的技术措施：冬前适时提高饵质，增强鱼种体质；冬后适时用药水给鱼种洗澡，让它脱去身上的黏液。这两手，使投放的优质鱼回捕率提高到 94%。望水兴叹了多年的库区农民，如今竟没花一分钱的学费就学得了这些"水里求财"的诀窍，心里热乎极了。他们也像徐振那样，当起科学养鱼的"二传手"来。方廷光和他的女婿王汉酬，就被有关部门聘请为水产技术顾问哩！

技术犹如艳丽的鲜花开放在致富的土地上，它给人以知识，更给人以力量。起初，方廷光对在网箱里投饵养鱼的效果不敢相信，他说："这么干，等于把钱往水里丢呀！"徐振耐心向他解释："古人讲得好：'欲取之，必先予之。'投饵养鱼，看来多花了一点钱，其实是用小钱换大钱哪！"他选用尼罗罗非鱼做试验，半年后，自然放养的尾平重量不过三四两，人工精养的达九两多，最大的长达 1.8 斤。方廷光见了，那布满皱纹的脸上渐渐露出了满意的笑容。眼界阔了，信心也足了。他十分感慨地说："嘿，妙法，来年大干！"

"原谅吧，我的事业才开头"

生活的道路总不那么平坦。徐振立志把知识奉献给贫穷的库区，困难却时刻等待着他自己。在一个又一个的困难面前，徐振甘愿苦其心志、劳其筋骨，毫不怜惜地作出自我牺牲。

一天，徐振从沔阳运鱼种途经武汉，正碰上爱人生病发高烧。徐振的心顿时碎了，可转念一想，库区急需鱼种呀！他弯下腰，轻声唤着妻子："春英，原谅我吧，我的事业才开头，不能在家照顾你了，请好生保重自己呀！"

春英支起身子，吃力地问："不能多待一天吗？"

"不行，鱼种已经上车，今天得运到，否则就会造成损失。"

妻子听了，默默地点了点头。临别时，她抱病倚门相送，可没等徐振上路，便"扑通"一声晕倒了，徐振赶快扶起她，喂下药。春英醒来，见丈夫仍在身边，心急了："唉，你怎么还没去呀？"

"看你病成这个样子……"

"病，熬几天就会好的，你还是放心地去吧！"春英没等徐振说完，继续催促说。

妻子的体谅和支持，使徐振更加增强了责任感，他嘱咐别人为春英求医，自己忍着一颗沉重的心，驱动滚滚的车轮，按时把鱼种运到了数百里以外的英山库区。

为着库区的事业，徐振何止顾不了妻子的病痛啊，那远离身边的父母，他常挂在心，却没挤出时间探望；那朝夕相处的好友，他时时记起，却很难坐在一起开怀畅谈；那才满 5 岁的慧慧，是他的掌上明珠，长得天真可爱，却不能亲一亲、逗一逗，连看一眼也好不容易啊！一次，徐振因公返汉，顺便上幼儿园去接慧慧。慧慧见到爸爸，惊喜得连蹦带跳地嚷起来："嘿，爸爸，爸爸。我有爸爸啦！我有爸爸啦！"

徐振感到奇怪，问慧慧怎么这样嚷，慧慧告诉他：别的小朋友上幼儿园，都是爸爸接送，唯独她是靠妈妈，有的小朋友调皮，欺她"没有爸爸"，常常讥笑她，慧慧伤心极了。她扑倒在爸爸的怀里，"呜呜……"地抽泣痛哭，那泪水，像一股小泉涌个不停，点点滴滴落在徐振的怀里。

徐振给慧慧擦干眼泪，脸贴脸地劝慰她："好慧慧，别哭哟，爸爸不是在你身边吗，嗯？人家小朋友说你没爸爸，是开玩笑，何必当真哩！"

"那，你得天天来接我。"慧慧给爸爸讲起条件来。

"好，我每次回家都来接你。"徐振巧妙地绕开"天天来接我"的话题，变着法儿回答了慧慧。

年幼的慧慧还不理会爸爸话里的含意。她，欣慰地笑了。第二天大早，月光透过窗户，辉映床前。床上的慧慧还在吐着香甜的鼾声，那樱桃般的脸蛋，不时在美梦中露出酒窝窝，她万万没想到，这时候的爸爸已经悄悄地踏上从武汉返回英山库区的道路。

盛夏，太阳像一团火烘烤着大地。英山县委担心这位来自省城的大学生受不了，特地安排一辆小车接他进深山避暑。避暑的地方叫桃花冲。那儿风光秀丽，四季如春，是英山境内的小庐山。前来接他的同志劝他："你无论如何也得去享受几天。"徐振却婉言谢绝说："县委的情意我领了，这儿确实离不开。"他坚持和方廷光一道，冒着酷暑配料、投饵、观察气象和鱼情，记下一个个的科学数据。他还挤出时间指导十里八乡的渔民搞好夏季渔业生产管理……

胜利属于勇于实践的人们。如今，那贯穿英山、罗田、浠水三县的白莲河水库，从沉睡中复苏了，那六万多亩水面的粼粼波光，映衬着点点的渔船，荡漾着数以百计的拦网库汊和六千多只网箱，构成了一幅水上春秋的憧憬。唐代诗人杜牧描绘的"溶溶漾漾白鸥飞""夕阳长送钓船归"的大江秀色，终于在这大别山腹地的人造平湖里出现了。每到夜间，河边灯火万家，交相辉映，把新兴的库区渔村照得通红通红。

在灼亮的灯光下，年轻的徐振伏案作出新规划。他胸怀库区，壮志不已，誓将这火红的山寨渔村变得更加火红！

（湖北电台 1987 年初农村节目播出）

富路，在竹林湖村延伸

历史把时代推进了波澜壮阔的改革浪潮。神州大地到处传来振奋人心的喜讯。湖北蕲春县蕲州镇竹林湖村的变革更为深刻。

竹林湖的步伐是那样坚实、那样神速！1986年，全村工农业总产值达到了2028万元，人均产值突破1万元；上缴税金110多万元，户均上缴税金贡献2700多元；人均纯收入1015元，是改革前1978年的9倍。邓小平同志提出的"小康"奋斗目标，竹林湖有望提前实现！

竹林湖村像一颗璀璨的明珠诱人青睐！今年"七一"前夕，中共湖北省委给予了表彰，黄冈地委和行署还把它树为全地区农村双文明建设的一面红旗。鲜红的旗帜在古城斗艳，在鄂东增辉！它向人们宣告：在改革中迈向工农一体化，是贫困乡村由穷变富的一条成功之路！

跃上新天地

竹林湖村背靠大别山，面临长江，"一条黄土岗，十里落湖田"，境内四周三面环水。在这贫瘠的土地上，勤劳智慧的农民为改变这里的面貌不知流下了多少辛勤的汗水！然而，由于自然经济的束缚，到1978年仍然温饱难酬，人均纯收入在120元以下，全村400多农户中超支户占了五分之二。60多个大龄男子娶不到媳妇……

1979年，党的十一届三中全会犹如春风化雨，竹林湖那僵冻的土地开始复苏。农村第一步改革，它成了全县的领头雁；产业结构的调整，把这里装点得桃红柳绿、橘吐芬芳、彩莲玉立、鱼米飘香，被载入史书、志书的苎麻也恢复了生产，漫山遍野，郁郁葱葱。

新形势，迫使村党支部书记郑美云思考着：全村人均只有6分耕地，国土资源有限，就是"寸岸寸角种成花，'富'字也难进农家"啊！往后的路该怎么走？他把视线从竹林湖扫向广阔市场，又从广阔市场拉回竹林湖，主意终于拿定了：跳出自然经济的框框，利用大量的剩余劳力上工业、办商业，实行农工贸协调发展，变资源优势为商品优势！

然而，新事物总不免有曲折。在战略决策会上，耳边竟是一片非议：

"活见鬼，祖祖辈辈都是盘泥巴的，么能去务工经商！"

"前几年办的木器厂不早垮啦？榨油厂榨了几年，哪见到榨出一滴油来！"

"肚子刚填饱，又要把钱往水里丢，何苦哇！"

非议中，郑美云霍地从会场中央站起来说："依我看，事在人为！"

顿时，一双双疑惑的眼睛一齐注视着他。老郑的心情有些激动，他接着说："过去没干好的事，并不说明今天照旧没法干。如今党的政策这么好，我们应当有勇气以农村工业化为目标，跃上商品经济的新天地！"接着，他向党员干部和父老乡亲介绍了苏州的经验，无锡的干法……听了老郑的一席话，心存疑虑的人们眼界大开，"无农不稳，无工不富，无商不活"的观念，像一颗颗新型的种子，随着改革浪潮的推进，在一代新型农民的心中深深扎根。

不久，竹林湖第一个开发本地资源的企业——综合加工厂建成投产了；接着，以黄土和湖泥为原料的窑厂，耸起了高高的烟囱；历史悠久的苎麻，完善了加工系列；沟通城乡贸易的商场，办进了繁华的古城蕲州；运输队车轮滚滚，驶向大江南北……在竹林湖这片两平方多公里的土地上，乍一看，田园依旧，村貌不扬；而那依山傍水的绿色丛林中，却掩映着20多个村办企业，有资源型的，也有加工型的；有传统式的，也有现代化的；有年产值过千万元的，也有拾遗补缺的。工农并举，土洋结合，构成了竹林湖经济发展的新格局。

创业之路

走向工农一体的八年间，竹林湖以神奇的速度向前迈进，有人在心里结下了疑团：它是不是上边"扶"的？是不是债台高"筑"的？

竹林湖人自豪地回答："我们靠的是自力更生，艰苦奋斗！"前进的道路上，留下了他们一道道艰难行进的脚印：能建造高耸入云的楼房建筑队，是靠十二把砌刀创业的；拥有各种车辆的运输队，是靠十八部板车开路的；年产值过千万元的麻纺厂，是靠一口铁锅、八把棒槌起家的……

1982年元月，鄂东大地天寒地冻。竹林湖砖厂的窑炉工程破土动工了。望着沸腾的工地，刚从县城借款扑空而归的郑美云，心神焦虑不安：手里分文没有，窑炉该怎么建啊！正愁着，老党员邓柏清顶着凛冽的北风走来。山岗的青松下，两位共产党员并肩而坐，心心相印。老邓问："你想建么样的窑？"

郑美云回答："二十门轮窑。"

"得多少钱？"

"30万元。"

老邓眉头一皱，计上心来："国家既然有困难，我看就这么办：动员全村父老乡亲和远亲近邻，有钱的出钱，有力的出力，有物的献物，来个拾柴生火，行不？"郑美云听了，紧锁的眉头渐渐舒展开来。

这拾柴生火之法灵验极了。当晚，村党支部七个支委作出表率，带头献出2000多元。筹款从支委到党员，从党员到群众，很快凑齐了9万元。集体的事业把人心紧紧地系在一起，没有现款的也不甘落后，有的牵来肥猪，有的拎来鸡蛋，有的运来准备自家建房的红砖……五保老人张兴国，听说窑厂缺木料，想必备用的棺木也能派上用场，连忙叫人送去。村干部劝他："你老人家年事已高，就不用费心了啊！"

张老笑着回答："看你说的，这些年，我吃的、穿的、用的，都是村里给的，如今集体搞建设，我哪能站在一边看热闹！"

人心齐，泰山移。几个月后，一座现代化的砖瓦轮窑建成了。窑内，炉火纯青，砖坯红透；窑外，人来车往，笑语喧喧。

窑炉之战，给竹林湖人以深刻的启示：条件靠奋斗创造，困难靠奋斗克服，胜利靠奋斗夺取！

就在这不息的奋斗中，竹林湖村拉开了一个又一个的建设序幕。

1984年春节前夕，村麻纺厂扩建工程铺开了，基建施工中的原料购进、设备安装等，一切都得从零开始。有人等着看笑话："除非你竹林湖人长出了三头六臂！"

压力变成了动力。经过一番计议，他们决定西出黔川，东奔定海，北上河南，来个三路出击。春节过后，建厂所需的材料和设备，从四面八方源源运来。

在同一个时段里，家里基建工程更经历了一场向时间要效益的激战：腊月二十六日，厂房的航车大梁亟待浇灌，老天却突然下起鹅毛大雪。施工的师傅们个个心急如焚。就在这时，出席省里有关会议的郑美云，从两百余里以外的省城赶了回来。他披着一身冰雪，跑得气喘吁吁，饭没吃，家没归，就直奔浇灌现场。露天浇灌显然不行了，他问师傅们有无办法，师傅们个个摇头，有的建议"等到明年再说"。

"等到明年，工程进度至少要推迟两个月，损失就是几十万元啰！"

郑美云一边解释，一边把师傅们引到刚出过红砖的窑炉现场。他站在暖烘烘的窑炉门口，背对漫天飞雪，抬高嗓门作动员："为着竹林湖的事业，大伙儿辛苦点，春节前，这32根航车大梁一定要在这儿浇灌完毕！"

说干就干。当晚，雪越下越大。老郑和其他六位支部成员带头上阵，运料、和料、填料、震压……从天明干到天黑，又从天黑干到天明。停电了，点着油灯继续干。整整两日三夜，他们谁也没合眼，谁也没问年。当爆竹声声、年味飘香，喜迎万家团圆的时候，他们才钻出窑洞，向新年奉献上一根根建厂急需的崭新航车大梁哩！

新的考验

村里的企业群体像海绵吸水一样，把竹林湖1100多个男女劳力全"消化"了。每日晨光初露，村民们一路欢歌笑语，打破了湖乡的寂静。工农一体化的探索之路，在他们脚下延伸。它给人以信心、以希望。

难题也就从这里出现了：迟到早退的，无故旷工的，不按操作规程办事的，几乎每时每刻都在各个企业发生。

"这是一场新的考验！"郑美云开导村干部说，"农民从务农到务工，是历史性的大转变，我们应当设法彻底改变农民的涣散习惯，努力培养出一代守纪律、懂技术的新型农民！"

于是，各项制度从此健全起来。

麻纺厂有一位青年女工上班迟到，厂里照规章罚款两元。可这位女工的家长竟冲到厂里发脾气："哪有这巧事，罚到我伢的头上啦！"

郑美云在一旁听了，连忙上前解释："国有国法，厂有厂规。你伢迟到了，就得受罚啊！"

那位家长仍然犟着说："农民不就是这样儿！"

郑美云微微一笑："时代不同了，如今的农民得换个样儿。"他凑近那位家长进一步讲明道理："过去，农民只管种田，当天的活儿没干完，可以留着第二天干；工厂可不行，上道工序连着下道工序，中间卡壳了，就会全线受影响！"一席话，说得那位家长心里热乎乎的，最终默默地点了头。

真是有趣。事隔不久，这位"顶牛"的家长也被村企业的浪涛推上了负责岗位。新官上任三把火。他对厂里职工照例实行"奖勤罚懒"。郑美云问他有何感受，他回答："没有严格的劳动纪律，就不会有理想的企业效益啊！"

劳动纪律的整顿，为农村工业化铺平了道路。可如何从根本上增添企业后劲，更是一个突出的难题。村党支部一班人冷静地思索着、商议着：

"市场竞争、技术竞争，说到底是人才的竞争！"

"竹林湖'内举周瑜，外请诸葛'，是一项重要的决策！"

副支书马明金看得更高一着，他说："引进人才是重要，我们从外地引进几十位人才，确实成了村里发展经济的骨干。但终究还得建设一支自己的人才队伍，这是至关重要的！"

"借才育才，借地育才"之路，就这样拓展开来。近几年，村里共投资 19 万元，先后选送 100 多名有文化的青年农工到上海、南昌、武汉、黄石等大中城市的大专院校、科研院所和大型企业进修、深造，把他们培养成为技术骨干。那些文化较低的中青年农工，也被分期分批地派进村办成人教育学校，接受专业技术培训。全村 160 多台（套）现代化机械设备，农工们不仅操作熟练，还会维修保养哩！

实践进一步开阔了村党支部一班人的视野。他们在人才开发上，既注意着眼当前，更注意着眼长远，面向未来：从幼儿入托到高中毕业，一律实行免费；对考上大中专的学生，分别给予奖励。有段时间，一些学生家长见务工挣钱多，纷纷要孩子退学进工厂。村党支部将计就计，把学生家长引到厂里参观，让他们见见世面。那高大的梳麻厂、飞转的压铝机、精制的纺纱机，还有什么铸塑机、制砖机、併条机、织布机……国产的、进口的，一排连一排、一处胜一处，家长们看得眼花缭乱。一位年近古稀的老爹爹从内心发出感叹："哎，看来伢儿们还是要读书，不读书干不了这些活儿啊！"就这样，退学待业的 30 名学生重新走进了学校，坐进了课堂。

凡到过竹林湖的人们都会发现，那条横贯南北的宽广大道，把村里的工业区和教育区既连在一起，又截然分开。一边机声隆隆，一边书声琅琅。机声和着改革的步伐，不断改变着竹林湖的现状；书声伴着时代的旋律，给人们以知识、以智慧。这知识和智慧的积累，更是竹林湖未来的希望之所在！

1987 年 10 月初湖北电台农村节日播出

天灾无情人有情

事情发生在蕲春县刘河公社。

1993 年 6 月 29 日，蕲春县的上空乌云陡起，狂风大作，暴雨像瀑布一样倾泻而来。17 个小时过去了，降雨量达 337 毫米。顷刻，汹涌的山洪夹着泥沙、巨石，穿过峡谷，漫过田野，翻过公路、堤基，抢夺河道。上午 10 点 30 分至 11 点左右，叶坝河、狮子河相继溃口了！接着，洪水从百里蕲河的刘河街头漫堤而过！处在蕲河、叶坝河和狮子河汇集点的刘河公社所在地，顿时一片汪洋。人民的生命财产受到严重威胁！

"沧海横流，方显出英雄本色。"在这紧急关头，我们的党员干部是那样的无畏、那样的无私！第一道河堤失守后，公社在家值班的党委委员、管委会副主任范吉华，抢在洪峰到来前，飞步奔向刘河街，放声呼喊："堤破啦，快搬家呀！"

这声音犹如呜呜的警报，给人们带来意志和力量。老范自己转身找来一辆卡车，组织一支突击队，抢运公社武装部的枪支。枪炮仓库的隔壁，就是范吉华的住房，里面存放着他孩子结婚时制的全套家具，只要一开门，伸手可以捎带出去。一位突击队员主动找老范："来，我跟你搬。"老范严肃地回答："不行，抢枪要紧！"说着，他一脚登上高位枪架，递下一支又一支步枪和冲锋枪。二十分钟过后，大批的枪炮抢出去了，老范那价值几百元的家产，全部被洪水吞没。

在同一个时间里，洪水像受惊的猛兽，无情地扑向公社农行营业所。此时，只见共产党员、营业所主任鄢达明，把敏捷的目光投向金库，投向账款，然后脱口大喝一声："快，钱账比生命还重要！"说着，他带领全所职工抢装快运，把 20 多万元现金、100 多个账簿和 24 年来的经济档案，分文不差、一件不漏地抢了出来，而他们自己连一套换洗的衣服也没有捎上。

在同一个时间里，洪水像脱缰的野马，向刘河邮电支局奔去。总机房的地板瞬时变成破碎的"船舱"，漂泊在浪谷之中。话务员李艳霞、伊腊英仍然紧紧抓住话筒和机塞，全神贯注地接通一处又一处救灾的紧急电话。洪水越来越猛，实在无法坚持了。她们毫不犹豫地抛掉自己全部的衣服，和其他同志一道，抬着沉重的总机，最后撤离阵地。这时，风在怒吼，雨在飘零。他们身上的衣服湿透了，而不能受潮的总机，却没让它沾上一点雨水。

在同一时间里，洪水兴风作浪，卷起了汹涌的怒潮，不停地袭击公社供销社。商场四周的20多个门窗被冲开了！洪水漫过窗口，直逼柜台、货架，橱窗的玻璃"当"的一声全打破了！在这样的危急的时刻，店里的20多名党员干部和营业员，仍在继续拼搏！他们踏着浊浪，就地取材，神速般地搭起"安全台"，撑起高位架，把价值十多万元的百货，一件件地转移上去。抢险正在紧张进行的时候，青年女营业员陈萍的母亲赶来恳求说："萍哪，家里进水啦，你总得回去抢点儿东西呀！"陈萍埋怨地回答："家里，家里！你没看到国家的东西有多少？！"话还没说完，她又把手伸向货架，将一匹匹的中、高档布料顶托到高位架上。

下午2点左右，洪水更狂了：刘河街道全部被封锁，公社门前悬挂的"中共蕲春县刘河公社委员会"的招牌，只剩下"中共"二字没有淹。情况够危急了。这时，公社企业综合门市部还有60箱肥皂没抢出来。人们焦急万分。他们清楚地知道，这栋房子地基已经沉陷，墙壁已经被撕裂，随时都有倒塌的危险。然而，险情吓不倒抗灾英雄。共产党员、抢险突击队队长陈荣发，带头冲了进去！一位工人上前把他拉住，陈荣发说："屋还没有倒下来，怕什么！"他第一个扛起肥皂箱，冲了出来，又冲了进去。接着，退休干部胡细银、农机厂支部书记龚正银等同志紧紧跟上。60箱肥皂刚一抢运完毕，只听到"轰！"的一声巨响，店里的后墙坍塌了！

第二天，洪水渐渐退落，抢险战斗仍在进行。因为洪水冲倒了部分房屋，冲坏了锅台、炊具，冲走了柴、米、油、盐，人们吃不上饭，喝不上水，睡不上觉。可他们那热乎乎的心，依然贴在国家和集体的财产上。在一片倒塌的墙底下，社办企业的工人们，凭着无畏的精神和勤劳的双手，扒出了价值近十万元的固定资产和各种原料、产品，在洪水荡涤过的地面泥潭中，广大商业战士捡起落入泥水的商品，抓紧洗刷、晾晒，光是布料就洗净、晾干了六万多尺……公社农业银行营业所记账员吴小鹏，抢运钱账时，不慎掉下一本辅助账没有抢出。她心急如焚。7月1日大早，已是两日两夜没合眼的吴小鹏，飞步奔向原营业所四处寻找，终于从抽屉里找到了这本账。可这本账已经被洪水浸透了。小吴心痛地掉下了泪。经过仔细翻看，发现账里的字迹还比较清楚。她灵机一动，连忙生着一盆火，把账一页页地烘干，然后又一页页地抄正。一连奋斗了20多个小时，直到第二天凌晨3点，一本崭新的副本账又出现在人们的眼前。

雨过天晴，水落石出。刘河公社经过认真清理，发现社直机关和企事业单位在抗洪抢险中，表现了一种特殊的风格：近千名党员、干部和职工，公而忘私，奋勇拼搏，共为国家和集体抢救出价值99万多元的财产，而他们自己的"小家当"，却被山洪"一水漂"，共计损失11万多元。

舍掉11万多元，夺回99万多元，这是多么不平凡的数字啊！它用铁的事实告诉人们：在祖国的怀抱里，时刻都有无数的英雄儿女为她分忧，为她奋斗，为她勇于牺牲！他们这种忘我的精神，正是我们中华民族的骄傲！

（原题《一曲精神文明的颂歌》，作者为主笔，与景祖儒、詹先辉二同志共同采写，1997年7月中旬湖北电台播出）

农业专家蹲点记

"四化"征途，号角声声。为社会主义事业而奋斗的各路精英都争相大展其才。湖北省会城市武汉的几位农业专家更是心系"四化"做出了自己的贡献。

1975年至1980年间，他们经年累月地告别情意融融的家室和繁花似锦的闹市，来到鄂东边陲广济县（今为武穴市）农村蹲点，结合生产实践搞科学研究，取得了一个个令人瞩目的成就。当地干部群众亲切地称赞说："他们既是农业专家，又是俺乡里人的亲家！"

"他们是把论文写在了农村大地上，把奉献落实到群众心坎上！"

"有他们的扶持，农业有奔头，'四化'有希望！"

一定要拿下小麦赤霉病这个难治之症

1980年麦收时节，广济县从巍巍的太平山寨，到平阔的长江之滨，处处田野一片金黄。就在这时，一则特别的新闻传开了：

经南方几个省市的教授、专家、学者和各级有关领导同志现场考察、鉴定，确认广济县大面积综合防治小麦赤霉病获得成功，并一致通过了成果鉴定书。

提起这项成果来，人们不约而同地想到湖北省农科院小麦专家张文畅。

1975年秋，这位年近六旬的老专家，才从鄂北农业科研一线归来，又主动要求同其他技术人员一道迎难而上，来到广济县龙坪公社，从事小麦赤霉病综合防治研究。这里是全省闻名的"水袋子""病窝子"。1973年因受赤霉病害，小麦大面积减产，收起一点带病的小麦连牲畜也不能吃。人们失望地叹道："唉，种麦在人，收麦在天哪！"

张文畅他们来了，干部群众高兴极了，一张张期待的笑脸迎了上去，一双双瞩望的秀目在仔细打量。希望寄托在这位小麦专家的身上。可也有人心存疑虑：小麦赤霉病全世界都没办法很好解决，难道张专家真有这个本事？

张文畅从来不信邪。他深入群众之中，热情地向大家解释说："中国人要有中国人的志气。正因为全世界还没有真正从根本上解决小麦赤霉病这一难题，我们就得下功夫拿下这个难治之症！"

夜，已经很深了。宿舍内外一片寂静。张文畅的脑海还在翻腾：病害—农业—"四化"……他清楚地记得，近几十年来，赤霉病的流行，在长江流域是多么的频繁，危害是多么的严重！以1973年为例，沿长江中下游六个省共损失小麦24亿斤，其中，湖北损失5亿斤，广济县是重灾区，损失更严重，不仅无可吃之粮，且无可用之种。"这样下去，农业怎么增产，农民怎么增收啊？"于是，张文畅一大早就邀约公社党委书记张佑龙，踏着深秋的寒露，走乡串户找农民座谈，到田头查访。可有谁知，这时候的张文畅，胃部已做过两次切除手术，一餐吃不下二两饭，而且，腿上静脉曲张，疼痛难忍。这一切，他全然不顾。风里、雨里、泥里、水里，一跑就是三十多个生产队。每次踏访归来，累得他全身发抖，汗雨淋淋。他都毫不在意，坚持寻访一遍又一遍……

一分耕耘，一分收获。经过一番寻访，调查材料渐渐丰富起来："渍麦病重！劣种病重！冻麦、肥麦、厚麦、倒麦病重！"

症拿准了，病也就好医了。他在其他农技人员的协助下，反复进行分析研究，最终提出了"一降"（降低地下水位）、"二抗"（选育抗病品种）、"三防"（花期打药防治）、"四抢"（抢收抢脱抢晒）的综合防治措施，并明确指出：降是根本，抗是内因，防是关键，抢出成果。

然而，沿着科学的道路走下去，还得经过艰苦的付出。措施定下后，人们又提出了一些新问题。胸怀"四化"的张文畅，不厌其烦。他一一从理论与实践的结合上，作出了准确的回应。就说开深窄沟降低地下水吧。起先，人们怎么也不敢相信，开深窄沟降低地下水与防治小麦赤霉病有什么关系，便找茬儿说："开深窄沟挤了'土地黑'（压腊肥），来年哪有麦？"张文畅听了，并不急于与之打"口水战"，而是耐着性子把干部群众带到一块渍水地边，随手拔起一棵黄瘦的麦苗，指着根部说："你们看，这根烂了多少哇！根弱苗黄发不起，就因为地下水位高，呼吸不畅，严重缺氧，叶片功能失调，营养不能正常输送……"接着，他又指导农技人员在麦地里开了深沟，在沟边插入一块透亮的玻璃，嘱基层干部每隔三五天，组织群众到现场看一次。这一看，人们不禁愣住了！只见那白嫩嫩的新根，一股劲儿地往下扎，根系集中在一尺二寸左右，主根深达米把长。

"哎哟，乖乖，原来麦根能长这深呀！"大家惊奇地议论着。张文畅趁此机会因势利导，又给大家讲起了"深沟引深根，根深叶茂，苗壮抗病"的道理。人们听了，个个心悦诚服。

心里的疑团消除了，行动自然爽快得多，麦田开深窄沟的面积，迅速扩大到1.8万多亩，对壮苗、防病、增产起了重要作用。第二年，全公社的小麦总产量，由480多万斤，猛增到821万多斤，结束了十年徘徊的历史。

初战告捷，张文畅一面总结提高，一面又在推广、应用上下功夫。五年来，他踏遍了广济县的山山水水，摸透了这里的自然规律和小麦生长规律，记下了几十万字的技术资料。每到关键时刻，无论遇到多么大困难，他都没有忘记自己的职责。去年秋旱连冬旱，小麦播种遇到困难。就在这时，他那寿高八十有余的老岳母得了肺癌，手也摔断了；女儿又在医院动了手术。县里和公社领导，以及当地群众听说后，一再劝他回去看看。可他想到的是：一旦离开，技术无人指导，播种误了季节，或是降低了质量，那损失可就难以估量啊！于是，他摇摇头说："不行不行，眼下这样忙，我么能离开呀！"这期间，他根据"冬旱必多春雨"的规律，一面蹲点龙坪公社搞实验，一面抽空七上四望公社传经送宝，跑遍全县作指导。每到一处，他特地提醒种植小麦的农户，千万要注意开好深窄沟，育好健壮苗，迟播的麦子"群体不大争个体"，以提高抗病能力，确保增产增收。

果然不出所料，第二年春上，长期阴雨低温，湖北的小麦赤霉病属中等流行年，不少地方因灾减产，唯有广济县的小麦夺得了历史上从未有过的大丰收，总产量达到6000多万斤，几乎相当于四个1973年！农民们捧起那圆滚滚的金色麦粒，个个心里无比激动，有的风趣地说："嘿！'龙江人'感谢盼水妈，俺可要感谢张文畅这样的好专家呀！"

叫油菜高产更高产

麦收传喜讯，油菜生产同样喜讯频传。

自1978年起，广济县的夏油"三年迈出三大步，一步一重天！"1978年的油菜籽总产量，在上一年370万斤的基础上，增加到906万斤，1979年猛增到1003万斤，到1980年，竟在"老天捣乱，多灾多难"的情况下，一举突破了2300万斤！收获的季节，前来参观的人们，个个啧啧称赞："这真是奇迹呀！"

这奇迹，饱含着全县人民辛勤劳作的汗水，更饱含着油菜专家的无比艰辛！

1977年9月，中国农科院油料研究所助理研究员赵合句等同志，在华国锋主席关于"农业科学研究，要多总结群众经验"指示的感召之下，个个心潮澎湃，信心满满。他们经过商议，选定广济县石佛寺公社陈德荣大队作为科研基地，自带行李，自乘班车，扎扎实实地蹲了下来。这个大队，是全县闻名的水田三熟制油菜高产典型。老赵暗暗下定决心：一定要把他们的经验摸准、摸透，全面推广，还要叫高产更高产！

于是，他率领一拨农技人员，围绕如何让油菜"高产更高产"这一课题，展开了一系列的科学研究工作。

在学术上，有人主张油菜小苗移栽，而陈德荣大队却是大壮苗移栽。究竟谁是谁非？"实践是检验真理的唯一标准。"赵合句组织技术人员共种了十块大苗和小苗对比试验田。从移栽的那天起，就坚持仔细观察，精心测定，记下一个又一个数据。原来，无论小苗大苗下田都要死叶一两片；三天之后，七片叶以上的，生新根 460 多个条，五片叶以下的，只生新根一百来条；偶遇寒潮，往往是"大苗长得好，小苗死得巧"，大苗移栽的产量平均每亩比小苗产量高出 24.1%。

"有了示范田，又有了科学的数据，人们看得见、摸得着，其号召力不知比单纯的'行政命令'强多少啊！"县委书记董全阳当时高兴地告诉记者。他补充说，前些年，县委也一再强调要学习陈德荣大队培育大壮苗移栽的经验，可很少有人听得进；近几年，县委请赵专家上广播，登讲坛，大会讲，小会推，把科学道理和具体数据说个清楚明白，这一招，着实让陈德荣大队油菜大壮苗移栽的经验，在全县整个轰动了，产量也就随之"轰"了上来，1979 年全县油菜籽总产量高达 1703 万斤，是 1977 年的 4.6 倍啊！

在油菜冬发与春发上，学术界也有争论。有人主张冬发，有人主张春发。"湖北应该走哪一'法'？"赵合句找陈德荣大队的干部群众访了又访，问了又问。被人们誉为"油菜迷"的大队党支部书记陈大牛说："依俺看，三追不如一底，年外不如年里。"意思是说，三次追肥不如一次下足底肥；年外促春发，不如年内促冬发。他接着介绍了 1977 年的增产经验：这年立春前后，共下了八场大雪，大凌六七十天，最低气温达到零下七八摄氏度，且低温持续时间长，面上的油菜冻死不少，可陈德荣大队的油菜，依然生长旺盛，一片葱绿。其原因就是由于他们底肥下得足，腊肥压得多，肥多促冬发，冬发促春发，确保了稳产高产。

赵合句从这一实例中受到启示，"两发"试验又从此开始了。结果证明：年前多片叶，年后多个枝，一枝三十荚，一亩增产三十斤。他高兴地把这第一手材料向群众宣传，向县委汇报，并总结说："油菜吃两年饭，喝四季水（秋冬春夏），年前不发蔸，产量就减收；年前发好蔸，年后夺丰收。"县委趁势大力推广，层层动员，狠抓落实，促使全县的夏油生产又向前跨进一大步。1980 年，油菜籽总产突破 2300 万斤，又一次创造了新的历史纪录！

赵合句不仅注意总结群众的实践经验，回答学术界争论多年的难题，同时还注意结合当地实际，从多方面帮助群众提高科学种油水平。特别是土壤质量与作物生长的关系，他给群众讲了许多随处可见的事例，让群众深入浅出地寓教于亲身实践中。隆冬的一天，赵合句顶着刺骨的寒风在油菜田边查看苗情。查着，查着，他发现有一大片田里的油菜，尽管也是大苗移栽的，肥料也施得一样多，可它却长得矮小、黄瘦，叶子发红，有的还停止了生长点。

"这是什么原因啊?"赵合句带着疑问，亲自进行土壤分析。

分析的结果很快出来了。原来，这片田里的土壤含磷量只有 3—5 个 PPM，而油菜是喜磷作物，需要 15—20 个 PPM。问题的症结找到后，他利用各种机会向群众宣传磷肥的作用，以及施用磷肥的好处，还把群众带到施了磷肥与没施磷肥的试验田边，现场进行对比分析。群众很快被说服了。施用磷肥的经验迅速得到推广。据试验田测定，每亩平均提高产量七十多斤。

广济县的油菜生产，就这样一步一步地发展了起来。1980 年，全县除总产有大的突破之外，单产还有三个突破：全县亩平均单产突破两百斤，陈德荣大队突破了三百斤，高产试验田亩产达到 447 斤。

这几个突破，大开了人们的眼界，打破了"夏油低产"论。它激励人们向着更高的目标冲刺！

再来一次植棉技术新突破

鄂东地区有句农谚说："清明早，立夏迟，谷雨播棉正当时。"

可在广济县龙坪公社和万丈湖农场，却出现了一件不按常规植棉的稀奇事儿：往年一到谷雨，棉区的农户家家忙播棉，呈现一派"男女齐上阵，麦地播棉忙"的动人情景。可 1980 年的谷雨季节过去了好一阵子，这里的棉农还没有一点儿动静，直到小满时节麦子黄熟了，棉农们才驾起铁牛，前面收割麦子，后面翻耕整地，下肥播种棉花。播期整整推迟了一个月。这是怎么回事？

原来，湖北省农科院棉花专家张驹、小麦专家张文畅和一起蹲点的技术人员，1979 年在这儿成片进行麦棉连作两熟高产实验获得成功：这项实验结果，普遍收到了省工、省肥、省种、省投资，增加麦棉单产的"四省双增"的实效。有的试验、示范地，比麦棉套种对照地平均每亩多产小麦 130 多斤，多产皮棉近 40 斤，减少纯用氮量 25 个，棉花生产成本降低了 60%。

说来容易做来难。探索这项新的栽培技术，可费了一番心血哩！

本来，目前大面积推广麦棉两熟套种栽培技术，也是张驹、张文畅他们在 20 世纪 50 年代初期研究出来的。它对促进湖北全省乃至长江中下游麦棉生产的发展起到了重要作用。随着农业科学技术的普及和推广，麦棉产量逐年提高，也带来了一些新矛盾：棉花与小麦又争季节又争肥，还争劳力、土地和光照。这"五争"的结果，不是棉花坐"黑牢"，就是麦子要"弯腰"，两熟难以双高产。面对这种情况，他们从 60 年代初期开始，又合作研究麦棉两熟连作栽培技术。没想到"文化大革命"一折腾，新的研究课题只能停留在小区实验范围之内，未能进行大面积推广。

1978 年年底，党的十一届三中全会胜利召开。知识分子的政策得到落实，科学迎来了春天。张驹和张文畅决心再来一次合作，继续实施麦棉连作课题研究，并将其从小区搬到大区，争取实现新突破。

小区到大区，鉴定、筛选抗逆性较强的早熟、高产、优质的麦棉品种，是第一位的大事。张驹专家一丝不苟。他不顾年过花甲，胃病严重，且体质瘦弱的现实，在指导技术人员进行多种棉花对比试验时，从来不只是"谈谈而已"，而是从播种、间苗、施肥、打药，以及形态观测、收捡棉花，他都亲力亲为，做出表率。有时胃病发了，他咽下几颗止痛片又继续接着干；几次晕倒，他从地上爬起来又依然坚持扑向试验地。一天中午，风云突变，天骤然下起雷阵雨。张驹在劳动归来途中，突然"扑通"一声昏倒了，身上的衣襟被泥水浸透了。苏醒后回到住处，仍惦记着地里的活儿。他换下湿淋淋的衣裳，又赶去棉花实验地查看苗情。棉农们见了很不忍心，一再劝他回驻地休息，他却说："这里是我的试验基地，职责所系，我怎么能离开呀！"

张驹专家的敬业精神，感动了无数人。跟着张驹一起搞试验的农技人员更是为之感动。他们个个兢兢业业，任劳任怨，在各自的岗位上都有着出色的表现……一天，在一块试验地旁边，我凑近他们问道："你们长期跟随张驹专家当助手有什么感受？"

他们笑着回答："严谨！除了严谨还是严谨！"

"怎么个严谨法？"听我这么一问，他们你一言，我一语，回答是那样耐人寻味。

"他不爱听'大概''估计'之类的话，也不爱听'可能增产'的预言。他反复强调'真实性、严肃性，科学性'。"

"各种数据，点点滴滴都要搞得清清楚楚。面积相差 0.1 平方厘米，他要求操作人员返工 5 次；单产逢红一两，他要求立即减下来。他说：'科学的材料不能用数学四舍五入的概率来代替！'"

"当发现有的同志对这种严格的中间实验不感兴趣时，他就连忙赶去找他谈心，耐心地开导说：'科学是老老实实的学问。品种如不通过严格的试验、示范，而是滥竽充数，那怎么能为农业生产服务呀！'"

张专家他们就是用这种严谨的态度和精益求精的精神，从若干个品种中，选出了两个符合要求、很有增产潜力的棉花品种和几个小麦品种加以推广。

"成片麦棉连作两熟高产试验，必须坚持以实现农业现代化为目标。"这是张驹和张文畅两位专家共同确立的试验宗旨。根据这一宗旨，要求耕整、开沟、播种、中耕以及施肥、打药、灌溉等农作活路，全部实现机械化，并要求收割、播种一条龙。可现有的农机具基本不能适应和配套。人们心里十分焦虑。一向沉稳的张驹专家急中生智，建议成立由领导、专家和农技人员参与的三结合的科研小组，来个集体攻关。那些日子，他的心整个儿操碎了。连走路、吃饭、睡觉都在思索着：怎么让机械更灵活、更实用、更经济、更符合标准。于是，他一有空就去跟技术人员共同探讨，出谋划策，还亲自绘制和修改图纸。下地试验时，他一直跟在机具后面一趟一趟地观察，一步一步地思考，发现问题，及时提出解决方案。1980 年 5 月中旬的一天，他从上海开会回来，本应回家休假几天。可他想到机子即将下地试播，如不到场，试播就有可能"停摆"。于是，他便连夜乘船、赶车，直奔龙坪公社科研点。一到这里，他连盹都没有打一个，就照例带着干粮袋，赶到地头边，细心地观察机械作业试验，收割问题、漏斗问题、覆盖问题、传动问题等，他都提出了许多好的改进意见。最重要而又难制的机具，要数多行棉籽精量播种机。可按照他的意见一改进，那真是出神入化啊——

机播下去的棉花种子，一粒粒，一行行，均均匀匀，每一米距离，平均 25 粒左右，一亩地的播种量不超过 7 斤，播种时间仅仅用了 6 分钟！

人们见到这么理想的效果，有的高兴得跳了起来，有的开心地笑得合不拢嘴，有的一时忘乎所以，把手中的牛鞭、锄把都给扔了，说："嘿，真了不起呀！两位张专家不仅帮助俺实现了麦棉高产连作，还帮助俺实现了机械化，叫我们怎么感谢啊！"

两位张专家在一旁听了，微笑地回答："这全归党的领导好！三中全会政策好！"

（湖北电台 1980 年 6 月下旬农村节目播出，本次刊发稍有删改，作者为执笔者，与聂铁干同志共同采访）

新闻论坛

真实，是新闻的生命！

——在青岛广播记者经验交流会上的发言

党的十一届三中全会以来，新闻战线拨乱反正，广泛实行新闻改革，新闻宣传工作有了很大改进。报纸、广播都比较实事求是，比较生动活泼，基本上改变了"文化大革命"所造成的假、大、空那种"千篇一律、千人一面"状况。但是，有一个问题还很值得注意：当前新闻失实的现象时有发生，严重影响了新闻媒体的信誉。因此，在新闻改革中，不仅要注意新闻的快、新、短、活，而且应当强调"实"。也就是说，要尊重事实，忠于事实，坚持实事求是，坚持新闻的真实性原则。真实，是新闻的生命！

以下分几个方面谈谈我对这个问题的一点认识。

一、忠于事实在新闻改革中的地位

事实是第一性的，新闻是第二性的。没有事实，就没有新闻。忠实地报道事实，这是无产阶级新闻最基本的原则。毛泽东同志在 1925 年《政治周报发刊理由》中说过：我们反攻敌人的方法，并不多用辩论，只是忠实地报告我们革命工作的事实。新闻界老一辈的同志说："用事实说话"，去为党、为人民的革命事业造舆论、做贡献，为无产阶级新闻事业铺平道路。实事求是，用事实说话，是我们党的新闻工作的光荣传统，理应发扬光大。但是，在十年动乱中，"四人帮"直接插手新闻战线，党的这一光荣传统遭到极大的破坏，假、大、空的新闻报道，一度发展到无可复加的地步。

粉碎"四人帮"之后，特别是党的十一届三中全会以来，新闻战线逐步消除"左"的影响，实事求是、用事实说话的传统作风，逐渐得到恢复。但是，新闻报道中的失实，甚至弄虚作假的现象，至今并没有完全杜绝。有的把没有发生的事说得活灵活现；没有办到的事，说它已经办到了，甚至说它办得很好；

有的把计划的东西说成了"落实"了的东西，议论的东西说成是"决定"了的东西；有的把这个单位发生的事，写成是另一个单位发生的；这个人的成绩记到另一个人的功劳簿上；有的人物新闻发表了，记者和这个先进人物还没有见过面；有的夸大事实，把"一点"说成"全面"；多年来的成绩上，说成是一两年的"巨变"。去年，有篇反映林业生产的报道，说某地区两三年造林多少万亩，带来了"增产增收"。内行人都知道，即使是速生林，也不可能如此地"拔节助长"。何况，文章中所交代的，大部分是松、杉、果、茶之类的用材林和经济林。此外有点把差错的稿件就更多了。

新闻失实的现象为什么这样严重呢？我想，这里面有历史原因，也有社会原因，从新闻工作者本身来看，主要是思想作风受"左"的影响，还没有完全肃清。在新闻改革中，思想认识也不尽一致。有的同志片面求"新"、求"快"、求"多"，忽视了新闻的真实性原则。有的同志为了追求发稿数量，甚至不搞任何调查，不经过深入采访，采取编简报、抄小报、提前写稿、在别人的稿件上加个名字等办法，向编辑部发稿，这就难以保证新闻的真实性了。

失实的新闻，都会带来不好的社会效果，会受到非议和谴责。去年，某地通讯员给报纸发了一条失实的新闻。有人拿着报纸就讽刺说："看，报纸又在说假话！"新闻报道有时错写了几个字，"回敬"（批评）却是上千言。这样的教训是极其深刻的，而且又影响报纸、电台信誉，得不偿失啊！

由此可见，忠于事实既是无产阶级新闻的原则要求，也是新闻改革中应该引起高度重视的问题。我们在新闻写作中，一定要始终如一地坚持实事求是，用事实说话。一切改革，都必须在实事求是的前提下进行，离开实事求是的原则谈改革，将是失败的记录。

二、忠于事实在于"重调查，不轻信"

事实与新闻的关系，既然这样密切而重大，那么，究竟怎样才能忠于事实呢？毛泽东同志说过："没有调查就没有发言权。"这一点，对于新闻工作者来说，尤为重要。我们新闻工作者应当脚踏实地、老老实实地去调查研究。至于各级领导机关和有关同志所掌握的情况和材料，我们应当索取、应当参考。但是，如果我们不亲自调查，而把别人的手头材料顺手拈来，那里面可能有"珍珠"，也可能有"假玉"。去年，有一个县声称他们落实党的经济政策如何不错，全县分给社员多少自留山、自留地。可是，我们的记者到实地一调查，根本没有那么一回事。可见，我们对于领导机关和有关同志所提供的材料，不可不信，也不可全信。要了解实在的情况，就得亲自作调查，从多方面搜集材料，听取意见，力求事实准确无误。

在具体调查中，一定要把何事、何时、何地、何人、何故，调查得清清楚楚，不能马虎了事。其次，要摸清基本数据进行分析，以加强新闻的说服力。同时，还要留心掌握重要情节。特别是与主题有关的情节，要下功夫调查清楚。

要做到这一点，就要下决心到基层去，到现场去，到群众中去。深入了基层，深入了群众，才能掌握群众脉搏，了解活生生的东西，写出有骨有肉的新闻来。我们湖北省围绕"大田大地能不能承包到劳"的问题，争论了一年多。有的同志总是片面强调湖北的情况特殊，什么自然条件较好，管理水平较高，与边疆地区不同，等等。究竟联产到劳适不适合湖北的情况呢？今年春节过后，我在黄梅县柳林公社作了一番调查，找基层干部和群众反复座谈，然后写出了湖北省第一篇有关农村改革的调查报告，用大量的事实说明联产计酬的效果、问题及其完善的办法。稿件被省台、中央台和《湖北日报》采用后，影响比较大。黄梅县委书记三上柳林总结、推广他们的经验；曾经批评柳林不该搞联产到劳的有关领导，也去那里调查。事实胜于雄辩，效果无可非议，重新肯定了他们的成绩。我想了想，这篇报道有一点力量，起到一定的作用，不是靠大话吓人，也不是靠假话骗人，而是靠调查得来的事实说服人。

要搞好调查研究，还得在深入实际的过程中，改造我们的思想，改进我们的作风。作为一个新闻工作者，要不畏艰险，不辞辛苦，"逢山过山，逢水过水"，经常用"吃苦在前"的精神去激励自己。近两年，我在不通班车的边远山区采访，先后步行了四百多里。爬一爬陡峭的山峰，走一走当年红军走过的道路，看一看农民群众艰苦奋斗的情景，对改造自己的思想，锻炼自己的意志，敦促自己坚持实事求是，搞好本职工作是很有益处的。它改变了那种"坐着车子转，隔着玻璃看"，"记者下乡来，身后跟一排"的不良作风和倾向。去年，我到新洲区顾岗公社采访，公社党委书记给我介绍了红峰二队实行联产计酬、灾年实现增产增收的情况。他提供的是亲手调查的材料。当时这样的典型又非常需要，因为去年湖北灾情较重，增产增收的社队不多。如果按照他所提供的材料写个消息，完全可以一气呵成。但心里总不踏实，决定还是跑一趟。实地一查一访，情况就清楚了。这里实际上并不是增产增收，而是减产减收。这个队实行联产计酬之后，注意妥善安排老弱病残的劳力，使他们的收入和生活水平同样"水涨船高"。这恰恰是面上需要解决的一个问题。于是，根据自己进一步的调查，就这个主题写了一篇报道，社会反响良好。事实告诉我们，干新闻工作这一行，与其在别人锅里盛一碗"现成饭"，不如用自己的心血和汗水去攫取一勺最实际的"食材"。只有这样要求自己，才能学到真本领，练好基本功，才能解剖麻雀，明辨真伪，做一个忠实于事实的新闻战士。

三、忠于事实要正确处理几个关系

忠于事实，说到底是要从实际出发，实事求是，准确、适时地反映社会主义的新人新事新思想和新的道德风尚。因此，我们在新闻采访的过程中，必须注意处理好几个关系。

（一）正确处理新闻事实与争取时效的关系

新闻的意义，就在于一个"新"字上，而新意义与时间、时机紧密相连。新闻发布的时间越快、时机越好、新意越浓，效果也就越显著。新闻改革立足于"新"，着眼于"快"，是完全应该的。但是，千万不能忘记，新闻的基本含义，是最新发生的事实的报道。不顾事实是否准确，而去追求"新""快"，那就根本说不上时效了。因为它违背了新闻的基本原则。这不仅没有丝毫的宣传价值，反而会带来不好的效果。今年7月16日，省报、省台突出报道了某县干部下乡支援"双抢"的消息，其中特别是县党政领导和科局长带头下乡搞"双抢"。从宣传角度讲，这是一条很适时的新闻。因为这件事发生在"双抢"刚刚开始。可事实上呢？这个县的干部是头天见报、上广播，第二天才启程下乡的。新闻走在事实的前面，人们哭笑不得。葛洲坝通航是全世界都十分关注的大事。可是试航船过闸的时间，几家报道却不一样，有的是根据原设计的时间，有的是根据自己手表的时间，多数则是根据新闻中心统一发布的时间，有的相差18分钟。我们应当从这些事实中吸取教训，只能在尊重事实的前提下去争取时效，决不能照着主观意志去拖时间发布新闻。

（二）正确处理指导性与准确性的关系

我们的广播、报纸，是党的舆论工具，所宣传的内容，应该充分体现党的路线、方针和政策，以激励全党和全国人民同心同德地为践行党的路线而奋斗。这也就是我们通常所说的新闻的指导性。但是，这种指导性必须通过准确的、令人信服的事实去实现，没有事实的准确性，也就没有新闻的指导性。"四人帮"鼓吹什么"事实要为政治服务""没有的可以加上去"等谬论的流毒还没有肃清。有的为了紧跟"形势"，突出"中心"，为了体现新精神，采取穿靴戴帽的手法，用新观点去套老例子，让客观事实去服从主观的报道意图，求"新"不求实、不求准。这种错误倾向，应当在新闻改革中进一步摒弃。新闻应当求新。但必须在实中求新，准中求新。只有新闻是真实的、准确的，人们才信服，才有真正的指导性。

（三）正确处理调查研究与精心写作的关系

调查研究是新闻写作的基础。但是，调查材料并不等于是新闻。要把调查材料转化成新闻，还要精心写作，注意稿件质量。如果只追求稿件数量，不重视质量，或者把写短稿看得太简单了，认为"一稿几百字，就是那么一回事"，因而放松了严格要求，不讲究语法修辞和逻辑，有时也会影响新闻的真实性。今年元月，我采写一位艰苦奋斗的优秀干部，群众异口同声地评价他"连检查生产、外出开会，也坚持做到粪筐不离肩"。写初稿时，我将这一群众评语写了进去，可仔细一推敲，毛病就出现了：开会的时候怎么做到"粪筐不离肩"呢？后来，我作了适当修改，尽量表述得实在一些。人家听了、看了，也会感到服气一些。去掉那些不确切的东西，文章只会朴实、生动，不会"逊色三分"。

总之，作为一名无产阶级的新闻战士，党的宣传工作者，应该以对党对人民极端负责的精神，脚踏实地、认真总结经验，发扬成绩，克服缺点，努力弘扬党的实事求是的优良作风，兢兢业业，忠于事实，实采实写，更好地为人民服务，为社会主义事业服务，为广播宣传做出应有的贡献。

1981 年 8 月

以小见大　引人入胜

——浅谈新闻写作的文风

一天，我信手翻开 1982 年全国入选的《好新闻》，便见到《十五斤牛肉干成了难题》。这篇不足三百字的消息，通过介绍一位外地干部到上海办事，任务完成了，却送不出说情的礼物的生动事实，深刻地反映了党风和社会风气的好转。读后耐人寻味。"牛肉干新闻"告诉我们，以小见大应是无产阶级新闻大力提倡的文风，是每一位新闻工作者的努力方向。

俗话说"一滴水见太阳"。滴水虽小，却能见到太阳的光辉。新闻写作也一样。要尽量通过一点一滴的鲜活的事实，来反映影响全局的大主题。然而，说来容易做来难。以小见大，在新闻写作中并不是一件简单事儿。根据我的体会，应当注意以下几点：

首先，要跳出"越大越好"的思想框框。长期以来，由于党八股和"帮文风"的影响，人们在思想上产生一种偏见，以为新闻报道"越大越好""越长越好""不长不大，水平低下；又大又长，名扬四方"。近几年经过新闻改革，情况有了好转，但是又大又长、长而且空的东西仍然没有绝迹。这是需要在新闻改革中进一步加以克服的。其实，"大"未必影响深远；"小"未必不起波澜。30 万字的长篇小说《子夜》和 1000 多字的短篇小说《孔乙己》，二者之间的社会影响谁大谁小，人们很难分出个上下高低。新闻的价值也一样，它并不能以篇幅的长短为尺度。党的十一届三中全会后，反映农村大好形势的报道数以万计。然而，就本省来说，给人印象最深的，莫过于《会计伢嫌俺的油壶小》。在这方面，我自己也有过一些尝试。近几年采写的稿件中，几乎有三分之一是反映党的政策的威力的。自己较为满意的是《四亩沙地的收获》。它的可取之处就在于小中见大。值得提醒的是，当代文学创作已经在向"微型小说"的方向发展。因为赢得读者并不在于文字的长短，而在于艺术水平的高低。作为时代的"窗口"——新闻界，更应当理解读者和听众的心理，注意刹长风、兴短风，把文章写得短小精悍。

其次，要从大处着眼，从小处着手。所谓从大处着眼，就是要综观全局，做到心中有数；所谓从小处着手，就是要取其一点，深入开掘。新闻以小见大，篇幅要求简短，文字要求精粹，内容不得庞杂。这就需要从复杂纷繁的社会现象中，抓住那些能反映事物本质的东西，以启迪人们认识社会，感知新鲜事物，从而推动社会进步。我们平常所说的新闻的针对性和指导性也就在于此。要指导，就得有说服力；要有说服力，就得有典型的事实。抓住这典型的事实，就是我们从小处着手的开拓面。新闻改革以来，我试图从纷繁复杂的社会生活中寻觅新闻的开拓面，收到了一些效果。譬如说，农业实行家庭承包责任制以后，出现了许多新情况、新问题。研究和解决这些新情况、新问题，不可能通过一篇大的典型报道去完成，而是需要一个一个侧面地作出具体反映。因此，我从去年年初起，先后采写了《鄂城沙窝公社建立经营管理服务公司，热心为农户服务》《畜牧兽医师孙克俊指导专业户科学养猪》《水稻专家与农民科技户结对搞科研》《县委书记为养鸡专业户排忧解难》和《广济县委指导棉农进行十项技术改革》等新闻。这些稿件的开拓面都比较小，没有面面俱到。它的好处在于比较实在，人们听得懂、看得见、学得到。可以收到预期的宣传效果。

最后，要精心写作，惜墨如金。文章自古精为贵。新闻要以小见大，必须力求精练，精益求精。"精"是新闻的灵魂，短不过是它的形式。具体说来，在写作中应该做到：（1）精心选材。从采集来的大量的、杂乱无章的事实材料中，选择那些能够充分表现主题的材料，抛弃那些与主题无关或者关系不大的材料。观察事物的时候，要放开视野。"以十当一"，而选择材料的时候，却要反复掂量，"以一当十"。（2）精心设计。选材精当，并不意味着顺理成章。要用短小的篇幅反映一个较大的主题，还得进行精心设计。在雕匠的手里，一筒粗大的木料可以变成千姿百态的微雕艺术品。它的高明之处，就在于设计精巧。新闻写作也如此。它的设计，就是合理布局，科学构架。先写什么，后写什么，详写什么，略写什么，什么材料做骨干、什么材料做铺垫，要通盘考虑，恰当安排，以求结构严谨，主次分明，更好地烘托主题。（3）精心锤炼。初稿写成后，不要盲目发出，应当推敲再三，尽量把水分挤掉，叫篇幅短些、再短些。要"竭力将可有可无的字、句、段删去，毫不可惜。"（鲁迅：《答北斗杂志社问》）使之"叶凋山寺出"，简洁、生动而又鲜明准确地表现出事物的本质特征。

1983 年 5 月

谈谈通讯的写作

——在黄冈地区新闻写作培训班上的发言

通讯，是一种常见的新闻体裁，一种感染力很强的新闻报道形式。新闻工作者大都喜欢用这种形式及时准确而又生动形象地反映我们时代的新人、新事、新风貌和新的建设成就。当前，我们的国家已经进入了一个伟大变革时代。各条战线、各个部门在向四个现代化进军中，不断地解放思想、锐意改革，涌现出了一大批先进典型。那么，作为一个新闻工作者，包括我们每一个通讯员，应当掌握和运用好"通讯"这种报道形式，去满腔热情地歌颂那些勇于探索、富有开拓精神的先进人物，大力宣传在"四化"建设中，特别是在改革开放中创造出来的新成就、新经验，以激励人们奋发向上、开拓进取，推动社会主义建设事业蓬勃发展。

那么，究竟应该怎样写通讯呢？这里面的文章很深，因为通讯有许多种类：人物通讯、事件通讯、经验通讯、概貌通讯，还有小故事，等等。它们各有各的写作特点，各有各的表现手法。今天在这里只能就其基本的特点和写作要求，谈几点粗浅的看法，不一定正确，仅供大家参考。

一、深入采访，是写好通讯的前提

新闻通讯有三个特点：1. 可信性，也可以说是新闻性。它是真实的、可靠的，而不是虚假的、臆造的。同时，又是新近发生的，而不是时过境迁的。这一点与新闻消息的特点相一致，与文学创作和历史事故写作却有着根本的区别。2. 趣味性，也可以说是形象性。通讯不仅要用事实说话，还要形象生动，给人以情感、以感染。人们读后或听后，如临其境、如闻其声、如见其人，很有趣味。3. 思想性。通讯不仅记叙事实，还可以通过人物对话或者画龙点睛的议论，来揭示客观事物的内涵，表达人物的思想境界，表明自己的倾向和思想情感。

因此，通讯写作的前提是深入采访。要在采访中掌握大量的、丰富的一手材料，抓住最典型、最感人、最有说服力的骨干材料，然后掂量它的写作价值，确定写作主题和表现形式，以及它的表现手法。有的可以写得热情奔放（如郭超人采写的《驯水记》），有的可以写得绘声绘色（如刘衡采写的《沙窝里蹦出了个鱼博士》），有的可以写得充满生活和乡土气息（如夏锦永采写的《昔日冤家对头，今日患难相助》）。有的通讯之所以写得不够生动，不很感人，主要是因为采访不够深入。"先天不足"，靠"笔下生花"是写不好通讯的。

那么，要克服先天不足，必须在采访上下真功夫。所谓采访，就是用调查研究的方法去采撷新闻素材。采访主要有三种方法：一是直接访问，二是间接访问，三是实地踏访。这三种采访方法，对通讯写作来说，却是十分需要的、适用的。具体说来，要注意这样几点：

1. 要注意全面地占有材料。无论是采访先进集体或个人，既要了解现在，又要了解过去；既要了解正面情况，又要了解负面情况；既要了解实际行动，又要了解支配行动的思想。

2. 要注意运用心理学思维和方法。心理学在采访中的运用，即成为采访心理学。这种方法是将访问与心理分析结合起来，以便掌握采访对象的心理活动态势和规律，及时得出正确的判断，以便调整采访的方法和提问的方式，达到挖掘素材、索取材料的目的。譬如采访人物。在采访前和采访中，对他的心理活动要进行认真的分析和判断，并且及时采取相应的措施，予以补充或补救。这对采访的成功与否，有着决定性作用。那么，怎样运用好心理学进行采访呢？在一般的情况下，应当注意这样几点：

A. 采访前，对将被采访的对象做必要的了解和分析，做到心中有数。如他的学历、经历、嗜好、性格、特长、成就、习惯，等等。能不能掌握这些，对于采访的成功与否，关系极大。美国著名记者麦克逊说过："在我将要去谒见某一要人之前，我早已熟悉这一要人的一切了。"可见，他采访前的准备工作是多么的充分。这是值得我们学习借鉴的。

B. 访问的时候，如果遇到障碍，要认真分析原因，设法予以突破。如有的因为遭受过挫折，不愿意接受采访；有的因为彼此缺乏信任，拒绝采访；有的因为怕出名后招来非议或嫉妒，回避采访；等等。每当有这样的情况出现，就得耐着性子做好说服工作，让采访对象心悦诚服于你。

C. 初次接触时，要特别注意情感的交流。麦克逊说："人们大都喜欢自负的。所以，对他们的虚荣心，最适宜以最大的奉承……"中国有句俗语说"人贵有情"。初次见面，一定要以礼相待，握手言欢，以敬重换得尊重，以热心换得开心，千万不可以记者自居，盛气凌人，摆着一副臭架子。因为我们是为采访而来，为学习而来，为寻觅人生楷模而来，他们是时代的主人翁，是现代文明的缔造者，而我们不过是新闻的天使，是为他们服务的"公仆"。采访时，我们应当以谦和的姿态与人交往，而且要尽快融入采访人的心中，如与对方拉拉家常，叙叙往事，以解除对方的顾虑，在轻松悦意间攀上正题。

3. 要注意现场情景的观察。这在通讯中是不可缺少的。因为通讯要写得生动活泼、引人入胜，离不开场景的描写。而场景描写得好与不好，又取决于现场观察。所谓现场观察，就是亲临发生事件的地方进行现场察看。我们只有通过现场情景的观察了解，才会有感性认识和独到的见解，才会调动感情，激发我们写出有血有肉、生动感人的通讯来。如冯健当年采写的《县委书记的榜样——焦裕禄》这篇通讯中，开头的一段现场描写，字字含情，感人肺腑，就是记者留心现场观察的结果。

4. 要注意围绕主题发掘典型材料。通讯的采访，就像摄影一样，既有广角镜头，又有它的集光点。前面讲到要"全面占有材料"，是就广角镜头而言的。那么，经过一段时间的访问，对材料有了初步的消化，这时就应当瞄准集光点，深入发掘骨干材料，以便在写作中更好地烘托主题。如写某个人如何锐意改革，必须要有几件感人的事例来加以说明；写某个党员如何廉洁奉公，必须要用生动而又具体的事例来印证。空洞无物的文字表述，是无法突出主题的。

二、提炼主题，是通讯写作的关键

通讯，这种新闻体裁与消息比较，其内容的容量要大一些，情节要曲折一些，头绪也要繁杂一些。因此，提炼主题也就显得费力一些。但不管怎样，也要设法把主题提炼好。主题是通讯的灵魂。只有把主题提炼好了，纷繁的材料才能得到合理的取舍，展开情节才有可靠的依据，才能把纷繁复杂的材料锤炼成一个有机的整体。从某种意义上讲，主题决定着通讯的命运，不注意提炼主题，通讯很难是成功之作。那么，究竟应该怎样提炼主题呢？必须明白：提炼主题的过程，是我们深入生活，认识事物的过程，更是我们学会运用马克思主义的观点、方法去分析实际问题的过程，同时，又是"去粗取精，去伪存真"的加工制作过程、从感性认识到理性认识的飞跃过程。提炼主题总的指导思想，是实事求是，从实际出发，不要凭着主观想象的去臆造，去人为地"拔高"。具体说来，也要注意这么几点：

一是要站在时代的高度去确定主题。一定历史时期的新闻通讯，是一定历史时期的产物，应当反映一定时期精神风貌。那么，它的主题的确立，就应当放在一定时期的背景下进行分析、综合比较，看看它是否有现实意义，是否有典型的教育意义。也就是说，我们在提炼主题时，不能局限在一人一事的圈子里看问题，而要高瞻远瞩，总揽全局，把典型放在时代的"天平"上称一称，将它与现实的水平相比较，与整个形势的要求相比较，达到了一个什么样的高度？有没有普遍的指导意义？

二是要抓住事物本质去开拓主题。事物是由各个方面组成的。各种事物之间有这样或那样的联系，在相同的事物中，又是由多方面的因素构成的。我们一定要透过现象看本质，抓住事物的本质开拓主题。这也就是我们平常所说的："具体问题具体分析"。分析事物各个方面的联系，一般从两个方向进行：首先是它的纵向，把事物的今天和昨天相比较，从而认识它的新发展、新变化；其次是它的横向，把这一事物同另一事物相比较，放到全局上面去考量，从而找出不同事物的特殊本质来。毛主席他老人家说过："人们总是首先认识了许多不同事物的特殊的本质，然后才有可能更进一步地进行概括工作，认识某种事物的共同的本质。"写通讯也是一样，我们在提炼主题的过程中，只有认识了事物特殊的本质，才能认识事物共同的本质。如人们熟悉的通讯《一篇没有写完的报道》（《人民日报》1979 年 4 月 25 日）记叙的是 77 岁的共产党员潘从正，在动荡的年代里自觉坚持植树造林、治理荒沙的动人事迹，人称"老坚决"。如果把这作为主题，当然也有一定的教育意义，但显得一般化。后来，记者抓住"老坚决"说的带有本质特征的一句话做主题，就切中了时弊。这句话是："今后再不能折腾了！"用这句话做主题，就回答了现实生活中的一个重大课题：人们要团结、要建设，不要穷折腾！这很有针对性。还有《为了周总理的嘱托……》这篇通讯也是一样，植棉能手吴吉昌在严酷的遭遇和斗争中不屈不挠，坚持科学的实验、示范，终于解决了棉花脱蕾掉桃的问题。他有一句名言："啥也别想挡住俺"。这句话正是吴吉昌的本质所在，充分体现了他那种敢于斗争、敢于胜利的坚强意志。

三是要根据典型的特点去深化主题。我们在对某种事物有了全面的、客观的了解，并且抓住了某种事物的本质之后，就要进一步顺藤摸瓜，抓住最新颖、最精彩、最为感人，又最能体现党的政策精神或时代精神的事件、事实和情节，进行叙述和描写，以宣传事物的主要特征。这也就是我们通常所说的"突出特点"。特点突出了，就可以防止面面俱到和一般化、概念化，使通讯的写作不落俗套。

三、精心写作，是写好通讯的诀窍

任何事情"说来容易做事难"。写好一篇通讯也是这样。但是，只要我们精心写作，说难也不难。通讯写作的内容很多，它包括怎样开头、怎样结尾、怎样安排结构、层次、交代背景，还有怎样照应、怎样抒情、怎样恰当议论、怎样运用形象化的手法去刻画人物，等等，这里就不一一地去讲了，有关写作知识的书里面讲得很清楚，大家去阅读、体会就行了。仅是用形象化的手法去刻画人物，内容就很多，有人物描写、景物描写、细节描写、心理描写等。这些一下子也难讲清，我也确实讲不清。今天，借这个机会跟大家讲几句题外话，与大家共同探讨。

（一）精心写作，先要精心选材

如果说主题是通讯的灵魂，那么材料就是通讯的血肉。搜集材料时要"以十当一"，选择材料时却要"以一当十"。这就要求我们要紧扣主题，选择那些能够揭示事物本质的典型材料。为魏巍同志写的《谁是最可爱的人》，开始选择了 20 多个例子，后来反复比较分析，只用了三个例子。结果，这篇通讯成了一篇名垂千古的力作，被人们广为传颂。魏巍同志深有感触地说："我用最能代表一般的典型例子，来说明本质的东西，给人的印象是清楚明白的，也是突出的。"

（二）精心写作，还得精心设计

选材精当，并不等于顺理成章。要集中反映主题，还得进行精心设计。在雕刻大师的手里，一筒粗大的木料，之所以可以变成千姿百态的雕塑艺术品，它的高明之处，就在于设计精巧。通讯的写作亦是如此。通讯写作的设计，就在于合理布局。先写什么，后写什么；详写什么，略写什么；什么材料做骨干，什么材料做铺垫；哪儿当写景，哪儿当抒情，哪儿当过渡、照应；等等，都要通盘考虑，恰当安排，以求结构严谨，主次分明，更好地烘托主题。近几年，新闻界评选出的好新闻通讯，仔细地读一读、咏一咏，就会感到其设计都很精巧。如去年《湖北日报》宣传朱伯儒事迹的通讯，从几个标题上看，设计就很精当：（1）"是种子，就应该埋在人民的土壤里起作用"；（2）"是团火，要用来融释人们心中的寒冰"；（3）"生命，只有在爱别人的时候才会丰富"。从这几个小标题的安排上，就可以看到这篇通讯的结构是非常严谨的；从标题的内容上，就可以看到朱伯儒他那"平凡之中突现不平凡"的精神风貌。

（三）精心写作，贵在精心锤炼

初稿写成后，不要盲目发出，而要推敲再三，尽可能地把水分挤掉，让通讯的篇幅短一些、再短一些。鲁迅先生在《答北斗杂志社问》中说，要"竭力将可有可无的字、句、段删去，毫不可惜"。写新闻通讯，更要学习、传承鲁迅先生的这种文风。只有这样，才能使通讯"叶凋山寺出"，简洁而明快，生动、鲜明、准确地表现主题。鲁迅先生的文章之所以短小而生动，是因为他"绞尽了脑汁，把它锻炼成为极精粹的一击"。愿我们共同努力，把鲁迅先生的文风发扬光大，将新闻通讯也锻炼成为"极精粹的一击！"

1984 年 11 月

"竞一韵之奇，争一字之巧"

——浅谈新闻稿的写作

1984 年年末，省电台记者部的一位编辑见到我，满意地说："老张，你发回的稿子好洗练啊！"意思是指，发回的稿件成品多，不需要作大的修改。这当然是对我鼓励，其实稿件距"洗炼"的要求还很远。这里，我愿借用古代文人一句名言与同行们共勉，即"竞一韵之奇，争一字之巧"。新闻写作如达到这个程度，成品稿一定会多起来。

一、树立以精为贵的思想

文章自古精为贵。古代文人在写作中惜墨如金，致力于"争一字之巧"，说到底是要求精粹。今天，我们从事新闻写作更应当精益求精。然而，要把新闻写精粹，首先得摆脱"左"的思想束缚。我原在地方报社工作。那正是"左"的年代。所谓"越大越好""越长越好"之类的"帮文风"，难免在头脑里打下烙印。调来省电台后，开始很不适应。因为广播新闻（消息）的篇幅一般只有三五百字，而我所写的稿子长达千把字。造成这个距离，首先是"帮文风"影响的结果，应当加以清理。其次是要克服靠"拐杖"过日子的思想。以为写长一点、粗糙一点没关系，后面还有编辑加工。久而久之，养成一种依赖思想，粗制滥造的东西也就多起来，有的稿件要编辑重改、重抄，增加了编辑的负担。这种情况出现后，心里不是滋味。去年年初，改革的春风吹遍了神州大地，我也在改革的春风中觉醒。我急切地感到，作为一名搞了 20 多年新闻工作的老记者，有责任在写作上对一篇稿件负责，也就是说，有责任写好每一篇稿件。因此，我确立了"以精为贵，精益求精，不向编辑转嫁负担"的广播新闻写作原则。按照这个原则，制定了三条规矩：（1）消息的篇幅，除重点报道之外，严格控制在 500 字以内，达不到这个标准不发稿；（2）在文字上，自己感到不满意不发稿；（3）稿件写成后，坚持核对事实，再次推敲，否则不予发稿。近一年来，我原则上这样做了，证明它对提高稿件质量大有益处。如12月上旬，我和通讯员共同采写的《黄梅县采取措施保护粮食专业户的积极性》一稿，原文写了700多字。考虑到它与第一条规矩不符，下决心压到360字，发回后，本台及时安排联播头条播出。又如本台10月8日早新闻播出的《黄冈地区一批有志青年自学成才》这篇稿件，有几处就是"二次加工"改好的，播出后反响较好。

二、精炼在于锤炼

那么，文章究竟怎样"精"法呢？我觉得还是古人说得对："如切如磋，如琢如磨。"也就是我们今天所说的精雕细刻、千锤百炼。当然，"锤"也要掌握技巧与艺术，尽量把它锤得恰到"火候"。这方面，我对自己的要求是：

（1）尽可能把稿件锤得简洁、朴实。竭力删去可有可无的字、句和段落，教篇幅短一些，再短一些。如11月下旬播发的《黄冈地区各级党政领导热情帮助台属勤劳致富》一稿，初稿有800多字，二稿有600多字，三稿压到500字。几经加工，文字较简练，语言较朴实。省台播出后，中央台及时转播。

（2）尽可能地"锤"得主题鲜明。把那些与主题无关或关系不大的叙述、事例，坚决予以去掉。真正做到"去粗取精，去伪存真"。3月初，省委书记关广富同志到黄冈地区宣传贯彻中央一号文件精神，我采写这条新闻时，开始从导语到主体，侧重表述他的讲话内容。经过推敲，显得有些不妥，因为那样不能准确地反映省委领导深入实际的作风，修改时做了调整，突出宣传省委领导一行深入黄冈地区乡村和农户家中调查研究，宣传中央一号文件精神，为干部社员解答商品生产中的疑难问题。这样一改，言简意明，主题集中，送审顺利过关。省台头条播出后，迅速产生社会影响。

（3）尽可能地"锤"得生动活泼。凡是引人入听的群众语言，情趣浓郁的典型事例，只要与报道有关，篇幅又可以容纳，就得"锤"进去。8月上旬，我在蕲春县国营八里湖农场访问，干部群众一致反映，农场鼓励农民进场从事开发性生产承包经营，效果很好。我在写这篇报道时，特地注意引用群众语言，其中有一句是这样写的："过去荒芜之处，如今'瓜满地，鱼满塘，稻谷、荷花遍地香'"，把枯燥无味的事实，尽量表述得形象生动一些。

在通讯的写作中，更要注意"锤"进生动活泼的情节和思想内容，以增强可听性，提高宣传质量和效果。12月中旬，中共中央总书记胡耀邦在湖北边陲的黄梅县视察时，冒雨访问了专业户，场面生动感人。我在采写《总书记和专业户》这篇特写时，注意"锤"进了一些感人的细节和情景，使主题得以深化。下面加点的字句，就是修改时"锤"进去的：

> ——总书记……见卢登桥坐得稍远了点，便轻声招呼说："靠拢点，靠拢点"，卢登桥挪了挪凳子，紧靠总书记左侧坐下。这时，只见摄影记者抓住时机"咔嚓"一声，留下了这一难得而珍贵的瞬间。

"锤"进这些较生动的事实和情节之后，给这篇特写增添了些许色彩。

（4）尽可能地"锤"得字句点石成金。清朝诗人袁枚说："'夕阳''芳草'寻常物，解用都为绝妙词。"写新闻也是一样。有的地方留心推敲，改动一两个字，它就会"如灵丹一粒，点铁成金"。前面讲的《总书记和专业户》这篇特写中，有的字句就起到了这种作用。如①原稿的开头只交代胡总书记在黄梅县"访问了专业户"，修改时根据气候特点，改为"冒雨访问了专业户"。这就更说明总书记体察民情，作风深入。②第二自然段写到总书记接见专业户代表张令松时，原稿是"主动同他握手"，后根据实际，改为"主动站起来同他握手"。这样更足以表现总书记平易近人、平等待人的高尚精神。③文中的"……靠近总书记"改为"挨近总书记"；把内当家"也生一计"改为"心生一计"。④文的结尾，把"张令松……迈开了奔向新目标的步伐"，改为"带动左邻右舍……迈开了奔向新目标的步伐"。这些字句的改动，比原稿要贴切一些，寓意也要深刻一些。

三、"热处理"和"冷处理"相结合

新闻要写得精练而生动，我觉得既要"热处理"，也要"冷处理"。"冷""热"相兼，各有妙用。所谓"热处理"，就是要把时效性很强的新闻，趁热打铁，一挥而就，迅速发出；所谓"冷处理"，就是对那些抓问题的新闻，在不影响宣传时效的前提下，稍加"冷却"，然后再进行"精加工"。这样做，时间上有一定的余地，能更好地消化材料，提炼主题，更细致地去推敲、修改，补充原稿的不足。但应注意以下几点：

（一）当"冷"则"冷"，当"热"则"热"。有的新闻适宜"热处理"，不仅不能"冷却"，而且要热上加热。当天发生的事，必须当天即时发出新闻稿，千万不能拖到第二天。

（二）"冷"要保持一定的热量。稿件"冷处理"的目的，在于更好地锻压

成型，而不是把它抛弃，因此就得带热加工。就是说，要尽量争取时间，加紧锤炼，不要让它"冷"过了度而成为不可锻打的"硬铁"。

（三）把发稿的过程，当作继续"冷处理"的过程。稿件从发出到播出有一段时差。利用这时间对发出的稿件在脑子里进行再加工，有时会产生很好的效果。

总之，"驽马十驾，功在不舍"。新闻写作，实践的道路是漫长的。但是，只要我们坚持不懈，勇于探索，不断地斟酌、锤炼，就一定能把新闻稿写得生动活泼，引人入胜！

1985 年 1 月

诗词歌赋

一、律诗

登凌红安天台山

金秋引我上天台，醉赏红枫立险崖。

眼下绿茶连宇际，昔时浩气贯尘霾。

铜锣一响千军聚，营地三番万阵排。

唯望中华重站起，黄麻儿女好情怀。

1982 年 10 月 30 日

初游三峡有感

茫茫烟雨锁群峰，神女巍巍立碧空。

汽笛一声惊秀谷，夔门万仞耸川东。

当年王莽自称帝，时下尧胞细赏嵩。

古道大江链铁索，今朝开放五洲通。

1984 年 10 月 1 日

喜迎新千年

千年辞去又千年，送旧迎新瞬间缘。

一夜欢歌尽情舞，万山齐唱复兴篇。

沧桑巨变人心快，华夏腾飞意志坚。

直面竞争图发展，神州不惧霸王鞭。

2001 年元旦

观俄罗斯"和平"号回落有感

（一）

"和平"寰宇太空行，十五春秋不夜城。

铸就辉煌垂史册，唤呼人类永和平。

293

（二）

"和平"回落地球村，划破长空举世尊。

碎骨焚身飞陨雨，大洋掀浪隐英魂。

2001 年 3 月 23 日

斥霸道

美机无视我主权，窜入南空窃密函。

撞我雄鹰沉大海，英雄王伟遇罹难。

白宫谬语涂鸦黑，尧域怒号掀巨澜。

正义终将驱邪恶，无天霸道有天难。

2001 年 4 月 6 日

为岳父岳母合墓立碑题祭

别梦依稀两鬓白，拜陵二老心撕裂。

终生勤奋承家风，耄耋相携守贞节。

友待乡邻如至亲，呵扶儿女为人杰。

年年泪洒清明天，唯见杜鹃咽啼血。

2004 年清明节

挚友王锡纯先生人生感赋

与君相识数十春，结下深深手足情。

媚骨犹如青钱铁，心胸酷似玉壶冰。

从政清廉存浩气，为人正直见丹心。

诗书合璧皆因果，锡纯处处珍惜纯。

2005 年 10 月 26 日

题梅氏宗谱

索源姓氏实铭符，华夏何曾不撰乎？

先哲百家谁著卓？梅庭一路炫玗珠。

太婆仙逝天安穴，白老①为官地涤污。

气正风清承祖德，子孙才俊利名殊。

①白老，系指梅白，祖籍黄梅，作家。20 世纪 50 年代至 60 年代初，曾任中共湖北省委秘书长，（龚同文）写作小组成员。

2009 年 10 月 18 日

读《曾国藩与曾国藩家书》感赋

亦为名将亦元凶，褒贬深藏史料中。

立德建功存志向，为师挂帅守相公。

清廉清政清名利，重义重情重宇风。

武就文成曾盖世，忠贞报国一仙翁。

2010 年 10 月 12 日

赞成吉思汗

一代天骄铁木真，幼年丧父泪沾巾。

母携怜子哭穷径，儿挂金戈举义民。

统治蒙疆成大汗，踏征西域叱风尘。

史料珍藏书过往，今喜邦交皆睦邻。

2010 年 10 月 23 日

景仰文天祥（二首）

（一）

品读文公故事情，英雄浩气令人倾。

毅临外患迎顽敌，倾荡家财募大兵。

战败困俘嘲诱惑，忠贞报国续拼争。

狱中磨难千般苦，笑怼豺狼怒狰狞。

（二）

年方卅七大难临，一片丹心映玉坤。

寰宇有情盈正气，星辰无助现哀浑。

银河痛泣流殇雨，天道悲歌恸地门。

民族危亡宁赴死，勇朝屠斧铸忠魂。

2010 年 10 月 23 日

做客大江渔村

张总①初春请客媛，渔村迎驾笑颜欢。

滔滔江水滔滔乐，拨拨宾朋拨拨缘。

美酒千杯皆畅饮，佳肴百道诱人馋。

君夸淑女朱颜美，我祝群贤福寿安。

①"张总"系指湖北玉环建筑工程有限公司时任董事长兼总经理的张仲生先生。

2011 年 2 月 22 日

登云丹山

问顶云丹好路程，高溪过后直攀行。

迎风松柏环山绕，穿壑泉清吐雾倾。

万缕彩虹凌秀谷，百潭飞瀑戏龙城。

氧吧幽处精神爽，亡却古稀追少英。

2011 年 10 月 6 日

贺神八升空

目追神八上霄空，海啸山呼气如虹。

一号天宫飞彩舞，百年梦想指苍穹。

嫦娥舒袖邀明月，月老谦恭作伴童。

试问谁家生睿智？中华儿女结亲戎。

2011 年 11 月 1 日

徐国生先生诗书题咏

酷爱诗书堪笃专，纯青炉火照天燃。

文如流水出丽彩，书若腾龙闹秀川。

字字笔工尤苍劲，句句情重意绵缠。

八旬耆老休停练？墨宝瑰奇好妙玄。

2011 年 12 月 3 日

东坡春咏

江堤二月柳枝青，浩渺烟波缭我情。

赤壁旧时兴战事，东坡今日品文明。

遗湖秀水春光美，巷道琼楼玉宇铮。

更有龙山翻绿浪，宜居胜地世人倾。

2012 年 2 月 22 日

听于丹电视经典讲学感赋

视频侧耳听丹声，享受绵绵若近聆。

气势恢宏藏底蕴，辞章铿韵好精神。

一流学者施仁教，千载文韬续传承。

忘却古稀重抖擞，轭头不卸再耕耘。

2012 年 3 月 16 日

参观董必武、李先念两位国家主席故居有感（二首）

（一）

陈烟抹去旧居新，陋室寒窗育巨人。

跃马操戈征战苦，秉廉主政拂微尘。

馆藏衣物巴丁补，心底无私主义真。

垂范一生风范树，身为元首行为民。

（二）

一方热土两明君，千古传闻世界珍。

董老才华堪泰斗，李公戎马媲骁真^①。

文韬武略成奇配，北战南征捣敌屯。

放眼河山多壮美，感恩先辈建功臣。

① "骁真"系指骁勇善战的铁木真，即元始祖成吉思汗。

2012 年 10 月 16 日

新媒赞

遥赏东坡春晓馨，坡仙含笑礼相迎。

楚天媒体添新秀，赤壁矶头扮古城。

写景写人书壮志，描花描木寄真情。

笔耕苦砺歌心曲，文耀中华有后生。

2013 年 12 月 20 日

给媒体新人赠言

英才少小学传媒，起步东坡出俊菲。

似凤图文言壮志，如潮广告耀光辉。

歌功颂德循求是，扶正祛邪敢助威。

振笔一挥添锦绣，莺歌燕舞尽朝晖。

2013 年 12 月 20 日

咏贺少安先生墨宝

笔端起舞彩云飞，凤展英姿媲翠薇。

意合乾坤生瑞气，毫挥纸上吐芬菲。

蛟龙腾海冲浪兴，威虎嚎山啸侣归。

细品君功心欲醉，华中书苑一瑰稀。

2014 年春节

贺柳畈文化活动中心落成

文化中心缀柳家，光宗耀祖见奇葩。
习文习武磋农艺，侃地侃天论振华。
一带路遥连世界，百年梦富抱金娃。
古雅村落添新彩，庶院盛开幸福花。

2015 年 9 月 1 日

纪念抗战胜利七十周年

当年日寇野心横，犯我神州大厦倾。
尧舜子孙齐奋战，金戈铁血勇飞缨。
疆场处处埋忠骨，英烈芸芸佑后生，
斗转星移成往事，莫忘奇耻续长征。

2015 年 9 月 3 日

心入水境铸辉煌（二首）

——读贺少安先生《水之赞》暨书法篆刻集锦有感

（一）

品读君书细思量，虔诚篆刻不寻常。
名人名典名珍迹，简句简言简华章。
字体瑰奇藏玉秀，笔锋舒展见阳刚。
石泥幻化存何奥？水境心情瀚墨香。

（二）

水德情怀秉自强，剔除名利好锋芒。
江河湖海皆承纳，平野山川惜收藏。
纯净心灵清澈澈，随缘形态淡洋洋。
润和田地滋农稼，研墨生辉著彩章。

2015 年 10 月 22 日

颂评毛泽东主席（二首）

（一）

英明领袖唯毛公，天降雄才建伟功。

民族危难申大义，党旗高举号东风。

长征万里惊天地，理论千秋耀华宫。

宗旨为民成铁制，兴邦施政到耆翁。

（二）

"四一朝纲"①铸斗魂，公私爱恨两明纶。

援朝抗美送亲子，问暖嘘寒体庶民。

惩腐刘张开杀戒，倡廉上下守清贫。

惜叹今日贪官泛，瞩盼青天扫滥尘。

① "四一朝纲"系指毛主席主政 41 年的路线。

2016 年 2 月 7 日

橘子林"洁美乡村"赞

乡间洁美众人欢，橘子林村勇当先。

旧道刷油祛旧貌，新区筑路展新颜。

卉坛装点伸胡弄，舞曲悠扬荡野天。

植树门前添锦绣，花开檐下蝶翩翩。

2016 年 2 月 21 日

读徐美兰女士《回首岁月》感赋（二首）

（一）

同居灵水秀山间，乐见美兰巾帼贤。

苦读诗书生睿智，勇扛重担步云天。

庶民冷暖藏心底，家国情怀着笔笺。

诚意浓浓仁义重，人生百味一书传。

（二）

初尝三渡当官难，桐梓领军治秃峦。

"十一"助民开富路，一尖兴水食风寒。①

掌门政法扬正气，举手理财操胜盘。

任上几番迁职事，平心淡定挽微澜。

① "十一"系指乡村十个"一村一品"产业布局；"一尖"即山名。

2016 年 4 月 9 日

赞华为

白宫无赖剿华为，华为铁肩惧怕谁。

十八精兵严以待，多年备战"一芯"锤。

科研领先征寰宇，实力雄辉破壁垒。

亿万粉丝齐怒喝，谁能休想霸凌谁！

2019 年 6 月 3 日

追念李四光先生

毕生地质结恒缘，历练精功探妙玄。

四季冰川为论据，万言凿句驳"贫"传①。

河山处处留公迹，碧海滔滔树钻船。

谁说中华无石化？大疆南北井殊悬。

① "驳'贫'传"，即批判"贫油论"。

2019 年 12 月

黄侃先生祭

黄家故土育黄侃，国学大师儒学栽。

训诂虔诚书笃著，执教文章展雄才。

燃烧辛亥捣清火，坦露先驱卫国材。

烛尽中年劳疾苦，但留青史照仙台。

2019 年 12 月

悼念抗疫英雄张静静

迢迢千里来驰援，日夜苦拼剿敌顽。
救治患民情切切，辛劳躯体汗斑斑。
疫清归去望家室，忽讣仙师入九寰。
泪送英雄常眺鲁，平安福地众心湝。

2020 年 4 月 10 日

孔子赞

尊圣孔丘名，周游列国行。
三千真学子，七十二贤卿。
倡导仁施贵，推崇德治诚。
六书编著卓，典语古今倾。

2020 年 5 月 12 日

寄语爱孙张小豪、外孙邢凯辰

求知途径孰难行，贵在坚持到顶程。
浩博书山藏金屋，诱人榜首倚虔诚。
才高八斗生奇智，路险千般任畅行。
学业有成皆苦砺，合家幸福靠穷耕。

2020 年 9 月 1 日

赞载人深潜马沟座底

国之重器载人欢，勇往直潜探深渊。
万米马沟沉底考，千年夙愿瞬时还。
大洋鳌甲任吾捉，龙穴珍珠信手端。
环顾全球谁敢比？中华科技妙机玄。

2020 年 11 月 10 日

嫦娥揽月感赋（二首）

（一）

登凌绝顶探苍穹，叩问月宫寻宝宫。

钻取尘埃为科研，深窥风暴①若乘艨。

采样封装皆顺畅，追蟾折冠见神功。

地号指令天号应，太空犹在近空中。

① "风暴"系指月球风暴洋。

（二）

嫦娥揽月带尘归，天幕恢宏耀紫辉。

俄美当年先探去，中华时下后生威。

攻关科技开奇窍，角逐深空破贼围。

三步云梯并步跃，看谁能与比腾飞！

2020 年 12 月 17 日

人生自咏

舛命痴奔到白头，辛勤追梦竞风流。

时军时政时媒体，崇武崇文崇党喉。

广播阳光树正气，传承大爱寄乡愁。

清廉律己享清福，心态平和好自由。

2021 年元旦

与老战友黄际中重逢有感

一别贤君几十载，时时思念不消萦。

当年卧枕金戈伴，时下耆龄铁骨铮。

昨令尔吾担职责，今图暇日享闲清。

尚逢来世能为伍，愿同骁将再启程。

2021 年仲春

读润如兄《华夏英杰百人传》感赋

品读君书赏美文，悠悠诗韵吐香馨。

钩沉青史知华夏，评点英豪尽国勋。

吾愧今生空度日，汝留宝墨映红云。

唯望子嗣勤恒砺，愿他文卷也袖珍。

2021 年 3 月 26 日

李山茶赞

茗地李家山，层峦绿垄玄。

嫩枝含玉露，芽翠耀珠妍。

炉火煞青料，艺工揉莽绵。

成茶冲碧水，芳味醉心翾①。

①翾，音煊，意飞翔。

2021 年 4 月 20 日

庆祝建党 100 周年（二首）

（一）

风雨百年沧海桑，南湖舟舫岂能忘？

星星之火燎穷稷，猎猎红旗展井冈。

惩日捣蒋兴国运，援朝抗美训嚣狼。

同胞亿万扬眉笑，喜看神州泛瑞阳。

（二）

纯真马列旗高扬，反腐倡廉正气张。

改革春风吹大地，初心化雨润农桑。

科研成果堪丰硕，深空探求媲美昂。

富国强军不是梦，复兴之路铸辉煌。

2021 年 7 月 1 日

读甘才志先生《上等蕲州》感怀

尘封历史数千年,《上等蕲州》一目看。
胜迹多多藏慧眼,贤才济济见毫端。
沉钩史料尝甘苦,撷采精华沥胆肝。
拱手感君扬正气,浩宏文史一标杆。

2021 年 11 月 26 日

胡亚儒书记九十寿辰感怀

欣闻耆老庆生辰,如鹤高龄值九旬。
立党为公廉主政,忠心报国总忧民。
跋山涉水寻良策,济困扶贫垂汗青。
倾注心怀何所愿?唯图复兴富蕲春。

2021 年 12 月 10 日

重游大同水库有感

连天碧库若仙镶,浩渺银波映宇苍。
今日重游暝遐想,当年奋发苦图强。
排忧治水凭人力,担石挑山以竹筐。
曾是工棚栖息处,现为民墅富豪庄。

2021 年 12 月 11 日

赞五星红旗月球展示

鲜艳国旗展月宫,月宫含胭唱春风。
未曾识得人间火,却也略知华府功。
党引庶民奔富路,民凭智慧送贫穷。
春秋两百①同追梦,喜看复兴大厦红。

① "春秋两百" 系指 "两个一百年"。

2021 年 12 月 17 日

答润如兄赠诗

君诗过奖令吾晕，小卒何能名楚荆？

卅载笔耕皆党旨，报刊常见属时情。

一尘不染循规矩，八秩无为聊自清。

与伴相濡唯夙愿，余生乐见复兴成。

2022 年 1 月 2 日

附：王润如先生赠诗

狮山秀水育斯人，天赐全身精气神。

从政从军常出彩，立言立德总唯真。

笔耕卅载名荆楚，职守经年不染尘。

白发童心忘八秩，夫妻同跨百余春。

王润如于英山

唱和战友黄际中微信寄语

点开微信听君声，洋溢军营战友情。

夜揣金戈邀枕卧，日操拳术得玄精。

密藏美酒享偷饮，锤锻真功受奖荣。

激战方崖①沐弹雨，忠贞报国敢飞缨。

①激战方崖，系指1962年秋夜急行军赶赴斗方山练兵场模拟实战演习。

2022 年 1 月 6 日

悼叶贤恩先生仙逝

惊悉恩师驾鹤归，吾心欲碎顿伤悲。

楚天泪雨怀公德，梓里亲朋缅汝为。

克己一生循党旨，书文千卷铸丰碑。

育人从政皆严谨，坚守清廉风范垂。

2022 年 1 月 31 日

谒医圣李时珍

廿七春秋自磨难，青山踏遍沥心肝。
殚精去伪修医草，博学存真释妙观。
中药东方勤笃研，繁华西域亦钦钻。
雄文万卷传天下，含苦良方济庶番。

2022 年 2 月 2 日

赞北京冬奥会

眺望北京双奥城，五环旗下好文明。
四海健儿乐相聚，九州烽火吐纯青。
绿色理念传天下，团结心智助打拼。
赛事场场出异彩，和平世界友情深。

2022 年 2 月 6 日

品读贺少安先生虎年妙书"虎""福"文帖有感

大师墨宝显微屏，令我凝眸细品欣。
寅虎生威灭瘟疫，神州载福享太平。
飞龙妙笔藏铮骨，舞凤毫端出彩云。
透视帖文增见识，君书一字值千金。

2022 年 2 月 6 日

安度晚年

笔耕纸砚伴终身，告老还乡学稼耘。
植树河边松竹秀，锄禾日下果蔬芸。
梅园花卉香天外，橘苑蜂群采蜜勤。
耄耋之年安享福，笑嘲名利赏无闻。

2022 年 5 月 12 日

祝贺党的二十大胜利召开（三首）

（一）

金秋盛会聚京城，高举红旗议复兴。

眸顾十年看巨变，时逢千载转乾坤。

航天重器惊星月，探海蛟龙着马坑（即马沟）。

经济总量居第二，庶民奔富好开心。

（二）

群英荟萃党心倾，国是共商献策铮。

习总指航惊宇际，神州聚力创文明。

风云幻彩生奇变，唯有华轮破浪行。

追梦心中复兴路，高端科技领军成。

（三）

廿大报告好精神，声若洪钟震华轮。

纵论宏图瞻愿景，运筹发展利人民。

胸怀世界容天下，变局思维惠友邻。

更有强军统一梦，未来同创目标臻。

2022 年 10 月 16 日

读徐国生先生《童年的记忆》有感

断忆孩提妙趣横，一词一句总关情。

昔时徐府承艰苦，今日村民享富盈。

绿色花坛映琼宇，繁华闹市缀蕲城。

酸甜辛辣皆过往，出彩文章启后生。

2023 年 5 月 4 日

题蕲茶

蕲茶始植自何朝？

周满仙台汉满腰。

芽舜贡珍皇室饮，

濒湖①典语药方昭。

庶民酌品心神醉，

墨客行吟妙语嫽。

顶级金杯李山捧，②

馨香诗意唱新潮。

①"濒湖"系指明代伟大医药学家李时珍，自东璧，号濒湖。

②李山村"驹龙"牌绿茶曾获国际金奖。

2023 年 5 月 8 日

重阳节

重阳秋景染金岗，耕者芸芸捧稻香。

雁阵排空寻宿地，耆翁执杖示南方。

目瞅候鸟凌云去，指点童娃励志刚。

耄耋终将含笑逝，未来托付少年郎。

2023 年重阳

会龙杜仲茶赞

会龙杜仲茗茶优，沐雨经霜六百秋。

始自林家闺秀手，传承孙府贵母兜。

一言重托嘱牢记，五秩耕耘苦索求。

药食同源终破解，宇刚①含笑捧金瓯。

①宇刚即孙宇刚，杜仲茶业有限公司经理。

2023 年 9 月 12 日

309

读李青松先生《一座城市的星辰大海》有感

君书妙著一城景，文旅资源幻彩辰。

好戏连台撼荆楚，名人结阵动天神。

黄州千古添新曲，锦绣诸澜吻友宾。

曾是英雄鏖战地，而今处处唱诗春。

2023 年 11 月 30 日

二、绝句

题武则天无字碑

媚帝登仙树石碑，蹊跷无字历尘埃。
当朝功过任评说，死后谁能唤鹤回？

1997 年 11 月 10 日

秋　菊

秋菊黄金艳，连天岭上鲜。
扮城添美景，独苑胜朱妍。

2008 年 8 月

三月雪

鄂东三八节，天外来飞雪。
百载一奇观，黄花芯滴血。

2010 年 3 月 8 日

倒春寒

春寒蕲域北风凛，雪压黄花茎折腰。
翌日斜阳含笑出，金光万缕洒天娇。

2010 年 3 月 9 日

咏　柳

河畔一排柳，逢春发嫩枝。
风吹绿丝舞，如波荡涟漪。

2010 年 4 月

惊 雷

春夏骤云起,惊雷滚滚来。
一声天闪炸,震得小娃偲。

2016 年 5 月

听 歌

管乐拂弦动,歌声扬宇间。
心情品韵味,惬意享幽娴。

2016 年 6 月

赏 舞

舞蹈翩翩起,欢歌阵阵悠。
看台睁目赏,幕谢掌声酬。

2016 年 6 月

栀子花

冰肌玉骨气芬芳,仰望碧空示素妆。
花月春风吹琼宇,浓浓馨味入华堂。

2017 年 6 月

赏 梅

雪压梅枝秀,花开银海间。
香随凛风霭,隐隐吻君颜。

2021 年 2 月

咏 李

家宅门前李,春来茂若云。
花期银朵泛,娇艳诱人欣。

2021 年 3 月

咏　桃

桃红催柳绿，颜值透霞云。

芳馥醉痴妹，倾情享世酚。

2021 年 3 月

咏　橘

橘树兆祥吉，农家户户兴。

芳香百步遛，珍品九州称。

2021 年 4 月

杂　咏

花茂千山秀，年祥万物丰。

杜鹃啼血处，谁予祭英雄?

2021 年 4 月

徐府红枫赞

红枫盆景君家秀，感念苍天日露透。

巧手匠心塑玮瑰，宾朋漫步凝眸逗。

注：此诗系徐国生先生花苑景观一瞥。

2021 年 12 月 26 日

赞谷爱凌冬奥大跳台夺冠

高台一跳世人惊，极限旋翻巧凌云。

力压群雄勇夺冠，妙龄淑女建功勋。

2022 年 2 月 8 日

贺我国亚轨道飞机试飞并展示成功

珠城机展露新蕾，鸣镝雄岊引众奇。

飞速超音逾七倍，巡游亚轨惧谁欺！

2022 年 2 月 8 日

杜鹃绽放云丹山

登凌绝顶赏云丹，遍地红妍尽杜鹃。

幽谷断崖深染色，清泉溪水映霞天。

2022 年 5 月 17 日

咏宅前杜鹃

院植几株鹃，夏时红艳炫。

遥望如火妍，近看若仙媛。

2023 年 5 月 15 日

三、自由诗

寄语黄州新媒体

你是传媒的新秀——
一张白纸
设计精恰
在电脑里用心描绘
画出最新最美的图画。

你是破土的春笋——
挺拔茁壮
上进蓬发
在园林里沐雨经风
不惧无情的吹打。

你是轻盈的小舟——
朝着彼岸
云帆高挂
在江河里乘风破浪
如箭一般的冲达。

你是丰羽的小鸟——
自由翱翔
自在潇洒
在天空里享受自然的秀美
唱响都市的繁华。
你是人间的天使——
爱恨情仇
酸甜苦辣

在作品里尽收字里行间
藏于深邃的笔下。

你是太空的种子——
一样性质
一样胚芽
在土壤里却长出异样的果实
出奇地香甜、硕大！

2013 年 12 月 15 日

桐梓河感赋

源自云丹向西流，蜿蜒倾泻不回头^①。
卵石沿河铺秀谷，河床筑堰驯洪流。
温泉水暖供民浴，凉亭风爽消暑愁。
冷水井泉解民渴，隋唐古刹佛香幽。
大别次峰连天宇，烂泥滩泽衍蟾鳅。
木石飞瀑吐珠露，彩云飘绕顺山游。
革命先驱曾驻此，豪情骁战举沉浮。
桂华烈士留忠骨，名垂青史秉千秋。
黄侃故居隔山应，大师风范国人讴。
医圣当年著大典，足迹踏遍桐山沟。
觅得芳草千余种，成就笔下药谱图。
去伪存真剔谬注，福及人类仰神州。
更有一说传今古，唐僧西去始蕲州。
火焰尖藏火焰洞，西游记载众人讴。
故事连连多惊险，相传几世不停休。
古时虎引仙僧入，如今人入恐心揪。
石径天梯镶绝壁，神仙见了也犯愁。
敢学英雄生豹胆，飞身面壁吻征途。
时代跨入新世纪，改革红利醉明眸。
跃上云丹凝神眺，桐乡新貌一眼收。
华宅雅宇聚小镇，幸福村院匹昌都。

灯火万家依水电，光纤无限展宏图。
蒙古风情近咫尺，高潮车赛誉全球。
溯溪胜景嵩山托，避暑山庄太平优。
赛老寺前肥鱼跃，白崖庙后天路虹。
银杏基地一片片，秋日流金耀眼球。
林间影映花千树，树影葱茏景万仵。
竹浪涛涛连峻岭，蕲艾绒绒献药都。
平畴滚滚翻金浪，铁马声声唱丰收。
河畔泳池清澈澈，堤边杨柳婉柔柔。
秀美乡村芬芳吐，花坛妍卉馨香留。
桐梓山药好名片，郑山贡米贾难求。
桐中学子书声朗，斟词酌句悉心求。
知识甘露阔睿智，乡巴才俊名九州。
药学导师出大屋，东京讲学掌声酬。
国考状元担大任，赤胆忠心领国投。
机电小将创大业，积蓄上亿不停留。
风水大师通易学，运筹沿海出彩头。
船舶总工多智慧，敢在大洋竞风流。
影视新导锤精品，首映轰动大京都。
建筑专家闯南北，喝令平地起高楼。
白领一族真敬业，遍及京沪和广州。
各类人才堪济济，粗略罗点赘笔收。
回首桐乡新面貌，又是一番美景图：
沿河处处农家乐，乡味浓浓野味稠。
游子芸芸奔富路，华车阵阵竞自由。
街舞翩翩村头演，歌乐婉转荡四周。
老人住进幸福院，其乐融融笑脸绉。
曾是穷山恶水地，而今富庶乐悠悠。
憧憬未来多美好，财富如山福满楼。

①云丹，即云丹山，大别山南麓次主峰。

2019 年 3 月 29 日

云丹山感赋

巍巍大别景万侴，唯有云丹耀眼球。

万仞天梯嵌绝壁，千秋红叶织彩图。

墅宇轩昂迎宾至，机坪恬静应客筹。

库水扬波接天幕，松涛吹雾拂轻舟。

旧时山寨藏古寺，今日琼楼媲昌都。

天路车龙穿秀谷，游人信步踏金沟。

四级水电能量足，八方用户笑颜酬。

有幸余生来此地，一身清爽乐悠悠。

2019 年 11 月 6 日

贤妻抒怀

在职穷忙事缠身，未曾偷暇思伴君。

退休闲逸忽遐想，与君相处近终生。

岁月回眸金秋过，侣龄恰好至金婚。

五十春秋一瞬逝，风雨同舟携手行。

磕磕绊绊终到老，点点滴滴总关情。

贤妻犹如避风港，伴泊一生好温馨。

今日为妻明日母，生儿育女哺后昆。

世上母亲最伟大，母是孩儿命之根。

她属爹娘亲骨肉，更属公婆掌上珍。

儿孙全靠娘哺养，还得护伴启航程。

吾妻柳家一枝秀，玉梅绽放喜迎春。

初识月下掏心语，病榻床前慰言亲。

"劫难"岁月征战苦，兴修水利整十春。

挑灯夜战抢进度，铁肩担责起五更。

花园筑坝成汗马，桐河改道献青春。

驻点"三同"多历练，棺材弄里曾栖身。

318

一次山洪大暴发，她搏惊涛以命拼。
离乡进城廿余载，勤俭持家好文明。
望月堤旁垦菜地，挥汗如雨学园丁。
圈养蛋鸡图自给，饲料自配省真金。
小女病危她呵护，七日七夜未打盹。
可怜孩子熬病苦，口吐鲜血直呻吟。
高烧四十一度五，昏头昏脑终失明。
哀求妈妈快相救，"怎么眼睛看不清？"
妈贴小女轻声唤："莫怕莫怕有医生"。
医生此时也无奈，病危通知话语沉。
慈母呼天咽苦泪，哀求医生救命根。
爱心幻化成仙术，终救孩儿出鬼门。
一波未平一波起，新的悲哀又来临。
儿子承包石材厂，意外事故终发生。
妈妈得知此事后，倾荡家财救伤丁。
告老还乡归故里，一样辛劳苦经营。
种菜养鸡家常饭，红绿米豆样样兴。
记得一天雷雨骤，她冒雷雨抢花生。
狂风大作掀雨具，仍不离弃以抗争。
山洪暴发田地毁，浪成沙丘米多深。
她却不辞苦与累，肩挑手提硬揸平。
更有一宗感人事，传遍桐乡众人钦。
家宅门前河水秀，暑期常有戏水人。
那天午后乌云起，河边传来救命声。
吾妻赶紧跑了去，只见三伢两人沉。
情急之下速回转，抢扛竹篙去救人。
竹篙伸去爱心到，三伢惊险获重生。
往事桩桩皆在目，吾从心底服妻君。
人生在世能为伴，命运安排心以诚。
相亲相爱白头老，平等互尊是根魂。
不越雷池为底线，相濡以沫少纷争。

宽厚包容严律己，仁道关爱在言行。
同船过渡千年福，感念贤妻实可尊！

2021 年春节

非凡十年成就赞

习总主政展奇能，十年成就甚丰盈。

以民为本为宗旨，依法治国正气升。

经济总量稳第二，勇毅前行不消停。

对外开放促发展，筑梦复兴重强军。

神箭频频凌宇宙，星空浩瀚闪华身。

探月工程三步走，步步成功垂史青。

乘胜而上深空见，再送华星绕火星。

更有中国空间站，载人往返建功勋。

国产航母超英美，东风"快递"震敌魂。

20 机型成系列，战力强悍好猎鹰。

死光利器一问世，秒杀强敌不留情。

空天飞机低轨转，一时片刻"礼"上门。

元级潜艇静音驶，纵深防御护国门。

万吨大驱垂直射，令敌母舰一弹清。

舰船列装电磁炮，防空反导一尖兵。

无人机群智能化，功能齐备号蜂群。

首创隐身衣着妙，有形物体幻无形。

一旦列装利器上，来去无踪捣敌营。

预警三千将问世，探测巧妙碾敌军。

在研五光核轰炸，毁天灭地慑妖精。

航程远超十亿万（km），未来华夏谁敢侵！

陆海空军全升级，牢牢筑起钢铁城。

保卫和平作贡献，科技兴国创文明。

多个领域居榜首，彰显九州内功深。

自建北斗真解气，力压群雄定位精。

一号核能超环保，废料成宝变黄金。

高铁风行骋天下，飞车迪拜世人惊。

蛟龙探海马沟驻，万米深渊将宝寻。

天眼口径五百米，探秘星辰无二争。

超级计算连夺冠，秒速百亿成领军。

网络给力添智慧，天涯海角好便民。

3D 打印中国创，助力神州制造精。

大型客机 919，一飞冲天振人心。

人造太阳耀华夏，古今梦幻变成真。

一桥飞架粤港澳，涛拥车龙海上行。

再眺彩虹飞深壑，凌空百米任车骋。

电磁橇兮亦问世，气动推速令美愣。

首款太阳探测器，与日同轨伴日行。

"一磁两暴"①抵近察，探求之路始启程。

国家强大助民富，反哺三农送真情。

脱贫攻坚成效著，富庶小康遍乡村。

生态建设硕果累，丽山秀水好共生。

民富国强有底气，不惧强权耍霸凌。

构建命运共同体，皆为时代最强音。

零和博弈见鬼去，互学互鉴共遵循。

单边主义市场萎，多极世界共识增。

同舟共济藏境界，"一带一路"友邦钦。

合作共赢主旋律，导引全球向和平。

阔步迈向新时代，战略宏伟棋局新。

憧憬未来愿景美，复兴之路万年春。

① "一磁两暴"，即太阳磁场、太阳耀斑和日冕物质抛射的统称。

2022 年 10 月 20 日

四、散文诗

秋风引我还故乡

——庆贺蕲春人民广播电台成立

秋风送爽，秋雨潇潇。秋风秋雨奏出温情的秋声，引我投入故乡的怀抱。

啊——故乡，我终于听到了您那母亲般的呼唤，捧得了您送来的喜报——在新中国成立 37 周年的喜庆之时，蕲春人民广播电台成立了！这是历史的新页，这是时代的需要，这是国庆的礼花，这是故乡的骄傲！此时此刻，我的心啊，像那滔滔的长江，跃过夔门天险，穿过巫峡巉崖，告别那英姿伫立的"神女"，扑向属于故乡的河道。

朋友啊，您可知道？我的家乡确比他乡好，在 2400 多平方公里的土地上，她染过英烈的鲜血，响过红军的号角，记过将军的战功，树过"大同"的旗号。透过红色的晨雾啊，我看到了故乡是那样的辉煌、那样的荣耀：医圣李时珍，历三十春秋，辑成"东方医药巨典"，给子孙留下随民族永生的"国宝"；大教育家黄侃的音韵、训诂学说，像秋日的黄花、傲霜的芳草，给中华教育史增添了灿烂的文苑精雕；革命的先驱詹大悲，一身玉骨，铁铸钢浇，正当"中华民族到了最危险的时候"，他不畏艰险，不畏强暴，勇擎"救国"的旗帜，创办进步的"两报"，传播革命的真理，唤起民众的声涛，紧急关头"不惜死和生"，舍身营救了我党的伟大战士——董老……

母亲般的故乡啊，您哺育了多少仁人志士，培育了多少俊杰英豪！

啊——故乡，您之所以值得骄傲，还因为那满目山川，有如珠光闪耀。你看那——北部山区的松杉翩翩起舞，蕲河两岸的稻浪泛起金涛，历史悠久的苎麻漂洋过海，久负盛名的陶艺重振管窑，缺子山的蜜橘吐着醉人的芬芳，仙人台的绿茶笑谈"周满顶，汉满腰"，郑家山的"水葡萄"身价百倍，它说它曾是进贡给皇上的"珍稻"，还有那蕲龟、蕲蛇、蕲竹、蕲艾，更是誉满中华的"四宝"。若问"蕲阳八景"哪儿去了？啊，只因为历史发展到今天，美景再不是"东湖春水""龙矶夕照"……听啊，"凤凰晨钟"响过的地方，传来了南门村厂区的喧闹；看啊，"东湖春水"泛过金波的地方，展现了竹林湖新农村的美貌。啊，这里是家乡的明珠，这里是文明的向导，这里是未来的希望，这里是憧憬的目标。

朋友啊！也许我是过于自信，也许我是过于自豪。人说"月是故乡明"，我说故乡的明月就在今朝。不信吗？请收听我的家乡电台广播吧，她会告诉您：我的家乡正以惊人的步伐，告别贫穷，奔向富饶。故乡如此多娇，赤子的心啊，同母亲般的故乡——密密地亲昵，紧紧地拥抱……

（原载《蕲春广播报》1986 年 10 月 1 日第 2 版）

五、词

念奴娇·致小布什

小阿布啊，敢凌华、天地追问何许？万里迢迢，令贼机，撞我雄鹰飞羽。王伟临危，海跳殉难，众怒金戈杵。沧桑正道，九州声浩讨汝。

遥想美帝当年，侵朝惨败了，白旗哀举。史鉴心明，来日咋？唯有和平共处。世事如云，凛然正气树，驱邪净宇。全球将叹，霸王吞果真苦！

2001 年 4 月 4 日

踏莎行·赞神舟五号载人飞船发射成功

（一）

云淡秋高，飞船抖羽，苍穹划破冲霄去。天宫玉女梦惊魂，九州乐伴星辰舞。

利伟巡天，笑看宏宇，和平倡导红旗举。千年夙愿获圆还，返仓归故多荣誉！

（二）

少小天真，梦生双羽，穿过星空云和雨。凌高鸟瞰地球村，赏欣银系金珠府。

癸未之秋，神州壮举，载人飞去邀宫女。千年幻想梦成真，尧胞亿万欢歌舞。

2003 年 10 月 17 日

浪淘沙·供职省电台断忆

年迈步蹒跚，忆想当年，省台供职最欣欢。上下齐心情意合，苦乐图缘。
改革见霓端，地覆天翻，楚乡巨变展新颜。任尔讴歌多赞美，硕果如山。

2016 年 4 月 10 日

临江仙·桐梓河春咏

春到桐乡河畔，菜花遍地金黄，清风和煦吻馨香。树梢摇翠绿，情鸟戏鸳鸯。

日自东方跃出，云丹万缕霞阳。桂华①清水映清江。神牛踏雨露，稼者备耕忙。

①"桂华"，系指桂华水库。

2017 年 3 月 15 日

鹊桥仙·蕲春绿茶

植于春季，培工良苦，采撷时逢谷雨。绿园叠翠绕群峰，功之著、稼娴淑女。

馨香寸草，经风沐雨，冲破琼崖玉宇。孰知医圣①若神农，曾寻觅、撰成典语。

①医圣，系指蕲春籍明代伟大医药学家李时珍。

2017 年 3 月 15 日

望江南·八十抒怀

讥吾老？精气若童娃。登顶狮山垂首眺，欢涛河水映朝霞。楼宇万千家。

龙乐①饮，醉酒浪天涯。蒙似当年戎马烈，且将"台独"碾成渣。圆我大中华。

①"龙乐"，即蕲北山区高溪村农家乐。

2021 年 12 月 9 日

江城子·贺神舟十三号三名航天员凯旋

中华神箭有多强？梦三郎，志如钢，浩瀚宇间，任尔勇奔狂。来去载人随意跃，英雄谱，盛名扬。

探求之路已开张。美滋障，又何妨？博弈太空，重任敢承当。不懈追求拼睿智，持缨伺，缚天狼！

注：这首词，荣获"2022 年光耀华夏文学活动"金奖。

325

附：获奖荣誉证书及奖章照片

2022 年 4 月 16 日

采桑子·荷花绽放遗湖美

荷花绽放遗湖美，戴月欣偎。醉汝心飞，湖面粼波映碧辉。

采船摇入花深处，馨气微微。轻吻童衣，和唱天仙玉女归。

2022 年 7 月 15 日

临江仙·感念朱慧①副主任一行龙年踏雪慰问

冰雪疯迎龙岁，朱君慰问躬行。尊崇耆老爱心诚。有情来祝福，感动白翁兵。

唯盼老区提振，招商四面开征。东南西北纳贤能。征程再奋进，赓续创文明。

①朱慧，博士，蕲春县人，湖北省黄冈市招商中心副主任。

2024 年 2 月 5 日

六、歌词

乡愁是一杯酒

朋友啊朋友，乡愁是一杯酒。

无论你走到哪里，品味在心头。

我的家乡美啊，蕲州灵气幽。

仙台耸天秀哟，云丹托金沟。

遍地鱼米香哟，大江唱丰收。

朋友啊朋友，乡愁是一杯酒。

无论你走到哪里，品味在心头。

我的家乡美啊，人才如泉流。

闻名教授县哟，成就国药都。

博士一条街哟，医圣五洲讴。

啊，蕲州！您是上苍的恩赐，您是吴楚的咽喉。

时代在变迁哟，您的美名留。

啊，蕲州！您是人才的摇篮，您是千古的风流。

复兴打头阵哟，幸福乐悠悠，啊——乐悠悠……

2022 年 12 月 6 日

327

七、赋

蕲河赋（乡愁感怀篇）

悠悠蕲河，源远流长。绵延百里，汇入长江。亘古如云飘去，蕲河依旧流芳。打从记事时起，乃于吾心深藏。相伴相知相识，甚感邃密难量。蕲河兮，自然馈赠之玉带，万物繁衍之温床，历史长河之记忆，变局时代之华章。

蕲河美哉！秀甲南国一方。十景①点缀蕲州，玉宇隐逸山庄。巍巍大别，云霞四流②，为其发源之地。干支纵横，雨季奔泻，滔滔气势弘扬。背临皖西那漫漫边陲，面朝黄石那湾湾良港。山之南麓，群峰起伏，层峦叠嶂，巉崖飞天瀑，彩虹映霞阳。北屹嶙嶙仙台③，南耸莽莽横岗④。景点多名胜，犹隐古战场。鼓角⑤号声激，城堡残垣昂。将军⑥山势险，曾是演兵场。罗城⑦抗金旧址，今呈市景华廊。咸丰"一关八卡"⑧，遗迹幻彩各方。

仙境旖旎之地，当数金沟⑨风光。此处之藤海，原始索羲皇⑩。绕树竟攀缘，梢端探穹苍。茎如树干粗，攀上好乘凉。枝蔓蔽天日，彩蝶迎春翔。花若紫葡萄，串串"雀舌"⑪张。尝此千古奇观，游客揣测思量：谁予耕耘播种？民曰天赐宝藏。更有千年杜鹃，缀满群落云岗。花朵笑迎红日，彩霞万缕靓妆。有声呼吁开发，民意永久封装。保护自然生态，恩泽子孙安享。

主峰云丹⑫擎天，巍峨雄姿莽莽。东借黄山之威，南恃庐山之磅，北望华泰奇雄，丹尊独踞蕲阳⑬。云顶⑭火山龙口灭，畈下温泉霭雾扬。古有诗文赞叹：鹤羽展云丹，兴眺三省七县；今贤泼墨成联：崖缝涌清泉，温暖十里八乡。蕲河兮，小之以涓涓细流，大之以达海通江，同与华夏比沧桑！

秋之一日，神清气爽，兴登云丹之巅，纵览万端景象。放眼望去，只见灌木葱笼，松柏苍苍。清溪萦绕，红枫丽靓，修竹摇曳，层林染岗。侧耳聆听，欣闻鸟鸣蜂歌，流水潺潺，秋风习习，飒飒轻扬……美哉！好一派自然之秀丽风光！

跨过蕲北山川，南域广袤无疆。那湖光月色，碧波漾荡，水欢鱼跃，藕肥丝长。那四十八圩、七十二畈兮，渠网化，路宽畅，机耕忙，乃亘古不变之粮仓。

中部丘陵岗地兮，或桑农养桑蚕，或果农招果商，或粮农苦耕耘，挥舞银锄品稻香……看蕲河农家兮，牛羊满圈，鸡鸭成群，瓜果满园，繁花绽放。戏台搭建村头，婀娜街舞翩跹。孩童村前嬉戏，老少踏唱花腔。不是天堂，胜似天堂！

注释

①十景：据蕲春旧志载，蕲州（即蕲阳）"十景"有：麟阁江山、凤山晓钟、太清夜月、龙矶夕照、城北荷池、金沙夜泛、鸿洲烟雨、龟鹤梅花、浮玉晴沙、雨湖鱼舫。现存六七处仍能娱人情趣。

②四流：四流山。据嘉靖《蕲州志》载：该山"在州北二百四十里，与英山交界。其水：南注蕲春，西注英山，北注安徽霍山县，东注安徽太湖县"，故名。

③仙台：仙人台，为鄂东名山之一，位于蕲英两县交界处，海拔 1175.8 米。

④横岗：横岗山，为大别山余脉，海拔 815 米，在刘河镇境内，为蕲广两县天然分界线。

⑤鼓角：鼓角寨，位于蕲春向桥乡。

⑥将军：将军山，位于蕲春东北部檀林镇西北端，为鄂皖两省界山，海拔 1109.7 米。历为兵家必争之地。元朝末年，朱元璋与元兵交战，曾派一名将率部在此屯兵驻守，故名。

⑦罗城：罗州城。始建于南北朝时期。北齐改蕲阳为齐昌郡时，治设罗州，并置罗州刺史。公元 1263 年，元兵压境，守臣王彦明殉职，安抚使王益弃城出走，迁州治于蕲州（即今蕲州镇）。

⑧"一关八卡"：清系咸丰七年（1857）秋，道员唐训方奉命择险建关卡，以抵御鄂皖边界之太平军。"一关"即临近将军山的"将军第一关"，"八卡"即沿鄂皖边界设立的长镇卡、长定卡、长绥卡、长安卡、长和卡、长亲卡、长康卡、长乐卡等。

⑨金沟：金沟寨，为大同镇金沟村所在地。

⑩羲皇：伏羲氏，公认的人文始祖。传说其是女娲之丈夫。

⑪"雀舌"：雀舌花，又名禾雀花。形若葡萄，花蕊像伸出来的雀鸟的舌头，一串串的，颜色朱红，妍丽夺目。

⑫云丹：云丹山，又名土坡。位于蕲春青石镇境内，地处蕲春、黄梅两县交界处，距县城 62 公里。海拔 1244.1 米，为湖北大别山南麓次主峰、蕲春县境内最高峰。该山因高峻挺拔，云雾缭绕，晨光夕照，彩云如丹，故名。又因山之北侧有一平坦凹地，泉水长流，年久成泽，故俗称烂泥滩。云丹山挺拔于崇山峻岭之巅，四野开阔，晴天登高远眺，东瞰九江，西瞩黄石，大江上下，百余里胜景历历在目。

⑬蕲阳：蕲春曾用之县名。建县始于西汉高祖六年（前201），县境辖今之蕲春、浠水、罗田、英山及武穴西部。东晋太元三年（378），避简文帝后讳，改县名为蕲阳。

⑭云顶：云丹山顶，为古老的火山口。

蕲河赋（治水除患篇）

蕲河兮！浩瀚之水系，态势阔泱泱。与日月同辉，沐天地晨光。百余条干支流，交错若网。数十万顷流域，风雨嚣狂。蕲河忧哉！思之为其感伤。抚今追昔兮，亦悲壮，亦凄凉，不忍话短长！

旧社会，怎能忘：一代代封建王朝，一幕幕无尽凄怆。统治者荒淫无度，昏庸无常。好河山支离破碎，遍体鳞伤。尤惧滂湃山洪，汹涛倒海翻江：堤防毁，地汪洋，原野瞬间变河床！沿河两岸，灾民遭殃。携儿带女，背井离乡，有多少灾年，有多少饥荒，"白骨成堆"人迹罕，"千里绝烟"去流亡……

具往矣！数时代风流，唯有中国共产党！铮铮浩然正气，崇尚马列信仰。以民为本，初心不忘。公而忘私，传统弘扬。宗旨牢记，勇于担当。于是乎，便有了向心力、凝聚力，便有了号召力、战斗力。党之一声令下，乾坤一呼百应，势不可当！曾记得，新中国成立之初，白手起家举兴废，主席思想放光芒。他老人家兮，高瞻远瞩，民情体谅，振臂一挥曰："水利是农业命脉！"瞬时间，举国上下，群情激荡，千万支治水大军，直指恶水穷岗。沸腾之蕲河兮，更为激昂——村村队队，镇镇乡乡，组成军事建制，日夜奔赴前方。向穷山宣战！向恶水宣战！敢教山河换新装！修水库，筑堤防，架渡槽，建桥梁，凿水渠、隧道，砌拱闸、护墙……无机械作业，无财力保障，无劳务报酬，更无物质奖赏。那民工兮，无怨无悔，斗志昂扬，自备工具，自带草粮。就地取材，搭建棚房，安营扎寨苦干，"三同"①经受考量，人人吃"菜筒饭"②，个个睡地板床，渴兮，喝几口山泉水；饿兮，哼一曲夯硪腔……那真是：勒紧裤带搞建设，全凭热血一满腔，不畏骄阳与风雪，挑山担石以箕筐，唯将夙愿藏心底：修好水库保粮仓！

大禹治水，三过家门而不入。蕲民医河，十年风雨一肩扛。十多春秋寒暑煎熬，十多春秋沐雨经霜，十多春秋披星戴月，十多春秋坚守不忘。斯乎！方有那百余处高峡出平湖；方有那无数条渠道绕山岗；方有那圩畈平原渠网化；方有那撒野蕲河收马缰。看如今，四季粮油夺丰收，万户千家奔小康！

注释

①"三同"：毛泽东时代的干部与群众打成一片，实行同吃、同住、同劳动，简称"三同"。

②"菜筒饭"：因当时穷得没有菜市，农民亦无钱买菜，便用竹筒从家里带点腌菜咽饭，称为"菜筒饭"。

蕲河赋（文化渊源篇）

蕲河雅哉！地灵人杰助兴邦。文化之胜地，历史好荣光。蕲河南侧，原始石器刻春秋；河之北岸，古建土墙吐沉香……一件件文物，一页页史章，鉴证蕲河之文明，诉说蕲河之过往。

蕲河之沿岸，圣境耀珠光。祖庭禅宗立，白崖寺宇昂。史料曾记载，始建于隋唐。终日佛经幽，古刹梵烟香。道教仙人台，号称南武当。屹立仙山顶，气势宏而苍。奇妙正觉观，肖祖真身藏。"文革"遭浩劫，开放重开光。幽深普阳观，医道传四方。药汤一小碟，治病又医伤。

尤以蕲春"四宝"，名片合叠一张。蕲艾居其首，药效甚优良。蕲龟甚滋补，绿毛细而长。蕲蛇含剧毒，配伍祛毒强。蕲竹细而软，最宜织簟床。簟柔如锦缎，诗仙墨咏芳：千丝万缕自生风，卧听风猗声自扬……

名剧黄梅戏，出萃婉楚乡。传统采茶歌舞调，唱遍蕲河荡柔肠。乡韵若行云流水，民谣似清泉滢荡。最爱陶瓷工艺美，管窑独秀好精良：陶绘飞禽走兽，形态绰约欲翔；陶贴剪纸精湛，色调溢彩流芳；陶文笔力苍劲，神韵如诗飞扬；陶彩五色斑斓，光泽若吐馨香。明朝州吏吴承恩，文城熏陶灵感强。采风蕲阳山和水兮，《西游记》撰神话章。奇妙西游篇篇趣兮，流传千古探秘藏。

蕲阳好载物，圣道始弘扬。尊师又重教，文化甚辉煌。书院、书庄、讲易奄，蕲河树人第一桩。琅琅书声持以恒，久久为功出栋梁。蕲州博士一条街，均为留洋好儿郎。闻名"教授县"，文化四海藏。盛唐状元号卢储，聪颖超凡惊圣上，当朝十五春秋方一考，唯有其名赫赫榜头张。吴淑一家四代多员入宋史①，顾问豪门五代才俊步官场②。府上后嗣顾景星，《黄公说字》闪光芒③。文耀神州四百年，今之学者皆景仰。嗟乎！且看多位名人入"四库"④，"二林"中举隐山庄⑤。刑部尚书冯天驭，置田赈学动靖皇⑥。元朝元帅唐茂才，浴血征战挺元璋。元璋称帝发《诰命》，"蕲国公"名垂其芳。大清贤臣卢宏兮，亲民亲课话农桑。垦荒又减赋，成龙亦赞扬⑦。三品僚臣周祈兮，冤狱年余意志刚。撰成名著《名义考》⑧，正义别谬成典章。尚有那：乾隆进士陈诗兮，辞官回乡奉老娘。孝后撰文千百卷，卷卷精美文采扬。嘉庆出陈銮，才高八斗郎。典试浙江登金榜，翰林院士修编忙。训诂学家黄侃，四所名校主讲。"三家"兼容展奇才⑨，檄文义愤抨朝纲。文学巨匠胡风，复旦任教风光。宣传革命声声泪，讴歌英雄句句亢。红色间谍袁殊兮，屡建奇功为国殇……

更有世界文化名人兮，明代伟大医药学家李时珍，功勋之卓著，千古咏流芳。历二十七载之殚精，踏南国数千之山河，广罗博采，芟繁补缺，三易其稿，汇聚民方，一举撰成巨卷，浩瀚《本草纲目》，目目点实成章。日、德、英、法、俄，译文深研珍藏。东方医药巨典，豁然轰动西方。此乃中华文化之瑰宝，蕲河文明灿烂之宝藏。

注释

①吴淑（947—1002）：一家四代多员入《宋史》，系指其父吴文正，蕲春县令，官至朝廷太子中允，官五品；吴淑，进士，官至太府寺丞，参与编纂《太平广记》《太平御览》《文苑英华》三部类书；吴淑有三个儿子均取进士，其中次子吴遵路官至三品，居家俭朴，始而平淡，至去世，家无任何值钱之物；吴遵路长子吴瑛，官至黄州通判、朝廷虞部员外郎，后至仕隐居蕲春，与宰相司马光、王安石诗文唱和，苏轼慕名赠诗。

②顾问（1511—1591）：明代蕲州有顾、冯、李、郝四大家族，顾家为首。从明中期到清初，连续走出了顾问、顾阙、顾大训、顾景星、顾昌等一批硕儒，蕲州人有口皆碑。顾问6岁入学，26岁中进士，28岁被朝廷委为浙江江寿县令，38岁升任朝廷侍御史。1568年，皇帝又委顾问为徐州兵备，其弟顾阙为闽海监军。隆庆二年（1568），黄河发洪灾，顾问率团勇临一线，拯灾救民，建功汗马。自此声名远播，"赶闽求教者，不绝于途，项背相望"（《嘉靖蕲州志》）。因而，被升任入闽参政。

③顾景星（1621—1687）：字赤方，号黄公，蕲州人，明末清初著名文学家。他天资聪颖，才气过人，平生著作430卷，其中有122卷被编入《四库全书》。

④"四库"：《四库全书》。

⑤"二林"：北宋大文豪林敏功及其弟弟林敏修。因学识过人，声名远播，被世人称为"二林"。皇帝还为林敏功赐谥号为"高隐处士"。

⑥靖皇：嘉靖皇帝。

⑦成龙：清朝著名廉臣余成龙。

⑧《名义考》：文字工具书，类似后世人著的《中华大字典》，400多年传承不断。《辞源》《辞海》《汉语大字典》中的诸多释义皆源于此书。

⑨"三家"：指黄侃先生因先后执教于北京大学、东南大学、金陵大学、武昌高等师范学校，精通文学、经济学，是我国著名的训诂学家、经济学家和文学家，简称"三家"。

蕲河赋（革命烽火篇）

蕲河伟哉！华夏广为颂扬。蹉跎岁月，历尽沧桑。物是人非，谁与端详？唯听蕲河诉说，惊天动地宣扬。

道光三十年末，清廷暴政猖狂。洪秀全揭竿而起，太平军挥师北上。义军至蕲州，民间出枭将。汪坝汪德正，率众杀衙窗。纵火烧楼宇，内应夺钢枪。鸦片战争初始，蕲州驰援南疆。只见"兵差羽檄"，"络绎不绝"布防。惜帅则徐[①]革职，清府举旗投降。民才细怪[②]怒火，奋笔以文弑狼："蠢尔英夷，凶如豺狗。肆彼阴谋，灭我种族。运来鸦片之烟，赛过砒霜之毒。惜汉人之不智，为洋鬼之所愚，恨当道之豺狼，竟开门而拱手……"短短《禁大烟赋》，句句力量铿锵。辛亥革命爆发，蕲河浪击四方。先驱大悲[③]辅大帅，奇才田桐[④]书大纲。中山《建国方略》，他献热血一腔。董老[⑤]亲撰《事略》，专为大悲抚殇。

蕲河受其影响，进步学社成帮。拨拨海外学者，立志救国救亡。创办报刊举义，鞭挞皇权乱党。反帝反封檄文，如刀刺敌胸膛。近慑腐败清府，远震东京、南洋。民主革命兴起，喜迎东方曙光。1921 年秋，曙光霞照浦江。吾党一大代表，荣聚博文学堂[⑥]。校长绍兰女士[⑦]，悉心安排停当。确保食宿安全，密布"一大"会场。为防风声泄露，引转南湖舟舫。这位蕲河才女兮，名藏深邃之闺房。

蕲州从此方兴，革命星火纷扬。秋收起义奋起，黄麻暴动炮响。领受董老之命，蕲之骄子返乡。组建蕲州支部，地下活动跌宕。武装起义不断，三支红军[⑧]整装。民众参军踊跃，前仆后继涌上。父辈以身殉职，儿女再赴战场。不怕流血牺牲，只求能见曙光。红军名将查国桢，率部长征打豺狼。雪山草地浴血战，保卫延安斗志刚。"一二·九"运动领袖，董毓华旗帜勇扛。任抗日联军司令，挑抗战卫国大梁。芸芸革命先辈兮，个个威震八方。大别山逐鹿千里，英雄谱画卷成廊。向前、先念、敬亭、西尧、体学、辛初……相继率部来蕲，戎马蕲河山乡。1947 年秋，战略反攻开场。刘邓大军挺进，高山铺峪设防。全歼敌军劲旅，老蒋庐山哭葬。奋勇支前模范，多为英雄女郎。为求民族解放，冒着炮火送粮。赶制军衣军鞋，挑灯夜战酣畅。抢建战地医院，昼夜呵护重伤。轻脚轻手清创，哺水哺粥哺汤。一种情怀深播，聚积无穷力量。军民团结奋战兮，蒋家王朝终灭亡。

"中国人民从此站起来了！"1949 年开国大典，雄伟天安门金碧辉煌。毛主席庄严宣告，如雷霆震天，令寰宇激荡。九州处处尽欢呼，山河万里耀紫阳。

注释

①则徐（1785—1850）：林则徐，中国伟大民族英雄。是当年虎门销烟之"统帅"。他所领导的禁烟抗英斗争，开创了中国反抗西方殖民主义侵略历史之壮举。

②细怪（1812—1874）：陈仰瞻的绰号。蕲春县株林豹子山新屋塆人，民间草根才子。

③大悲（1887—1927）：詹大悲，辛亥革命先驱。詹大悲自1914年留日起，即追随孙中山先生参与民主革命，并加入了孙中山在日改组国民党之后的中华革命党。从此，他一直辅佐孙中山从事革命伟业。孙中山先生逝世后，詹因竭力反对蒋介石和汪精卫，继续宣传孙中山的"联俄、联共、辅助工农"三大政策，呼吁"加紧工农运动"，国民党以"共产党首领"和"密谋暴动"等罪名，于1927年12月17日将詹大悲逮捕杀害。

④田桐（1879—1930）：字梓琴，生于1879年12月25日，蕲春县清水河人，孙中山《建国方略》执笔者。1904年赴日留学。1905年7月，孙中山自欧抵日，发现田桐才辩敏捷，甚为赏识，旋被调任书记部总理书记。因其工书法，时中山应外之文书亦往往由他代笔。

⑤董老（1886—1975）：董必武，我党一大代表，曾任中华人民共和国代主席、副主席，杰出的无产阶级革命家、教育家。詹大悲以身殉职后，董老悲痛欲绝，专为其书撰一篇《詹大悲先生事略》，文中评价曰："君天资英特，独学无友，能自得师。博览群书，洞悉事变，不为因袭之习惯，道德所因，遇事所信，则排万难以赴之。为民族争独立，人民求自由而奋斗者凡二十年，追随总理者十余年，无役不从，屡陷危狱，其志少不挫，盖得于释典者深，而了然于生死得失之故也……"

⑥博文学堂：上海博文女校，因设有中学部，亦称为博文女中。其校址：创办时在上海法租界贝勒路弄堂内（今大仓路北），重办时在法租界蒲石路（今长乐路），继迁法租界白尔路（后改为蒲柏路三八九号，今太仓路一七二号），党的"一大"开幕式即在此举行。现为市级文物保护单位。

⑦绍兰（1892—1947）：黄绍兰，时为进步青年，早期革命积极分子，黄侃之夫人。

⑧三支红军：红一军、红八军、红十五军，于1930年先后在蕲春休整待发。

蕲河赋（改革振兴篇）

蕲河兴哉！福地处处呈祥。斗转星移，倒海翻江。弹指一挥间，新潮浩荡。改革之春风，吹遍蕲阳。思想大解放，同奔小康。目标方针定，奋力提纲。县域好规划，蓝图一张。为官一任兮，造福一方。一任接着一任干，接力奋斗铸辉煌。

初始包产到户，余下粮油满仓。庶民温饱不愁，老少喜气洋洋。改革步步深入，重点转向招商。产业扶贫济困兮，工贸遍布城乡。一产二产三产兮，协调发展增强。

城镇建设兴起，建筑风格琳琅。告别秦砖汉瓦，高楼玉宇轩昂。街道井然有序，一改旧时乱脏。街心公园铺锦绣，沿河集镇饰妍妆。公路四通八达，村组畅达无妨。更有动车、高铁，方便南来北往。半晌笑抵京都，一觉梦达香港。

乡村振兴战略，激活一拨头羊。九松①城乡一体，亦农亦工亦商。发挥资源优势，大做石英文章。硅比品位居首，行业九州领航。李山②脱贫攻坚，选定以茶为纲。茶垄连天接宇，浓郁垂翠芬芳。打造驹龙品牌，一举名冠楚乡。游客络绎不绝，仰止富庶山庄。更有医圣药港，薪艾龙头轩昂。眼贴、足贴、砭石贴，艾炙、艾绒、艾油囊，熏艾抗疫见奇效，新冠毒魔一扫光。数十新品齐上市，喜看国药龙头昂。一年一度药交会，药商云集闹蕲阳。

商道甚兴隆，致富得保障。曾是穷浪小子，如今富甲一方。腰缠百万扺富，千万仍不声张。一拨富翁在后，个个实力相当。路上车水马龙兮，商贾熙熙攘攘。好个一派繁荣，变迁超越梦想。

产能拉动消费，消费促进农商。且看蕲河两岸兮，农商济济聚路旁。各具特色农家乐，频频招手吆四方：桐梓山药温补，上等排骨煲汤；八里鱼虾鲜美，宴席常登雅堂；高潮③全羊香脆，蒙古包里品尝；郑山"贡米"④晶亮，烹饭柔和口爽……还有那：彭思酸米粉，劲道口感强；青石酥丸子，松酥甜又香；湖区野鳖肥，烧煲盘盘光；马畈马蹄脆，食之疾可防；时珍补酒烈，适饮保健康……

一日，吾趁工余闲暇，邀约一伙友邦，信步踏进农家乐，即兴聚餐细品尝。点几道乡土佳肴，上一壶玉液琼浆，一边请吃，一边搭腔，聊起童年趣事一桩桩……如此之享受，悠哉！乐哉！隐隐牵动情商。"酒逢知己千杯少"，连饮几杯下肚，逐觉欲醉欲仙，心驰神往。嗟乎！这才是家乡特有之味道，母亲哺喂之羹汤！

悉心品尝兮！品出美味生神韵，品出瑞气临东方。中国已不是过去之中国，家乡亦不是过去之家乡。有党之坚强领导，国人图复兴，意志坚如钢。中国在崛起，蕲河在欢唱，国泰民安，民富国强，天道注定矣！神州遍地耀华光！

注释

①九松：九棵松村。湖北屈指可数的富裕村之一。村党支部曾先后三次被评为全国先

进基层党组织。

②李山：李家山村。发展山区旅游经济的典范，全国先进村，湖北扶贫先进集体、先进村党支部。

③高潮：高潮水库度假村。

④郑山"贡米"：郑家山村水葡萄米，旧时历为敬献给朝廷之极品优质稻米。

（原载《蕲春文艺》2022 年第 1 期）

李山村赋

　　茗地李山村，文明贯古今。亘古地脉连仙台，茶茗处处芸芸生。"汉满腰，周满顶"①，岁岁年年皆贡品。周朝汉武乐声悠，宫廷王府举金樽。穷奴为活命，苦苦荷锄耕。

　　嗟乎！不知何年月，兵马乱纷纷。百姓遭劫苦，茗地遍荒森。此后千百年，无人再耕耘。

　　解放红日初升，神州百废待兴。水利农业命脉，举国上下齐兴。大同水库截蕲河，灌区兮，万众受益深。惜叹李山坐库底，良田、良地、农舍，一荡无存！李山儿女顾大局，含泪苦恋穷根。携儿带女进高山，搭建棚棚茅舍，简陋暂栖身。限量供粮不饱腹，遍挖野菜熬汤羹。熬却一载又一载、一春又一春。集体熬成"债砣子"，农户一色"超支型"，老农泣声曰："只叹吾命苦，祖辈落坏根！"怎能忘，人畜混居，那段时光成常态；幼儿畏冷，寒冬挖窖暖娃身。熬兮！熬兮！熬到1986年，村干无人当承。危难之时兮，村民心急如焚，急中生睿智，慧眼识贤能，众人异口举荐田祥森。请他辞去公职，回村勇担千斤，带领乡亲挖穷根。

　　田祥森，心至纯，爱自己，更爱民，一心为党尽忠贞。果敢丢掉"金饭碗"，临危受命兮，勇当李山领军人。一连半月余，问己咋践行？脚丈山和水，汗雨伴清明。踏遍崎岖九龙宫，觅得小片老茶林。抵近瞧之，嫩芽含露吐芳芬。祥森顿悟兮！出路乃植茗，栽下一棵兮，千载皆是春！于是乎，即与支委田飞龙，彻夜畅谈，直至天明，再经"两会"决定，蓝图前景展，千亩基地见雏形。唉！好事也难成。人质问："李山靠喝茶，咋能养活人？"祥森笑曰："仙台为榜样，英山可取经。合力拼一把，或许梦成真！"

　　悦兮！从此全村上下，拼却茶饭不思饮、深夜看挑灯；拼却道路宽又广、茶垄连彩云；拼至"驹龙"成珍品、央视座上宾。荣捧金奖银奖耀眼，最是斩获国际金奖价连城。全国名优15种，"驹龙"品牌标尊名……

　　茶路开，民心稳，山变绿，坡变青。祥森非但不气馁，一心迈向新征程，亦是为复兴——李山复兴路，依然倚茶经。深耕于文化，做好皆用心。祥森决意拼。取宝岛阿里山经，鉴九州名茶重文。此地建博馆，彼地建茶亭，高地修建观景阁，低处筑湖泛舟行。茶诗、茶画、茶歌联，栏杆、立柱闻墨馨。绿色茶文化，红色相对应，开放红军洞，战地医院兴，仿造铁索桥，飞壑当空凌。

重塑古战遗址九龙寨，再现"五师"②将士逞骁英，那冲陷阵之场景，惊天动地，震撼灵魂！再瞧那，景点集中区，配齐商店、旅社、餐饮。沿途雕龙画凤，引导游客拾级而上，一路攀登，悠哉！乐哉！须臾间，至山顶闲亭，开怀赏景，自然之风光，雅致天成，折服游客感叹不虚此行。于是乎，惜留李山美美一张影。

红绿文旅相融，无形动力驱程。商贾车龙阵，旺季泊山岭。"驹龙"供不及，奋力向外倾。新增三条生产线，置大同镇园区，带活周边乡镇竞相种茶，创业成瘾。现代机制茶，质量均上等。茶味浓，色绿莹，芳香醉君心。效应大矣哉！价格直线升！昔日一斤几十百余元，如今身价八百未封顶。时至2022年，李山生产总值过两亿，村民纯收入，飙至二万整。此时兮！村民依依感念田祥森，曰："你虽隐退，于民心中，却仍是李山之魂！"祥森笑曰："李山之变，全归党指引！未来路程遥，支部有信心，飞龙书记敢当承，期待赓续奋进，前途更光明！"

注释

①据县志记载：蕲春仙人台茶历史悠久，"周满顶，汉满腰"，且品质极佳。
②"五师"系指时下张体学同志率部作战的新四军第五师。

2023 年 10 月 31 日

后　记

　　人生如旅，我亦随行。在漫漫征途中，经过岁月的悠悠洗礼，深感春花秋月，冬雪夏荷，皆是最美的风景，每一个历史瞬间，都值得人们去珍惜和回忆。

　　然而，时光荏苒，岁月如流。转眼间，年至耄耋，已近夕阳。"夕阳无限好，只是近黄昏"，何不趁势续耕耘？作为在红尘里沐浴了数十春秋的劳作者，能给如诗如画的岁月留点什么？这是"续耕耘"的必答题。正当我心纠结时，偶遇一位朋友提示说："人为之奋斗一生，能留下印记的不是金钱，不是名利，而是文字记录的墨迹。它可以帮我们找回逝去的岁月，留下永恒的记忆。"朋友的提示，令我幡然彻悟：是啊，墨迹可以让几代人乃至更多的人赓续初心，不忘前辈奋斗的历程和所付出的艰辛，从而更好地激励后人为民族振兴和祖国的繁荣昌盛作奉献，以尽赤子之心。于是，我便着手整理手头仅存的部分书稿，其中，有已发表过的"旧闻"，亦有未曾发表的处女作，且按文章体裁，分列为散文游记、报告文学、传记文学、通讯特写、新闻论坛和诗词歌赋共六个栏目予以刊发。

　　"文章千古事，得失寸心知。"我的这些诗文之作，严格地讲，只能算是文坛的"副产品"，难登大雅之堂，更不敢同名家的作品相比拟。名家之作，往往有"晴空一鹤排云上，便引诗情到碧霄"的万般豪情，浓浓翰墨蕴含着"思接千载""心系万仞"的崇高境界。而我之拙作，旨在让读者能从笔者的字里行间，感受到"文化大革命"前的那段岁月，在伟大领袖毛泽东主席的英明领导下，人们的思想是多么纯朴，奋斗精神是多么忘我，艰苦创业是多么实在，干部作风是多么亲民和清廉！感受到"改革开放"之后，人们的精神是多么振奋，经济社会发展是多么神速，城乡面貌之变化是多么令人仰慕！感受到"非凡十年"间，在习近平新时代中国特色社会主义思想指导下，人们不忘记初心，牢记使命，为"两个一百年"的宏伟目标奋斗不止的成果是多么丰硕、科技强军的成就是多么令人振奋，人民的生活质量和幸福指数是多么让人惬意……

　　过往的人和事，是现实的一面镜子。笔者所书撰的人和事，当属那个时段的典型。有的虽已时过境迁，但他们的精神却是永存的。但愿他们的精神能在读者的心中打下一点烙印，或在心灵深处泛起一抹云霞，让曾经碰撞出的思想火花在未来的岁月里继续闪烁！

　　《岁月回声》文稿即将付梓之际，蕲春县政协原主席、县作协名誉主席徐国生先生热情为其作《序》，国家一级书法家贺少安先生欣然为其题写书名，中国散文学会会员、黄冈市作家协会副秘书长、黄冈人民广播电视台原台长李青松先生主动给完成初稿校对。而且，诸位朋友都从不同的角度给该书的出版提出了宝贵意见。方家之言，真知灼见，情深义重，鄙人铭记于心，在此一并致以真诚的感谢！

　　这里特别要感谢中国文联出版社编辑团队热心沟通和精益求精的优质编校服务。没有这支团队的包容和付出，这本书就无法与读者见面。

　　由于水平所限，书中的错漏、欠妥之处在所难免。恳请读者朋友批评指正。

作　者

于 2024 年元旦